LA BELLA NOVIA

CLAIRE DELACROIX

Traducido por
LAUREN IZQUIERDO

DEBORAH A. COOKE

LAS JOYAS DE KINFAIRLIE

Más apreciadas que el oro son las Joyas de Kinfairlie, y solo los más dignos pueden luchar por su amor... El señor de Kinfairlie tiene hermanas solteras, cada una de las cuales es una joya por derecho propio. Y él no tiene más remedio que verlas casarse a toda prisa.

1. La bella novia

2. La novia de la rosa roja

3. La novia blanca como la nieve

4. La balada de Rosamunde

La trilogía Las Joyas de Kinfairlie está dedicada a mis lectores, con un sincero agradecimiento por su lealtad y apoyo. Que disfruten leyendo sobre las Joyas de Kinfairlie tanto como yo he disfrutado escribiendo sus historias.

LA BELLA NOVIA

PRÓLOGO

Kinfairlie, en la costa este de Escocia, abril de 1421

Alexander, recién nombrado Señor de Kinfairlie, miró a su hermana con el ceño fruncido.

No hubo ningún efecto inmediato. De hecho, Madeline le concedió una sonrisa encantadora. Ella era una mujer hermosa, de cabello oscuro y ojos azules, su tono y belleza eran tan llamativos que los hombres la miraban con asombro. Ella era también tremendamente inteligente y encantadora. Todos estos rasgos, junto con la veintena de hombres ansiosos por ganar su mano, solo hacían que la negativa de Madeline a casarse fuera más irritante.

"No tienes por qué estar tan molesto, Alexander", dijo ella, su tono de broma. "Mi sugerencia es de buen sentido".

"No tiene sentido que una mujer de veintitrés veranos permanezca soltera", refunfuñó él. "No puedo imaginar lo que papá estaba pensando al no haberte visto indiscutiblemente casada hace una década".

Los ojos de Madeline brillaron. "Papá estaba pensando en que yo amaba a James y que me casaría con James a su tiempo".

"James está muerto", replicó Alexander, hablando con más

dureza de lo que solía hacerlo. Habían tenido esa discusión una docena de veces y él estaba cansado de la obstinada negativa de su hermana a aceptar la verdad obvia. "Y lleva muerto la mayor parte de un año".

Una sombra tocó los rasgos de Madeline y ella levantó la barbilla. "No tenemos certeza de eso".

"Todos los hombres murieron en ese asalto a los ingleses en Rougemont; que ningún hombre sobreviviera para contar la historia no cambia la verdad". Alexander suavizó su tono cuando Madeline apartó la mirada y contuvo las lágrimas. "Ambos hubiéramos preferido que el destino de James hubiera sido diferente, pero debes aceptar que él no regresará".

A él le complació observar cómo Madeline se enderezaba y cómo el fuego volvía a sus ojos. Si ella estaba lo suficientemente animada como para discutir con él, eso solo podría ser una buena señal. "Aunque observo que una herida en el corazón tarda mucho en sanar, no te haces más joven, Madeline".

Madeline arqueó una ceja. "Ninguno de nosotros lo hace, hermano mío. ¿Por qué no te casas primero?

"Porque no es necesario". Alexander la fulminó con la mirada, de nuevo en vano. Él sabía que sonaba como un hombre cincuenta años mayor que él, pero no podía evitarlo: la negativa de Madeline a ser dócil era molesta. "Solo te pido que te cases, que lo hagas por respeto a tus cuatro hermanas menores, para que ellas también puedan casarse".

"Yo no detengo sus nupcias".

"No se casarán antes que tú y lo sabes bien. Así me lo han informado Vivienne, Annelise, Isabella y Elizabeth. Solo trato de hacer lo que es mejor para ti, ¡pero todas ustedes están unidas contra mí! "Alexander extendió las manos y luego se puso de pie, paseando por la habitación en su frustración.

Madeline, ¡maldita sea! lo miró con regocijo naciente. ¡Ella confía en que se consolará bromeando con él!

"No es una carga pequeña convertirse en señor de la fortaleza", señaló ella, la expresión en sus ojos reconociendo cuando él se dio la vuelta para mirarla. "Nada menos que cargar con todas nosotras. Estabas mucho más feliz hace un año, Alexander."

"¡Y no es de extrañar eso! ¡Esto es el infierno!" gritó él, sintiéndose mejor por ello. "¡Ninguna de ustedes hace que este nuevo deber sea más fácil de soportar para mí! ¡No estoy loco por exigirles que se casen! Estoy tratando de asegurar su futuro, ¡pero todas ustedes me desafían a cada paso! "

Madeline ladeó la cabeza, sus ojos empezaron a brillar y una sonrisa apareció en la comisura de sus labios. "¿No puedes imaginar que es una dulce venganza por todas las bromas que nos has hecho a lo largo de los años? ¡Qué delicioso es frustrar tus planes, Alexander, ahora que de repente eres severo y correcto! Piensa en todas las ranas en mi ropa de cama y las serpientes en mis pantuflas por las que ahora puedo vengarme."

"¡No seré arruinado!" rugió él y golpeó con el puño la mesa entre ellos.

Madeline chasqueó la lengua, reprendiéndolo por su demostración de temperamento. "Y yo no me casaré", dijo ella, su tono suave contradecía la determinación en su mirada. "No así de fácil. En cualquier caso, no tienes el dinero en la tesorería para ofrecer una dote, por lo que no es necesario discutir el asunto antes de que se recojan los diezmos en el otoño."

Alexander se giró para mirar por la ventana, con la esperanza de ocultar su expresión a su confiada hermana. Él podría haber tenido una banda de acero apretada alrededor de su pecho, porque conocía un detalle que Madeline no conocía. Los diezmos serían bajos ese año, le había confiado el castellano. Había habido lluvias torrenciales esa primavera y la semilla que no había sido arrastrada por el agua se había podrido en el suelo. Él se maravilló de que no había pensado en tales asuntos hasta el año pasado y se maravilló de nuevo de lo mucho que le quedaba por aprender.

¿Cómo había manejado papá todas esas preocupaciones? ¿Cómo se había reído y estado tan feliz con tanto peso sobre los hombros?

Alexander se sentía casi aplastado bajo esa desconocida carga de responsabilidad.

Su mirada recorrió el mar que agitaba debajo de las torres de Kinfairlie y lamentó nuevamente la pérdida de sus padres. Él sabía que sus hermanas lo desafiaban como una forma de desafiar la cruel verdad de la repentina muerte de sus padres, pero también sabía que no podría alimentar en el invierno venidero a todos los que actualmente residían en esa fortaleza. El castellano se lo había dicho, y en términos muy claros.

Sus hermanas tenían que casarse, y al menos las dos mayores tenían que casarse ese verano. Todas estaban en edad de casarse, desde los veintitrés veranos hasta los doce, pero Madeline era el único obstáculo para su plan.

Él se giró para mirarla, notando la preocupación que ella rápidamente ocultó. Ella debía adivinar lo que le costaba a él cambiar así su propia naturaleza, abandonar su imprudencia en favor de la responsabilidad; ella debía saber que él había asumido esa tarea por el bien de todos ellas.

Sin embargo, ella lo desafiaba.

"Podrías al menos fingir obediencia", sugirió él, la ira latía debajo sus palabras. "Podrías intentar aligerar mi tarea, Madeline, en lugar de alentar a nuestras hermanas a desafiarme".

Ella se inclinó más cerca. "Al menos podrías preguntar", replicó ella, el destello de zafiros en sus ojos mostrando que esa no sería una victoria fácil. —En verdad, Alexander, eres tan exigente en estos días que un santo te desafiaría, y lo haría simplemente por el placer de frustrar tus planes. Te has convertido en un hombre diferente desde que te nombraron señor, y es difícil de aceptar."

"Estoy tomando decisiones por lo mejor para todos nosotros", insistió él, "y tú sólo me molestas".

Madeline sonrió con maldita confianza. "No estás molesto. Quizás estés irritado."

"Molesto", contribuyó otra voz femenina. Vivienne inclinó la cabeza por la esquina, revelando que había estado escuchando toda la conversación. El cabello de Vivienne era de un tono rojizo y sus ojos eran de un verde oscuro. Por lo demás, compartía las virtudes de Madeline y no pocos de sus defectos, incluido el hecho de que también debía casarse antes de la cosecha.

Alexander apretó los dientes ante la delgada perspectiva de triunfar dos veces en ese desafío.

Tres mujeres más bajas se asomaron por el borde de la puerta, con los ojos brillantes de curiosidad. Annelise tenía dieciséis años, cabello castaño rojizo y ojos azules como acianos; Isabella tenía catorce años con ojos de un verde vivo, cabello rojo anaranjado y pecas en la nariz; Elizabeth tenía el pelo de ébano como él y Madeline, sus ojos de un verde asombroso. La vista de todas esas trenzas descubiertas, la marca de las doncellas solteras, hizo que las entrañas de Alexander se apretaran.

Ya no eran simplemente sus hermanas, sus camaradas o incluso las víctimas de sus bromas; ellas y su futuro eran responsabilidad de él.

"Pero ciertamente no estás molesto, Alexander", continuó Vivienne con una sonrisa.

Madeline asintió con la cabeza. "Cuando Alexander se enoja de verdad, grita. Así que sepan esto, Annelise, Isabella y Elizabeth, no han enojado realmente a Alexander hasta que él ruge como para levantar el techo." Las cinco mujeres se rieron y eso fue suficiente.

"¡Estoy realmente molesto!" gritó Alexander. El único resultado de su arrebato fue que las tres mujeres más jóvenes asintieron.

"Ahora está molesto", dijo Annelise.

"Se nota por la forma en que grita", estuvo de acuerdo Elizabeth.

"Así es", dijo Madeline, esa sonrisa burlona curvó sus labios de nuevo. "Pero aún es un hombre de honor, en eso todas podemos confiar". Ella se levantó y le dio a Alexander un beso en cada una de sus mejillas.

Ella le sonrió con una seguridad que le hizo desear estrangularla, porque ella tenía razón.

"Aun así, no levantará la mano contra una mujer". Madeline le dio unas palmaditas en el hombro, como si él no fuera más amenazador que un gatito. Me casaré cuando así lo desee, Alexander, y ni un día antes. No temas, todo se resolverá lo suficientemente bien al final."

Con eso, Madeline salió de la habitación, reuniendo fácilmente a sus hermanas a su alrededor. Ellas hablaron de kirtles, camisones y zapatos nuevos. Elizabeth exigió una historia y, cuando Vivienne obedeció, sus voces se desvanecieron.

Alexander se sentó pesadamente y puso su cabeza entre sus manos. ¿Qué iba a hacer él?

EN ESE MISMO MOMENTO, debajo de la vecina fortaleza de Ravensmuir, había un alboroto en las cavernas.

Ravensmuir estaba levantado en la costa, y los hombres habían aumentado la red de cuevas naturales bajo sus altos muros durante eones[1]. En los últimos siglos, una familia llamada Lammergeier, que traficaba con reliquias religiosas, había reclamado Ravensmuir y había llenado las cavernas con su tesoro. Se decía que ningún alma podía invadir las cavernas, y mucho menos robarlas, sin el conocimiento del Señor de Ravensmuir.

Lo que explicaba la presencia de una pequeña hada —un spriggan[2], de hecho— durmiendo felizmente en el tesoro, porque se sabe que las hadas no tienen alma. En cuanto a los spriggan, en caso de que nunca hayas visto uno (y es dudoso que los hayas visto) son bastante pequeños, lo suficientemente pequeños como para dormir en la mano de una persona. También son bastante poco atractivos, aunque Darg, porque ese era el nombre del spriggan, era incluso más ordinaria que la mayoría.

Darg era completamente oscura, como cubierta por la corteza de un viejo árbol nudoso; y su cabeza no era más que un cardo[3], con la parte larga y puntiaguda que formaba su nariz y las cerdas eran lo que pasaba por su cabello. Ella tenía pequeños ojos oscuros como perlas y pequeños dedos rápidos, e incluso teniendo en cuenta lo extraña que era su apariencia, cualquier persona pensante concluiría con un vistazo de que Darg era una pequeña ladrona codiciosa (y esa persona habría tenido razón). No podrías haber adivinado su género, no es que importara mucho y, de hecho, probablemente nunca la verías.

Sin embargo, ella estaba allí, en las cavernas de Ravensmuir.

Darg había reclamado un relicario para su cama, hacía algunos años. Aunque inicialmente le había molestado la intrusión de esos despojos extranjeros en su bonita y oscura cueva, ese relicario dorado tenía un bonito brillo. También tenía un nido de suave cabello dorado enrollado cuidadosamente dentro de él. (Darg no sabía, ni le importaba, que se decía que eran tres cabellos sagrados de la propia Santa Úrsula, que había salvado a diez mil vírgenes y cuyos cabellos rubios le habían caído hasta los tobillos).

A Darg le gustaban especialmente los cristales redondos a los lados del relicario, a través de los cuales podía asomarse, sobre todo porque su curva se distorsionaba en formas absurdas. Como hada, aunque pequeña con una inclinación por causar problemas, a Darg le gustaban las formas fantásticas y las ilusiones ópticas.

Ella misma podría hacer algunas bastante impresionantes. Los spriggan son conocidos por su capacidad de convertirse en enormes fantasmas cuando se enojan o se sorprenden. En esta manifestación, lamentablemente, la mayoría de los mortales pueden verlos y a menudo los confunden con fantasmas vengativos.

Los spriggan son vengativos, sin duda, pero no son fantasmas.

Este nuevo ruido fue suficiente para despertar a Darg, que había dormido satisfecha durante varias décadas. De hecho, ella había estado en silencio en las cuevas durante tanto tiempo —desde que un señor llamado Merlín había renunciado al dominio familiar— que Darg había llegado a pensar en el reluciente tesoro como suyo. Había una mortal que venía a asaltar el tesoro, una mujer de largo cabello rojo y modales audaces que Darg nunca había logrado detener.

Al sonido de voces mortales, Darg se despertó con un bostezo, un estiramiento y una mueca, luego miró a través del gran cristal de roca transparente. Ella estaba segura de que la mujer sería la responsable, estaba segura de que tal vez Darg se vengaría esta vez. De hecho, estaba considerando qué forma grande y aterradora en particular sería más efectiva cuando vio la impactante verdad.

Los intrusos eran hombres. Una buena docena de hombres. ¿Qué planeaban? Darg entrecerró los ojos para mirar.

"Sí, la mayor parte debe ser llevada al salón", dijo uno moreno que parecía algo familiar. "Rosamunde clasificará lo que se venderá una vez que esté allí".

"¡Pero hay tanto!"

"No se puede ver ni la mitad", dijo el primer hombre, luego señaló hacia la oscuridad apenas penetrada por sus linternas parpadeantes. "Se dice que hay cavernas ocultas con pilas de esto. Sospecho que estas cuevas nunca se limpiarán por completo, ya que probablemente mucho se ha olvidado."

Los tres hombres que lo acompañaban silbaron con admiración. La evaluación en sus expresiones era una expresión familiar para Darg, pero una que le molestaba cuando miraban su tesoro.

"Será mejor que comencemos", dijo el primer hombre. Los otros hombres gruñeron y empezaron a llenar cestas y cajas con baratijas doradas. Cada hombre trabajaba apresuradamente, recogiendo puñados de mercancías, sin importarle lo que se mezclaba. Darg estaba indignada.

Pero no tan indignada como se puso cuando levantaron las cajas y volvieron a las escaleras que conducían al torreón.

Estaban llevándose las reliquias.

¡Estaban robando el tesoro de Darg!

"¡Aiiiii!" Darg saltó de su escondite y gritó con todo su poder. Sin un plan, se transformó enojada en una enorme nube roja. La nube brillaba en medio de una niebla, gritaba, tenía la altura de seis hombres. Pareció empujar las paredes y el techo de la caverna, apagó las linternas que habían traído los hombres.

Y luego gritó un poco más.

Esa era la mayor diversión que Darg había tenido en siglos.

Los hombres, sin embargo, estaban aterrorizados. Algunos dejaron caer sus cajas. Corrieron hacia las escaleras, chocando entre sí en su frenesí por irse.

"¡Deténganse! ¡Cálmense!" gritó el primer hombre, pero nadie le hizo caso. "¿Qué clase de hombres son para tener miedo de la oscuridad?" rugió él, sus palabras apenas discernibles sobre el estruendo de las botas de los hombres en las escaleras.

Al quedarse solo, encendió su linterna de nuevo, con expresión de disgusto. Maldijo, luego se inclinó para levantar una caja de reliquias. Darg gritó de nuevo, creyéndolo extraordinariamente valiente, pero él no le prestó atención. Él frunció el ceño y luego colocó con cuidado otras dos piezas de oro en su caja. Darg se giró hacia su cara, rodeándolo con un rojo furibundo, luego gritó de nuevo. Él probó el peso de su carga y luego se enderezó para irse.

Darg retrocedió asombrada. Él no podía verla, en ninguna de las formas. Entonces ella se encogió a su forma habitual, porque no tenía sentido gastarse sin ningún propósito. En verdad, ella se sintió algo decepcionada, un poco despojada de su terror. Ella observó al hombre moreno, tratando de descubrir qué había de diferente en ese mortal. Ella no sacó conclusiones, porque sabía muy poco sobre los mortales.

Luego él levantó la caja y se volvió hacia las escaleras.

¡No! ¡Él no podía huir con su tesoro! Darg corrió por la caverna y saltó sobre el hombro del ladrón. Ella se encajó en el aro oscilante de su pendiente de oro y cabalgó hasta la raíz del problema.

Ella apostaría a que la pelirroja estaba detrás de esa travesura. Darg también habría apostado a que la pelirroja sabía poco del tipo de travesuras que Darg podía hacer. Darg se encontró anticipando los estragos que podría causar con ese cierto júbilo malicioso que es exclusivo de los spriggan.

La defensa de su tesoro podría resultar divertida, de hecho.

Afortunadamente, ella había descansado bien.

~

ALEXANDER TODAVÍA ESTABA SENTADO con la cabeza entre las manos en Kinfairlie, aunque el cielo estaba más oscuro cuando llegaron sus visitantes.

"De hecho, se ve bastante triste", dijo una voz familiar, la risa debajo de su tono. "Así que nos lo advirtieron".

Alexander miró hacia arriba cuando su tía Rosamunde se sentó sobre la silla que Madeline había abandonado. Ella se sacudió las horquillas del pelo con impaciencia característica. Las trenzas iluminadas por el sol cayeron sueltas sobre sus hombros y ella suspiró aliviada.

Su ánimo se levantó al verla, porque él y Rosamunde habían planeado muchas bromas juntos a lo largo de los años. La de ella era un alma traviesa y no era reacia a desafiar las convenciones o correr riesgos.

Ella le guiñaba un ojo ahora, aunque se dirigió al otro visitante. "Apostaría a que las hermanas son su desgracia, Tynan".

"Eso no es una gran apuesta", dijo el tío Tynan con gravedad, sacudiendo su capa antes de apoyarse en el borde de la ventana. Él era un hombre sobrio, siempre sopesando los costos y aconsejando cautela. "Están demasiado felices como para no haber triunfado recientemente sobre Alexander". El hombre mayor sonrió levemente a su asediado sobrino. "Estás superado en número y aún más agobiado por el honor. Esas cinco usarán cualquier medio en tu contra."

Esa pareja había hecho una alianza poco probable en los últimos años, ya que se había revelado que no eran primos de sangre. Rosamunde había sido adoptada por Gawain y Evangeline, que todos sabían, pero no era la hija bastarda de Gawain, como todos habían creído durante mucho tiempo. Tynan era hijo del hermano de Gawain, Merlín. Aunque las chispas habían volado durante mucho tiempo entre esta pareja, se habían mantenido a distancia, creyéndose familiares. Nadie se había sorprendido más por la revelación de que no compartían sangre que ellos.

Había una nueva apreciación entre ellos en los últimos años, y una que Alexander no deseaba explorar. ¿Quién sabía lo que sucedía en la fortaleza de su tío, Ravensmuir, cuando el barco de Rosamunde estaba atracado en su bahía? El trabajo de Rosamunde como intermediaria de reliquias religiosas, tanto genuinas como algo menos genuinas, significaba que Alexander sabía que era mejor no hacer preguntas.

Entonces él sacudió la cabeza e hizo una mueca. "Podría estrangular a Madeline".

Rosamunde rechazó la idea. "Pero luego tendrías que enfrentarte a un tribunal y la justicia del rey, y algo de la miseria del encarcelamiento".

"Sin mencionar el purgatorio, si no el infierno en sí", agregó Tynan.

"No vale la pena", dijo Rosamunde con sabiduría, luego le guiñó un ojo de nuevo. "¿Qué ha hecho Madeline, o se ha negado a hacer, esta vez?"

"Ella se niega a casarse. Cree que me hace un favor al ahorrar dinero en la tesorería". Alexander suspiró y luego bajó la voz. "Pero no hay dinero y no habrá ninguno pronto. El castellano dice que la cosecha será mala y me temo que no podré alimentar a todos dentro de estos muros este invierno".

"¿Las demás?" Tynan exigió, inclinándose hacia adelante en su interés.

—Supongo que se niegan a casarse antes de Madeline —sugirió Rosamunde en voz baja.

Alexander asintió con tristeza. Sus invitados intercambiaron una mirada, luego Rosamunde se aclaró la garganta. "¿No echas de menos los viejos tiempos, Alexander, cuando tus hazañas eran las más escandalosas de todas?"

"Tengo deberes ahora, y una obligación con la confianza de papá", dijo Alexander, su tono muy obediente más allá de lo creíble.

"Y así se ha ido toda la chispa de tus días y tus acciones". Rosamunde se echó hacia atrás y negó con la cabeza, sus ojos brillaban con malicia. Creo que deberías sorprender a Madeline. Después de todo, has intentado razonar con ella y sin éxito."

"Rosamunde..." dijo Tynan, la única palabra llena de advertencia.

Rosamunde se inclinó hacia Alexander, sin inmutarse. "Vinimos este día para informarte de nuestro acuerdo de deshacernos de todas las reliquias en Ravensmuir. Tynan ya no las tolerará debajo del techo, porque se cansa de mis visitas nocturnas para saquear su tesoro.

Tynan resopló, pero no dijo nada.

"¿Seguramente no puedes tener la intención de abandonar tu oficio?" Alexander preguntó sorprendido. "Pensé que tenías mucho éxito en esa función".

Rosamunde se encogió de hombros y miró a Tynan. Un color seductor tocó sus mejillas, luego se encontró con la mirada de Alexander nuevamente. No me hago más joven, Alexander, y el riesgo de los mares tiene menos atractivo que antes. Quizás me convierta en monja".

Ambos hombres se rieron a carcajadas ante esta perspectiva, y Rosamunde se rió entre dientes a su vez.

"Estamos de acuerdo en que el negocio familiar finalmente se detendrá", continuó ella con más sobriedad. "Y también que la última de las reliquias debe dejar Ravensmuir para asegurarse de que Tynan tenga paz".

"¿Pero qué vas a hacer con ellas?" preguntó Alexander. "¿Seguramente no pretendes concederlas como regalo?"

Tynan se rió oscuramente. "Realmente sería un donante generoso".

"Tenemos la intención de subastarlas, a mediados de mayo, cuando todos están ansiosos por una diversión", declaró Rosamunde con los ojos brillantes. "Invitaremos a nobles, obispos y caballeros de toda la cristiandad a competir entre sí por estos premios. Será una gran fiesta y un final apropiado para mi oficio."

"Madeline podría encontrar un esposo allí", reflexionó Alexander, pero su tía se rió en voz alta.

"¡Sé más audaz que eso, Alexander!" declaró ella. "Suenas como un hombre tres veces mayor que tu edad".

—Rosamunde —advirtió Tynan de nuevo, pero no se le prestó más atención que la primera vez.

De hecho, la voz de Rosamunde bajó y golpeó con un dedo la rodilla de Alexander. La travesura emanaba de todos sus poros. Tal vez, Alexander, deberías subastar la Joya de Kinfairlie. Dijiste que necesitabas dinero."

Alexander miró entre los dos. Tynan se llevó la mano al ceño y sacudió la cabeza con aparente desesperación. Rosamunde parecía tan encantada consigo misma que Alexander supo que se había perdido algún detalle crítico.

"Pero no hay Joya de Kinfairlie", comenzó él con cautela. Rosamunde se echó a reír y la comprensión amaneció. "¡Oh! ¡Pero Madeline me detestaría para siempre si subastara su mano!

"¡Shhhh!" aconsejó Rosamunde. Tynan, con evidente resignación, cerró la puerta y se apoyó en ella.

Alexander miró entre los dos, su sangre se aceleró ante la perspectiva. Oh, bien podía imaginarse lo enfurecida que estaría Madeline, y realmente la perspectiva le dio algo de placer. "No debería atreverme", dijo él con cuidado.

Rosamunde se rió. "Hubo un tiempo en el que te habrías atrevido a mucho más que esto para vencer a Madeline". Ella apoyó los codos en las rodillas. "¿No me digas que tengo que desafiarte a hacer esta hazaña? Alexander, ¿qué ha sido de ti? ¿Seguramente el rufián que conocimos y amamos aún está en tu corazón?

Y eso fue todo lo que hizo falta.

Alexander levantó un dedo. "Haremos esto con una condición. Recopilaré una lista de los que considero adecuados, y solo a esos hombres se les informará que la Joya de Kinfairlie está a la venta."

"No hay nada de malo en una subasta privada, siempre que todos los invitados tengan carteras pesadas", admitió Rosamunde.

"No puedo creer que yo sea parte de esta tontería", refunfuñó Tynan.

"Por supuesto, tú eres parte de esto", dijo Rosamunde secamente. "Eres tú quien debe pasar la voz". Ella le dio una palmada en el brazo y una chispa bailó entre los dos, una tan caliente que Alexander se sintió obligado a apartar la mirada. "¿Quién mejor para garantizar de manera silenciosa y competente que se satisfagan las necesidades de nuestra sobrina?"

El fantasma de una sonrisa tocó los labios de Tynan. "También vine con una propuesta para ti, Alexander, y una que tal vez encuentres oportuna. Es apropiado que un tío entrene a sus sobrinos para el título de caballero. Si lo deseas, llevaré a tu hermano Malcolm a Ravensmuir, porque tiene la edad suficiente para ser entrenado.

Eres demasiado amable, tío. Y sé que Malcolm agradecerá esta confianza. Él siente un gran cariño por ti y está muy ansioso por comenzar su entrenamiento militar."

"Y si lo deseas", continuó Tynan. "Podría enviar un mensaje al Halcón. No dudo que él tomaría a Ross bajo su cuidado y lo entrenaría. Podría ser un buen plan, porque Hawk tiene muchos hijos propios con los que Ross podría practicar."

"Aliviaría otra boca de tu mesa este invierno", dijo Rosamunde en voz baja.

Alexander sintió que su carga se aliviaba. Eres demasiado amable por ayudarme en esto.

"Somos familia", dijo Rosamunde con firmeza. "Es nuestro deber solemne ayudarnos unos a otros, y ustedes necesitan más ayuda que la mayoría en estos tiempos".

"Te agradezco tu consejo y tu ayuda", dijo Alexander, sabiendo que se mostraba su gratitud.

"Debes conseguir llevar a Madeline a Ravensmuir para la subasta", dijo Rosamunde con determinación. "Porque si ella adivina la verdad antes de que se completen las nupcias, habrá problemas. Debemos actuar con prisa y atrevimiento para tener éxito".

"¡Ay de este plan en particular!", Dijo Tynan sombríamente.

Rosamunde se rió. "Siempre dices lo mismo. Sin embargo, tengo la sensación de que Madeline podría encontrar su esposo"

"Se ha dicho durante mucho tiempo que ves más que la mayoría", reconoció Tynan.

"Sin embargo, no veo lo que es evidente para todos", admitió Rosamunde con una sonrisa. "Si se me diera una opción, no estoy segura de cuál elegiría, pero la decisión fue hecha por mí".

Sus bromas hacían que todo pareciera correcto. Por primera vez en muchos meses, Alexander sintió que comenzaba a sonreír. Con tal plan, se podrían resolver muchas cosas, y realmente una parte traviesa de él esperaba molestar a Madeline como lo había hecho durante décadas. De lo contrario, no habría sido su hermano mayor.

"Quiero asegurarme de que se encuentre con su esposo". Alexander imaginó la indignación de Madeline y se rió entre dientes, incluso mientras reunía una lista de pretendientes que él sabía que la tratarían bien. En un año, Madeline se olvidaría de su prometido perdido, James, y la herida de su corazón sanaría. Él sabía con absoluta certeza que ella sería feliz una vez que se casara y tuviera un bebé en el vientre. Al cabo de un año, Madeline le agradecería enormemente su atrevida hazaña.

Verdaderamente, esa era la mejor solución posible.

"Pero he sido negligente", dijo Alexander con una cordialidad que no podría haber imaginado que pronto volvería a sentir. "Ustedes son mis invitados, pero no tienen ni vino ni cerveza en la mano. Vengan al salón, vengan y diviértanse con todos nosotros. Su presencia en Kinfairlie es bienvenida. Les doy las gracias, tíos, porque me han traído buenas nuevas y un consejo bienvenido".

MIENTRAS TANTO, a unos kilómetros de la costa que da al Mar del Norte, un guerrero se reunía con un sacerdote. El guerrero era un extraño para todos en Kinfairlie y en Ravensmuir, aunque su búsqueda pronto lo llevaría a esas puertas. Él buscaba a otra Madeline, Madeline Arundel, una Madeline que debería haber tenido el doble de edad que la Madeline Lammergeier que conocimos en Kinfairlie. Alnwyck era el torreón donde se encontraban el sacerdote y el guerrero, y ese era el día en que se resolvería un misterio para el guerrero.

Rhys FitzHenry tocó con la yema del dedo el nombre inscrito en el registro. Después de muchos meses de búsqueda, finalmente había encontrado a su prima Madeline Arundel.

Ella había muerto en el invierno de 1398, unos veintitrés años antes.

Rhys miró por la ventana de la capilla, ciego a la orilla azotada por el viento más allá de esos muros de piedra. Llovía, un repiqueteo constante sobre el techo que arrojaba plata sobre el mar y la costa. Pero en la mente de Rhys, veía a su prima en un día de verano, con margaritas entretejidas en su cabello azabache, con la mano entrelazada en el firme apretón de Edward Arundel. Eran jóvenes, hermosos y vigorosamente felices.

Su tío Dafydd había llamado a Madeline una novia tributo, una mujer intercambiada en matrimonio para sellar un tratado entre nuevos aliados, pero nadie hubiera creído que Madeline se había casado con Edward solo por deber. Había estrellas en sus ojos y risas en su voz: incluso esos dos viejos guerreros responsables de las nupcias, Dafydd y el propio Owain Glyn Dwr, habían sonreído ante su alegría. Rhys solo había sido un niño, pero recordaba bien el júbilo de ese día.

Madeline había vivido apenas un año después de eso. Era imposible de creer, aunque no era de extrañar que nadie lo supiera, dado el caos que se había apoderado de Gales en esos años. El corazón de Rhys se apretó al recordar la risa de la pareja cuando partieron para reunirse con la familia del caballero en Northumberland.

Un año habían saboreado juntos. Parecía demasiado poco para la felicidad que habían encontrado.

"Dios bendiga su alma", murmuró el sacerdote y Rhys hizo eco de la bendición.

Él se dio cuenta de que estaba decepcionado, aunque lógicamente no debería haberlo estado. Aunque recordaba a Madeline sólo vagamente, aunque ella sola podría haber frustrado sus ambiciones, él deseaba que su búsqueda hubiera terminado de manera diferente.

No habría sido del todo malo haber encontrado a algunos parientes que quedaran respirando en esos tiempos lamentables. La rebelión en Gales contra la corona inglesa había arrancado la fruta más madura de su árbol genealógico, y quedaban muy pocos de la familia de la infancia de Rhys con vida.

Con Madeline muerta, él mismo poseería Caerwyn. Rhys cerró los ojos por un momento, el vigor de su deseo debilitó sus rodillas. Él había crecido en Caerwyn, había aprendido a blandir una espada allí, se había unido a las filas para defender sus muros cuando aún era un joven. Él amaba esa propiedad más que su vida, él había soñado con poseerla, él había perdido la esperanza de que tal fortuna pudiera llegarle.

Pero contra todas las posibilidades, Caerwyn sería suya.

Rhys le dio al nombre de Madeline una última caricia de despedida, luego notó una palabra que no había visto antes.

"¿Al dar a luz?" le preguntó al sacerdote, el miedo fundiéndose en él. "¿Madeline murió al dar a luz?

El sacerdote asintió, "Lo siento, hijo mío, pero no es poco frecuente que las mujeres fallezcan de ese modo. Se decía que su esposo, Edward, era devoto a ella, y no dudo que él le haya procurado lo servicios de la mejor partera..."

"¿Pero qué le pasó al bebé?" Rhys temió que su búsqueda estuviera solo parcialmente completada. El bebé sería un descendiente directo de Dafydd. El bebé podría heredar Caerwyn en vez de Rhys.

¡Él debía saber el paradero del bebé!

El sacerdote sonrió. "Tienes una bondad poco común para una simple prima, hijo mío. Que amable de tu parte preocuparte por el bebé de tu prima."

Rhys habló a través de dientes apretados. "¿Qué le pasó al bebé?"

"Tal vez murió también." El sacerdote tosió. "Tal vez el padre lo crío él solo, o se casó otra vez."

"¡Debo saber lo que sucedió!" gritó Rhys y el sacerdote se sorprendió ante su vigor. Él se arrepintió inmediatamente. "Lo siento, Padre, pero el asunto es de suma importancia para mí." Rhys tragó. "Este bebé podría ser la última alma de mi linaje."

"Por supuesto, por supuesto. Tu devoción es muy admirable, hijo mío." El sacerdote pasó un dedo por el registro y frunció el ceño. "Ninguna otra muerte está registrada aquí este año. No puedo imaginar que el bebé haya muerto sin misa si el sacerdote registró la muerte de la madre. No hay mención de un bautizo, pero mi predecesor no siempre era diligente en sus registros, ¿Ningún bebé fue devuelto a la familia de la dama Madeline?"

"No." Rhys estaba seguro de eso.

"Qué curioso. Quizás permaneció aquí, con el padre..." El sacerdote musitó mientras desenrollaba el pergamino, y Rhys apenas se contuvo de agarrar el documento de las manos del viejo sacerdote.

"¡Ah!" El sacerdote le dio a Rhys una sonrisa. "Hay una nota aquí en 1403 que podría ser útil. La dama Catherine de Kinfairlie asistió a la misa funeraria del caballero Edward Arundel, quien murió en batalla con Henry Percy." El sacerdote miró hacia arriba. "Está escrito que el viejo conde de Northumberland lloró un millar de lágrimas por la muerte inoportuna de su hijo y heredero, Henry Hotspur."

"Así se dice en los cuentos, yo tambien lo sé."

"Pero el registro establece que esta dama Catherine tomó entonces al bebé de Edward bajó su cuidado, ya que ambos padres habían muerto. "Él asintió. "Uno podría asumir que las dos damas eran amigas, por lo que la dama Catherine cuidaría del bebé de la dama Madeline. " Él se quitó los espejuelos y observó a Rhys. "Tal vez tu linaje se pueda encontrar en Kinfairlie, hijo mío."

"Quizás." Rhys se puso los guantes, sabiendo que su búsqueda aún no estaba completada. "¿Dónde se haya este Kinfairlie, Padre?"

CAPÍTULO 1

*L*a subasta de las reliquias de Ravensmuir prometía ser el acontecimiento de la década. Madeline y sus hermanas habían pasado el breve intervalo entre el anuncio y el evento asegurándose de lucir lo mejor posible. El tío Tynan había declarado imperativo que aparentaran no necesitar el dinero, y sus sobrinas hicieron todo lo posible por cumplir.

Era más que conveniente que pudieran pasar kirtles de una a otra, aunque inevitablemente había que hacer modificaciones. Podrían ser hermanas, ¡pero apenas tenían la misma forma! Había que levantar o bajar los dobladillos, fruncir las costuras más apretadas o soltarlas, y se requerían trozos de bordado para hacer que cada prenda fuera "nueva" para su última destinataria.

Invariablemente había desacuerdos entre cada una y su hermana menor, pues su gusto por la ornamentación variaba enormemente. Madeline prefería sus prendas sencillas, mientras que Vivienne saboreaba los espléndidos bordados en los dobladillos, preferiblemente de hilo dorado. Esas dos no discutían más, aunque una vez lo hicieron con vehemencia, porque a Madeline le disgustaba mucho bordar y había estado convencida de niña de que era injusto para ella soportar una odiosa tarea simplemente para complacer a su hermana.

Ahora, inclinaban sus cabezas juntas para hacer que los kirtles desechados de Madeline se adaptaran mejor a Vivienne, mientras que la aguja rápida de Vivienne hacía que cualquier atuendo nuevo destinado a Madeline fuera un trabajo rápido. Vivienne también era más alta que Madeline, aunque era más joven, por lo que los dobladillos tenían que bajarse.

Annelise era más baja incluso que Madeline, por lo que esos dobladillos tenían que doblarse dos veces cuando le pasaban un kirtle a ella. Eso a menudo significaba que los mejores bordados estaban ocultos a la vista, aunque eso se adaptaba al gusto más austero de Annelise. Isabella, lamentablemente, era casi tan alta como Vivienne, pero no podía soportar los bordados dorados. Su cabello era del tono rojo más brillante entre todas las hermanas y estaba convencida de que el oro del hilo hacía que su cabello pareciera ardiente y poco atractivo. Cuando los kirtles se le pasaban, las hermanas cubrían el oro con plata y otros tonos, y los kirtles resplandecerían de verdad.

Finalmente, Elizabeth tenía el último uso de cada kirtle. Eso nunca había sido un problema, ya que ella parecía forjada para igualar perfectamente la altura de Isabella y no tenía un gusto demasiado particular. Elizabeth era una niña inclinada a soñar, y a menudo se burlaba de que daba más mérito a lo que no podía ver que a lo que estaba directamente frente a ella.

Pero había un nuevo desafío este año, porque Elizabeth tenía doce veranos y sus cursos habían comenzado. Con sus cursos, su figura había cambiado radicalmente. De repente, tenía un busto mucho más generoso que el de sus hermanas mayores, lo que significaba que se ponía carmesí cuando cualquier hombre miraba en su dirección, además de que las faldas de Isabella no le servían. Resultó que no había tela suficiente incluso con los cordones completamente sueltos para otorgarle a Elizabeth una apariencia de gracia.

Siguieron las lágrimas, hasta que Madeline y Vivienne idearon un panel bordado que podría agregarse a cada lado de los kirtles en cuestión. Isabella, que era la más inteligente con una aguja, bordaba patrones a lo largo de su longitud que combinaban tanto con el bordado que ya estaba en el dobladillo que el panel parecía haber sido parte del kirtle todo el tiempo.

Los zapatos, las medias y las fajas se tomaron su tiempo para ser arreglados, pero cuando las hermanas llegaron a Ravensmuir y fueron convocadas a la cámara de la subasta, nadie pudo haber criticado su esplendor. Incluso habían confeccionado nuevos abrigos para sus hermanos, el de Alexander con el orbe resplandeciente de la cresta de Kinfairlie en el frente, como era ahora su derecho.

Así CABALGARON bajo las puertas de Ravensmuir, ataviados con sus mejores atuendos. Un jinete se acercó rápidamente detrás de ellos, un solo hombre sobre un caballo moteado. Estaba vestido de oscuro y su capucha estaba echada sobre su yelmo. Madeline se fijó en él porque montaba un caballo de caballero pero no tenía escudero. No parecía ser tan rudo como un mercenario.

Curiosamente, Rosamunde respondió a algunas llamadas enviadas por él al salón. Gritó un saludo a esta misteriosa llegada, luego se inclinó para escuchar lo que fuera que él murmurara. Madeline sentía curiosidad, porque no podía imaginar qué mensajero buscaría allí a su tía, ni tampoco qué tipo de mensajero montaría un caballo de torneo en lugar de un caballo más ágil. Él no tenía más que un perro como compañero.

"Los colores de Kinfairlie te sientan bien", dijo Vivienne, dándole un afectuoso tirón al tabardo de Alexander.

"¡Este trabajo es una maravilla!" declaró Alexander, otorgándole a sus hermanas una brillante sonrisa. "Todas ustedes me miman demasiado, compartiendo el trabajo de sus agujas". Él besó a cada una de ellos en ambas mejillas, comportándose más como un anciano que como el pícaro que conocían y amaban. Sus modales exagerados dejaron a las hermanas desconfiando y sospechando.

"No estabas tan emocionado en Kinfairlie, cuando te lo dimos", señaló Vivienne.

"Pero aquí hay muchos para apreciar las raras habilidades de mis hermosas hermanas".

Años de bromas hechas por este mismo hermano hicieron que las cinco hermanas miraran por encima del hombro.

"Pensé que nos harías cosquillas", se quejó Elizabeth.

"O harías muecas", añadió Isabella.

"O dirías que nos habíamos equivocado en algún detalle de la insignia", contribuyó Annelise.

"Dar cumplidos es muy impropio de ti", concluyó Vivienne.

Alexander sonrió como un ángel. "¿Cómo podría quejarme cuando han sido tan benditamente amables?" Las hermanas retrocedieron como una sola, todas preparadas para lo peor.

"No confíen en él", aconsejó Madeline, y las dos hermanas mayores asintieron con la cabeza.

"Alexander es tan alegre solo a expensas de otro", convino Vivienne.

"¿Yo?" preguntó Alexander, todo falsa inocencia y encanto.

"Bueno, al menos no estás vestido como una duquesa", se quejó Malcolm. Hizo un gesto hacia el bordado de su tabardo. "Esto es demasiado lujoso para que un hombre entrene para ser un caballero".

"Al menos no tienes que usar este horrible verde", dijo Ross. sacudiendo su propio abrigo. "No me atrevería a nombrar este tono".

"Coincide con tus ojos, tonto", le informó Annelise con malicia.

"Pasamos días eligiendo la tela perfecta", agregó Isabella.

—Te cedí ese trozo de lana, Ross —dijo Vivienne. "Y no aceptaré con amabilidad ninguna sugerencia ahora de que sería un vestido más fino que un abrigo".

Ross hizo una mueca y tiró del dobladillo de su abrigo, como si tuviera ganas de dejarlo a un lado. "Los otros escuderos de Inverfyre se burlarán de mí, por vestirme con más elegancia que cualquier doncella vanidosa". Él tiró del tabardo con irritación. "¿Y si el Halcón no me lleva a su corte?"

"No tienes que temer a nada. Nuestro tío es muy justo y Tynan ya le ha enviado una misiva —dijo Madeline con dulzura—. Su mirada siguió al extraño y a Rosamunde cuando entraron en el torreón, su curiosidad no saciada por lo que había visto.

—Una doncella podría notarte, Ross, si te ves lo mejor posible —sugirió Elizabeth tímidamente. Ross se sonrojó de color escarlata, lo que hizo poco por halagar el tono fogoso de su cabello.

"Nuestros dedos están sangrando, nuestros ojos están doloridos", dijo Vivienne con un movimiento de su cabello. "¡Y esta es la gratitud que recibimos! Esperaba una bendición de mis agradecidos hermanos."

"Una rosa en invierno", exigió Annelise.

"¡No existe tal cosa!" se burló Malcolm.

"Deberías comprometerte a partir en una búsqueda", sugirió Elizabeth. "Una promesa de buscar un tesoro para cada una de nosotras".

"Hermanas", dijo Ross poniendo los ojos en blanco, luego marchó hacia el mozo más cercano.

Entonces Madeline no tuvo más tiempo para preguntarse por el extraño que había convocado a Rosamunde. Había el ajetreo habitual de la llegada, de caballos en los establos y mozos de cuadra corriendo, de escuderos y pajes apurados, de presentaciones y renovaciones de amistades. Había que pasar la copa del estribo, tenían que vestirse las hermanas y había que reunir la compañía.

Pronto, llegaría el momento. ¡La subasta que todos esperaban, la subasta que hacía que el aire hormigueara en Ravensmuir!

"¡TODA alma de la cristiandad debe estar aquí!" Vivienne le susurró a Madeline cuando entraron en la cámara detrás de Alexander. Docenas de hombres observaron su entrada y se hicieron a un lado cortésmente mientras la familia avanzaba hacia el frente de la cámara.

"No tantas almas", dijo Madeline. Ella se había sentido incómoda desde su llegada, porque los hombres parecían tener un interés poco común en ella.

"Quizás encuentres un marido aquí", dijo Vivienne con un guiño alegre. "Alexander está muy decidido a que elijas pronto".

"Elegiré en mi propio tiempo y no antes", dijo Madeline con suavidad, luego supo una manera de distraer a su hermana. "Quizás Nicolás Sinclair estará aquí", agregó ella con un tono burlón.

Vivienne se agitó el cabello ante la mención de su antiguo pretendiente. "¡Él! No tiene el dinero para esto".

Alexander se hizo a un lado e hizo un gesto para que Madeline y Vivienne lo siguieran. Él parecía rígido y extraordinariamente serio.

—Sonríe, hermano —le susurró Madeline al pasar. "Nunca llamarás la atención de una doncella alegre con un semblante tan amargo".

"¡El Señor de Kinfairlie debe necesitar un heredero!" bromeó Vivienne con una carcajada.

Alexander solo desvió la mirada.

"Nunca permanece sombrío por mucho tiempo", dijo Vivienne mientras se sentaban en el banco. "¡Mira! Ahí está Reginald Neville.

Madeline no le dedicó más que una mirada al vanidoso muchacho que se imaginaba estaba enamorado de ella. Como de costumbre, su atuendo no solo era muy fino, sino que se esforzaba demasiado para asegurarse de que todos lo notaran. Incluso mientras la saludaba, mantuvo su capa abierta con la otra mano, para que se pudiera admirar mejor su bordado.

"Solo lo he rechazado una docena de veces". El tono de Madeline fue irónico. "Todavía puede haber esperanza para su traje".

"¡Qué pesadilla será la vida de su esposa!"

"¿Y qué hará una vez que haya agotado el tesoro que ha heredado?"

"Siempre eres tan práctica, Madeline". Vivienne se acercó más, su voz se convirtió en un susurro conspirador. "Ahí está Gerald de York". Las hermanas mayores intercambiaron una mirada, porque los interminables relatos de ese hombre sombrío y firme las hicieron dormir a las dos sin falta.

"Su novia descansará bien, eso está fuera de toda duda".

Vivienne se rió. "Oh, eres demasiado malvada".

"¿Lo soy? Alexander volverá su mirada hacia ti y exigirá que te cases pronto"

"¿No antes que tú seguramente?"

"¿Por qué no? Parece decidido a casarnos a todas nosotras a toda prisa."

Vivienne se mordió el labio, su humor alegre se disipó. "Ahí está Andrew, ese aliado de nuestro tío".

"También es casi tan viejo como el Halcón de Inverfyre".

"¡Viejo!" Vivienne asintió con horror. Golpeó con el codo el costado de Madeline. "Sin embargo, es posible que quedes viuda pronto, si te casas con él".

"Eso no es un atributo que uno deba buscar en un cónyuge. Y no me casaré con ninguno de ellos, en cualquier caso."

Los hombres de Red Douglas y los hombres de Black Douglas llegaron y se dirigieron a lados opuestos del salón, para vigilarse mejor el uno al otro desde la distancia. Madeline sabía que Alexander prefería aliarse con los de Black Douglas, como había hecho su padre, pero ella no podía soportar ver a Alan Douglas, el único soltero que quedaba. Era tan rubio que resultaba antinatural. Él la miró con lascivia, el bribón, y ella desvió la mirada. Roger Douglas, al otro lado del salón, tan moreno como rubio era su primo, lo encontró divertido y le hizo una reverencia cortés.

Madeline apartó la mirada de ambos. Su corazón dio un vuelco cuando encontró la mirada firme de un hombre en la esquina fija en ella. Él era alto y bronceado, de modales tranquilos y fuertemente armado. Su cabello era oscuro, al igual que sus ojos. Él estaba parado tan inmóvil que su ojo podría haber pasado fácilmente a su lado.

Pero ahora que ella había mirado, Madeline no podía apartar la mirada fácilmente. Él era el extraño del patio, estaba segura.

Y él la estaba mirando. A Madeline se le secó la boca.

Su cabello parecía húmedo, ya que se rizaba contra su frente, como si hubiera cabalgado mucho para llegar aquí. Él estaba apoyado contra la pared, su atuendo era tan oscuro que ella no podía decir dónde terminaba su capa y comenzaban las sombras. Su mirada recorría la compañía a intervalos, sin perderse ningún detalle y volviendo siempre a ella. Él estaba parado y observaba los procedimientos, su quietud hizo pensar a Madeline en un depredador cazando. La única mancha brillante en su atuendo era el dragón rojo desenfrenado estampado en el pecho de su abrigo.

Sintió su mirada sobre ella con tanta seguridad como un toque y supo que su color se elevó.

"¡Mira!" —Dijo Elizabeth, de repente entre Madeline y Vivienne. "¡Hay una personita!"

"La cámara está llena de personas de todos los tamaños", dijo Madeline, contenta de que alguna distracción la hiciera apartar la mirada del oscuro extraño.

"No, una persona muy pequeña". Elizabeth bajó la voz. "Como un hada, casi".

Vivienne negó con la cabeza. Elizabeth, eres demasiado fantasiosa. Solo hay hadas en los cuentos antiguos".

"Hay una en esta cámara", insistió Elizabeth con raro vigor. "Está sobre el hombro de Madeline".

Madeline miró de un hombro al otro, ambos desprovistos de hadas, y luego sonrió a su hermana menor. "¿No te estás volviendo demasiado vieja para creer en tales cuentos?" ella preguntó.

"Está ahí", dijo Elizabeth acaloradamente. "Está ahí, y se está riendo, aunque no de una manera muy agradable".

Las hermanas mayores intercambiaron una mirada. "¿Qué más

está haciendo?" Preguntó Vivienne, evidentemente decidida a complacer a Elizabeth.

"Está atando una cinta". Elizabeth miró al otro lado de la cámara, como si realmente viera algo que los demás no veían. "Hay una cinta dorada, Madeline, una toda enrollada a tu alrededor, aunque no recuerdo que la pusiéramos en tu kirtle".

"No lo hicimos", susurró Vivienne, bajando la voz cuando su tío Tynan levantó la mano para pedir silencio. "A Madeline no le gustan las cintas de oro en su kirtle".

Elizabeth frunció el ceño. "Está entrelazando la cinta dorada con una plateada", dijo ella, con una actitud soñadora. "Haciendo girar las dos cintas para que formen una espiral, una espiral que es de oro por un lado y de plata por el otro".

"Damas y caballeros, caballeros y duques, duquesas y doncellas", comenzó Tynan.

"¿Una cinta de plata?" Madeline preguntó suavemente.

Elizabeth asintió y señaló al otro lado de la cámara. "Viene de él".

Madeline siguió el gesto de su hermana y descubrió que su mirada se cruzaba de nuevo con la del hombre de las sombras. Su corazón latía de una manera muy poco común, aunque ella no sabía nada de él.

"No deberías decir tonterías, Elizabeth", aconsejó en voz baja, luego volvió su atención a su tío. Elizabeth emitió un sonido de disgusto y el corazón de Madeline latió con fuerza con la convicción de que el extraño la observaba incluso mientras se alejaba.

"Como todos ustedes saben, la mayoría de los tesoros se subastarán mañana", dijo Tynan después de saludar y presentar a la familia. Rosamunde estaba a su lado, radiante con su fino atuendo. "Tendrán la oportunidad por la mañana de examinar los artículos que sean de su interés, antes de que comience la subasta al mediodía. Por supuesto, habrá muchas más llegadas por la mañana." La compañía se agitó inquieta y las hermanas intercambiaron una mirada de confusión. "Caballeros, han sido invitados específicamente esta noche a una subasta especial, una subasta de la Joya de Kinfairlie".

"No sabía que había una Joya de Kinfairlie", susurró Vivienne con el ceño fruncido.

"Yo tampoco" Madeline miró a Alexander, quien firmemente las ignoró a ambas.

"Te doy las gracias, tío", dijo él, claramente incómodo con el peso de la atención de la compañía sobre él. "Como sin duda todos han comprobado, la Joya de Kinfairlie es perfecta".

"¿Dónde está?" Vivienne exigió y Madeline se encogió de hombros porque no sabía. Algunos hombres la miraron lascivamente y ella comenzó a tener una sensación nauseabunda en la boca del estómago.

¿Cómo puede haber una gema así y las hermanas no saber nada de ella?

Alexander se volvió hacia Madeline e hizo un gesto hacia ella. "Una belleza más allá del compromiso, un carácter más allá de la queja, un linaje impecable, mi hermana Madeline adornará el salón de cualquier noble que tenga la suerte de reclamar su mano esta noche".

Vivienne jadeó. Madeline sintió que el color desaparecía de su rostro. Las hermanas se agarraron de las manos.

Alexander se volvió hacia la compañía y Madeline sospechó que no podía sostener su mirada por más tiempo. "Les pido, caballeros, seleccionados con cuidado y reunidos esta noche, a considerar los méritos de la Joya de Kinfairlie y ofertar en consecuencia".

"Seguramente esta no es más que una de sus bromas", susurró Vivienne.

Sin embargo, Madeline sintió un frío más allá del frío. Si se trataba de una broma, requería la complicidad de muchas almas. Si se trataba de una simple broma, era difícil ver cómo no comprometería la reputación de Alexander con sus vecinos.

Pero era increíble que él realmente la subastara.

Para consternación de Madeline, Reginald hizo la primera oferta con un entusiasmo manifiesto.

"¡Alexander!" Madeline gritó horrorizada.

Pero su hermano le dirigió una mirada tan fría que le heló la sangre, luego asintió con la cabeza a la compañía para que la subasta continuara. Él estaba tan erguido que Madeline supo que no cancelaría sus palabras.

¿Pero venderla? La mirada de Madeline se posó sobre la compañía con terror. ¿Y si uno de estos hombres realmente comprara su mano?

Ellos parecían decididos a intentarlo. Reginald contrarrestó todas las ofertas, subiendo el precio con un abandono tan imprudente que su bolso debía ser realmente gordo.

La subasta fue acalorada, tan acalorada que no pasó mucho tiempo antes de que Gerald de York se inclinara ante Madeline y regresara a la asamblea, enrojecido por la vergüenza de no poder continuar. Madeline se sentó como una mujer golpeada contra una piedra, consternada por los actos de su hermano.

Reginald Neville volvió a pujar con entusiasmo. ¿Había un hombre dentro de esa compañía que pudiera igualar la riqueza de Neville? El Andrew mayor hizo una mueca, volvió a pujar y Reginald lo contrarrestó rápidamente.

Él miró al muchacho y negó con la cabeza.

"¿Eso es todo?" Reginald gritó, claramente saboreando ese momento. Giró en su lugar, su capa bordada flameando detrás de él. "¿Ninguno de ustedes pagará un centavo más por este apropiado premio de novia?"

Los hombres arrastraron los pies, pero ninguno levantó la voz.

"Reginald Neville," susurró Vivienne, su tono incrédulo. Sus dedos fríos le dieron a Madeline un fuerte apretón de simpatía. Madeline todavía no podía creer que esta locura estuviera ocurriendo.

"¡Última oportunidad para pujar, señores!" Alexander gritó. "O la Joya se casará con Reginald Neville".

¡Madeline tenía que hacer algo! Se puso de pie y todos los hombres se volvieron hacia ella. "Este sería el momento en el que declaras que tu broma es lo que es, Alexander". Ella hablaba con una gracia serena que no le resultaba fácil, porque su corazón se aceleraba.

"Habría sido", dijo Alexander, "si esto hubiera sido una simple broma. Te aseguro que no lo es."

El corazón de Madeline se hundió hasta los dedos de los pies, luego la ira la inundó con nuevo vigor. Ella se enderezó, sabiendo que se mostraba su ira, y vio al oscuro extraño sonreír levemente. Había algo secreto y seductor en su sonrisa, algo que hizo que se le acelerara el pulso y que el calor se le subiera a las mejillas. "¡Cómo te atreves a mostrarme tal deshonra! ¡No avergonzarás a nuestra familia de esta manera sin una buena razón! "

Alexander la miró a los ojos y ella vio ahora el acero en su resolución. "Tengo una buena razón. Tuviste la opción de casarte por tu propia voluntad y te negaste a aceptarla. Tu propio capricho nos lleva a este hecho."

"¡Solo pedí tiempo!"

"No lo tengo para concederlo".

"¡Esto es increíble! ¡Esto es un atropello!"

"Aprenderás a hacer lo que debes, tal como yo aprendí a hacer lo que debo". Alexander bajó la voz. "No será un destino tan arduo, Madeline, ya verás".

Pero Madeline no se tranquilizó. Ella se casaría con el mejor postor, como una vaca lechera en el mercado de los miércoles. Peor aún, a todos les parecía un entretenimiento divertido.

Peor aún, el mejor postor era Reginald Neville. Madeline no podía decidir si preferiría asesinar a su hermano o a su ardiente pretendiente.

Maldijo con un vigor poco elegante, pensando que podría disuadir a Reginald, pero los hombres de la compañía se limitaron a reír. "¡Todos ustedes son bárbaros!" gritó ella.

"Oh, me gusta una mujer con espíritu", dijo Alan Douglas,

tocando sus monedas. Ofreció otra oferta que fue rápidamente contrarrestada por Reginald.

"¡No se forjará ningún matrimonio por mérito de esta parodia!" Madeline declaró, pero ninguno de ellos le hizo caso. La puja se elevó aún más mientras ella estaba de pie, temblando de ira. Ella podía escuchar a Vivienne rezando suavemente a su lado, porque sin duda Vivienne temía que pronto se enfrentaría a una escena similar.

¿Podrían las cosas empeorar?

~

REGINALD VOLVIÓ A PUJAR, para consternación de Madeline. Ella sintió el peso de la mirada del extraño sobre ella y su misma carne pareció erizarse con esa certeza.

Sin importar quién pujara, Reginald respondía a todas las ofertas. Él instaba a subir el precio con vertiginoso abandono y, a medida que la compañía se demoraba en responder, él comenzó a guiñarle audazmente a Madeline.

—Para mí vales cada denario, Madeline —gritó—. "No temas, amada mía, seré incondicional hasta el final".

"Siempre y cuando se pueda lograr la victoria con el dinero de su padre", dijo Vivienne en voz baja.

Ahora sólo había cinco hombres pujando, y las contraofertas eran cada vez más lentas. Madeline apenas podía respirar.

"¿Sin dinero?" Reginald exigió alegremente mientras un hombre enrojecía e inclinaba la cabeza, dejando la refriega.

Cuatro hombres. La boca de Madeline estaba tan seca como pescado salado.

Roger Douglas revisó su bolso y luego superó la oferta de Reginald.

Reginald volteó y aumentó la oferta, desafiando bastante a Roger a contraatacar. Ese hombre inclinó la cabeza derrotado.

Tres hombres. Los modales de Reginald se volvieron efusivos, sus gestos más amplios a medida que se convencía de su victoria segura. "Vamos", gritó. "¿No hay alguno de ustedes dispuesto a pagar una suma tan insignificante por la Joya de Kinfairlie?"

Luego quedaron dos hombres, sólo Reginald y el inusualmente pálido Alan Douglas. Por mucho que detestara a Reginald, era una señal de su desesperación que Madeline comenzara a desear que Reginald triunfara. Al menos Reginald no la asustaba, como lo hacía Alan.

Cada oferta que hacía Alan, Reginald la derrotaba con entusiasmo. Lo hacía de forma rápida, extravagante, claramente sin importarle cuánto pagaba.

Pero entonces, Vivienne había hablado bien. Era el dinero de su padre y, aunque no habría más una vez que se gastara, Reginald no mostraba ninguna moderación para librarse de su carga.

Alan frunció el ceño, dio un paso adelante y volvió a pujar. La compañía contuvo la respiración colectivamente.

Reginald se rió, luego superó la oferta, su tono triunfante.

Hubo una pausa pesada. Alan miró a Reginald y luego dejó caer los hombros. Se apartó derrotado, su pose decía todo lo que había que decir.

"¡Yo gano! ¡Yo gano, yo gano, yo gano! "Reginald gritó como un niño que hubiera ganado a las tablas. Él saltaba por el suelo, abrazándose a sí mismo con deleite.

Madeline lo miró con disgusto. Ese era el hombre con el que se vería obligada a casarse.

Tenía que haber algún medio de escapar del loco plan de Alexander.

Reginald se rió entre dientes. "¡Yo, yo, yo! ¡Yo gano!"

"No has ganado todavía", dijo un hombre, su voz baja y llena de un ritmo seductor. "El ganador solo puede reclamar su premio cuando la subasta esté completa".

El corazón de Madeline se detuvo bastante cuando el oscuro extraño salió de las sombras. Aunque no era mucho mayor que Alexander, parecía tener una experiencia que el hermano de Madeline no tenía. Ella no dudaba de que él ganara cualquier duelo, de que su espada había saboreado la sangre. Él se movía con la confianza de un guerrero y los otros hombres le abrieron un camino, como si no pudieran hacer nada más.

"Es un tonto por llevar tal insignia abiertamente", murmuró un hombre.

"¿Quién es él?" Preguntó Madeline. Ella dio un salto cuando Rosamunde habló detrás de ella. Su tía se había movido mientras Madeline se distraía con la subasta.

"El rey de Inglaterra ha puesto precio a su cabeza por traición", dijo Rosamunde. "Todos los cazarrecompensas de Inglaterra conocen el nombre de Rhys FitzHenry".

"Me atrevería a decir que todos los hombres de la cristiandad me conocen, Rosamunde", dijo el hombre en cuestión con confianza. "Otorga crédito donde se merece, al menos". Él le lanzó una mirada a Madeline, como desafiándola a que le mostrase miedo. Ella sostuvo su mirada deliberadamente, aunque su corazón palpitaba como un pájaro enjaulado.

Rhys luego duplicó la oferta de Reginald con una facilidad que indicaba que tenía dinero y de sobra.

LA DAMA MADELINE ERA PERFECTA.

Ella tenía la edad adecuada para ser la hija sobreviviente de la prima de Rhys, Madeline Arundel. Ella compartía el color de su madre y el nombre de su madre. Su supuesta familia estaba tan ansiosa por deshacerse de ella sin una dote que habían recurrido a esa vulgar práctica de una subasta, algo que ningún hombre le haría a su hermana de sangre.

Y Rhys tenía que admitir que le gustaba el fuego en los ojos de esa Madeline. Ella era alta y esbelta, aunque no sin curvas femeninas. Su cabello era tan oscuro como el ébano y colgaba suelto sobre sus hombros, sus ojos brillaban con furia. Rhys había visto muchas mujeres, pero nunca había vislumbrado a una tan seductora como esa belleza enojada.

Un simple vistazo de ella había sido todo lo que se había necesitado para persuadir a Rhys de que comprar la mano de Madeline era la solución más eficaz a sus problemas.

Después de todo, con Caerwyn bajo su autoridad, necesitaría una esposa para tener un heredero. Y casarse con esta mujer, si de hecho resultaba ser la hija de Madeline y la única heredera competidora por Caerwyn, garantizaría que nadie pudiera impugnar su derecho a la propiedad. No se engañaba a sí mismo pensando que tenía el encanto suficiente para ganarse la mano de una novia así de otra manera. Rhys no tenía reparos en casarse con la hija de su prima, si Madeline resultaba ser esa mujer. En Gales, no era raro que los primos se casaran, por lo que apenas pensó en la perspectiva de su sangre en común.

De hecho, ella se vería obligada a casarse con algún hombre esa noche, y Rhys dudaba que alguien le concediera la apuesta imparcial que él estaba dispuesto a ofrecer a su novia. Rhys tenía que creer que podía concederle a una mujer una vida mejor que la que le ofrecería su familia o ese muchacho molesto, Reginald.

El matrimonio era una solución perfecta para ambos.

Y entonces él hizo una oferta.

Y así la cámara quedó en silencio.

Era tan simple como eso. Madeline sería suya.

Rhys se adelantó para pagar lo que le correspondía, satisfecho con lo que había hecho.

El joven Señor de Kinfairlie responsable de esa tontería habló finalmente con vigor. "Protesto por tu oferta. No fuiste invitado a esta subasta y no entregaré a mi hermana en tu mano."

Antes de que Rhys pudiera discutir, Tynan le dirigió al joven una mirada venenosa. "¿No te advertí que las cosas podrían no continuar como lo habías planeado, Alexander?"

Alexander se sonrojó. "Pero aún..."

"El asunto se te ha escapado de las manos", dijo Tynan con

firmeza. Rhys sabía que Tynan lo habría expulsado si Rosamunde no hubiera respondido por su carácter. La dama Madeline tenía algunas almas preocupadas por su futuro, al menos.

"¡No puedes reclamarla!" gritó Alexander. "No lo permitiré".

Rhys sonrió con frialdad y dejó que su mirada se posara sobre el joven. "No me puedes detener. Y no puedes permitirte exceder mi oferta".

El joven señor se ruborizó y dio un paso atrás con una disculpa murmurada a su hermana, que Rhys pensó que estaba ya demasiado atrasada.

Rhys luego se volvió hacia el exasperado Reginald Neville. "¿No tienes más dinero?"

La cara de Reginald se puso roja y tiró los guantes al suelo. "¡No puedes tener tanto dinero!"

Rhys arqueó una ceja. "¿Porque usted no lo tiene?"

La ira brilló en los ojos del muchacho. "Muestre su dinero antes de continuar. ¡Insisto en ello! "Reginald extendió las manos y se volvió hacia la asamblea. "¿Podemos confiar en que un hombre de tan mala reputación honrará sus deudas?"

Un murmullo recorrió la compañía y Rhys se encogió de hombros. Se acercó a la mesa alta y se sacó un saco de gamuza de su camisa de cuero. La dama contuvo el aliento cuando él se detuvo a su lado y Rhys la estudió durante un instante. Sus ojos estaban muy abiertos, de un glorioso azul hirviendo, y aunque él sintió la incertidumbre en ella, ella se mantuvo firme.

No era del todo malo que ella fuera tan consciente de él. A él le gustaba el brillo de inteligencia en sus ojos, así como el hecho de que ella había tratado de detener esa locura. Él estaba acostumbrado a las mujeres que decían lo que pensaban y una novia que hiciera lo mismo le sentaría bien.

Él le sonrió levemente, esperando tranquilizarla, y ella tragó visiblemente. La mirada de él se detuvo en la plenitud rosada de sus labios y él pensó en saborearla, sabiendo entonces cómo eso sellaría su acuerdo.

Pero primero había que confirmar el acuerdo.

"No tienes por qué temer, señor", dijo Rhys con frialdad. "No tendré ninguna deuda por la mano de la dama". Había monedas de oro más que suficientes en su saco, pero Rhys no estaba ansioso por hacer alarde de su riqueza. Con cuidado, retiró solo la cantidad necesaria y apiló las monedas sobre la mesa con cuidado. Tynan se inclinó y mordió cada una de ellas para comprobar su calidad, luego asintió con la cabeza.

"¡Entonces, tómala!" Reginald escupió en los juncos con poca gracia y salió furioso de la habitación. Su galantería, en opinión de Rhys, era algo deficiente.

Hubo un silencio absoluto en la cámara cuando Rhys extendió la mano y reclamó la mano de Madeline, un silencio tal que él la oyó recuperar el aliento. Su mano era mucho más grande que la de ella y los dedos de ella temblaban en su agarre.

Pero ella no apartó la mano de la de él y le sostuvo la mirada con firmeza. Una vez más, él admiró que ella fuera incondicional al respetar los términos del acuerdo. Él se inclinó y le rozó los nudillos con los labios, sintiéndola temblar ligeramente.

Alexander puso una mano sobre el brazo de Rhys. "No me importan las convenciones ni los acuerdos rotos. No puedes casarte con mi hermana, ¡estás acusado de traición!

Rhys habló en voz baja, sin soltar la mano de la dama. "¿No me digas que el señor de Kinfairlie no es un hombre de palabra?"

Alexander se puso rojo. Su mirada se posó en la pila de monedas y Rhys supo que necesitaba desesperadamente esos fondos.

Él se inclinó más hacia el muchacho la mano de la dama aun firmemente entrelazada con la suya, y desafió al nuevo heredero de Kinfairlie. Él le mostraría a la dama, al menos, qué clase de hombre era su hermano. "Te concederé la oportunidad de cancelar tu oferta, aunque es más de lo que te mereces. Rechaza mi dinero, pero únicamente con la condición de que la dama no sea vendida a ningún hombre."

Estaba claro que el joven luchaba contra esa decisión. Él apeló a su hermana con una mirada. "Madeline, debes saber que no haría esto sin motivo".

Y tomó el dinero.

"¡Canalla!" gritó ella, su desprecio coincidiendo con el de Rhys. Rhys se volvió hacia ella y él se quedó sin aliento ante la furia que iluminaba su expresión. ¡Cógelo entonces, Alexander! Tómalo, por las deudas que tengas, y rechaza cualquier lealtad que papá haya pensado que le debías a tus hermanos".

La mano de Alexander temblaba levemente cuando reclamó las monedas. Madeline, no lo entiendes. Debo pensar en los demás... "

"Entiendo tanto como necesito entender", dijo ella, sus palabras tan frías como el hielo. "Dios salve a mis hermanas si piensas en ellas como has pensado en mí".

"¡Madeline!"

Pero la dama le dio la espalda a su hermano, su porte tan majestuoso como el de una reina, su mirada se cruzó con la de Rhys. Él vio el dolor que ella luchaba por ocultar y sintió una familiaridad con ella, porque él también había sido traicionado por aquellos que él había creído que lo respetaban.

"Creo que hay una comida preparada para celebrar nuestras nupcias pendientes, señor", dijo ella, sus palabras se transmitieron claramente por cl salón.

Sí, esta novia le vendría bien. Rhys levantó su mano en su agarre y se inclinó para rozar sus labios sobre sus nudillos a modo de saludo. Ella se estremeció y él sonrió, sabiendo que su noche nupcial sería lujuriosa.

"Bien hecho, mi señora", murmuró él, y le gustó que ella no se intimidara fácilmente. "Quizás nuestro acuerdo debería sellarse de una manera más adecuada".

Un rubor seductor se disparó sobre el rostro de la dama y sus labios se separaron como si fuera una invitación. Rhys le dio un tirón a su mano un minuto mientras la compañía griaba, y ella se acercó un poco más. Él casi podía sentir el calor de su aliento en su mejilla y sus propias mejillas enrojecidas. Aun así, no apartó la mirada, aunque su respiración se aceleró debido a la incertidumbre.

Rhys entrelazó los dedos y luego le llevó la otra mano a la cara. Él se movió lentamente, para no alarmarla, muy consciente de su incertidumbre. Ella sería una doncella, sin duda. Él no haría que ella temiera su toque. Rhys inclinó la barbilla de Madeline hacia arriba con la yema del dedo. Su carne era increíblemente suave, su valor admirable. Él sonrió levemente, vio una chispa en sus ojos que lo tranquilizó como pocas otras cosas podrían haberlo hecho. No se trataba de una doncella frágil que temía a su propia sombra.

Rhys se inclinó y capturó los dulces labios de Madeline debajo de los suyos. Para su satisfacción, la dama no se inmutó ni se apartó.

Sí, esa era una esposa que le sentaría bien.

CAPÍTULO 2

El beso de Rhys fue más suave de lo que Madeline había anticipado.

De hecho, el beso de él derritió bastante sus huesos. Un calor embriagador la recorrió, la presión de sus labios contra los de ella la hizo anhelar más. Él olía a viento, a lluvia y cuero, completamente masculino y seductor.

Sin embargo, era amable con ella. Y paciente. Madeline sabía que él la acariciaba, que la creía inocente y, aunque supuso que era su intención, el miedo que sentía por él se desvaneció como la noche al amanecer.

En verdad, el hombre podría confundir el ingenio de cualquier mujer con un beso como ese. Madeline nunca había imaginado que un placer tan grande pudiera surgir de una caricia tan suave, ni había imaginado que podría convertirse en una participante voluntaria en ese abrazo.

Pero entonces, las circunstancias eran muy poco comunes. Ella estaba enojada y herida y no sabía qué camino tomar. Que fuera consolada por un completo extraño, un extraño con el que se vería obligada a casarse contra su propia voluntad, era increíble.

Aún más que él la consolaría con un beso.

Su corazón casi se había detenido cuando había adivinado lo que él haría, luego se aceleró cuando él le tocó la barbilla. Una medida de su resistencia se había fundido con la suavidad de su expresión, y ella no dudaba de que él lo supiera.

Luego, sus labios reclamaron los de ella y ella se sintió seducida. Su enojo con Alexander fue olvidado en un trío de latidos, su curiosidad por su repentina necesidad de dinero se desvaneció a la nada.

Lo único importante era el suave y persuasivo beso de Rhys. Madeline nunca hubiera imaginado que un hombre de apariencia tan severa podría conceder una caricia tan seductora. El mismo hecho la hizo preguntarse qué clase de hombre era él en realidad, y si su atuendo y sus modales contradecían su verdadera naturaleza.

Cuando Rhys levantó la cabeza, había un brillo en sus ojos oscuros, un brillo tan seductor como su beso. Su agarre estaba apretado sobre sus dedos y él parecía estar tenso, esperando su respuesta mientras la flecha aguardaba ser soltada del arco.

Como si le importara si ella estaba complacida.

Madeline estaba sin aliento y despeinada. Encontró su mano sobre el ancho de su pecho, sus dedos anudados en el encaje de su camisa de cuero, y no supo qué la había abrumado.

Luego ella se encontró con su mirada perpleja y comprendió el peligro en ese hombre. Rhys había debilitado sus objeciones a ese matrimonio poco convencional, y lo había hecho con un simple beso. La amenaza en ese hombre no estaba en su reputación sino en su capacidad para hacerla ignorar lo que sabía.

Era un traidor buscado por el rey. Era un hombre de hechos oscuros y una cantidad considerable de dinero, que Madeline dudaba que se hubiera ganado con un trabajo honesto. Madeline no se atrevía a ceder a la pasión que él conjuraba tan fácilmente como lo había hecho en ese momento.

Ella necesitaba tiempo. De alguna manera, tenía que escapar tanto del plan de Alexander como de la intención de Rhys. Pero ella no podía pensar cuando su ingenio estaba tan confundido.

Madeline forzó una sonrisa. "Quisiera las nupcias mañana", dijo ella, esperando que su tono tranquilo ocultara su intención de evadir esos votos matrimoniales. Ella dejó que sus pestañas revolotearan hasta sus mejillas, como si fuera mucho más recatada de lo que era. "Quisiera tener una noche para prepararme".

"Es bastante razonable", dijo Tynan con firmeza cuando Alexander podría haber protestado. "Madeline se ha enfrentado a más sorpresas este día de las que cualquier alma podría esperar".

Madeline, por su parte, apenas podía respirar, tan consciente era de la ávida mirada de Rhys sobre ella. Él pareció escudriñar sus propios pensamientos, adivinar la raíz de su vacilación, y ella sintió una extraña compulsión a confesar que no tenía ningún deseo de casarse con él.

Ella se habría negado de plano a casarse con él, si hubiera sabido por qué Alexander tenía tanta necesidad de ese dinero, si hubiera sabido que él no ofrecería inmediatamente la mano de Vivienne para subastarla. Después de todo, ya se había reunido una compañía dispuesta.

"¡Los invito a todos a celebrar este acuerdo en la mesa!" declaró Tynan. Los hombres vitorearon y empezaron a caminar hacia el salón, el olor a carne asada los tentaba a apresurarse. Madeline oyó que entraban en el vestíbulo barriles de vino y una mujer de las cocinas gritó que había cerveza en abundancia para todos.

"¡No hagas eso!" Elizabeth lloró de repente. Ella señaló por encima de las cabezas de Madeline y Rhys. No había nada allí que nadie más pudiera discutir.

"Elizabeth, ya es suficiente con esas tonterías", dijo Madeline con firmeza, sin tener paciencia en ese momento para la ridícula charla de su hermana sobre las hadas.

"¡No es una tontería!" Elizabeth dio un manotazo con tal vigor que estuvo a punto de golpear a Madeline. "¡Ese hada está anudando tus cintas!"

"¿Qué cintas serían esas?" Preguntó Rhys.

"Los que tejió juntas antes, por supuesto", dijo Elizabeth con impaciencia. La tuya plateada y la dorada de Madeline. Pero ahora anuda las cintas en un enredo de lo más temible y se ríe". Ella le dio a Rhys una mirada sombría. "No es una risa agradable".

"Yo esperaría que no", asintió él con igual solemnidad y Madeline supo que debía pensar que su hermana estaba loca.

"¡Detente!" Elizabeth volvió a girar su puño hacia el enemigo invisible y Rhys se agachó en el último momento. ¡Deja tu travesura, pequeña hada! No sé qué significan esas cintas, pero tu acción no puede ser buena".

"¡Elizabeth, deja de hacer tus travesuras!" —Replicó Vivienne, agarrando a su hermana menor por el brazo. Otras personas estaban comenzando a mirar con desconfianza a Elizabeth y más de una pareja susurraba, sin duda sobre el extraño comportamiento de la niña.

Madeline abrió los labios para estar de acuerdo con Vivienne, luego tuvo un pensamiento. ¿Insistiría Rhys en casarse con ella si él también la consideraba loca? Ningún hombre podría desear una esposa que pudiera darle hijos contaminados.

¡Perfecto! Ahí estaba su medio de romper ese acuerdo.

"De hecho", dijo Madeline, sin pensarlo ni un momento más. Herirás al hada con esos gestos, y eso no sería prudente. Se dice que son vengativas si son heridas."

Elizabeth la miró boquiabierta, claramente asombrada de que alguien tomara su causa. "¿Puedes verla?"

"¿Te sientes bien, Madeline?" Preguntó Vivienne.

"Por supuesto que me siento bien. ¡Y, por supuesto, puedo verla! "Madeline sonrió a su asombrada familia. Rhys la miró con cuidado, entrecerró los ojos. "¿Qué les pasa a los ojos de todos ustedes? Esta justo ahí." Y señaló a la derecha, muy por encima de sus cabezas. Todos se volvieron para mirar, luego volvieron a mirar a Madeline.

"No, está allá", corrigió Elizabeth con enojo, señalando en la dirección opuesta. La familia se volvió de nuevo, luego consideró a las dos hermanas con abierto escepticismo.

"Así es, se mueve muy rápido para una criatura tan pequeña". Madeline se rió alegremente y luego le dio unas palmaditas en el hombro a Elizabeth como si las dos compartieran una broma. "Deben ser esas alas doradas las que le otorgan tanta velocidad".

"No tiene alas", gruñó Elizabeth. "Apostaría a que no puedes verla en absoluto".

¡En verdad, Elizabeth podría haber sido de más ayuda en eso! Madeline agarró el hombro de su hermana. "Quizás no hayas mirado lo suficientemente de cerca para ver sus alas", dijo ella con determinación. "Veo que tiene pequeñas alas doradas. Y campanillas en los dedos de los pies. De hecho, es una pequeña hada bastante hermosa. Puede que se haga amiga tuya, Elizabeth, si dejas de intentar golpearla".

Elizabeth le dirigió a Madeline una mirada sombría. "Es la criatura más fea que jamás haya visto, y además es cruel. Deberías entenderlo, ya que está anudando tu cinta con tanta malicia". Con eso, la hermana menor levantó la nariz y marchó hacia el gran salón.

Madeline la observó irse un momento y luego esbozó una brillante sonrisa. "Por supuesto, me había olvidado de las cintas", dijo alegremente a su familia.

"¿Quizás porque no puedes verlas?" Sugirió Vivienne.

"¿No se dice que los elfos aparecen de manera diferente a los ojos de cada mortal?" Dijo Madeline, deseando que alguien que compartiera sangre con ella pudiera ser de ayuda en ese día. "¿Quién puede decir qué plan tiene esta para parecerle tan repugnante a Elizabeth?"

"¿De verdad quién puede?" murmuró Rhys, luego reclamó su codo. "¿Nos dirigimos al salón, mi señora?"

"¡Mira! ¡La pequeña hada está en la punta de tu nariz! "Madeline se rió y señaló la nariz de Rhys. "¿No puedes verla?"

"No, no puedo", dijo él. "Pero tal vez simplemente tenga hambre".

"¡Oh, ahí vuela, sus pequeñas alas parpadeando!" Madeline se rió como una loca, y todos menos Rhys rápidamente pusieron algo de distancia entre ellos y ella. "Oh, está enredada en las cintas. ¡Qué divertido! "

Rhys hizo ademán de acompañarla hasta el salón, aparentemente tranquilo por sus modales.

Madeline se apartó de su agarre para encontrarse con su mirada. "¿No te preocupa que yo vea criaturas que tú no ves?"

Él sacudió la cabeza. "Los elfos se muestran dónde quieren. De hecho, se ha dicho que es un don verlos. Quizás traerás fortuna a mis días, mi señora.

Madeline apretó los dientes, molesta de que él pudiera encontrar mérito en su estratagema. "Nunca he oído hablar de mujeres locas que traen buena fortuna a sus cónyuges; de hecho, todo lo contrario".

"Eso también puede ser", asintió él fácilmente. "Pero no estás más enojada que yo".

"Pero mi hermana..."

Tiene un don poco común, está claro, al igual que tú. No me preocupan los parientes que pueden ver a los elfos; de hecho, todo lo contrario. Ven, la comida te espera".

Madeline miró boquiabierta a su prometido, sin saber qué hacer con sus modales. ¿Este guerrero creía en las hadas?

Él le dirigió una mirada repentina, sus ojos brillaban tan alegremente que podría haber sido otro hombre que el severo que había ganado su mano, y su corazón dio un vuelco de nuevo.

¿Cuánto más no sabía ella sobre Rhys FitzHenry?

LAS HERMANAS de Madeline cerraron filas a su alrededor mientras se dirigían ruidosamente al gran salón, y ella fue separada de Rhys. Vivienne apretó su mano derecha, su característica alegría se había disipado. Annelise se aferró a la otra mano de Madeline y se mantuvo inusualmente callada incluso para alguien conocido por callar. Madeline supuso que Rhys había ido al salón y, de hecho, estaba contenta de tener un momento con sus hermanas.

"Nos aseguraremos de que tu vestido sea absolutamente perfecto", dijo Vivienne con tal falsa alegría que Madeline supo que hablaba en beneficio de las muchachas más jóvenes. "¿Crees que la samite azul necesita otra hilera de perlas en el dobladillo?"

"Una boda debería ser realmente rica", dijo Isabella. Y serás la primera de nosotras en casarse, Madeline. ¿Podemos ir a visitar tu nueva morada? "

"Por supuesto", dijo Madeline, luego se preguntó dónde podría estar esa morada. ¿Rhys tenía derecho a tener un torreón o una choza, o viajaba todo el tiempo? ¿Dónde estaría su casa? Si Alexander se hubiera comportado de manera responsable, todos conocerían ese detalle crítico.

"¿Tendrás tus propios bebés?" preguntó Annelise tímidamente.

"Supongo que lo haré", dijo Madeline.

"Podríamos persuadir al tío Tynan para que abra su tesoro y te dé más gemas", dijo Isabella. "Para asegurar que seas una novia gloriosa".

Rosamunde se rió entre dientes y volvió a posar la mano en el hombro de Madeline. "Eso sería un gran triunfo".

"¿Pero qué hay de ti, tía Rosamunde?" demandó Isabella. ¿No vas a bañar a Madeline con rubíes y zafiros la noche anterior a su boda? ¡Ella podría estar tan radiante como el sol! "

—En efecto, tía Rosamunde —dijo Tynan sombríamente—. "Hay tesoros en abundancia en tus tiendas de las que podrías dispensar algunas".

Rosamunde le dirigió una mirada reveladora. "Madeline estará radiante con o sin más gemas. Yo quisiera compartir con ella algo más duradero."

"¿Cómo qué?" Las muchachas se agruparon alrededor de Rosamunde, con los ojos muy abiertos.

"Será un secreto entre Madeline y yo", dijo Rosamunde misteriosamente, lo que hizo poco para saciar la curiosidad de las hermanas de Madeline. Madeline no estaba segura de lo que quería decir su tía, aunque sospechaba que el regalo de Rosamunde sería un consejo.

Madeline sabía algo de lo que sucedía entre hombres y mujeres (después de todo, había estado en los campos en primavera, cuando los animales se apareaban), pero necesitaba un poco más de información. No tenía ninguna duda de que Rosamunde sabía mucho más sobre tales hechos.

"¡No obstante, nos quedaremos despiertas toda la noche!" dijo Isabella, feliz ante la perspectiva de una celebración. Corrió detrás de Tynan, mientras Annelise permanecía tranquila junto a Madeline. Madeline podía oler bastante bien la preocupación de sus dos hermanas próximas, y el miedo por su propio futuro.

Ella tenía que hacer algo para asegurarse de que Alexander no repitiera esa locura.

Para su crédito, Alexander parecía algo incómodo con lo que había hecho. "Lo siento, Madeline", dijo. "Debes saber que este no fue el resultado que anticipé".

Si él pensaba que las cosas podían arreglarse con una bonita disculpa, ¡después de haber moldeado imprudentemente el resto de la vida de Madeline!, estaba equivocado. —Tomaste sus moneda con la suficiente amabilidad —observó ella, sin preocuparse por ocultar su disgusto.

Alexander se sonrojó. "No te casarías por tu propia voluntad y tuve que tomar una decisión. Serás lo suficientemente feliz en un año, cuando tu barriga esté llena con un bebé".

"¿Crees que el asunto es tan simple como eso?" Madeline estaba horrorizada.

Los labios de Alexander se tensaron obstinadamente. "Yo tenía pocas opciones. No comprendes los desafíos que tengo por delante".

"No, no lo hago." Madeline le sostuvo la mirada con no poca determinación. "Podrías hablarme de ellos".

"No puedo." Alexander miró a las atentas hermanas. "Aquí no. Ahora no."

Su desconfianza hizo que Madeline creyera que él tenía pocas razones para esa tontería, o que su razón no era para halagarlo. "Simplemente pensaste que era una broma", acusó ella. "Pero quiero que me prometas, hermano mío, que no avergonzarás a nuestras hermanas como a mí".

"Yo tenía buenas intenciones, Madeline. ¡Tienes que saber eso! "

"Tu intención es de menor importancia que tus hechos. Siempre estuviste demasiado obsesionado con tus propias ideas, por muy locas que fueran." Madeline hablaba con tanta severidad como solía hacerlo su padre. "No todo el mundo está tan encantado por ti y tus planes como mamá y papá. Cuida más la vida de nuestras hermanas que la mía".

La boca de Alexander se puso en la línea implacable que Madeline conocía demasiado bien. "No puedes ordenarme que haga tu voluntad, no cuando soy señor de Kinfairlie".

"¡Júralo!" gritó Madeline, su vigor tan poco característico que sus hermanas la miraron alarmadas. ¡No permitiré que repitas esta tontería! Tienes dinero en abundancia para pagar cualquier deuda como resultado de la locura de este día. Júralo, Alexander".

Alexander no parecía dispuesto a hacer eso, y los puños de sus hermanas apretaron la mano de Madeline.

"Te sugiero que hagas lo que sugiere la dama", dijo Rhys desde una proximidad inesperada. "Tu hermana habla con más sentido del que tú has demostrado hasta ahora".

"Me creía entre los parientes", se quejó Alexander mientras fruncía el ceño a Rhys. "¡Deberías haber declarado tu presencia antes de esto!"

"Y deberías mirar a tu alrededor antes de hablar". Rhys tomó la mano de Madeline en la suya una vez más, apartando a Annelise. "Un hombre debe mantener su ingenio sobre él mejor que tú esta noche si quiere sobrevivir como señor de una propiedad. También debes proteger tus tesoros más de cerca de lo que tú has guardado la Joya de Kinfairlie. Pronto seremos parientes, señor de Kinfairlie".

Alexander se ruborizó ante eso, obviamente descubirendo algo de verdad en las palabras de Rhys. Madeline estaba asombrada de que su nuevo prometido fuera el que defendiera su demanda. Sus hermanas miraron a Rhys con admiración.

Rhys acercó a Madeline a su lado, como si hablaran al unísono. "Concédele a mi señora el compromiso que ella te pide y concédelo de inmediato".

Su dama. Ese escalofrío traicionero comenzó en lo profundo del vientre de Madeline. Ella estaba conmovida por el toque de Rhys y tan sorprendida por su respaldo que no pudo convocar una palabra a sus labios.

Alexander los miró a ambos con hosquedad. Lo juro, Madeline. No subastaré a nuestras hermanas".

Y allí, la promesa que había solicitado era suya tan fácilmente como eso. Madeline tenía la extraña sensación de que Rhys se aseguraría de que se cumpliera la promesa. Ella se sintió aliviada, pero sintió una deuda con Rhys que habría preferido no tener.

"¿Eso te funciona lo suficientemente bien?" -Le preguntó Rhys a Madeline.

"Lo hace."

"Entonces lo que empezó mal ha terminado bien". Rhys metió la mano de Madeline en su codo. Ven, mi señora. Nuestro banquete de compromiso aguarda".

Madeline se volvió a sus órdenes, como si fuera a ser una esposa obediente para ese renegado. Ella no se atrevió a dejar que él viera el desafío que la agitaba. Ella emparejó su paso con el de él e incluso logró concederle una pequeña sonrisa. Aunque se alegraba de la ayuda de Rhys, desconfiaba de sus razones para hacerlo.

Sus hermanas le agradecieron graciosamente su intervención, y la estimación de su carácter obviamente mejoró por el momento. Madeline no dudaba de que Rhys cultivaba deliberadamente su aprobación, y no confiaba en que él lo lograra.

Cualquier hombre puede ser encantador por una noche.

Cualquier hombre de mala reputación podría encontrar que una noche de tal encanto le servía bien, si le valía la novia que deseaba para toda la eternidad.

Era Madeline quien tendría que vivir con el resultado.

Rhys parecía tan decidido a eliminar sus dudas y a que ella

pensara bien de él, que despertó sus sospechas. Que él fuera un traidor a la corona hacía que Madeline estuviera doblemente decidida a no comprometerse para siempre con un completo extraño. Pero no importaba, por la mañana, Madeline se habría marchado de Ravensmuir, sin dejar rastro de su destino.

Eso sería sencillo de hacer, porque todavía no tenía ni idea de adónde iría.

RHYS PODÍA OLER BASTANTE el desafío de su intención. En verdad, él no podía culparla por ser reacia a casarse en circunstancias tan extrañas, menos con un hombre al que no conocía.

Menos con un hombre con fama de villano.

Pero casados estarían, y casados estarían al día siguiente. Rhys no sufriría más demoras en reclamar Caerwyn.

La única solución era tranquilizar a la dama, en el poco tiempo que quedaba entre esa comida y el intercambio de votos nupciales. Él había comenzado por tranquilizar a sus hermanas, por lo que continuaría. De hecho, su alegre presencia despertaba un anhelo en Rhys, un recuerdo de sus propias hermanas perdidas y la forma en que habían atormentado a su único y mucho menor hermano. Él sintió una ternura poco común en medio de esas hermanas, ya que sus disputas evocaban su propio pasado medio olvidado.

La compañía estaba sentada en la mesa alta, bajo la dirección del castellano de Tynan. Tynan había reclamado el asiento central, con Rosamunde a su izquierda y un muchacho a su derecha. El muchacho compartía el cabello oscuro de Madeline y Alexander, aunque sus ojos eran de un verde intenso, por lo que Rhys supuso que era otro hermano. Más a la derecha de Tynan estaba Alexander, luego dos de las hermanas menores.

Rhys estaba sentado a la izquierda de Rosamunde, Madeline a su izquierda y su hermana Vivienne a su izquierda. La hermana, Elizabeth, que había visto al hada, ocupaba el último lugar en la mesa y parecía abatida porque nadie le había creído antes. Ella lanzaba miradas encubiertas por la mesa, a menudo en direcciones extrañas, y Rhys se preguntaba qué veía.

En la primera mesa frente a la mesa principal estaban sentados varios obispos, duques y lores con sus mejores galas, sus esposas y consortes a sus lados. Todos estaban sentados aproximadamente por rango, aunque la cerveza ya había fluido con suficiente vigor como para que ninguno estuviera de humor para ofenderse por cualquier desaire inevitable.

Rhys vio que las mujeres se acomodaban y sus tazas se llenaban, luego le guiñó un ojo a la abatida Elizabeth. Su color aumentó y ella jugó con su copa, incluso mientras le lanzaba una mirada.

"No te burles de mí", dijo ella.

"No soñaría con hacer eso. Debes tener un poder temible para poder ver a las hadas con tanta claridad".

"¿Tú crees?"

"El tuyo es un don raro".

La niña se animó ante el asentimiento de Rhys, y Rhys sintió que Madeline se ponía rígida a su lado. Entonces él pensó que la resistencia de la dama podría suavizarse a través de sus hermanas.

"Te está tirando de la oreja y haciendo muecas aterradoras", confió Elizabeth.

"Entonces es una lástima que no pueda verla, y mucho menos sentir el dolor".

Elizabeth se rió. "¿Por qué crees en las hadas?"

"Porque existen, por supuesto".

"¿Pero cómo puedes saber eso, si no puedes verlas?"

"Mi madre y sus parientes tienen fama de descender de un hada del agua, que se casó con un hombre mortal, mi propio antepasado". Rhys miró cómo los ojos de la niña se agrandaban y sintió que Vivienne se volvía para escuchar sus palabras. "¿Conoces la historia de Gwraggedd Annwn?"

Ambas muchachas negaban con la cabeza, mientras Madeline mostraba un estudiado interés por la llegada del venado. Rhys no dudaba de que ella también lo escuchaba, y estaba contento de haber elegido ese cuento para contarles.

De hecho, describía perfectamente su propia respuesta a la dama que estaba a su lado, y esperaba que ella pudiera descubrir el bocado de verdad en sus palabras. Él era consciente de su presencia, del derrame de la falda tan cerca de su pierna, del suave aroma de su carne, de su muslo junto al suyo. Su mano descansaba sobre la mesa, suave y finamente labrada, y aunque él anhelaba capturarla dentro de la suya, temía asustarla.

Un cuento podría suavizar su resistencia hacia él.

Él se aclaró la garganta y comenzó. "Hay muchos lagos en Gales, donde nací, y la mayoría de ellos tienen un aire misterioso. Se dice que hay hadas viviendo debajo de la superficie, en espléndidos palacios que los hombres mortales solo pueden vislumbrar de vez en cuando. Se dice que sus hijas son hermosas más allá de lo creíble, inmortales y sabias. Y se dice que a una de esas doncellas del lago le gustaba sentarse en cierta roca en la orilla y peinarse a la luz del sol".

"Apostaría a que un hombre mortal la espió allí", dijo Vivienne, con los ojos brillantes.

"De hecho, uno de esos hombres lo hizo", asintió Rhys. "Y como es de esperar, se enamoró de esa rara belleza. Algunos dicen que ella estaba cantando y que su voz era tan maravillosa que él quedó encantado. Otros cuentan que fue solo su belleza lo que lo atrapó. Escuché que ella tenía el cabello tan oscuro como el ala de un cuervo y ojos que brillaban como zafiros. He oído que él solo tuvo que verla una vez para perder el corazón por completo".

Madeline le echó un vistazo a esa descripción, que casi coincidía con la suya, y Rhys sostuvo su mirada mientras él continuaba. "Ella era una belleza más allá de las bellezas, eso es seguro, y su persona no era menos atractiva que su rostro. Y así, el mortal se enamoró y, con la esperanza de llamar su atención, se ofreció a compartir su pan con ella".

Rhys miró hacia la mesa, sabiendo que la mirada de Madeline seguiría la suya, y consideró el trozo de pan de la bandeja que iban a compartir. Las mejillas de Madeline se tiñeron de un color repentino y miró al otro lado del salón.

"¿Y qué pasó?" Preguntó Elizabeth.

"La doncella hada dijo que su pan era demasiado duro. Ella pudo haberse reído de su consternación, luego desapareció bajo el agua, dejando apenas una ondulación en la superficie".

"Oh." Elizabeth estaba claramente decepcionada, pensando que la historia había terminado, pero Vivienne habló.

"Probablemente él no se rindió fácilmente".

"De hecho no lo hizo, porque el amor es un poder temible. Él sabía que tenía que ganarse el favor de esta doncella y no le importaba lo difícil que pudiera resultar la tarea. Ningún hombre de mérito se rinde fácilmente al desafío del deseo de su dama".

Un paje puso carne en la bandeja y Rhys empujó los bocados selectos hacia Madeline. Ella miró hacia abajo, no tomó nada y volvió a mirar hacia otro lado, con la espalda recta.

Rhys no se detuvo.

"El hombre regresó a casa y buscó el consejo de su madre, y esa mujer le dio a la mañana siguiente pan que no había sido horneado. Él regresó al mismo lugar y se emocionó al encontrar a la doncella del lago allí nuevamente. Él se ofreció a compartir este pan, pero ella se rió y dijo que era demasiado suave para ella. Con eso, desapareció en el lago una vez más".

"¿Y el tercer día?" Preguntó Elizabeth.

"Al tercer día, él trajo pan a medio cocer, y a la doncella le gustó mucho. De hecho, él sospecho que a ella le gustaba que él trabajara con tanta determinación para ganarse su favor". Vivienne se rió de esto, aunque Madeline se apartó un poco de Rhys. ¿Ella se sentía susceptible a su escaso encanto o él le repugnaba? Él no podía adivinar, pero continuó. "Sin embargo, apenas hubo comido el pan, ella desapareció de nuevo en el lago. El hombre se sintió decepcionado por esto, porque pensó que la doncella de las hadas lo despreciaba"

Las muchachas estaban absortas, e incluso Madeline miró por

encima del hombro a Rhys. "¿Abandonó él su búsqueda, entonces?" preguntó ella y Rhys se permitió sonreír.

"¿No mencioné que el amor se apoderó de él? Tan pronto como empezó a inquietarse, tres figuras resplandecientes surgieron de las profundidades del lago. Caminaron por su superficie hacia él, sus atuendos y joyas brillando a la luz del sol. Había dos doncellas, cada una tan hermosa como la otra, ambas tan similares como para haber sido la misma mujer en dos lugares. Se pararon a ambos lados de un caballero mayor vestido con fino atuendo, quien informó al hombre mortal que él era el rey de las hadas debajo del lago. El rey ofreció una de sus hijas en matrimonio al hombre mortal, si ese hombre podía identificar cuál de sus hijas había aceptado su pan."

Rhys frunció los labios. "Esta no era una tarea fácil. El hombre miró entre ellas y temió fallar, porque no podía descubrir ninguna diferencia entre las hermanas. Y justo cuando pensaba que todo estaba perdido, la de la derecha deslizó su pie ligeramente hacia adelante. Porque ya ves, la doncella hada se había enamorado del hombre mortal y no deseaba perderlo."

Él tomó la mano de Madeline y dejó que su pulgar se deslizara sobre su piel. Ella se estremeció y sus ojos se tornaron de un azul más ferviente, aunque no apartó la mano de su agarre. "Él reconoció la zapatilla de su amada de inmediato y se alegró mucho de que ella también estuviera dispuesta a hacer ese matrimonio. Así él habló y eligió correctamente a su esposa."

"Y así se casaron", instó Vivienne.

"Y así se casaron, aunque el rey de las hadas concedió una orden judicial. Si el hombre mortal golpeaba a su esposa hada tres veces, la perdería para siempre, porque ella se vería obligada a regresar al reino de su padre debajo del lago".

"¿Y él estuvo de acuerdo con eso?" Preguntó Madeline.

"Por supuesto." Rhys sostuvo su mirada. "Ningún hombre de mérito golpea a su esposa, por ningún motivo". Un poco de rigidez pareció desaparecer de sus hombros. "El hombre mortal accedió a la demanda del padre, sin ver ninguna razón por la que abusaría tanto de su hermosa novia. Entonces se casaron, y tuvieron hijos, buena fortuna, cosechas abundantes y muchas ovejas para llamar suyas. Todos sus vecinos dijeron que el hombre había sido realmente bendecido el día en que se casó con esa novia."

Rhys bebió un sorbo de cerveza, consciente de que Madeline no había comido nada y había bebido poco. Su mano pareció temblar dentro de la suya, como si él hubiera atrapado a un pájaro salvaje, y cuando ella tiró de su mano esa vez, él la soltó. ¿Había entendido ella que él tenía la intención de tranquilizarla con esa historia?

"Ese no puede ser el final de tu historia", acusó Vivienne.

"Lejos de eso, porque había una rareza en la esposa hada del hombre. Quizás porque era ella inmortal, quizás porque tenía un toque de Visión, en ocasiones tendían a estar en desacuerdo. Primero, ella se rió en un funeral, se rió con tal entusiasmo que su esposo se sintió obligado a tocarla en el hombro y exigirle que se callara. Ella se quedó en silencio por un momento y luego dijo "Ese sería el primer golpe". El hombre estaba consternado por lo que había hecho y decidió ser más cuidadoso en el futuro"

"Pero no lo fue", supuso Elizabeth.

"Ella lloró en una boda", asintió Rhys asintiendo. "Lloró como si todo el mérito del mundo se perdiera en la formación de ese matrimonio. Y la gente allí reunida miró con recelo su actitud, y el hombre finalmente perdió los estribos. Tocó a su esposa en el hombro y le pidió que se callara. Ella se quedó en silencio por un momento, y luego dijo "Ese sería el segundo golpe". Y ella no le habló durante días, porque lo amaba tanto como él la amaba a ella, y temía que él los obligara a separarse por toda la eternidad. Las cosas fueron bien durante varios años, sus hijos crecieron cada vez más altos y sus ovejas eran más numerosas."

"¿Y entonces?" Preguntó Vivienne.

"¿Y entonces?" Preguntó Elizabeth.

"Y luego un niño se ahogó en el mismo lago del que había venido la mujer hada. Era un niño bien conocido por el matrimonio, un niño encantador recibido con cariño en cada puerta. Pero cuando se supo la verdad y la gente se reunió a la orilla del lago donde se había encontrado el cuerpo del niño, la esposa hada cantó. No cantó un canto fúnebre, cantó una canción de alegría, como si hubiera un asunto que celebrar en lugar de llorar.

"Cuando la gente se apartó de ella con disgusto, su esposo se volvió impaciente una vez más. Le dio una palmada en el hombro, le dijo que la canción no encajaba y le pidió que se callara. Ella se quedó en silencio por un momento y luego dijo "Ese sería el tercer golpe". Ella besó a sus hijos y acarició la mejilla de su marido, y luego se metió en el agua. Ella desapareció bajo la superficie, perdida para él para siempre, aparentemente sorda a sus súplicas llorosas. Y así se separaron, tal como lo había predicho el rey de las hadas."

Ambas muchachas parecían decepcionadas con ese final, pero Rhys levantó un dedo, porque él no había terminado. "Pero se dice que él nunca olvidó a sus hijos ni a su amada. Algunas personas dicen que ella regresaba a esa piedra en las noches de luna llena, que se encontraba con su esposo allí, y se sentaban, a un brazo de distancia, y hablaban. Otros dicen que ella visitaba a sus hijos en sueños y que les impartía todo su conocimiento sobre las hierbas curativas. Ellos se convirtieron en una familia de médicos famosos, que todavía se pueden encontrar junto a ese lago, hasta el día de hoy".

Vivienne suspiró satisfecha. —Qué fortuna tienes, Madeline, de casarte con un hombre que sabe contar una historia tan bien.

"¡Y uno que desciende de las hadas!" Elizabeth se entusiasmó.

Rhys miró hacia abajo de la mesa y pensó que eso podría proporcionar el respaldo de las otras dos hermanas. Annelise se sentía tranquilizada por su insistencia en que Alexander no repitiera la tontería de una subasta, mientras que Isabella parecía contenta de que Rhys y su novia hubieran sido responsables de una boda.

Solo Madeline no quedó convencida de su mérito. Rhys había encantado a las hermanas, pero no a su novia.

"Creo que es una historia triste", dijo ella con desaprobación, con las manos cruzadas con fuerza en su regazo.

Su mala suerte, al parecer, no había cambiado por completo. Pero Rhys, como el hombre de su propia historia, no se rindió al desafío de ganarse el favor de su dama con tanta facilidad.

CAPÍTULO 3

*M*adeline pensaba que podría gritar de tanta impaciencia por marcharse. La asamblea pareció tardar media noche en cansarse del vino y la cerveza de Tynan. Madeline se las arregló para ocultar todos los signos de su deseo de huir.

Rhys no volvió a hablarle directamente, pero el calor de su muslo estaba cerca del suyo y ella podía escucharlo escuchando su respiración. Aunque él miraba al otro lado del salón, aparentemente despreocupado por ella, Madeline sabía que ella tenía toda su atención.

Era más que desconcertante.

Peor aún, desde su cuento del hada del agua, Elizabeth y Vivienne parecían estar encantadas con Rhys. Isabella, que siempre había preferido la celebración a los momentos más tranquilos, anticipaba la boda con alegría. Incluso Annelise, que tardaba en tomar simpatía por los extraños, miraba a Rhys con favor, ya que él había insistido en que Alexander no subastara a otra de las hermanas.

Sólo Madeline parecía tener ojos en la cabeza o ingenio entre las orejas. Ella huiría, huiría tan lejos que no volverían a oír hablar de ella.

"¿Estás bien, Madeline?" Vivienne preguntó por la que debía ser la séptima vez. Estás tan callada esta noche.

Sabiendo muy bien que Rhys escuchaba su conversación, Madeline deseó que su hermana hubiera dejado el asunto. "Siempre soy tan recatada", dijo ella con una dulzura que debería haber advertido a su hermana.

En cambio, Vivienne se rió. "¿Tú? ¡Debería pensar que no! "

Madeline apretó los dientes y pateó a su hermana debajo de la mesa. Vivienne le dio una patada de vuelta, lo suficientemente fuerte como para dejarle un moretón en la espinilla.

—Qué divertida eres, Vivienne —dijo Madeline con firmeza. "Todos sabemos que soy la tranquila de la familia".

Vivienne, felizmente ajena al mensaje que Madeline estaba tratando de enviar, se rió tan fuerte que apenas podía hablar. "¿Tú? ¡Hablas más que todas nosotras juntas! ¿Recuerdas cómo solía decir nuestra vieja niñera?

"He olvidado la charla de esa loca", dijo Madeline con firmeza.

"¿Cómo pudiste? ¡Ella fue la que dijo que tenías suficiente audacia para los ocho y de sobra! "

Elizabeth negó. "¿Recuerdas cuando ella trató de amordazarte para que estuvieras en silencio por una mañana?"

Madeline sintió que se ruborizaba ante la mirada de soslayo de Rhys. "No recuerdo."

"¿Cómo pudiste olvidarlo? De verdad, Madeline, no eres tú misma esta noche. Para disgusto de Madeline, su hermana golpeó a Rhys en el brazo como si fueran viejos camaradas. "Ella debe estar simplemente asombrada, señor."

"La circunstancia de esta noche es ciertamente poco común", reconoció Rhys.

Vivienne sonrió. "Oh, pero te aseguro que mi hermana siempre es más vivaz que esto. Es práctica, pero también franca. Puedes confiar en Madeline, señor, para que te cuente lo que piensa, pero también para que te ayude.

"¡Vivienne!"

Rhys tomó un sorbo de su cerveza y Madeline podría haber jurado que él sonreía. "No hay nada parecido a las burlas de una hermana", dijo él con tanta suavidad que Vivienne no pudo oírlo.

Madeline se sorprendió al descubrir que su tono de afecto arrepentido era un eco tan perfecto de sus pensamientos. "Debes tener hermanas tú mismo".

Una sombra tocó su rostro y Madeline se sintió intrigada. "Tuve cuatro, una vez", admitió él y miró hacia otro lado.

"¿Cómo es posible que ya no tengas tales hermanas?"

Rhys miró al otro lado del salón durante un largo momento, como si no la hubiera escuchado. "Están todas muertas, mi señora."

Madeline se sorprendió. Él no dijo nada más, pero su semblante sombrío fue suficiente para desgarrarle el corazón. "Lo siento."

"Como yo" Él le rozó la mano con las yemas de los dedos y Madeline sintió un calor en el vientre, aunque no pudo decir si se debía a su toque suave o a su confesión. Ella sintió un rubor manchar sus mejillas y bajó la mirada para ocultar su reconocimiento de él.

Luego ella se preguntó si su confesión era verdad o una falsedad destinada a suavizar su resistencia hacia él.

De repente, Vivienne volvió a estar atenta, como si sintiera que se había perdido algo.

"Quizás estoy un poco más callada de lo habitual", dijo Madeline, "porque nunca antes había experimentado la víspera de mi propia boda".

Vivienne se puso seria ante eso. —Oh, pero no debes preocuparte por el día de mañana, Madeline. Serás la novia más hermosa que Ravensmuir haya visto en su vida, lo sé bien, incluso si el tío Tynan no considera oportuno entregar más perlas para el dobladillo de tu kirtle. El samite azul te sienta muy bien. Rosamunde habla correctamente cuando dice que todo será perfecto."

Madeline se mordió la lengua para no comentar que la apariencia del día de su boda no era una de sus principales preocupaciones. Después de todo, su intención era dejar que Rhys la creyera dispuesta a aceptar esa locura.

"Entonces estoy tranquila", dijo con rigidez. Tomó un sorbo de cerveza para no decir más.

"Tú, la tranquila", murmuró Vivienne, luego negó con la cabeza. "Debería contarle a Alexander sobre esa broma".

"Tal vez sea la preocupación por casarse con un extraño lo que le ha robado la lengua a la dama", sugirió Rhys.

Madeline sintió que se ruborizaba por el hecho de que su miedo hubiera sido identificado con tanta claridad, y no menos porque había sido nombrado así por quien menos debería haberla conocido.

"Nada menos que un extraño de tan oscura reputación", corrigió Rhys y Madeline supo que se sonrojaba.

Los ojos de Vivienne se agrandaron. "¿Realmente hay un precio por tu cabeza?" preguntó ella con una admiración que sin duda era inmerecida.

Rhys solo asintió.

"Por supuesto, estás injustamente condenado", dijo Vivienne con convicción. "Y el rey te perdonará y te suplicará perdón y será tan romántico como un viejo cuento. ¡Rosamunde te conoce, después de todo!

El hecho de que Rosamunde conociera todos los modales de los canallas y los bribones hizo que ese respaldo fuera menos convincente de lo que hubiera preferido Madeline.

Vivienne siguió parloteando, muy enamorada del cuento que tejía. "Quizás Madeline incluso tendrá que ir a la corte del rey para pedirle clemencia".

Elizabeth se estremeció de placer. "¿No sería una maravilla?"

Rhys parecía estar luchando contra esa sonrisa de nuevo.

"Podría ser una locura". Madeline no pudo seguir callada.

Vivienne frunció el ceño. "¿Cómo es eso?"

"Quizás el rey haya nombrado correctamente el crimen".

—Quizá lo haya hecho —asintió Rhys con tanta facilidad que el asunto no podía preocuparle particularmente.

—Entonces no sería sensato no sentir cierta inquietud por casarse con un hombre así —dijo Madeline con más aspereza de lo que pretendía, y luego luchó por recomponerse. "¿Podríamos discutir algún otro asunto? ¿La lluvia, tal vez?

"Llueve, como siempre lo hace en primavera", dijo Vivienne con desdén, luego se inclinó hacia Rhys de nuevo. "¿Es usted culpable de traición, señor?"

"¡Vivienne!"

"¿Seguramente deseas saber la verdad?" Preguntó Vivienne con el desprecio que una hermana se reserva únicamente para otra. Después de todo, vas a casarte con el hombre.

Madeline se mordió la lengua para no insultar a su cónyuge. Ella lo sintió mirándola y fingió fascinación por su servilleta. Su mirada era tan intensa que ella temió que hubiera adivinado su plan de huir.

"Quizás la dama no esté convencida de que voy a entregar la verdad", dijo Rhys con cuidado. "Decir una falsedad sería un crimen mucho menor que la traición, después de todo".

Vivienne pareció muy impresionada por ese razonamiento, aunque Madeline luchó por ocultar su sorpresa. ¿Cómo podía ese extraño adivinar sus pensamientos tan fácilmente, cuando toda su familia parecía incapaz de comprenderla?

"Un traidor en nuestras propias filas", dijo Vivienne, mostrando de nuevo un asombro innecesario. "¿Pero por qué se hizo la acusación en tu contra? ¿Quieres destituir al rey? ¿Serás capturado en la noche y arrastrado a la horca?

Los ojos de Rhys se entrecerraron levemente. No debes temer por la seguridad de tu hermana en mi compañía. En cuanto a las acusaciones en mi contra, he descubierto que una reputación peligrosa mantiene a los lobos alejados de la puerta de uno".

"Qué reconfortante", dijo Madeline, y tomó un trago de cerveza. Vivienne se volvió para responder a una pregunta de Alexander y Madeline se erizó bajo todo el peso de la atención de Rhys.

"¿Tienes miedo?" preguntó Rhys en voz tan baja que nadie pudo oírlo salvo la propia Madeline. Ella estaba molesta de que debiera ser él el que mostrara su compasión y encontró que la ira se apoderaba de su lengua, a pesar de su intención de ser recatada.

"¿Y qué si lo tengo? Un hombre que compra una novia en una subasta no puede preocuparse por los temores de esa dama". Ella se volvió para mirarlo y se sorprendió al ver su sonrisa. Ella lo miró fijamente, porque la expresión lo transformaba, haciéndolo lucir más joven y más guapo.

"Finalmente, la dama se digna expresar sus pensamientos", reflexionó él, esa sonrisa iluminando la oscuridad de sus ojos. Él levantó su copa como en homenaje a ella. Él bebió un sorbo de vino, sin apartar la mirada de la de ella.

Madeline lo miró fijamente, porque siempre la habían reprendido por expresar sus pensamientos con claridad. "¿Y qué significa eso?"

Sin embargo, a Rhys no parecía importarle. "Que hubiera esperado ser chamuscado por el fuego de tu ira antes que eso".

Madeline se obligó a recordar que ella tenía la intención de ganarse su confianza. Ella convocó una sonrisa con esfuerzo.

"Ahí, disfrazas tus pensamientos de nuevo", dijo él en voz baja.

Madeline se enderezó. "Quizás estoy más complacida con la perspectiva de casarme finalmente que con miedo".

"¿Con un traidor? Tu familia debe ser un grupo engañoso en verdad". La sonrisa de Rhys todavía curvaba sus labios y le quitó el dolor a sus palabras. Madeline tuvo la sensación de que él la provocaba, y ella se sintió provocada, pero nuevamente decidida a ocultar sus pensamientos.

"Oh, la reputación de un hombre no es lo mismo que su verdad", dijo ella con tanta dulzura que le dolían bastante los dientes. "Sin duda, tus enemigos han malinterpretado o tergiversado tus acciones".

Rhys se inclinó sobre la mesa, inclinándose hacia ella para estar peligrosamente cerca. Madeline podía oler su propia carne, pero peor aún, podía ver el brillo en sus ojos. "Me concede mucho crédito, mi señora, considerando que he hecho poco para ganarme tal devoción".

Madeline le tocó la mano, más fugazmente de lo que pretendía. "Ha comprado una novia, señor, y no puedo hacer nada más que estar feliz por ese hecho".

Él reclamó su mano cuando ella se la habría quitado y ella se estremeció ante el calor de su carne presionada contra la suya. "¿No es así?" preguntó él en voz baja, tan suavemente que Madeline supuso que él sabía que mentía.

Ella sonrió con los dientes apretados, retorciéndose bastante bajo su constante lectura. "Estoy segura de que seremos felices".

"Como yo", murmuró él. "Aunque no esperaba que nuestros pensamientos fueran como uno tan pronto. Celebremos nuestro acuerdo con vigor, entonces".

Había un brillo peligroso en sus ojos que advirtió a Madeline. Antes de que ella pudiera responder, él había tomado su nuca en su mano con gentil resolución y su boca se había cerrado con determinación sobre la de ella una vez más. La compañía gritó de alegría y empezó a golpear la mesa con sus copas.

Madeline tuvo la sensación de que Rhys intentaba provocarla de nuevo, para incitarla a que le mostrara alguna respuesta. Ella estuvo tentada de apartarlo, de abofetearlo ante toda la compañía en represalia por su audacia.

Él no se merecía menos y sin duda lo sabía. Incluso Vivienne jadeó de asombro a su lado.

Madeline apenas recordaba su plan para disipar sus sospechas. Ella suspiró, como si estuviera muy contenta, y dejó que sus manos aterrizaran sobre sus hombros. No fue tan difícil de hacer.

Rhys no necesitaba más estímulo que ese. Profundizó su beso, acercándola más con la facilidad de alguien más acostumbrado a compartir abrazos tan audaces que ella. Sin embargo, él era amable, a pesar de la sorpresa de su ataque amoroso.

Y luego fue demasiado tarde para retirarse. Ese beso fue diferente a su primer saludo. No fue menos emocionante, y no despertó menos calor en su vientre. Pero este beso era posesivo y exigente. Le pedía, no que se rindiera, sino que se uniera a él en la búsqueda del placer. Su misma sangre se aceleró y sus labios se separaron. Ella se escuchó a sí misma jadear cuando su lengua se movió entre sus labios, provocándola y saboreándola.

Y ella quería más.

~

EN MEDIO del beso de Rhys, Madeline se dio cuenta de una verdad impactante. James la había besado, sin duda, pero nunca había reclamado su boca con un ardor tan posesivo. Él nunca había deslizado su lengua entre sus labios, nunca había encerrado sus manos alrededor de su cintura, ni la había atraído tanto que sus senos se aplastaran contra su pecho.

A ella nunca le había gustado tanto su beso como este de Rhys. Y nunca su pulso se había acelerado tanto en el círculo del abrazo de James. No fue tan difícil fingir que disfrutaba de la caricia de Rhys, porque cada fibra de Madeline respondía a su toque seguro.

Ella se apartó con esfuerzo, consciente de que solo pudo hacerlo porque Rhys la soltó. Ella se sonrojó furiosamente cuando la compañía estalló en aplausos y tomó un largo trago de su cerveza para ocultar su desconcierto.

Era únicamente el hecho de que ese sería el último beso que Rhys le concedía lo que la había persuadido de aprovecharlo al máximo. Esa era la verdad, se aseguró Madeline. Era únicamente que Alexander se retorcía al verla tratada como una puta antes de sus nupcias y anhelaba pagarle a su hermano por su plan.

A pesar de su pronta explicación, Madeline se sentía más nerviosa que nunca. Su propio cuerpo la llamaba mentirosa. Ella no era menos consciente de la forma en que Rhys la miraba.

La satisfacción brillaba en sus ojos. Madeline contuvo el aliento y cuadró los hombros mientras la compañía pedía más a gritos.

Desde luego, ella no sentía ningún deseo de volver a besar a Rhys FitzHenry. Eso no habría sido sensato.

A pesar de que su pulso aún se aceleraba y su sangre hervía a fuego lento.

Rhys sonrió con malicia, aparentemente consciente de su efecto sobre ella. La cálida yema de su dedo se deslizó por su mejilla mientras le colocaba un mechón de cabello detrás de la oreja. "Eso es más como la esposa que espero encontrar", murmuró él.

Madeline miró en su dirección, sin comprenderlo del todo. "¿La esposa o la puta?"

"No eres tan mansa como para aceptar este destino como querrías hacerme creer", dijo él, su mirada astuta. "Eres demasiado apasionada para aceptar fácilmente la indignidad que has soportado este día. No me mientas, mi señora, y nuestro matrimonio saldrá bien. Todo lo que te pido es lealtad".

"¿Todo?"

"E hijos, por supuesto".

Madeline no podía apartar la mirada de la intensidad de su mirada. Ella estaba medio persuadida de que él trataba de obligarla a confesar su plan para escapar. Él tenía los ojos brillantes, sus modales eran seguros.

Pero él no podía saberlo. Él no podía haber leído sus pensamientos.

Madeline le dedicó una sonrisa. "No hay ningún mérito en la ira, mi señor, cuando uno no puede cambiar el destino. Simplemente acepto lo que será mío, como debe ser una mujer".

Rhys resopló. "Sabes tan bien como yo que siempre se puede cambiar el destino".

"Pero no necesariamente para un mejor final". Madeline vio que tenía su atención. "Deberías conocer la raíz de mi discusión con mi hermano. Me negué a casarme con ningún hombre, porque mi corazón ya no es mío para concederlo".

Rhys se quedó quieto entonces, aunque no apartó la mirada.

"Mi prometido murió".

Para sorpresa de Madeline, esa compasión volvió a brillar en los ojos de Rhys. "Lo siento, mi señora."

Madeline sonrió con pesar. "Te agradezco el sentimiento, aunque no puedes estar tan arrepentido como yo", dijo ella, obligándose a sonar recatada. "James se ha ido, aunque mi corazón es suyo para siempre. Yo hubiera elegido no casarme, en lugar de ofrecer menos que todo a mi cónyuge". Ella suspiró. "Mi hermano, sin embargo, vio las cosas de otra manera".

"Se podría argumentar que está preocupado por tu futuro".

"Se podría argumentar que si se deshace de mí por medios tales como una subasta, entonces no se puede confiar en él ni para dejarme en paz ni para encontrarme un cónyuge de una manera más adecuada".

Madeline habló más acaloradamente de lo que pretendía, y dudaba que el hombre vigilante a su lado se hubiera perdido eso. Ella trató de sonreír con gran resignación. Puedo casarme contigo o puedo esperar el próximo plan de Alexander. Mis opciones son pocas, y la boda parece ser la mejor de ellas".

"Apostaría a que todo se verá mejor mañana", dijo Rhys con cuidado. Después de todo, has soportado mucha indignidad este día.

La simpatía era el último honor que Madeline deseaba de este hombre. De hecho, ¡el hombre suavizaba su resistencia con casi cada palabra que pronunciaba y cada acción que hacía! Ella tenía que estar lejos de Ravensmuir antes de que intercambiaran votos, antes de que ella olvidara la verdad de su pasado.

Porque cualquier hombre puede invocar el encanto por una sola noche. Madeline deseaba más de una noche de consideración por parte del hombre con el que se casara.

"Sin duda, hablas bien", estuvo de acuerdo ella, pensando que para entonces estaría muy lejos. "Una noche de sueño profundo reduce el desafío más insuperable".

Él luchó contra esa sonrisa de nuevo, aparentemente divertido de que ella insinuara que él era un desafío. Antes de que Madeline pudiera reparar su error, Rhys levantó su copa y la tocó con la suya.

—A nuestras nupcias de mañana, mi señora. Que marquen un nuevo comienzo para los dos".

Madeline bebió por su brindis, sintiéndose más engañosa de lo que creía que debería haber sido.

~

LA DAMA TENÍA UN PLAN.

Rhys habría apostado su preciado caballo a eso. Era increíble que la mujer tan indignada por la intención de su hermano de subastarla pudiera haber hecho las paces con su destino tan fácilmente. De hecho, ella luchaba por ocultar esa ira con cada comentario que hacía, sus ojos brillantes revelaban que no era recatada en lo más mínimo.

Rhys conocía sus encantos, tal como eran, y conocía su reputación lo suficientemente bien como para estar seguro de que ninguna mujer se habría apresurado a comprometerse con él por toda la eternidad.

Ciertamente no una mujer con un intelecto tan espléndido como Madeline.

De hecho, él encontró a su dama aún más intrigante por el hecho de que ella trataba de desarmarlo, de engañarlo, de persuadirlo de que él no podía quererla como esposa. Madeline era inteligente y no estaba acostumbrada a igualar el ingenio con otro tan inteligente como ella.

Eso era un buen augurio para su matrimonio.

Rhys esperó y miró, bebiendo un poco de cerveza y finalmente fingiendo agotamiento. Él estaba tan despierto como un gato a la caza, aunque no había necesidad de que ninguna otra alma en el salón de Ravensmuir lo adivinara.

Finalmente, la compañía se quedó en silencio, sus bostezos se hicieron más prolongados y los fuegos se convirtieron en carbones encendidos. Las damas se retiraron a una cámara en la torre, y Rhys se levantó y reclamó la mano de Madeline mientras dejaba la mesa alta.

Ella lo miró por un momento, sus ojos se llenaron de sombras, luego, para su asombro, ella se inclinó más cerca. "¿Estás realmente acusado de traición contra el rey?" susurró ella.

Rhys deseó haber mentido, porque sabía que una mentira sola resolvería sus temores. En cambio, asintió con la cabeza. "Lo estoy."

Entonces él pensó que podía escuchar el latido de su corazón, recordándole de nuevo a ese pájaro cautivo, luego ella se dio la vuelta y se alejó de su lado. Él sabía que no imaginaba el miedo que brillaba en sus ojos.

Pero no había un hombre vivo que pudiera cambiar sus acciones pasadas. Rhys se recordó a sí mismo que era más admirable confesar la verdad, aunque su corazón lo llamaba tonto. Él observó cómo Madeline lanzaba una última mirada hacia el salón mientras subía las escaleras, y no dudaba de que ella creía que nunca volvería a verlo.

Ella huiría esa noche, y él la perseguiría, y de todos modos se casarían. Él podría haberle dicho que no era tan fácil deshacerse de Rhys FitzHenry.

Rhys notó que Reginald observaba a Madeline hasta que se perdió de vista, luego vio que los labios de ese hombre se estrechaban con disgusto. Reginald lanzó una mirada venenosa en dirección a Rhys. Rhys sostuvo la mirada del otro hombre con firmeza, desafiándolo a que dijera lo que había sucedido.

Reginald se volvió, convocando a sus escuderos como una gallina juntando polluelos, insistiendo en que se hicieran los arreglos necesarios para su sueño. Rhys reclamó silenciosamente un colchón y se arropó con su capa, tomando un lugar donde pudiera mirar las escaleras. Las velas se apagaron y los ronquidos comenzaron a resonar en el salón.

Rhys se acomodó en su colchón, con un ojo medio abierto, fingió dormir y esperó. Él sabía que el último beso de Madeline en la mesa y su inesperada rendición a su exigente abrazo mantendrían su sangre hirviendo toda la noche.

Él no tuvo que esperar mucho.

MADELINE PODRÍA HABER RESPETADO la honestidad de Rhys si él le hubiera dicho una verdad más tranquilizadora. Los traidores, lo sabía ella bien, tenían un destino terrible; a sus cónyuges, hijos y propiedades les va poco mejor. Su propia médula todavía zumbaba por el tentador beso de Rhys, y sabía que rápidamente él superaría su buen sentido con su seductor toque. Aunque ella tenía miedo de huir sola por la noche, le tenía más miedo a Rhys FitzHenry.

Madeline se sorprendió cuando Rosamunde le tiró de la manga, medio convencida de que su perceptiva tía había adivinado sus intenciones.

"Ven conmigo por un momento", dijo Rosamunde, su manera misteriosa y su voz baja. Las hermanas de Madeline continuaron hasta el dormitorio de las damas, sin saber que estaban desatendidas.

"No les harán ningún daño", dijo Rosamunde cuando Madeline vaciló. "Yo quisiera cumplir mi promesa a tu madre".

Madeline no necesitó más persuasión que esa para seguir a su tía. Rosamunde estaba vestida con una espléndida túnica de un profundo azul zafiro, con un dobladillo grueso con bordados dorados y un corte que favorecía las esbeltas curvas de su figura. Su cinturón era increíblemente rico y estaba tachonado de gemas; su cabello colgaba suelto hasta sus caderas como una cascada de oro rosa. Aunque vestida con un esplendor femenino, había una determinación en el paso de Rosamunde que era inadecuado para una dama.

Rosamunde llevó a Madeline al solar del señor con una familiaridad inesperada. Madeline abrió los ojos como platos y luchó por mantener el silencio. Ella había oído rumores sobre la intimidad de la pareja mayor, por supuesto, pero siempre había creído que esas historias eran falsas.

Rosamunde se volvió y sonrió. "Aquí, podemos estar seguras de que estaremos solas. Esta es una responsabilidad que debe descargarse en privado".

La habitación de Tynan estaba ricamente adornada y ya se había encendido un fuego en la chimenea para su comodidad. Resplandecía alegremente, iluminando la habitación con un resplandor acogedor. Doncella y tía se unieron en el par de taburetes colocados cerca de la chimenea.

Rosamunde se estremeció. "Nunca me acostumbraré al frío de este país", murmuró, luego sacó un saco de terciopelo de sus lujosas faldas. "Esto es para ti." Ella le sonrió a Madeline mientras colocaba la pequeña bolsa en sus manos.

El saco era cuadrado, menos en cada dimensión que las dos primeras falanges de su dedo. Madeline podía esconderlo fácilmente en la palma de su mano y se maravilló de la riqueza de su tono púrpura. Estaba bordado en oro con tanta riqueza que era un tesoro en sí mismo, el hilo de oro formaba una estrella radiante contra el terciopelo. Un cordón dorado retorcido sujetaba el pequeño saco cerrado, el largo del cordón era suficiente para que el saco pudiera colgarse alrededor del cuello como una gema. Era liviano, tan liviano que ella asumió que estaba vacío.

"¿Es esta tela de seda?" Madeline preguntó con asombro.

Rosamunde se rió. "Sin duda, pero esto es un mero almacén. El verdadero regalo está adentro".

Madeline miró a su tía un momento y luego soltó el cordón.

"¡Ten cuidado!" Rosamunde aconsejó y se inclinó más cerca.

Madeline inclinó el pequeño saco y una esfera del tamaño de una uña se derramó en su palma. Podría haber sido una gota de agua, pero era dura y brillaba a la luz del fuego.

"Se llama la Lágrima de la Virgen", respiró Rosamunde. "Y se dice que fue derramada por María en la crucifixión".

Madeline miró la gema con asombro mientras su tía hablaba.

"Aunque María sabía que Jesús moría para salvar a toda la humanidad, él todavía era su único hijo: lo lloró, como haría cualquier madre. Y se dice que Dios miró hacia abajo a este débil vaso de mujer, sus lágrimas derramándose como gemas, y sintió compasión de que ella soportara tal pérdida para beneficio de sus semejantes. Se dice que convirtió veinticuatro de sus lágrimas en gemas, en homenaje a su dolor."

"¿Hay más de estas maravillas?"

Rosamunde se encogió de hombros. "No puedo decirlo. Esta es la única que he visto en mi vida, y solo escuché la historia de tu abuelo, Merlín".

"¿Pero pensé que el abuelo evitaba las reliquias?"

"Él evitó el comercio familiar con ellas, sin duda, pero tenía una reverencia por aquellas que él pensaba que eran genuinas". Rosamunde señaló la gema en la palma de Madeline y sonrió al recordarlo. "Esta era una por la que profesaba cariño. De hecho, se la dio a tu madre la noche anterior a sus nupcias".

Madeline miró sorprendida y Rosamunde asintió. Merlyn le había dicho, dijo ella, que le habría dado esto a su hija en su boda. Como él no tenía una hija de sangre, esperaba que Catherine la aceptara. Merlín e Ysabella consideraban a tu madre como su hija, porque ella se casó con su hijo, Roland".

La mano de Madeline se cerró sobre la gema, aparentemente por su propia voluntad, tan precioso era cualquier vínculo con su madre. Ella luchó contra sus propias lágrimas, tan potentes eran las presencias de sus abuelos y padres en esa habitación. Ella sabía que Merlín e Ysabella habían reconstruido Ravensmuir y ocupado esa habitación durante muchos años. Ella sabía que se lo habían concedido a sus padres para su noche nupcial y que Merlín había bromeado con frecuencia diciendo que su nieto, Alexander, había sido forjado en su propia cama.

Ella tragó con esfuerzo, sintiendo el abrazo de los fantasmas a su alrededor. "Y ahora me lo concedes antes de mi propia boda", dijo ella con voz ronca.

"Tu madre lo deseaba así". Rosamunde se recostó y miró fijamente las llamas. "No recordarás esto, porque últimamente se ha dicho poco, pero yo era una de tus madrinas".

"¿Lo eras?" Madeline se sorprendió una vez más, aunque la alegría en los ojos de Rosamunde le hizo creer la historia.

"¡Contra toda expectativa!" Rosamunde se rió entre dientes. "Aunque no fui la primera opción de tu madre, y no se me concedió la tarea sola, incluso entonces, soy la última de tus madrinas que sobrevive". Ella se puso seria. "De hecho, soy la última de todas las mujeres encargadas de tu educación en sobrevivir".

Madeline miró hacia otro lado, sintiendo intensamente la ausencia de su madre.

La mano de Rosamunde se posó sobre la suya, su calidez un consuelo. Madeline se preguntó si se imaginaba que la voz de su tía se había vuelto ronca de repente. —Siempre te he tenido cariño, Madeline. Quizás tu madre vio en mi propio corazón cuando me concedió este precioso deber". Rosamunde apretó un minuto la mano de Madeline. "Pero el hecho es que en tu bautizo, tu madre me confió esta joya a mi cuidado. Me pidió que te la concediera la víspera de tus nupcias, tal como se la había concedido Merlín, y que te contara sobre la gema. Era el único deber que ella esperaba de mí, dijo, y así lo cumplo en su honor".

Madeline tragó y miró a su tía. "¿Qué hay de la gema?"

"Se dice que posee una especie de poder, aunque no puedo dar fe de su veracidad. Tu madre solo me confió la historia para que yo te la entregue con la gema. Se dice que la Lágrima siente el peso del dolor, de acuerdo con sus orígenes, y que cambiará de tonalidad para advertir a su portador de las malas noticias. Quizás sea la propia María quien advierta al portador. No puedo decir."

Madeline temió entonces que su intención de escapar de Ravensmuir y evitar la ceremonia de su boda fuera evidente para su perceptiva tía, y que Rosamunde tenía la intención de disuadirla.

Pero Rosamunde frunció el ceño ante el puño cerrado de Madeline. "Se dice que la piedra se volverá negra cuando la mala suerte le aguarda a su portador, y que brillará cuando todo vaya bien".

"¿Crees eso?"

Rosamunde sonrió. "Hay muchas cosas que tienen poco sentido para nosotros, muchos misterios que quizás nunca se resuelvan. Quizás este sea uno de ellos; tal vez no sea más que una bonita joya de cuarzo con un cuento. De cualquier manera, tienes en tu mano una muestra de buena voluntad de tu madre, una reliquia heredada de tu familia, y eso no es poco mérito."

Madeline acarició la gema en su mano. "¿Se la voy a conceder a mi primera hija la víspera de su boda?"

Rosamunde sonrió. "Apostaría a que Merlín aprobaría eso".

Madeline apartó la mirada mientras parpadeaba para contener las lágrimas y tocaba el cordón. "¿Se lo puso mamá?"

Rosamunde asintió. "Catherine usó la gema en su pecho el día de su boda. Aunque yo no estaba aquí, se decía que la Lágrima brillaba con un resplandor que rivalizaba con el sol".

"Entonces tal vez su poder sea genuino". Los dedos de Madeline estaban ansiosos por abrirse y revelar el tono de la piedra, pero ella quería verlo sola.

"Quizás. Tus padres poseían un gran amor el uno por el otro, uno que solo crecía con el paso de los años. Recuérdalos feliz, Madeline. Es el mejor evocación que puedes conceder".

Las mujeres se sentaron en silencio por un momento mientras Madeline luchaba por hacer lo que se le ordenaba. Sus muertes eran tan recientes que no había empezado a recordar la risa alegre de su madre, o la forma en que los ojos de su padre brillaban cuando se burlaba de cualquiera de ellos.

Rosamunde se aclaró la garganta. "Catherine también fabricó este saco para la gema, con su propia aguja, para garantizar su seguridad. Oculto o exhibido, lo usó día y noche hasta que naciste". Rosamunde se puso de pie, sus ojos brillaban con lágrimas no derramadas. "Luego me la confió, aunque nunca imaginé que la entregaría sin ella a mi lado".

—Rosamunde, fuiste la única persona en el salón que admitió conocer a Rhys FitzHenry —dijo Madeline en voz baja—.

Rosamunde asintió y esperó con los ojos brillantes.

"Alexander dijo que él no estaba invitado".

"No por Alexander. Él llegó antes en una misión propia y me llamó. Preguntó por el motivo de la reunión y, cuando se lo conté, admitió que tenía curiosidad". Rosamunde se encogió de hombros. "Y entonces hice que lo dejaran entrar, sin darme cuenta de que él también necesitaba una esposa. Rhys siempre ha sido muy solitario".

"Pero no le prohibiste participar".

Rosamunde sonrió. "Me pareció, Madeline, que podrías morir de aburrimiento casada con un hombre elegido por Alexander".

"¿Moriré de alguna otra enfermedad casada con este traidor?"

Rosamunde se rió entre dientes, una reacción muy extraña al pensamiento de Madeline. "La reputación de un hombre no es lo mismo que su verdad, Madeline". Ella se levantó y se alisó las faldas, que seguramente no necesitaban alisarse, y luego se aclaró la garganta. "Debo atender a tus hermanas. Con el salón lleno de hombres con la panza llena de bebida, me aseguraría de que todos sean doncellas al día siguiente".

"Me gustaría sentarme aquí por un momento". Madeline levantó el puño y apretó la gema hasta los labios. La Lágrima parecía palpitar dentro de su alcance.

Rosamunde le tocó el hombro con afecto. —No le des demasiada importancia a las viejas historias, Madeline. Un matrimonio es lo que el marido y la mujer hacen de él, y Rhys ha gastado suficiente dinero como para asegurar tu atención".

No era la cosa más tranquilizadora que Rosamunde podría haber dicho, pero ella partió en un remolino de seda antes de que Madeline pudiera pedir más detalles sobre Rhys.

No es que importara demasiado. Madeline se iría antes de la mañana, se iría antes de sus nupcias, se iría antes de que Rhys pudiera reclamar su mano para siempre. Sin embargo, primero miraría la gema y esperaría algo de seguridad. Contuvo la respiración, desplegó los dedos y dejó que la luz del fuego tocara la gema que tenía en la mano.

La Lágrima podría haber sido forjada de obsidiana, tan oscura estaba. La gema era negra hasta la médula, sin un destello de luz en sus profundidades. El corazón de Madeline se congeló y luego se aceleró. Ella metió la piedra en el pequeño saco de terciopelo con dedos temblorosos, la aseguró y luego se enroscó el cordón alrededor del cuello.

Ella tenía que huir. Ella había elegido bien, porque incluso la piedra pronosticaba un mal destino si se quedaba en Ravensmuir y se casaba con Rhys FitzHenry.

CAPÍTULO 4

*R*avensmuir guardaba silencio, salvo por los ronquidos de hombres y perros. Madeline podía oír el golpeteo de la lluvia sobre las piedras y el embate del mar contra la orilla. El viento se había calmado, aunque seguía lloviendo con fuerza.

Sus hermanas dormían profundamente, sus camastros rodeando el suyo. Las muchachas más jóvenes habían estado particularmente emocionadas esa noche ante la perspectiva de una boda, y habían tardado malditamente en acomodarse en sus camastros. Elizabeth en particular había insistido en hablar consigo misma, como si realmente estuviera hablando con el hada invisible. Madeline estaba segura de que la niña nunca se quedaría dormida.

Pero ahora, en el silencio de la noche, el único obstáculo para la partida de Madeline era su tía Rosamunde, que se había declarado centinela sobre todas ellas.

Madeline se dio la vuelta y miró a través de sus pestañas en dirección a su tía. Esa mujer estaba sentada en un banco junto a la puerta. Rosamunde bostezó por completo, luego cruzó los brazos sobre el pecho y sus ojos brillaron en la oscuridad.

Madeline se mordió el labio, considerando su rumbo.

Ninguna de las dos veía a la spriggan Darg, que bailaba alrededor de Rosamunde con vengativo deleite. Ninguna de las dos veía a Darg gruñir, anudar y enredar la cinta dorada que emanaba de Rosamunde, que ninguna de las dos veía tampoco, y ninguna de los dos escuchaba la cancioncita maliciosa del hada.

Quizás era mejor. Darg no tenía una voz melodiosa.

Madeline acababa de decidir mentirle a su tía y decirle que tenía que ir al retrete cuando alguien golpeó levemente la puerta. Era un sonido tan débil que Madeline apenas lo oyó. Ella vio que su tía se giraba, vio que la pesada puerta de madera se abría un poco.

"¿Seguramente no querrás quedarte aquí sentada sin dormir toda la noche?" preguntó alguien en un suave susurro. Era la voz de un hombre, aunque Madeline no podía ver quién hablaba. Ella vio sonreír a Rosamunde y supo que había visto esa sonrisa antes.

Era el tío Tynan, apostaría Madeline.

Sin ser observada por todos los mortales presentes, Darg se abalanzó sobre la cinta de plata de Tynan y comenzó a triturarla, así como a ponerle nudos dignos de un nido de ratas.

"¿Y qué más haría?" Rosamunde murmuró con tono pícaro. "No tengo otra forma de llenar las horas de la noche".

"Qué trágico", reflexionó Tynan. "Sería un mal anfitrión si no ofreciera mejores circunstancias a un invitado".

Rosamunde se rió levemente. Metió la mano por el hueco de la puerta abierta, su sonrisa se ensanchó. "¿Y qué me ofrece, Señor de Ravensmuir?"

"Hay una cama blanda que es lo suficientemente amplia para ser compartida".

"¿Con quién lo compartiría?"

Rosamunde jadeó cuando evidentemente le tiraron de la mano. Ella desapareció en una ráfaga de faldas por la puerta abierta y Madeline cerró los ojos al oír un abrazo muy afectuoso. Ella pensó en Rhys besándola con tanto entusiasmo y su rostro ardió.

—Pero las muchachas... —protestó Rosamunde, su voz extrañamente sin aliento.

"Pueden dormir lo suficientemente bien sin ti".

"Pero..."

Tynan la interrumpió con determinación. "Mientras que yo no puedo".

"No es tu intención dormir, señor", dijo Rosamunde, su risa debilitó su supuesta indignación.

"La tuya tampoco", replicó Tynan.

"Confía en un hombre para solo insistir en su camino".

"Es una forma que has encontrado suficientemente satisfactoria en el pasado".

Rosamunde suspiró y más sonidos amorosos llegaron a los oídos de Madeline. Ella se quedó mirando al techo, comprendiendo bastante más de la relación de su tía y su tío que antes, y sin saber si se alegraba de ello.

La puerta se cerró con un clic firme, luego los pasos de Tynan resonaron por el pasillo. El sonido de los susurros de Rosamunde se desvaneció, luego se cerró otra puerta.

Fue cerrada con un eco resonante de los cerrojos.

Esa era su oportunidad.

Madeline se deslizó de su colchón y se puso las botas, con las manos temblorosas por la prisa. Se había ido a la cama en medias y camisola, quejándose de que tenía frío cuando sus hermanas preguntaron. Se puso su kirtle de lana más gruesa por encima de la cabeza, robó los bolsos de sus hermanas en busca de monedas extraviadas y reclamó la nueva capa de lana forrada de piel de Vivienne. Cogió su propio cuchillo para comer, se lo metió en el cinturón y se arrastró hasta la puerta.

Su corazón latía tan fuerte que ella temió que despertara a toda la casa. Madeline tragó saliva y cuadró los hombros, lanzó un beso de despedida a sus hermanas y se deslizó por el pasillo en sombras.

Ella podría haber tomado una doncella o una de sus hermanas, pero Madeline temía poner en peligro innecesariamente a una compañera. Sola, podría fingir ser una muchacha de la aldea; tener un sirviente podría despertar sospechas. Ella estaba profundamente asustada, pero emocionada de alguna manera. Nunca antes había viajado sola, pero seguramente tenía el ingenio suficiente para garantizar su propia seguridad. Ella siempre había sido la práctica, después de todo.

Primero, ella tenía que atravesar el salón abarrotado.

Luego, tenía que robar un caballo.

Luego, tenía que atravesar las puertas cerradas de Ravensmuir sin alertar a los centinelas de su partida.

En verdad, las probabilidades estaban en su contra en esa tarea. Madeline pronunció una oración silenciosa y recorrió el salón con la mayor cautela que pudo. Afortunadamente, tendría bastante tiempo para considerar con precisión adónde huiría una vez que cruzara las puertas de Ravensmuir.

E incluso Darg no fue testigo de la partida de Madeline.

LAS PALMAS de Madeline estaban resbaladizas por el sudor cuando llegó a los establos. Ella se había deslizado por el salón, con el corazón latiendo con fuerza, pasando por encima de los hombres dormidos y entre ellos. Afortunadamente, su tío había sido generoso con su vino y los hombres dormían profundamente.

Sin embargo, cada sonido, cada hombre rodando, la cola de cada perro moviéndose en el sueño de esa bestia, la habían hecho saltar por los cielos. Ella no se había fijado en Rhys, no lo había buscado, porque los hombres envueltos en sus capas eran prácticamente indistinguibles entre sí y ella no se atrevía a perder el tiempo.

Ella se había alegrado de recorrer el corredor desierto, incluso si el viento del mar la hacía temblar. Nadie había llamado a una advertencia, nadie se había despertado y alertado a la familia.

Rhys FitzHenry, su peligrosa reputación y sus besos aún más peligrosos, estaban detrás de ella, para siempre.

Madeline exhaló un suspiro de alivio, pero no vaciló en el umbral de los establos. Sabía el caballo que quería, el caballo que había montado desde Kinfairlie. La yegua la conocía y sería la menos propensa a relinchar de alarma por lo que hacía.

Los caballos habían sido movidos, para consternación de Madeline, presumiblemente para dejar espacio a los caballos de los hombres que llegaban. Ella perdió momentos preciosos buscando a Tarascon, y finalmente la encontró compartiendo un puesto con otros dos caballos de Kinfairlie.

"¡Tarascon!" susurró Madeline, sabiendo que la bestia percibiría su excitación. La cola de la yegua se balanceó al reconocer la voz de Madeline y ella comenzó a girar, sus caballos de compañía también se movían en sueños.

"¡Tarascon, no hagas ruido! Todos ustedes estén quietos, porque les he traído golosinas del salón". Los dedos de Madeline buscaron a tientas el pestillo y se apresuró a entrar en el establo en sombras, con la única intención de tranquilizar a los caballos antes de que el mozo se despertara.

Inmediatamente la rodearon, acariciando su capa, buscando cualquier golosina. Tarascon pellizcó la trenza de Madeline con afecto y casi la aplastó contra la pared de los puestos. Madeline se echó a reír entre dientes y le ofreció el trío de manzanas que había cogido de la comida que aún quedaba en el salón. Tan preocupada estaba por encontrar la silla de Tarascon que Madeline no se dio cuenta de que ya no estaba sola.

No hasta que el hombre se aclaró la garganta.

AL OÍR EL SONIDO, Madeline dio un salto y reprimió un grito.

Un hombre rubio sonreía amablemente mientras se apoyaba en la puerta del cubículo. ¿Es costumbre alimentar a los caballos de Ravensmuir por la noche? ¿Y eso sin el conocimiento del mozo? "

"¡Kerr!" susurró Madeline, con las rodillas débiles por el alivio. Kerr era un hombre de armas que había servido en Kinfairlie desde que ella tenía memoria. ¡Me asustaste más allá de lo creíble!

Él frunció el ceño con el afecto de un hermano mayor. —Debería haber un alma cuidándote, dama Madeline, porque no te conviene estar en el torreón mientras está lleno de guerreros. Él sacudió la cabeza. "Peor aún, son hombres luchadores que se han hartado de bebida y algo más". Él la señaló con un dedo. "Deberías estar encerrada en tu habitación con tus hermanas".

Madeline decidió confiar en él. "Debo huir, Kerr, y debo huir esta noche".

Él frunció los labios. "Quieres evitar tus nupcias". No era una pregunta, aunque Madeline asintió rápidamente. Ella se lo habría explicado, pero Kerr levantó la mano. —No hace falta que me cuentes más, dama Madeline. Siempre pensé que eras una muchacha sensata, y en esto, demuestras que tengo razón. Rhys FitzHenry es un hombre peligroso, uno con un precio sobre su cabeza por traición. No se puede culpar a ninguna mujer por intentar evitar un matrimonio con él".

"De hecho, Kerr..."

Sacudió ese dedo de nuevo, su manera de regañar. "Pero eres una tonto y luego algunas considerarían partir solas. No puedes saber qué o con quién te encontrarás en el camino, ni qué peligros enfrentarás. Ninguna dama debería viajar sola en estos tiempos".

"Pero Kerr, no podría pedirle a una doncella o a una de mis hermanas que me acompañaran y Rosamunde no habría aceptado hacerlo". Madeline suspiró. "Ella parece tener un afecto por Rhys, que no puedo explicar".

"Pájaros de una misma pluma, sin duda, mi señora", dijo Kerr sombríamente. "Tu tía ha vivido fuera de los límites de la ley durante tanto tiempo, si me perdonas que hable sin rodeos, que solo ve lo bueno en un compañero pícaro y no en su maldad".

Madeline se volvió hacia su caballo, contenta de estar familiarizada con ensillarlo ella misma. "Te agradezco tu consejo, Kerr, pero debo irme antes de que se note mi ausencia".

"Pero no irás sola", insistió el fornido escocés.

Madeline miró hacia arriba, sorprendida por su tono.

"Si insistes en ir, mi señora, la escoltaré a un refugio seguro. Eso es lo que le debo a la memoria de tu padre, al menos".

Madeline sonrió, aliviada por su oferta. "Mi tío y mi hermano no estarán contentos contigo, Kerr".

Él se encogió de hombros. "No son los únicos terratenientes de la cristiandad que tienen dinero para contratar a un guerrero". Él se puso serio y le dirigió una mirada tranquila. "Y hay ocasiones, mi señora, en las que un hombre debe hacer lo que debe hacer y dejar que las consecuencias sean las que serán".

"Gracias, Kerr".

"Date prisa", dijo él con brusquedad, mirando por encima del hombro con la manera de quien se siente incómodo con la gratitud de una dama. "Hay muchos en Ravensmuir que duermen ligeramente esta noche".

EL AMANECER TOCABA el cielo del este antes de que Kerr finalmente hiciera un alto. Madeline estaba exhausta, tan poco acostumbrada estaba a perderse una noche de sueño. Al menos la lluvia había cesado poco después de su partida, y aunque su camino estaba enlodado, ella no estaba empapada. Kerr señaló un barranco y giró a Tarascon en esa dirección. El caballo se movió con determinación una vez que escuchó la corriente oculta que fluía allí.

Encontrar a Kerr en los establos había sido un golpe de suerte poco común. Madeline no sabía cómo él había convencido al portero para que abriera el rastrillo doble de Ravensmuir, ni sabía cómo había encontrado un camino a través de lo desierto de los páramos.

Sin embargo, había habido un camino, o al menos uno visible para cualquier alma que ya supiera que estaba allí, y había evitado las ciudades y las abadías. El único pueblo que habían pasado cerca había sido Galashiels, dormido como antes.

El sol naciente mostraba colinas alrededor y poco más, colinas que eran más verdes que las cercanas a Kinfairlie y de una inclinación más suave. Madeline ya no podía oler el mar y supuso que habían tomado un rumbo hacia el sur con una ligera inclinación hacia el oeste.

Pero ella no tenía objeciones. Ahora se daba cuenta de que nunca podría haber logrado escapar sola, tan limitada era su experiencia en ese viaje. Durante el viaje de la noche, se le ocurrió adónde podría ir, podría intentar descubrir la verdad sobre la muerte de James ella misma. Ella se preguntó si tendría dinero suficiente para contratar a Kerr para que la ayudara en esa búsqueda, porque tendría que ir a Francia.

Habían cabalgado en tal silencio durante toda la noche que ella no había tenido la oportunidad ni la voluntad de preguntarle eso, todavía no. Kerr no era un hombre que hablara mucho, pero Madeline confiaba en sus habilidades. Él no podría haber sido más de una década mayor que ella, aunque había vivido de manera más ruda, sin duda.

Pero ella estaba contenta de su competencia, y aún más contenta de que se detuvieran pronto.

A pesar de que había dejado de llover, Madeline estaba húmeda, helada y llena de dolores. No se había quejado de esa dificultad desconocida, porque había muchos kilómetros entre ella y Rhys FitzHenry. Sólo ahora estaría despertando la familia de Ravensmuir, sólo ahora podría descubrirse su ausencia.

Gracias a Kerr, nadie la encontraría pronto. Madeline le dedicó una sonrisa. Él no la devolvió, simplemente le lanzó una mirada antes de que su mirada entrecerrada escaneara el horizonte de nuevo. Había más aulagas[1] ahí, espesas a lo largo del barranco, y Madeline comprendió su inquietud. Puede que haya todo tipo de criaturas salvajes que se refugien aquí, a las que les molestará que las despierten.

Quizás ella era una tonta, pero Madeline estaba demasiado cansada para preocuparse. Deja que los lobos se le acerquen, si se atreven. Ella se lavaría la cara. Madeline desmontó, agradecida por el cambio de postura, y estiró la espalda. Siguió a Tarasco por la empinada orilla del barranco, se sentó sobre una roca y se inclinó para levantar el agua fría en sus manos ahuecadas.

Afortunadamente hacía frío. Madeline oyó que Kerr y su caballo descendían por la pendiente detrás de ella. Tarascon cruzó el arroyo, bebiendo ruidosamente el agua mientras agitaba la cola. Madeline se inclinó de nuevo, pero sus manos nunca llegaron a la superficie del arroyo.

Una mano enguantada se cerró sobre su boca y Kerr tiró bruscamente de su espalda contra ella. La hoja fría de su cuchillo tocó la garganta de Madeline.

Ella trató de gritar, pero la hoja de Kerr solo hizo un corte más profundo. "Haz un sonido, muchacha, y te cortaré la lengua antes de tenerte".

Madeline gimió contra su guante, tan asombrada estaba. Al presionar la hoja, se quedó en silencio.

"Eso está mejor, muchacha." Kerr retiró la mano de su boca. Él la hizo girar para mirarlo, agarrándole el corpiño y rasgando la parte delantera de su falda con un solo gesto.

Madeline jadeó cuando el aire frío tocó sus pechos desnudos. Ella retrocedió, reprimiendo su grito para no enojarlo más.

"He querido ver esos durante muchos años", dijo él, su mirada devorando la vista de ella. Una sonrisa cruel se apoderó de sus labios. Y tendré lo que me corresponde, aunque nunca podría haber pagado el precio de tu hermano.

"Pero, pero tú, mi padre..."

"Tu padre conocía mis deseos lo suficientemente bien". Kerr rió. "¿Por qué crees que dejé Kinfairlie el año pasado? Pero fue lo suficientemente tonto como para no confiar en su hijo, por lo que Alexander se apresuró a contratarme". Kerr sonrió. "Todos ustedes, los nobles, piensan que son tan inteligentes".

Madeline se dio cuenta de que los pantalones de Kerr ya estaban desabrochados. Ella podía ver su pene y no podía tener ninguna duda de sus intenciones.

Ven aquí, porque he esperado bastante. Tendré lo que me corresponde ahora y lo tendré una y otra vez hasta que esté satisfecho". Kerr la alcanzó y Madeline corrió.

Kerr maldijo y se abalanzó sobre ella. Él agarró un puñado de su cabello, arrastrándola hasta detenerse dolorosamente. Tarascon relinchó y se volvió para ayudar a su ama, pero Kerr cortó el costado del caballo con su cuchillo. Su golpe fue brutalmente efectivo: el caballo huyó cuando la larga y profunda herida comenzó a sangrar profundamente.

Madeline gritó.

Kerr la golpeó en la cara. "¡Te pedí que te callaras!"

¡Pero mi caballo! ¡La cortaste a propósito! "

Kerr apretó su agarre sobre el cabello de Madeline, enrollando todo el largo alrededor de su puño. "No es más que un caballo", dijo con una mueca de desprecio.

Madeline temía no haber visto más que una pequeña muestra de su crueldad. Ella no tenía ninguna duda de que soportaría lo peor y su corazón dio un vuelco de terror.

No se atrevió a hacer un sonido de protesta.

Kerr sonrió con frialdad. "He esperado tanto para este momento que no soportaré ninguna interrupción". Él le dio una sacudida a Madeline. "Sabías que te vi en la morada de tu padre. Sentiste el peso de mi mirada sobre ti y me tentaste con un propósito, porque lo querías tanto como yo".

"¡No! Yo..."

"¡Silencio!" Él agitó el cuchillo debajo de su nariz. Ahora, levántate las faldas, moza, y ofrécete a mí. Él se inclinó más cerca, su aliento sobre su mejilla. "Dulcemente, mi Madeline".

Había furia y lujuria en sus ojos, así como una determinación que no presagiaba nada bueno para el destino de Madeline. ¿Ella dejaría viva este arroyo? Ella no se lo imaginaba.

La ira ardía dentro de Madeline, una ira que hizo a un lado su miedo. ¿Cómo se atrevía él a culparla por su lujuria sucia? ¿Cómo se atrevía a declarar que ella lo había tentado? De alguna manera ella tenía que evadirlo.

Ella no se atrevió a dejar que Kerr vislumbrara su intención, así que bajó la mirada como avergonzada.

"Dices la verdad, Kerr," dijo ella dócilmente. "Ningún otro hombre podría haber adivinado mis pensamientos tan bien como tú".

"¡Lo sabía! Dime que has soñado con este momento".

Madeline se tragó la bilis que le subía. "Por supuesto, he soñado con este momento". Ella no pudo reunir ninguna convicción en sus palabras, pero pareció complacerlo. Ella tragó, luego comenzó a levantarse las faldas en aparente complacencia. "Solo he soñado contigo".

Kerr se rió entre dientes cuando pudo ver sus rodillas y su polla bailaba con entusiasmo.

Madeline respiró temblorosa y se subió más el dobladillo de la falda. Le temblaban las manos, tanto de ira como de necesidad de engañarlo.

La lana despejó la parte superior de sus medias y sus ligas. Kerr contuvo el aliento con anticipación cuando vio sus muslos desnudos. Madeline supuso que estaba tan distraído como lo estaría antes de que se llevara a cabo esa acción. Dejó que una mano se deslizara hasta su cintura, confiando en el hecho de que la otra le levantaba la falda aún más para mantener a Kerr distraído.

Cogió el pequeño cuchillo que llevaba en el cinturón y de repente le cortó la mano. Para su deleite, su espada encontró el incremento de carne desnuda entre su guante y su manga, y lo mordió profundamente. Kerr rugió y Madeline le dio una patada en la entrepierna tan fuerte como pudo.

Él maldijo y soltó su agarre sobre su cabello. ¡Esa era su única oportunidad! Madeline se apartó de él de un salto, aterrizó hasta las rodillas en el agua fría del arroyo y echó a correr.

Kerr maldijo con descreído vigor. El corazón de Madeline tronaba en su pecho. Ella cruzaba el arroyo con grandes saltos, maldiciendo el peso de su falda llena de humedad.

Trepó a cuatro patas por la orilla opuesta del barranco, llorando mientras sus botas resbalaban en el barro. Ella estaba ciega al curso que tomaba, solo necesitaba poner distancia entre ellos.

Kerr fue rápido detrás de ella, sus pies aterrizaron pesadamente en la orilla mientras murmuraba maldiciones. Madeline no miró hacia atrás. Se agarró a un árbol y se arrastró colina arriba lo más rápido posible. Su respiración se entrecortó y sintió un dolor en el costado y no se atrevió a reducir la velocidad.

"¡Puta!" Kerr gritó. "¡Perra ingrata! ¡Obtendrás lo que te mereces lo suficientemente pronto y será aún más amargo por tu desafío! "

Madeline llegó a la cima. No se detuvo ni un solo suspiro antes de salir corriendo al páramo.

"¡No huirás lejos!" rugió Kerr.

Madeline lo oyó detrás de ella, cada uno de sus pasos cubría el doble de terreno que uno de los suyos. Escuchó su respiración agitada y miró por encima del hombro.

Su expresión furiosa hizo que su corazón se detuviera. Él estaba detrás de ella, demasiado cerca.

Él saltó y la agarró.

Madeline se agachó, evadiendo su agarre en el último momento, sintiendo cómo los dedos de él se deslizaban por su cabello. Él maldijo. Ella redobló el paso presa del pánico y se sujetó las faldas a puñados por encima de las rodillas.

Luego se resbaló en el barro y se cayó.

Madeline sabía que no podía recuperar el equilibrio, aunque lo intentó. Su huida había terminado. Kerr la tendría ahora, él la sujetaría. Él la tomaría con más crueldad porque ella había huido de él.

Ella escuchó el grito de triunfo de Kerr, escuchó un curioso silbido y luego ella aterrizó con fuerza contra la tierra. Hizo una mueca por el impacto, luego Kerr aterrizó sobre ella con tanta fuerza que el aliento salió del pecho de Madeline. Su cabeza estaba junto a la de ella, sus labios bastante contra su oreja, el peso de él directamente encima de ella. Ella estaba aplastada debajo de él, pero ese era el menor de sus males.

Madeline esperaba que su crimen se cometiera rápidamente. Cerró los ojos con fuerza, porque no podía hacer nada más, y esperó lo peor.

∼

∼

ROSAMUNDE SE DESPERTÓ en el solar de Ravensmuir, complacida. No abrió los ojos de inmediato, porque le convenía saborear el consuelo que la rodeaba. La cama de Tynan era ancha, el colchón mullido y las cortinas lo suficientemente ricas como para satisfacer los gustos más exigentes de Rosamunde. Su solar era cálido, como había tan pocas cámaras en ese maldito clima del norte, y ella sonrió ante la posibilidad de que él hubiera avivado el fuego especialmente para ella.

No era tan mala la apuesta que había hecho al cambiar su vida en los mares por una vida con Tynan. Aunque ella echaría de menos los viajes a puertos extranjeros, era un alivio dormir completamente, sabiendo que nadie acudiría a asaltarla durante la noche.

Rosamunde estiró un dedo del pie por la extensión de la cama, preparada para celebrar nuevamente su mutuo acuerdo, pero solo encontró sábanas frías. Se estremeció y luego abrió un ojo.

Aunque estaba sola en la cama, no estaba sola en la habitación. Tynan estaba completamente vestido, con el índigo más profundo, como era su costumbre. Su cabello estaba húmedo, de espaldas a ella. Él estaba de frente a las llamas que saltaban en la chimenea, con los brazos cruzados sobre el pecho y sus hermosos rasgos de perfil. Ella vio la plata en sus sienes, las arrugas de la risa junto a sus ojos, y su corazón se ablandó con la certeza de que él era su amor y su compañero.

"Deberías volver a la cama, para que podamos terminar lo que se inició". Rosamunde habló en voz baja, pero Tynan saltó de todos modos.

Casi como si se sintiera culpable por algún asunto.

Rosamunde se despertó de inmediato. Ella se sentó, sin molestarse en cubrirse los pechos desnudos, y no pudo dejar de notar cómo Tynan simplemente frunció el ceño hacia el fuego.

Él se aclaró la garganta, como solía hacer cuando sabía que sus palabras no serían bien recibidas. "Si fueras tan amable, no quisiera que te encontraran aquí cuando la familia despierte".

Un escalofrío recorrió la espalda de Rosamunde, pero ella fingió un malentendido. "Oh, no hay razón para preocuparse". Ella abandonó la cálida cama con desgana y luego se estiró como un gato. Ella sacudió su cabello sobre sus hombros, sabiendo que él la miraba disimuladamente. El deseo entre ellos era imposible de ignorar, después de todo. "Todos saben a estas alturas que no somos medio primos. Es la comidilla de todos que no comparto sangre con la familia Lammergeier que me crió". Ella se rió en voz baja mientras se ponía una camisola de gasa y luego una bata de seda rica en bordados. "Aunque sólo sea porque despierta tanto asombro que Gawain Lammergeier pudiera haber mostrado tanta compasión como para criar a un bebé desconocido como el suyo".

"Así es", asintió él con frialdad. "Pero aún quiero que regreses a la habitación de mujeres".

Rosamunde le sostuvo la mirada, esperando poder ocultarle bien su recién descubierto miedo. "¿Qué importancia tiene si me encuentran en tu cama? La mayoría sabe que la he compartido muchas veces en los últimos doce años". Rosamunde hizo una pausa y luego mencionó el meollo del asunto. "Y todos lo sabrán tan pronto como se anuncien nuestras nupcias".

Tynan se giró para enfrentarse al fuego de nuevo, con los hombros rígidos, y Rosamunde sabía, ella sabía lo que él diría.

"No habrá nupcias entre nosotros dos".

Su ira la sorprendió solo por su vehemencia. "¿Qué es eso? ¡Todos estos años hemos amado y comprendido que el único obstáculo entre nosotros era mi comercio de reliquias! "

"Cierto."

Y ahora he accedido a renunciar a ese oficio, para saciarte. Subastaremos lo mejor de las reliquias restantes, mediante este acuerdo".

"Cierto."

"Liberé a mi tripulación. ¡Vendí mi barco! Renuncié a todos los elementos de mi oficio para poder establecerme en Ravensmuir. Contigo."

Tynan parecía incómodo. "Has entendido mal mi intención. No tenemos futuro juntos, ni aquí ni en ningún otro lugar".

"¡Maldito! ¡Podrías haber mencionado eso anoche! "Rosamunde cruzó el piso y lo agarró por el hombro, obligándolo a mirarla de frente. "¡Es posible que hayas recordado esa elección antes de buscar tu placer de nuevo!"

Él tuvo la gracia de sonrojarse, pero ella sabía por sus ojos que no cambiaría su forma de pensar. "Es cierto que te serví mal, Rosamunde". Su ternura le quitó el aguijón a su temperamento, y odiaba que él poseyera tanto poder sobre ella.

Tynan levantó un mechón de su cabello rojo dorado entre el dedo índice y el pulgar y lo frotó. Él encontró su mirada. "Eres una locura en mis venas. No pude resistir una última noche juntos".

"Y sabías que no te la concedería, si hubieras sido lo suficientemente hombre para decirme la verdad". Rosamunde no ocultó su amargura cuando le arrebató el rizo de su cabello de las manos. "¡Teníamos un acuerdo!"

Él sacudió la cabeza una vez. "Nunca juré casarme contigo".

Eso era cierto. Rosamunde echó su memoria sobre sus discusiones y sus entrañas se enfriaron. Él nunca había hecho tal promesa; ella simplemente había asumido que un hombre como él no continuaría su tórrido acto amoroso sin la formalidad de los votos nupciales. Tampoco había imaginado que él renunciaría al placer que se otorgaban el uno al otro.

Claramente, ella se había equivocado. Era como se había dicho a menudo de ella: podía ver el futuro, ver lo que otros no podían, pero en ocasiones, no podía discernir lo que era evidente para todos.

"Entonces tendré mi parte del legado en las cavernas de Ravensmuir", insistió ella. "Retiraré una parte de la riqueza ofrecida para subasta, antes de que se venda este día".

Tynan negó con la cabeza. "No tienes ningún legado aquí en Ravensmuir". Su mirada se llenó de fría resolución. "No eres pariente del Quebrantahuesos".

Rosamunde lo miró boquiabierta durante un largo momento en silencio, tan grande era su furia. ¡Miserable! ¿Cómo te atreves a exigir la entrega de todo lo valioso en mi vida y luego arrojarme de tus puertas como basura?

"Te las arreglarás bastante bien por ti misma. Ambos sabemos eso". Él se giró y Rosamunde resistió el impulso de escupirle por su falta de fe. "Date prisa. Alguien llegará en breve para encender los fuegos".

Al menos podrías decirme por qué. ¿Qué ha cambiado?"

Tynan miró por encima del hombro. Su mirada bailó sobre ella y Rosamunde sintió cierta satisfacción por el hecho de que él no podía ocultar la admiración en su mirada. Tynan siempre la observaba como si fuera una rara maravilla, y ella se sentía como una bajo su caricia.

Ella se había sentido como una, al menos, esa mañana.

"Nunca podrás ser la Dama de Ravensmuir, Rosamunde. No sería apropiado". Entonces él se volvió y se alejó de ella, y ella se preguntó si no confiaba en sí mismo para evitar tocarla.

"¿Por qué no?"

Su rápida mirada era impaciente. "Los matrimonios se hacen por alianza, no por placer. Al casarse, no asegurarías mis fronteras ni unirías a mis vecinos conmigo".

"Y ahora que se venderás las reliquias que manchan tu reputación con su sola presencia, no te traeré riquezas". Ella habló con calor, dejándole ver cómo le dolía su decisión.

"Rosamunde..."

Ella se apartó de él, porque él sabía demasiado bien cómo hacerla olvidar su enfado. "¡No trates de suavizar tu crueldad con dulces palabras!" Entonces ella habló por impulso, nombrando su miedo, esperando estar equivocada. "Sin duda tu forma de pensar sería diferente, si yo fuera lo suficientemente joven como para ofrecerte la perspectiva de un hijo".

Hubo un silencio entre ellos, un silencio que le dijo a Rosamunde que había adivinado correctamente. Entonces ella se sintió enferma, pero no le mostraría ninguna debilidad.

Ella había sido engañada, sin tener culpa, despojada del amor por una historia contada para su propia protección. Que fuera un cuento falso, uno revelado demasiado tarde para que ella le ofreciera hijos a su amante, y que sus amados padres adoptivos se lo hubieran negado por bondad, no hacía que la revelación fuera más fácil de soportar.

Tynan contuvo el aliento y detuvo su persecución. Él se quedó mirando al suelo, como si luchara por encontrar las palabras, luego la miró a los ojos de nuevo. Su voz era tensa, y aunque ella vio que esa elección le costaba caro, no le facilitaría las cosas. "Debes saber que no pretendo solo entrenar a mi sobrino Malcolm: lo criaré como mi hijo y lo haré heredero de Ravensmuir".

"Así que no necesitas una esposa en absoluto, y mucho menos una de tan lamentable reputación como yo".

Tynan extendió las manos. "¿No ves que es tu propia historia en la raíz? ¡Admitiste a Rhys FitzHenry en la subasta por la mano de Madeline! ¿Qué se apoderó de tu ingenio?

Apostaría a que ella estará más feliz de casarse con él que con uno de esos patéticos tontos invitados por Alexander.

¡Mi sobrina se casará con un hombre acusado de traición! Debes apreciar el daño a su reputación, y su propio bienestar puede estar en peligro". Tynan se pasó una mano por el pelo y caminó por la habitación. "He considerado esto toda la noche..."

"No toda la noche".

Él la fulminó con la mirada. —La mayor parte de la noche, entonces. No puedo permitir que esta boda continúe. Alexander debe devolver el dinero a este Rhys... "

"Rhys FitzHenry". La sangre de Rosamunde hervía a fuego lento. ¿Cómo él no se atrevía Tynan a preguntarle su opinión sobre Rhys? ¿Cómo no se atrevía a preguntarle qué sabía ella de este hombre, o incluso por qué lo había admitido después de que él le suplicara una palabra a su llegada a Ravensmuir? Ella era la única persona en ese salón que conocía a Rhys. ¿Cómo se atrevía Tynan a asumir que Rosamunde pondría voluntariamente en peligro a su propia ahijada atando a la muchacha a un bribón sin reputación?

Ella se mordió la lengua obstinadamente, sabiendo que Tynan no merecía saber que sus conclusiones eran incorrectas. ¡Que se ponga en ridículo!

Insistiré en que se detenga la boda. Madeline se casará, pero no con un hombre buscado por traición. Le debo más que esto a mi hermano, Roland. Le debo más a sus hijas que burlarme de sus nupcias y futuros". Tynan negó con la cabeza. "No puedo imaginar cómo me persuadiste de participar en tal locura. ¡Ningún hombre digno subastaría a una sobrina! "

"¿Porque los vecinos podrían no aprobarlo?"

Entonces él se volvió hacia ella, furioso como aún no lo había estado. ¡No te burles de mí, Rosamunde! Debo vivir entre esta gente y confiar en sus alianzas en tiempos de angustia".

"No tienes tal obligación de permanecer. ¡Solo dices eso porque amas a Ravensmuir más que a cualquier alma viviente! "

"No puedo simplemente navegar hacia un puerto más amigable. No puedo tratar cada desafío de la vida como una broma. No puedo hacer mis propias reglas, descartando la ley del país cuando no se adapta a mis deseos".

"¿Es así como crees que vivo?"

"¿No es evidente que sí?"

"¡Al menos estoy viva! Al menos todavía puedo arriesgarme o hacer una apuesta que podría resultar a mi favor. ¿Tú reclamas Ravensmuir o ella te reclama a ti?

"Nunca dejaré Ravensmuir".

Pero desecharás todo y a todos los demás, si es necesario. ¿Quién es el tonto en esto, Tynan?

Él no dijo nada, lo que fue respuesta suficiente.

Rosamunde avanzó hacia Tynan. —Te pensé mejor que esto, Tynan. Pensé que eras un hombre al que no le importaban los susurros de sus vecinos." Ella lo fulminó con la mirada. "Pensé que eras el hijo de tu padre".

Sus miradas se cruzaron, cada una sabiendo lo suficientemente bien que el padre de Tynan había reclamado una novia poco convencional, solo por amor.

Entonces Tynan suspiró y desvió la mirada. Él parecía tan desanimado que Rosamunde tuvo la tentación de alcanzarlo y ponerle una mano en el hombro.

"Soy un hombre que aprendió el precio de las decisiones de su padre, y no acepto su carga sobre mis propios hombros", dijo él, sonando como si tuviera mil años.

Rosamunde endureció su corazón contra él. Deja que Tynan cargue con sus propias cargas a partir de este día. Después de todo, ésa era la elección que había tomado.

Algún alma arrepentida llamó entonces a la puerta.

CAPÍTULO 5

Tynan miró a Rosamunde con dureza, pero ella se mantuvo firme.

"Estoy aquí, Señor de Ravensmuir, y permaneceré aquí", dijo ella, burlándose de su evidente desaprobación. "Eres menos de lo que me había imaginado, si te preocupas tanto por los rumores en tu propio salón".

"Rosamunde", gruñó él, pero ella no lo dejó continuar.

"Tú y tu expectativa de que eludiría la verdad de lo que he hecho son bienvenidos para encontrar el camino al infierno." Ella se dejó caer en la elegante silla que él prefería. Colgó las piernas a un lado, desafiando bastante a Tynan a comentar sobre la visibilidad de sus espinillas y pies desnudos. La silla estaba bajo un rayo de sol y Rosamunde sabía que la luz haría que su cabello pareciera en llamas. "Tengo la intención de quedarme aquí, a la vista de quienquiera que moleste a su señor tan temprano en el día. Que adivinen qué hechos se han hecho en esta habitación y en esta cama en las últimas horas".

"No puedes."

"Lo haré, a menos que me saques por la fuerza".

"Es tremendamente tentador", dijo Tynan, lanzando una mirada significativa a la ventana.

Rosamunde sonrió, su corazón tan frío como el hielo. "Tenga la seguridad, mi señor, de que las cortesanas muertas suscitan más chismes que las vivas".

Había una copa de vino al alcance de la mano. Rosamunde la recogió con un gesto arrogante, sostuvo la mirada furiosa de Tynan y bebió con ganas. Ella se lamió los labios, abrió el escote de su bata para que la curva de su pecho fuera visible, y agitó las pestañas ante el hombre muy molesto que tenía ante ella. "¿No tiene la intención de abrir la puerta, mi señor?"

Tynan apretó la mandíbula y levantó un dedo hacia ella. Sus ojos brillaron y ella se alegró de ver que algo de fuego aún acechaba en sus venas. Pero no era suficiente para ella, ya no. Ella lo quería todo de él, quería ser reconocida abiertamente como su pareja, quería la seguridad de un dinero permanente.

Tynan se lo había ofrecido y ella sabía muy bien lo que ella había leído entre líneas en su acuerdo. Él le había ofrecido el deseo de su corazón, luego se lo había arrebatado en aras de la conveniencia.

Rosamunde se vengaría, sin duda. Puede que ella no compartiera sangre con su padre adoptivo, Gawain, pero solo ella había reclamado el legado del hombre que había sido el mayor ladrón de la cristiandad. Sólo ella le había rogado a Gawain que le enseñara sus astutos trucos, sus métodos de engaño, su arte de robar.

Tynan podía creer que su legado estaba seguro, pero Rosamunde sabía que los legados eran tan a menudo robados como heredados por ley.

LA PERSPECTIVA de estrangular a Rosamunde ofrecía más placer a Tynan que muchas de las responsabilidades a las que se había enfrentado últimamente.

La única excepción era la noche que acababan de pasar juntos. Él se había reconocido a sí mismo como un bribón del peor orden al engañarla, pero Rosamunde era una locura en sus venas. Él no podía dormir, sabiendo que ella incluso estaba dentro de los muros de Ravensmuir.

Él no se atrevía a dejar que ella adivinara lo cerca que había estado de renunciar a Ravensmuir simplemente por tenerla a su lado. Si ella no hubiera invitado a ese traidor a la subasta, él podría haber perdido el juicio por completo.

La solución era clara: Rosamunde tenía que marcharse. Tynan tenía que pensar con claridad, porque las cosas se habían complicado. La familia Red Douglas y la familia Black Douglas se volvían cada vez más agresivas en su búsqueda del poder, y Ravensmuir estaba directamente en medio de sus tierras ancestrales. Pronto tendría que elegir un bando, y probablemente tendría que asegurarse esa elección con un matrimonio.

Sería mejor que fuera el suyo.

A Tynan no tenía por qué gustarle la verdad. Incluso entonces, Ravensmuir probablemente sería asaltado por el bando que no había elegido, pero al menos tendría aliados para ayudar en su defensa. Él no podía permitir la destrucción de la morada de su familia; Rosamunde nunca entendería su compromiso con lo que ella a menudo llamaba un montón de piedras viejas, pero Tynan no podía negarlo.

Él tampoco podía negar su sentido de responsabilidad a sus antepasados. No era dulce renunciar a los deseos de su corazón. Había una piedra pesada en su pecho que parecía agrandarse cuanto más vehementemente empujaba a Rosamunde lejos de su costado.

Sería más fácil para ambos si ella dejara Ravensmuir y nunca regresara.

Volvieron a llamar a la puerta. Tynan maldijo y luego gritó. "¡Entre!"

La puerta se abrió lentamente. Tynan cruzó el piso y tiró de la puerta para abrirla con tanta brusquedad que Alexander entró en la habitación.

La mirada del joven voló de Tynan a Rosamunde, que de hecho se había mostrado como una cortesana, y él se sonrojó de color escarlata. Él tartamudeó en el intento de decir lo que fuera que había venido a decir, su mirada permaneció fija en el rostro de Tynan mientras su propio rostro se ponía más rubicundo.

¡Maldita Rosamunde!

"¿Qué es? ¿Qué te aflige, Alexander? Tynan se obligó a recordar que Alexander había visto veinticinco veranos. Parecía mucho más joven de lo que era solo porque Roland lo había consentido demasiado.

Pero entonces, ¿qué hombre podría adivinar que moriría joven?

"Es James. ¡Él está aquí!"

Tynan no reconoció el nombre. "¿James? ¿Quién es James?

Madeline está prometida dijo Rosamunde con aspereza. "¡Qué propio de ti al olvidar ese vínculo!"

Alexander miró a su tía y asintió. "James regresa de Francia y viene a reclamar la mano de Madeline. Su padre lo acompaña, y hay mucho ajetreo para hacer arreglos para los caballos y escuderos, ya que los establos están tan llenos".

"Parece que las cosas se resuelven bien". Tynan le dirigió a Rosamunde una mirada maliciosa, sin ocultar que estaba realmente complacido con esas noticias.

"De hecho, qué tiene que preocuparte lo que desea Madeline", dijo Rosamunde con amargura, luego se dirigió a la habitación de las mujeres. El olor de su perfume permaneció en su habitación, tentando a Tynan y sin duda informando a cualquiera que pudiera entrar de su presencia la noche anterior. No había un alma con perfume tan exótico como Rosamunde.

"¿Pero qué hay del dinero, tío Tynan?" exigió Alexander con cierta ansiedad. Tendré que devolverle el dinero a Rhys FitzHenry si no se casa con Madeline, y el castellano insiste en que la cosecha de Kinfairlie será mala.

"Tendrás uno menos para alimentar en el salón el próximo invierno, si nada más", dijo Tynan. "Y se podría persuadir a la familia de James para que pague el precio de la novia. Después de todo, ha tardado demasiado en volver a casarse con Madeline y bien podría esperarse cierta compulsión por el insulto". Él puso una mano sobre el hombro de Alexander. "Veré qué se puede hacer".

Por supuesto, Tynan debería haber adivinado que con Rosamunde involucrada, nada se resolvería simplemente. Ella regresó lentamente, balanceando las caderas mientras caminaba por el pasillo y él tuvo la sensación de que le traía noticias no deseadas.

"Madeline se ha ido", dijo ella con no poco placer.

Tynan estuvo a punto de hacer una acusación que habría lamentado, porque Rosamunde se había designado a sí misma para proteger las virtudes de doncellas de sus sobrinas la noche anterior. La mirada penetrante de Rosamunde le recordó que solo él era el responsable de que ella abandonara su vigilia.

Alexander miró entre ellos. "¿Pero a dónde pudo haber ido?"

"Ella podría estar en el salón o en la cocina", sugirió Tynan.

"Madeline nunca descendería sola a un salón lleno de hombres", dijo Alexander.

"No mientras estaban despiertos, al menos", dijo Rosamunde. Bien podría haber huido. Después de todo, es una mujer de una confianza poco común, y anoche tenía motivos para estar disgustada con los dos.

"¿Huir?" Alexander dio un paso atrás. "¡Ella nunca ha viajado sola! Ella no tiene armas. ¡Ella podría estar en peligro! "

"Si ella se ha ido, la perseguiremos, por supuesto", dijo Rosamunde.

"Empieza una búsqueda por todo el torreón", ordenó Tynan a su castellano, que llegó justo en ese momento. "Mi sobrina Madeline no está en su cama". El castellano asintió y se lanzó a su tarea.

"No la encontrarás". Rosamunde se quitó la bata mientras cruzaba la cámara. La camisola de seda se pegaba amorosamente a sus curvas, aunque sus modales distaban mucho de ser seductores. "Dile a este James que esté preparado para montar en unos momentos. Yo lideraré la caza".

"¿Tú?" Preguntó Tynan.

Ella le dedicó una mirada de desprecio que él sabía que se merecía. "Por supuesto. No se podría esperar que abandonaras Ravensmuir".

"¿Pero qué hay de mí?" Alexander exigió. "¡Voy a ir! Sería mi culpa si le ocurriera algún daño".

Puedes venir si lo deseas. Seguiré a Madeline de cualquier manera". Rosamunde se sentó en el lado más alejado de la cama con pilares y se puso unas calzas que le habían hecho a la manera de los hombres. Sin embargo, pocos hombres tenían calzas de cuero tan fino como esas.

"Quizás deberías ir", dijo Tynan, pensando también en la seguridad de Rosamunde. "Ustedes comenzaron este problema, y para mí tiene sentido que ustedes dos vean cómo se resuelve. Garantizaré la seguridad de Kinfairlie en tu ausencia".

Alexander se enderezó. "Necesitaremos caballos rápidos".

"Tendremos seis caballos negros, los mejores sementales de los establos de Ravensmuir", intervino Rosamunde secamente. Se puso un abrigo negro forrado de piel sobre su camisola, su superficie adornada con bordados dorados. Ella se había puesto sus botas negras y se había colgado el brazo de la capa forrada de piel.

Tynan la miró con asombro ante esa orden, no menos cuando ella sonrió con tristeza.

"Ese es el precio de deshacerse de mí para siempre, Tynan, y sabemos que no deseas menos", dijo ella. Ella pasó junto a él sin decir una palabra más, sin una caricia de despedida, sin mirar atrás.

La piedra en su pecho se volvió tan pesada que casi lo hizo caer de rodillas. Tynan comprendió entonces que Rosamunde nunca volvería a Ravensmuir, que nunca volvería a adornar su cama ni a reír en su salón. Aunque él había exigido eso de ella, la perspectiva era más sombría de lo que jamás hubiera imaginado. Él supuso que tendría años para acostumbrarse a su ausencia.

"¿Algo anda mal, tío?" preguntó Alexander.

Tynan agarró el hombro del joven. Prepárate para montar, Alexander, porque dudo que Rosamunde retrase su partida por ningún hombre.

AL FINAL, eran seis, sobre esos caballos que Rosamunde había exigido. Rosamunde dirigía la compañía y se unió al único hombre que quedaba de su tripulación, un tal Padraig que llevaba un pendiente de oro y hablaba poco. Alexander cabalgó con ellos, al igual que James. Vivienne exigió que se le permitiera garantizar el bienestar de su hermana más cercana, aunque Tynan sospechaba que la muchacha solo deseaba participar en una búsqueda que recordaba un viejo cuento.

Solo quedaba un caballo sin jinete cuando Elizabeth insistió en que se le permitiera ser la sexta. Tynan se inclinaba a negárselo, aunque siempre había sentido debilidad por el encanto de la muchacha. Argumentó que ella era demasiado joven, con solo doce veranos.

Elizabeth se sonrojó, pero levantó la barbilla y le informó que tenía la edad suficiente para casarse y tener sus propios hijos, un detalle sin el que él hubiera preferido vivir pero cuya verdad no podía ser negada. También declaró que el spriggan los acompañaba, colgando como lo hacía en las colas de los caballos, y que ella era la única que podía ver a la criatura.

Incluso Tynan no pudo encontrar un argumento en contra de eso, aunque le pidió a Alexander que tuviera mucho cuidado con sus hermanas.

En un santiamén, el grupo se fue, los caballos volaron a través de las puertas de Ravensmuir, sus colas de ébano ondeando como estandartes oscuros. Tynan observó hasta que el polvo de la carretera se tragó sus siluetas, pero su amada ni siquiera miró hacia atrás.

EN EL MISMO momento en que Ravensmuir se despertaba para buscar a Madeline, ella yacía en el páramo más al sur de esa torre. El mercenario encima de ella no se movía.

De hecho, Kerr no emitió ningún sonido.

La suya era una forma curiosa de asalto. Madeline abrió los ojos con cautela, pues aún estaba atrapada debajo de él, con barro frío contra su mejilla y pecho. Ella escuchó, pero Kerr no parecía respirar.

Algo cálido le goteó por la garganta. Madeline lo tocó y encontró sangre de un rojo vivo manchado por su carne. Ella gritó y retrocedió y Kerr se movió. Ella miró por encima del hombro por miedo a sus represalias.

Los ojos de Kerr estaban muy abiertos. Ella miró a lo lejos sin pestañear. Había un cuchillo alojado en su garganta, un cuchillo claramente responsable de la sangre que fluía sobre ella.

Kerr no la había agredido porque estaba muerto.

Había un hombre muerto encima de ella, y era su sangre caliente la que fluía sobre su propia piel.

La compostura de Madeline la abandonó por completo. Un horrible sonido ahogado salió de su garganta. Ella luchó bajo el peso del cadáver presa del pánico, solo queriendo huir lo más lejos posible. Ella comenzó a llorar cuando no pudo sacar el cuerpo de Kerr encima de ella, aunque su frenesí parecía solo hundirla más profundamente en el barro.

"No grites", ordenó Rhys. Sus palabras fueron tan severas y su asombro ante su presencia tan completo que Madeline se quedó paralizada, temblando. —Nunca encontraremos los caballos si lo hace, mi señora. Ya están lo suficientemente asustados".

Madeline jadeó cuando él sacó a Kerr de su espalda. Rhys quitó el cuchillo de la garganta del hombre y con total naturalidad cortó la garganta de Kerr más a fondo. Él pateó el cadáver a un lado, limpió su espada y la volvió a colocar en su vaina, luego le ofreció a Madeline su mano enguantada. Todo eso lo logró con una competencia familiar que Madeline encontró a la vez tranquilizadora y algo inquietante.

Ella se tragó su grito con esfuerzo, aunque apenas pudo convocar una palabra a sus labios en su conmoción. "Tú, tú..."

Parece que yo puedo lanzar un cuchillo bastante bien. Rhys habló con tanta calma que él podría haber admitido su afecto por la cerveza. Él se inclinó y tomó su mano cuando ella no aceptó de inmediato su ayuda. Él la ayudó a ponerse de pie con un gesto seguro y le apretó las manos con las suyas.

Él iba vestido como antes, todo con un atuendo de la más oscura medianoche y sus modales eran severos. El cuero de sus guantes era grueso, pero se había ablandado con el uso y había tomado la forma de su mano, una mano fuerte que ella podía sentir agarrando la suya. Madeline se sintió agradecida por su constante apoyo.

Rhys la miró con dureza. "¿Estás lastimada?"

La boca de Madeline se movió y ella se dio cuenta de que estaba temblando hasta la médula. Sacudió la cabeza cuando las palabras le fallaron y Rhys pareció sentirse aliviado. Ella luchó por recomponerse.

¿Seguramente el hombre no merecía menos por ayudarla de manera tan oportuna?

Su mirada se posó en el muerto y se estremeció de nuevo incluso cuando apartó la mirada. "¿Con qué frecuencia has degollado a un hombre?"

Rhys la miró con dureza. "Un hombre debe hacer lo que debe hacerse. ¿Hubieras preferido que lo dejara vivir?

A Madeline le temblaban las rodillas con tal vigor ante la perspectiva que temía que no aguantaran su peso.

"Aguanta, mi señora." Rhys tomó su mano con un apretón más firme, aunque no la tocó de otra manera. Él le ofreció un pañuelo para limpiar la sangre de su garganta.

"Él quería violarme". Madeline sabía que era un comentario innecesario, pero no pudo evitar que las palabras se derramaran. Ella sintió que su color se intensificaba. "Nunca debí haber confiado en él. Debes pensar que soy una tonta". Nunca debería haber dejado Ravensmuir, y mucho menos con un hombre del que sabía tan poco.

Para su asombro, Rhys simplemente tomó su mano con más fuerza, como si entendiera que su agarre era precisamente lo que ella necesitaba. Él era como una roca a la que ella se aferraba mientras su terror disminuía.

"Creo que eres una mujer de recursos poco comunes. Es una muestra de tu valor que él no lo consiguiera tan fácilmente". Rhys habló con tal resolución que ella no dudó de que hablaba en serio. "Aplaudo su rapidez de pensamiento y tu entereza. ¿Estás ilesa?

"Estoy asustada, sin duda". Él respiró hondo y miró por encima de ella. Su vestido estaba empantanado y rasgado, y había muchos rasguños en su piel. Se había rasgado tres uñas y estaba completamente adornada con barro. Ella se dio cuenta con horror de que su kirtle destrozado colgaba abierto y sus pechos estaban desnudos.

Madeline agarró la tela rasgada para cerrarla y se sonrojó. Rhys, notó ella, no miraba debajo de su rostro. Su galantería la animó a esbozar una sonrisa trémula. "Pero por lo demás, supongo que estoy lo suficientemente bien".

"Es una mujer rara que puede valerse por sí misma después de tal asalto". Rhys le concedió un breve destello de sonrisa, cuya visión congeló el corazón de Madeline. "En Gales, tenemos un gran respeto por las mujeres incondicionales. ¿Alguna vez has oído hablar de Gwenllian?

Madeline negó con la cabeza, incluso mientras el resto de ella temblaba.

"Ella era la madre del Señor Rhys, el último rey de Gales. Él se rebeló contra los normandos en 1136. Gwenllian era su madre, y su valor era tan grande que levantó su propio ejército y lo dirigió contra el enemigo en ayuda de su hijo. Incluso cuando fue testigo de la muerte de uno de sus hijos y de otro hecho prisionero, luchó con tanta valentía que aún ese campo de batalla, en Cydweli en Dyfed, lleva su nombre en su honor".

Mientras él hablaba, Madeline se encontró sacando vigor de sus palabras y de su agarre. "Yo no lo sabía. Nunca había oído hablar de una mujer que condujera a un ejército a la guerra".

"Y ahora lo has hecho". Rhys volvió a ponerse solemne. "Pido disculpas por la tardanza de mi ayuda. No había ayuda que pudiera conceder mientras estabas en el tojo, porque no estaba lo suficientemente cerca para tener una visión clara del villano. Tu intento de huir me ofreció la oportunidad necesaria".

"Si no hubiera sido tan tonta, no lo habría necesitado". Ella exhaló un estremecimiento.

"No te juzgues a ti misma con tanta dureza". Una sonrisa tocó los labios de Rhys. "Entiendo que la perspectiva de casarte conmigo debe haber sido abrumadora para que hayas corrido tal riesgo".

Madeline se sonrojó. Él no solo había percibido sus miedos, sino que debió haber anticipado su huida. ¿De qué otra manera podría haberlos seguido a ella y a Kerr?

"Mi padre empleó los servicios de Kerr durante años", dijo ella, necesitando explicarse. "Confié en él por eso, aunque claramente él tenía un plan más oscuro de lo que yo pensaba".

"Confío en que hayas aprendido algo sobre cómo tener más precaución en la elección de tus compañeros". En lugar de demorarse en su lección, Rhys se volvió tan pronto como Madeline asintió. Él le soltó la mano y Madeline se sintió despojada.

Luego él silbó. Apareció su caballo, aparentemente escondido entre las aulagas, y trotó hacia su amo. Era una fina bestia gris moteada, con la crin y la cola tan oscuras como el carbón. Un perro peludo trotaba junto al caballo y resultó ser un perro de tamaño formidable. Él observó a Madeline con ojos perspicaces y movió la cola mientras se apoyaba en Rhys.

"Este es Gelert", dijo él, e hizo un gesto del perro hacia Madeline. Ella extendió una mano, agradándole los modales amistosos del perro. Su pelaje despeinado parecía como cejas plateadas y peludas sobre sus ojos, y esas cejas se movían de manera muy expresiva. Él olió su mano, luego se sentó a su lado, apoyándose pesadamente contra su pierna. Madeline hundió los dedos en la espesa piel cálida del cuello del perro y encontró tranquilizadora su presencia. De hecho, el calor que sentía contra ella y su apariencia la hacían querer sonreír.

"Y esta es Gwynt Arian", dijo Rhys mientras tomaba las riendas del caballo. La bestia sacudió la cabeza y abrió las fosas nasales, como si reconociera su nombre.

"¿Es ese un nombre galés?"

Rhys asintió mientras frotaba la nariz de la bestia. "Significa 'viento plateado'".

"Es un buen nombre para un caballo tan regio como ese", dijo Madeline, reconfortándose en su conversación mundana. "¿Pero viajas sin escudero?"

Rhys negó con la cabeza. "Estos dos dan testimonio, pero no cuentan historias".

Madeline se preguntó quién lo había traicionado en el pasado, pero Rhys claramente no tenía interés en compartir confidencias.

"Abróchate bien la capa", le aconsejó él mientras acercaba su caballo.

Madeline cumplió con sus instrucciones, agradecida de no tener necesidad de tomar decisiones ella misma por el momento. Rhys la subió a su silla con un solo gesto suave. Le murmuró algo al caballo y luego buscó en su alforja. Gelert permaneció diligentemente junto al estribo, como si estuviera protegiendo a Madeline.

Rhys le ofreció un frasco de cuero a Madeline junto con una mirada penetrante. "Bebe de esto".

"¿Qué es?"

"Eau-de-vie". Una vez más, esa sonrisa burlona curvó sus labios por solo un latido. Madeline deseaba que Rhys sonriese más a menudo, porque entonces era menos temible. "Te persuadirá de que aún no te has unido a los muertos. Bebe."

Madeline bebió con cautela. El contenido del frasco quemó su garganta como fuego y forjó un rumbo hacia sus entrañas. A ella se le humedecieron los ojos y se atragantó como si fuera a toser hasta el hígado.

Cuando su visión se aclaró, Rhys asintió con diversión en sus ojos. "Toma otro."

Madeline hizo lo que se le ordenó, aunque el segundo trago no fue más fácil de bajar que el primero.

"¿Mejor?"

Para su asombro, Madeline se sintió mejor. El líquido había despertado un calor en su carne y había ahuyentado los escalofríos. Ella asintió con la cabeza y Rhys le quitó el frasco de la mano. Sus dedos se rozaron en la transacción, recordándole a Madeline sus besos posesivos y despertando otra calidez dentro de ella.

"Dos pequeños tragos es una medida suficiente para una dama", dijo él, luego tomó un largo trago él mismo. Por primera vez, Madeline se preguntó si él había estado preocupado por la agresión de Kerr.

Rhys parecía tan despreocupado, como si habitualmente ayudara a las mujeres atacadas en los páramos, como si a menudo matara mercenarios por el bien común. Su deseo por el aguardiente insinuaba que podría haber compartido al menos una parte de su miedo.

Madeline negó con la cabeza, segura de ver una vulnerabilidad en este guerrero que no estaba allí. Sin duda, él sentía una responsabilidad hacia ella.

Después de todo, él la había comprado.

Quizás era un hombre que protegía todas sus posesiones con tanto vigor. Madeline no lo sabía, pero era lo suficientemente inteligente como para admitir que se alegraba en ese momento de su sentido de obligación.

Rhys hizo una mueca ante el vigor del licor, pero no tosió. Se volvió para escudriñar los páramos con los ojos entrecerrados y luego señaló con la cabeza la silueta distante de un caballo. "¿Tu caballo?"

Madeline asintió. Tarascon. Kerr le cortó el flanco para hacerla huir de nosotros. No sé la profundidad de su herida". Sus dedos se apretaron sobre el pomo. "Espero que no esté gravemente herida".

"Ella corre todavía, así que no puede ser una herida tan terrible". Rhys habló con tan buen sentido que Madeline deseó haberse dado cuenta ella misma. Parecía destinada a mostrarse mal en presencia de ese hombre.

Rhys tomó las riendas y condujo al caballo hacia la yegua. Él silbó suavemente. Tarascon se volvió para observar su progreso, moviendo nerviosamente las orejas.

"La sangre la habrá asustado", dijo Rhys, el tono de su voz era tranquilizador. "¿La montas a menudo?"

"Casi a diario."

"Entonces ella también habrá olido tu miedo, y se habrá preocupado por eso".

Puedo llamarla. Ella siempre viene a mí". El caballo se acercó un paso más cuando Madeline llamó, luego retrocedió cuatro pasos, agitando la cola nerviosamente.

"¿Ella viene a ti?" Había humor en el tono de Rhys.

Madeline se sentó más erguida, deseando poder hacer algo bien en compañía de este hombre. "Por lo general, lo hace".

"Estas son circunstancias poco comunes, mi señora. No te tomes en serio su incertidumbre. Espera hasta que estemos más cerca y ella pueda estar segura de que eres tú".

"Ella podría huir antes". Madeline volvió a llamar y luego observó con horror cómo su caballo bailaba en la dirección opuesta.

Rhys se detuvo y Tarascon siguió huyendo otro trío de pasos. Estaba ansiosa como Madeline nunca la había visto, aunque ella no podía culpar a la yegua por su miedo a los hombres.

"Mira en la alforja", dijo Rhys en voz baja. "Fíjate si todavía hay un par de manzanas".

Madeline se alegró de cumplir y ser de ayuda. Las manzanas estaban allí, pero Tarascon no se sintió tentada tan fácilmente por la golosina como podría haberlo estado unas horas antes.

EL SOL se acercaba al medio del cielo cuando convencieron al caballo para que les permitiera acercarse a ella. Madeline quedó impresionada por la gentil persistencia que Rhys demostró al perseguir al asustado caballo. Se habían acercado cada vez más a Tarascon, el murmullo de Rhys obviamente calmaba los temores del caballo.

Que Gelert finalmente hubiera corrido detrás del caballo a la señal de Rhys y ladrara agresivamente, instándola hacia Rhys, tampoco había dolido.

Madeline sujetó las riendas del caballo una vez que Rhys la capturó, le habló al caballo en voz baja y le acarició la nariz. Mientras tanto, Rhys examinó la herida de la criatura con los dedos con cuidado. Había bondad en ese hombre, aunque había muchas otras cosas que Madeline no supo nombrar. El caballo estaba inquieto, pero Madeline le susurró, confiando en que Rhys le daría buenos consejos.

"Afortunadamente, no es tan grave como podría haber sido. Creo que el daño se curará con bastante facilidad", dijo él mientras se enderezaba. "Me hubiera gustado tener un mozo mejor que yo para estar seguro".

"Podríamos volver a Ravensmuir".

Rhys miró fijamente a Madeline y ella no pudo adivinar sus pensamientos. "Creo que es demasiado para tu yegua", dijo él con cuidado. Hay una abadía al norte de aquí a la que podríamos llegar a media tarde, si estás dispuesta. Me han ayudado en el pasado, porque mi tía es abadesa allí".

A Madeline se le encogió el corazón de que tuvieran que montar juntos, porque su yegua estaba demasiado herida para soportar su peso. Ella no podía imaginarse presionada contra el calor de ningún hombre ese día, y mucho menos Rhys, quien encendía ese fuego desconocido dentro de ella. Sus miradas atrapadas y sostenidas, una previsión que asustaba a Madeline hasta la médula crepitaba entre ellos.

Rhys se dio la vuelta antes de que ella pudiera protestar y ató metódicamente las riendas de Tarascon a la parte trasera de la silla. Le susurró a su caballo y luego se alejó, sin una palabra de explicación. Gelert se sentó a su lado, como se le había ordenado. Madeline, perpleja, vio a Rhys desaparecer entre las aulagas.

¿La estaba dejando ahí?

¿Se preparaba él para cualquier recompensa que pediría a ella? Ella sabía que él la deseaba, lo había probado en sus besos. En su ausencia, las sospechas de Madeline parecían alimentarse y multiplicarse. Aunque Rhys había sido amable, Kerr lo había sido hasta que pensó que ella no tenía esperanzas de pedir ayuda.

¿Había ella saltado de la grasa al fuego?

¿Solo había retrasado su violación? ¿Qué obligaría a un hombre de reputación tan peligrosa como Rhys a tratarla con honor, ahora que estaban solos en los páramos?

¡Esa bien podría ser su única oportunidad de escapar! Madeline clavó los talones en los costados del caballo, urgiéndolo a seguir adelante.

La bestia ni siquiera se estremeció, y mucho menos se movió. Mordisqueaba una flor silvestre, sumamente indiferente al intento de Madeline de huir. El perro le dirigió una mirada, como si la reprendiera, luego volvió a su vigilia.

Madeline entró en pánico. ¿No le había aconsejado el propio Rhys que eligiera con cuidado a sus compañeros? Ella le susurró al caballo, le ordenó, le palmeó el costado, tiró de las riendas. Hizo todo lo que se le ocurrió para persuadirlo de que diera un paso.

Todo fue en vano. Los pies de la bestia podrían haber echado raíces. Ella podría haber intentado animar a una piedra a moverse con mejores resultados. Ella se dispuso a desmontar y correr, justo cuando la voz de Rhys llegó a sus oídos.

"Arian no escucha a nadie más que a mí, mi señora". Él caminaba desde el tojo hacia ella, conduciendo al caballo de Kerr. Una vez más, parecía divertido pero no sorprendido.

Madeline sintió una punzada de irritación. ¿Nada asombraba al hombre? ¿Rhys nunca era tomado por sorpresa?

"¿De verdad?" Ella respondió como si ella misma no hubiera descubierto el mismo hecho. "Es poco común encontrar un caballo tan leal".

"De hecho, lo es. Un hombre puede considerarse afortunado de que cualquier alma le sirva con tanta lealtad, ya sea hombre o bestia".

Madeline lo miró con curiosidad a pesar de sí misma. Él hacía otra referencia más a la traición. ¿Qué le había pasado a Rhys? ¿Y cuál era la raíz de la acusación del rey contra él?

Ella no imaginaba que Rhys respondería a sus preguntas. De hecho, frunció el ceño en concentración mientras quitaba la alforja de Kerr. Él examinó solemnemente su contenido y finalmente sacó solo las monedas del bolso del muerto. Rhys luego arrojó la alforja y el resto de su contenido por el páramo.

Madeline lo miró sorprendida.

"Cualquiera que encuentre su cadáver pensará que fue atacado por bandidos", dijo simplemente Rhys, luego se montó en la silla del otro caballo. Levantó las riendas de su caballo de las yemas de los dedos entumecidos de Madeline. Entonces, ¿vamos al mozo de cuadra?

Madeline se limitó a asentir y Rhys la estudió un momento antes de instar al caballo a caminar. "Pareces necesitar un cuento", dijo él. "Y yo conozco el indicado".

Madeline pensó que necesitaba muchas cosas en ese momento, la última de las cuales habría sido un cuento, pero parecía de mala educación decirlo. Dejó que él condujera el caballo y se resignó a escuchar.

Ella no esperaba que la entretuvieran, ni menos que la encandilaran, pero rápidamente se demostró que estaba equivocada.

RHYS SE ACLARÓ LA GARGANTA. "Hay un lugar en Gales conocido como Pen Dinas, un lugar donde los que saben esas cosas dicen que las hadas tienen su tribunal superior. Pen Dinas es una roca alta y plana cerca de un río y su cumbre es inusualmente llana. El césped allí es de un verde intenso, más allá del tono de cualquier otro lugar, como si hubiera sido bendecido por los pies de muchos bailarines mágicos".

Madeline notó que la tensión se le aflojaba en los hombros. La voz de Rhys era fácil de escuchar y, de hecho, el ritmo desconocido de su discurso era cautivador. Eso le recordó las historias que su padre le contaba a la familia cuando ella y sus hermanos eran muy pequeños, y eso era reconfortante.

"Así fue que vino un niño a esconderse. Se dice que su nombre era Elidorus, pero ese no es un nombre galés. Llamémosle Llewelyn ap Alan".

Madeline se rió a pesar de sí misma. Su sustitución era tan diferente que la tomó por sorpresa, y era un nombre tan poco común. "¡No puedes decir ese nombre una docena de veces rápidamente!"

Rhys le dirigió una mirada irónica e hizo precisamente eso, haciendo que sonara como música mientras lo hacía. Ella se preguntó si se imaginaba el brillo travieso en sus ojos, tan abruptamente se puso serio y reanudó su relato.

"Fue así que Llewelyn ap Alan decidió huir de su tutor, porque no le gustaba aprender la métrica y le gustaba menos que lo reprendieran por su falta de atención".

"¿Métrica?"

"El metro de la poesía. Es lo que un niño aprende de un tutor, cómo se deben hacer las rimas y calcular las repeticiones".

Madeline no sabía nada de eso, pero asintió con la cabeza como si entendiera. Ella se mostró reacia a interrumpir el relato de Rhys, y él pensaba que la cuestión del metro era tan obvia que ella no quería que la pensara simple.

"Así que Llewelyn ap Alan se escondió cerca de ese mismo lugar, Pen Dinas, para que nadie pudiera encontrarlo. Esa misma noche, cuando la luna se volvió redonda y brillante, escuchó música. Por muy travieso que hubiera sido Llewelyn ap Alan, no era tonto. Él sabía evitar la música de las hadas y nunca unirse a ellas en sus círculos, para que no se perdiera en el mundo mortal durante cien años. Se tapó los oídos con los dedos y permaneció escondido hasta que llegó la mañana y cesó la música de las hadas.

"Sin embargo, a la luz del amanecer, cuando podría haberse permitido dormir, Llewelyn ap Alan se enfrentó a dos hombres pequeños. Ellos lo invitaron a su morada, para mostrarle maravillas, y después de tener su promesa de que se le permitiría partir a petición suya, el niño curioso los acompañó.

"Lo llevaron a un pasaje secreto, uno inteligentemente escondido detrás de un trío de piedras, y a un reino escondido debajo de la colina de Pen Dinas. Aunque estaba nublado allí, porque no brillaba el sol debajo de la colina, la tierra era hermosa y la gente aún más. Cada uno de ellos era bendecido con un cabello tan rubio como el suyo era oscuro, todos parecían al borde de la risa. Tenían una riqueza sin medida: copas de oro y gemas en cada dedo. Sus caballos eran rápidos y encantadores, sus perros eran elegantes. Era un verdadero paraíso.

"Llewelyn ap Alan fue recibido por el propio rey. El rey explicó los modales de su pueblo y le pidió a Llewelyn ap Alan que no volviera a exigir una promesa. Las hadas hacían pocos votos, mucho menos que los hombres, porque cumplirían todos y cada uno de ellos al pie de la letra. El rey le dijo a Llewelyn ap Alan que él y su pueblo despreciaban el engaño y la infidelidad por encima de todo".

Madeline miró a su compañero y volvió a notar una referencia a la traición. Ella estaba empezando a tener una buena dosis de curiosidad por este hombre, aunque sospechaba que era una curiosidad peligrosa.

Llewelyn ap Alan profesó que eso era muy admirable y se le concedió permiso para jugar con el hijo del rey. Él no se olvidó de sí mismo, como había temido, y no pasó mucho tiempo antes de que pidiera permiso para irse. Sus guías le mostraron el camino a casa y rápidamente se dirigió a la morada de su madre, medio temiendo que el tiempo se hubiera escapado.

"Pero no hubo engaño. Las hadas habían cumplido su trato con él y él se había ido solo por tres días, tal como esperaba. Algunas semanas después, buscó el portal secreto y lo encontró, para el deleite del hijo del rey. Así fue como Llewelyn ap Alan se acostumbró a pasar tiempo en ambos mundos y disfrutó de los méritos de ambos".

Rhys miró por encima de su hombro y Madeline no se molestó en ocultar lo encantada que estaba con su historia. Ella sonrió, esperando instarlo a continuar, y Rhys se volvió tan abruptamente que temió haberlo insultado de alguna manera.

Pero él simplemente continuó. "El secreto empezó a picarle a Llewelyn ap Alan, como suelen hacer los secretos, y le entristecía cada vez más que nadie supiera lo que él sabía. Se lo confió un día a su madre, que parecía tan encantada como él con su aventura. Por un tiempo, esta confianza fue suficiente y él le contaba cada vez que regresaba las nuevas maravillas que había visto.

"Ahora, las maravillas de ese reino no eran finitas, y parecía que cada vez que lo visitaba, Llewelyn ap Alan veía algo aún más maravilloso. Y con el tiempo, a medida que sus cuentos parecían volverse más fantasiosos y su relato de la riqueza en el reino de las hadas se hacía más magnífico, su madre se impacientó. Ella empezó a pensar que él le estaba gastando una broma, como harían los niños pequeños, y exigió alguna prueba de que sus viajes ocurrían en la verdad.

"Así fue que la próxima vez que Llewelyn ap Alan visitó el reino, robó la bola de oro con la que jugaban él y el hijo del rey. Se dirigió al portal, pero fue perseguido con un tono y un grito. Él llegó a la puerta, pero se cerró rápido contra él... hasta que entregó el balón a la misma pareja que lo había conducido hasta ese lugar. Le miraron con el ceño fruncido y no escucharon sus disculpas.

"Cuando Llewelyn ap Alan parpadeó, se encontró en el césped desnudo de Pen Dinas. Solo. Nunca volvió a encontrar la entrada al reino de las hadas, aunque se dijo que vagó mucho y lejos en su búsqueda. Y aunque a menudo escuchaba su música a la distancia, en una noche en la que la luna brillaba, nunca pudo ver su baile, ni pudo acercarse a su fiesta". Rhys hizo una pausa, aparentemente para llamar la atención sobre el final de su historia. "Llewelyn ap

Alan se había mostrado infiel y un mal invitado, y en eso, perdió lo que debería haber valorado en primer lugar".

La moraleja era potente. Madeline se preguntó si Rhys había elegido ese cuento con un propósito, pero no tuvo tiempo de preguntárselo antes de que él levantara un dedo para señalar el horizonte.

"¡Allí! ¿Ves la voluta de humo de la chimenea de la abadía? No está lejos, mi señora. Pronto estarás entre mujeres y detrás de altos muros. Me atrevo a decir que también tendrán un potaje caliente sobre el fuego".

Madeline miró, vio la columna de humo y se avergonzó de las sospechas anteriores de sus motivos. Rhys la iba a llevar a una abadía donde estaría a salvo.

No, ella había estado a salvo desde que había dejado Ravensmuir, a salvo porque Rhys la había seguido de cerca y la había vigilado, a pesar de su propio error.

Y ella había estado doblemente a salvo desde que él la había salvado de Kerr.

Madeline sonrió a Rhys, ella sonrió genuinamente por primera vez desde que se conocieron. "Gracias, Rhys. He hecho poco para merecer tu ayuda y cortesía de este día, pero te doy mi más sincero agradecimiento".

Curiosamente, el hombre no le devolvió la sonrisa.

De hecho, él parpadeó, como si hubiera mirado hacia el centro del sol, luego frunció el ceño. Se dio la vuelta, todo su ser aparentemente concentrado en hacer un rumbo hacia la abadía.

"Será mejor que nos demos prisa", dijo él con aspereza. "Una herida cicatriza mejor cuando se trata antes". Él le silbó a Gelert y el perro trotó al paso acelerado del caballo. Rhys no volvió a hablar con Madeline; de hecho, su concentración era tan completa que él podría haber estado cabalgando solo.

Y a Madeline le sorprendió lo mucho que le preocupaba el silencio de Rhys y su indiferencia ante su presencia.

CAPÍTULO 6

*D*e hecho, Rhys estaba lejos de ser indiferente a la presencia de la dama detrás de él.

Rhys era consciente de la belleza de Madeline como nunca antes había estado consciente de una mujer. Había sido con un esfuerzo considerable que se hubiera abstenido de tranquilizarla con su toque. Él había necesitado una fortaleza que no sabía que poseía para contenerse de besarla profundamente en su alivio de que estuviera ilesa.

Él había tenido miedo cuando Kerr se lanzó a la aulaga. Le había aterrorizado que el astuto mercenario violara a Madeline antes de que él pudiera acudir en ayuda de la dama. Él había dejado demasiada distancia entre ellos en su determinación de no ser visto y estaba seguro de que su dama pagaría el precio de su error de cálculo.

Él no había exagerado su alivio de que ella intentara escapar.

El aguardiente no había resuelto realmente las preocupaciones de Rhys. De hecho, se le había cuajado en el estómago. Un beso rotundo le habría servido mejor, no menos las manos de la dama rizándose en su cabello. Pero Rhys había vislumbrado el terror de Madeline y no quería redoblarlo.

La dama había soportado suficientes insultos y juicios últimamente.

Rhys respetaba particularmente el hecho de que ella se culpaba a sí misma por tomar una decisión tonta. Era un alma rara la que admitía su parte en las desgracias posteriores. Sin duda, también era en parte culpa de Rhys. El miedo a encontrarse con él en el altar estaba detrás de la huida de Madeline y él se culpaba a sí mismo por no haber hecho una mejor tarea para eliminar sus incertidumbres.

No era culpa de la dama que la hubieran protegido del conocimiento de la maldad en el mundo, especialmente del tipo de maldad que Kerr había demostrado. Él podía entender muy bien por qué ella había confiado en un hombre que había estado empleado por su padre.

Él resistía el impulso de mirarla, por temor a que ella le volviera a sonreír y lo confundiera por completo. La dama tenía un valor admirable, sin duda. La mayoría de las mujeres ya habrían llorado, pero Madeline se sentaba derecha en la silla.

Incluso desaliñada, poseía una belleza que podía hacer que un hombre se olvidara de sí mismo. Su trenza se había desabrochado y su cabello oscuro colgaba suelto sobre sus hombros. Había un rasguño en su mejilla y otros en sus manos, ninguno de los cuales Rhys se atrevió a ofrecerse para atender. Él no dudaba de que el barro embadurnado ocultaba magulladuras en su carne. La dama era demasiado suave, demasiado tentadoramente dulce, y el mero atisbo que había tenido de la curva de su pecho casi había sido suficiente para hacerle olvidar cualquier intención caballeresca que poseyera.

Sin embargo, no había estado tan enredado en su lujuria como para no haber podido ver la verdad. Madeline estaba tan asustada que su más mínimo toque podría haberla hecho salir disparada como su caballo. Él no se aprovecharía de su miedo para saciar sus propios deseos.

Esa no era la forma de ganarse su confianza, de hacer que un matrimonio perdurara.

Era muy impropio de Rhys sentir un anhelo tan poderoso por cualquier mujer, y nunca había esperado que lo sintiera por la mujer a la que finalmente tomaba por esposa. Rhys estaba seguro de que su respuesta era el resultado de poco sueño, o tal vez del temor de que Caerwyn se hubiera perdido para él. Tanto él como Madeline estarían restaurados al día siguiente.

Porque, para entonces, estarían casados de verdad, el futuro de la dama estaría asegurado y Caerwyn sería suyo para siempre.

CUANDO LLEGARON A LA COMUNIDAD AMURALLADA, las puertas de la abadía estaban cerradas. Rhys no parecía preocupado por esto, y Madeline no dijo nada, adivinando que él preferiría su silencio. Eran pesados portones de madera, sin rastrillos caros ni detalles ornamentales, y su única virtud era su tamaño y peso. Madeline podía ver la cruz en el techo de la capilla, oler un potaje de verduras y discernir poco más.

Rhys desmontó, luego agarró la cuerda junto a la puerta y tiró de ella. Un repique sonoro resonó detrás de las paredes y el sonido hizo sonreír a Madeline. Era una alegre secuencia de notas, un glorioso timbre que hizo que su corazón se disparara. La música fue suficiente para que casi se olvidara de lo que había soportado ese día.

"¡Que encantador!" susurró ella. Las lágrimas nublaron su visión, porque recordaba con demasiada intensidad cómo la música los había unido a ella y a James. Ella lo recordaba inclinado sobre su laúd, componiendo una balada. Ella recordó el juego de luces en su cabello rubio, y el dolor la agarró por el cuello.

¿Seguramente él no podría estar muerto?

¿Seguramente ella habría sabido si el hombre que amaba con todo su corazón y alma hubiera muerto?

Sin embargo, si James estuviera vivo, seguramente le habría enviado un mensaje en diez largos meses. Madeline se limpió las lágrimas, deseando ser lo suficientemente valiente como para pedir más aguardiente.

Rhys la estaba mirando y su expresión se había vuelto cautelosa una vez más.

A Madeline no le importaba lo que pensara él de ella en ese momento. "¿Podrías tocarla una vez más?" preguntó ella, sus palabras desiguales. "Es un sonido tan alegre, como si los mismos ángeles anunciaran nuestra llegada".

Rhys no dijo nada. Volvió a tirar del cordón con expresión impasible.

Madeline escuchó con los ojos cerrados y las manos juntas mientras el bálsamo curativo de las campanas resonaba sobre ella. El sonido era tan hermoso que el dolor de su pérdida disminuyó levemente. Ella sintió la plenitud de su amor perdido mientras sonaban las campanas y se estremeció al darse cuenta de cuánto había cambiado su vida.

Sólo cuando las campanas se callaron, Madeline se dio cuenta de que Rhys la había estado observando, paralizado, todo el tiempo.

"Es una comunidad de mujeres", dijo él con brusquedad, girando para mirar la puerta de madera. "Aunque hay varios sacerdotes que viven separados y ofrecen los sacramentos, además de un excelente mozo".

A Madeline le sorprendieron sus modales. Quizás ella lo había ofendido, complaciéndose con algo tan insignificante cuando él le había brindado una ayuda muy considerable. Ella se inclinó hacia adelante y tocó el brazo de Rhys, sabiendo que le debía las más sinceras gracias. Él saltó ante su toque, pero no la miró.

Entonces él estaba molesto.

Antes de que Madeline pudiera volver a intentar calmar su estado de ánimo con gratitud, se abrió un pequeño portal en la puerta. Ella vislumbró un rostro que miraba a través de la rejilla. "¿Quién viene a nuestra puerta?"

Gelert ladró alegremente y saltó a la puerta, aparentemente reconociendo la voz del monje y ansioso por verlo nuevamente.

"Hermano Thomas, soy Rhys FitzHenry". Rhys se enderezó y dio un paso más hacia la puerta para que pudieran verlo. "Lamento tener que suplicarle su hospitalidad una vez más".

¡Rhys! ¡Viejo perro! La puerta se abrió de golpe con un crujido de sus antiguas bisagras. Thomas demostró ser un monje corpulento cuya circunferencia era demasiado grande para su túnica. La prenda era ceñida alrededor de su amplia barriga y por lo tanto cabalgaba corto en la parte delantera, dejando al descubierto sus espinillas peludas y sandalias resistentes. "¡Y tú, Gelert!" Se inclinó para acariciar al perro, que saltó de alegría y le lamió las orejas. "Apuesto a que puedo encontrar un hueso en la sopa para ti".

"No es de extrañar que la bestia te ame más que a la vida misma", refunfuñó Rhys amablemente.

"Podrías alimentar a la criatura de vez en cuando, y podrías ganarte ese afecto", replicó Thomas, y los dos hombres se sonrieron el uno al otro.

La alegría del monje al ver a Rhys era inconfundible, porque atrapó al guerrero reacio en un fuerte abrazo de bienvenida. Madeline se sorprendió, tanto por la calidez del saludo del monje como por el hecho de que Rhys lo soportaba.

Finalmente, el monje dio un paso atrás y le dio a Rhys un amistoso puño en el hombro. "Viejo pecador. ¿Necesitas un santuario de nuevo tan pronto? ¿No tiene fin tu maldad?

Esta acusación se hizo sin malicia, como si la pareja comúnmente bromeara sobre tales cosas. A Madeline le recordó cómo sus hermanos se burlaban entre ellos, aunque estaba fascinada de que cualquier alma se burlara de Rhys FitzHenry.

Y curiosa por saber qué haría él al respecto.

El color subió en la nuca de Rhys y sus modales se volvieron aún más severos que de costumbre. "Es la dama que necesita su ayuda en este día. Yo solo la acompaño".

"¡Una dama!" Thomas se puso serio y se enderezó, tirando inútilmente de la parte delantera de su bata mientras se volvía hacia Madeline. "Buen día, mi señora, y bienvenida a nuestras humildes puertas". Se inclinó, el esfuerzo fue tal que la parte superior calva de su cabeza enmarcada por su tonsura se volvió carmesí.

"Esta es la dama Madeline de Kinfairlie". Rhys habló con cuidado y Madeline supuso que tenía la intención de presentar una versión ligeramente alterada de su aventura. Ella sostuvo su mirada, deseando que entendiera que ella no negaría su historia. "Fue acosada en el camino por bandidos. Afortunadamente, llegué a tiempo para ayudar".

"¡Dios en el cielo!" Thomas se santiguó. "¡En qué tiempos vivimos! Qué suerte que te encontraras con ella y reconocieras su difícil situación".

"No tan afortunado, viejo amigo." Rhys sonrió levemente y Madeline se sintió repentinamente cálida bajo su mirada. "La dama y yo estamos prometidos, y pensé reconocer su caballo a la distancia".

"¡Cielos misericordiosos! ¡Dios es verdaderamente grande que te concedió una visión tan aguda! "Thomas miró a ambos con asombro. Pero, ¿por qué no supimos de tu compromiso antes, Rhys? Que tú, de todos los hombres, debas tomar una novia es una historia que vale la pena escuchar, y estabas aquí hace quince días.

Madeline parpadeó. Hacía quince días que él había oído hablar de la subasta de Ravensmuir. Rhys debió haber viajado desde Gales con algún otro propósito, ¿cuál podría haber sido? ¿Y por qué había decidido asistir a la subasta, nada menos que para comprar su mano?

Rhys se aclaró la garganta intencionadamente. "No compartí esta noticia, porque pensé que no te preocupaban los caminos del mundo mortal".

Thomas se sonrojó y sonrió. "Eso no significa que no nos interesen los chismes. ¡Rhys FitzHenry se casará! "Se rió y señaló a Madeline con un dedo. ¡Debes ser una dama intrépida para tener a un rufián como este a tu lado!

"Thomas..." gruñó Rhys, pero el monje lo ignoró.

Thomas se inclinó más hacia Madeline, con modales conspiradores. ¿O es usted, dama Madeline, ese tipo poco común de mujer que ve el oro que el ojo descuidado percibiría como escoria? Thomas le guiñó un ojo con picardía y Madeline reprimió una sonrisa, incluso mientras observaba a Rhys de nuevo.

¿Qué quería decir el monje?

"Hay poco mérito en este mundo que revela todo su valor a una mirada superficial", dijo ella.

Thomas gritó de alegría. "¡Ciertamente, ciertamente! Debería haber sabido que Rhys no tendría miedo de casarse con una mujer con ingenio".

"Él me contó un buen cuento mientras viajábamos hacia aquí, y estoy muy agradecida por su amabilidad".

"¿Un cuento? ¿Dónde encontraste una lengua tan simplista, Rhys? Thomas le dio un codazo a Rhys y luego dijo algo que Madeline no entendió. Él le guiñó un ojo a su mirada perpleja. "Era un viejo proverbio galés. "El mejor galés es el que está fuera de casa". Eso te queda bastante bien, ¿no es así, Rhys? No es frecuente que pierdas una medida de tu magro encanto".

Rhys miró a su amigo y pareció quedarse sin palabras.

Thomas se inclinó más hacia Madeline, su manera de ser la de un hombre que vende productos a quienes no los necesitan ni los desean. —En verdad, dama Madeline, éste tiene sus propias historias que contar, aunque nunca las cuenta. La discreción es el segundo nombre de nuestro Rhys... "

"A diferencia de tu propio segundo nombre, que es locuaz," murmuró Rhys.

Madeline se echó a reír, porque sus bromas le alegraban el corazón.

Thomas resopló, aunque sus ojos aún brillaban. "Bueno, no hay un alma viva que me confunda con un hombre tallado en piedra, como pretendes hacer hoy".

"Mucho menos un hombre se queda mudo", replicó Rhys. "Pensé que ofrecías hospitalidad en estas puertas a quienes la necesitaban".

"Ciertamente, ciertamente." Thomas levantó las manos y se rió.

"¡Perdóname! Ven, dama Madeline, entra en el círculo de nuestras puertas. Thomas reclamó las riendas del caballero de Rhys y le habló.

La criatura inmediatamente siguió sus órdenes.

"Qué curioso", dijo Madeline. "Pensé que Arian solo seguía las órdenes de Rhys".

Rhys no dijo nada, aunque sus labios parecieron tensarse.

"¿Es esa la historia que te contaron?" Thomas demandó con regocijo. "¡Qué absurdo!" Le dio a Rhys un empujón juguetón y luego siguió adelante.

"Qué delicioso es saber cuándo se puede confiar en la palabra de un hombre", dijo Madeline, con la voz tan baja que solo Rhys la escuchó.

Para su satisfacción, él pareció evitar su mirada y la parte posterior de su cuello se puso colorada. "Los demonios incluso atacaron su caballo", le dijo a Thomas, indicando la herida de Tarascon.

"¡Ah! ¡Qué maldad! "Thomas se preocupó de inmediato por el caballo, le habló y le acarició la espalda mientras murmuraba.

"Thomas es el mozo de cuadras que mencioné", le dijo Rhys a Madeline sin mirarla. "Su talento tiene una gran reputación".

Thomas condujo el caballo hacia los establos, su concentración en el caballo era tan completa que podría haberse olvidado del resto del grupo. Tarascon pareció comprender que se había encontrado con alguien que la cuidaría. Sus oídos se movían menos vigorosamente mientras Thomas le hablaba, y una última onda pasó por su carne mientras se acomodaba.

La suya parecía una habilidad tan poco común en ese lugar que Madeline no podía contener la lengua. De hecho, no se veía otro caballo, ni rastro de uno, en el patio de la abadía. "¿Pero seguramente una abadía tiene poco dinero para los caballos?"

La sonrisa de Rhys brilló, la vista hizo que el corazón de Madeline saltara. "Nuestro Thomas era un ladrón de caballos antes de hacer sus votos".

"¿Y lo conociste entonces?"

Rhys asintió, con la atención puesta en el otro hombre. "Desperdiciamos nuestra juventud juntos, es cierto".

Madeline estaba intrigada por el afecto en su tono. Ella podría haber pedido más detalles, pero Rhys levantó la voz. "Hay más con nosotros, Thomas, que simplemente un caballo", dijo. "Y no creo que esa herida sea tan grave".

Thomas saltó de culpa. "Es su miedo el que es la mayor herida", estuvo de acuerdo. Él sonrió para tranquilizar a Madeline. "En una semana más o menos, mi señora, ella volverá a estar sana".

"Te agradezco tu ayuda. Es un caballo fiel y me entristeció mucho verla herida, y mucho menos dejarla tan voluntariamente".

Habla bien, mi señora. Es un hombre malvado el que puede infligir una herida a un caballo". Thomas llamó a un niño para que lo ayudara. Ese muchacho continuó acariciando a Tarascon mientras la conducía hacia el pequeño establo vacío.

El caballo favorecía su pierna, pero su terror había desaparecido. Madeline se dio cuenta de que sus propios miedos también habían desaparecido. Ella observó a Rhys, mientras él observaba cómo se llevaban el caballo, y ella admitió que estaba intrigada.

Puede que no sea un destino tan espantoso casarse con un hombre tan protector y competente como Rhys FitzHenry.

¿O era eso precisamente lo que él deseaba que ella creyera?

SATISFECHO con los esfuerzos del muchacho, Thomas volvió su mirada hacia el resto del grupo. Él miró al otro caballo con el ceño fruncido. "¿Pero qué hay de este otro caballo? ¿Qué necesidad tienes de un segundo semental, Rhys? preguntó Thomas, su mano aterrizando en el caballo de Kerr. "Nunca antes había visto a esta bestia".

Madeline no dijo nada, porque no estaba segura de qué pensaba hacer Rhys con la bestia. Claramente tenía un plan porque estaba más rígido, sus modales más alerta. ¿Thomas había notado la diferencia en la postura de Rhys?

Rhys se encogió de hombros, fingiendo indiferencia. "Él no es necesario, sin duda."

"¿No lo compraste?"

Rhys negó con la cabeza. Debe haber pertenecido a uno de los bandidos. Lo encontramos vagando por donde asaltaron a la dama".

Madeline se estremeció. "Ese villano ya no lo necesitará".

"Y yo no dejaría que la bestia deambule por el páramo, no sea que se convierta en comida de lobos".

Thomas asintió con la cabeza en comprensión y pasó las manos por el caballo. "No es un mal caballo No está mal atendido ni alimentado". Le dio a Rhys una mirada astuta por encima del lomo del caballo. Uno pensaría que es una montura un poco rica para un bandido. Un caballo es una mejor montura para un guerrero que un ladrón, dada la necesidad de velocidad del ladrón".

Madeline se enderezó, segura de que la verdad saldría a la luz, pero Rhys ni siquiera parpadeó. "Entonces debió de robárselo a otra víctima".

"En efecto." Thomas miró a Rhys con los ojos brillantes. "¿Quieres quedarte con él?"

Rhys negó con la cabeza. —Te debo una bendición, Thomas, por esta visita y la última. Véndelo y pon la moneda en las arcas de su comunidad".

Madeline quedó asombrada por su acto de generosidad. Un caballo valía una cantidad considerable de dinero.

Thomas frunció los labios. Podríamos guardárselo a la abadesa. A ella le gusta una buena montura".

"Véndelo", dijo Rhys, con acero en su tono. Y la cincha también.

Thomas se enderezó. La consideración acechaba en su propia mirada. "Hay un buen mercado para los caballos en Newcastle", dijo él con cuidado, todavía acariciando a la bestia, sin dejar de mirar a Rhys. "Y debo ir con los prestamistas allí a fin de mes por la abadesa".

Rhys habló de la misma manera deliberada. "Escuché que el mercado es mejor en Carlisle".

"¡Oh no!" protestó Madeline, queriendo solo ser una ayuda. Rhys no era de estos lugares, después de todo, y sabía que él querría que la abadía obtuviera el mejor precio por el caballo de Kerr. ¡Ellos debían aprovechar su generoso regalo! "Sé que los caballos obtienen un precio mucho mejor en Newcastle que en Carlisle. El mismo rey envía hombres allí para adquirir caballo y el mercado es más competitivo."

Rhys parecía estar apretando los dientes. Le dirigió a Madeline una mirada sombría y luego habló con vigor. "No obstante, una bestia de este tamaño y tono obtendrá un mejor precio en Carlisle".

Madeline negó con la cabeza, segura de sus hechos. —No, Rhys. Te ruego me disculpes pero no eres de estos lares. Mi padre solo compraba caballos y ponis en Carlisle, porque decía que allí la población de sementales era escasa".

Rhys la fulminó con la mirada. "Quizás tu padre se equivocaba, mi señora."

Madeline separó los labios para discutir, pero Rhys sostuvo su mirada con tal calor que supo que él le advirtió que se callara. Ella cerró la boca con molestia y lo miró a su vez.

¿Qué le afligía al hombre? ¿No quería aprovechar al máximo su regalo?

"Sé que Carlisle es un mejor mercado para esta bestia", repitió Rhys con firmeza.

"Carlisle será, entonces", dijo Thomas, mirando entre los dos con interés. "Tu consejo siempre es bueno, Rhys, aunque Carlisle es menos conveniente".

"Creo que valdría la pena el viaje". Rhys parecía estar luchando contra su exasperación con los dos.

¿Qué le fastidiaba de Newcastle?

Entonces Madeline se dio cuenta de la verdad. Newcastle estaba más cerca de Ravensmuir y Kinfairlie. Rhys no quería que se reconociera el caballo, porque entonces la retribución por la muerte de Kerr podría caer sobre esta abadía. Era muy posible que nadie creyera que el mercenario había sido asesinado por ladrones, igualmente posible que los camaradas de Kerr pudieran cuestionar esa conclusión si veían su caballo.

Si la abadía sospechaba de estar involucrada en la muerte del mercenario, o peor aún, si los compañeros mercenarios de Kerr exigían una venganza propia, sería una pobre recompensa para la abadía y sus ocupantes por cualquier favor que le hubieran hecho a Rhys. Su tía era abadesa, después de todo.

Y ella casi había frustrado su intención protectora. Incluso ahora, Thomas sospechaba del origen del caballo, aunque podría no haberlo hecho si ella se hubiera guardado sus consejos.

Rhys debía pensar que ella era una tonta insulsa, ¡tan completamente erraba ella en su presencia!

Rhys frunció el ceño. "La cincha, sin embargo, podría venderse a un mejor precio en York".

"Un caballo con cincha siempre tiene un mejor precio", dijo Thomas, diversión en su tono.

Rhys se inclinó hacia el hombre mayor, sus modales atentos. "Quizás incluso Lincoln o Winchester serían buenos".

Thomas sonrió. La travesura bailaba abiertamente en su mirada ahora. ¿Por qué no salvas el caballo, Rhys, y lo llevas hasta Gales para venderlo? ¿Seguramente el precio será mejor allí? "

"Quizás la ganancia no valdría la pena el riesgo".

Thomas se rió entre dientes y le dio una palmada en el hombro al otro hombre. Agradezco tu consejo, Rhys. No temas, viejo amigo, todo se hará como tú aconsejas. Me aseguraré de que este caballo no sea reconocido."

Madeline vio que Thomas había entendido la intención de Rhys todo el tiempo y solo se había burlado de él.

"¿Puedes decirme más sobre quién podría reconocerlo?"

"Es mejor que sepas menos". Rhys habló con tal resolución que Thomas asintió.

Entonces el monje sonrió. "Sí, eres protector con aquellos a quienes llamas tus amigos, de eso ningún hombre puede tener una duda. Espero que haya visto la verdadera naturaleza de este hombre, dama Madeline, y no se haya dejado engañar por sus pobres modales.

Madeline asintió. Ella había visto mucho mérito en su compañero ese día.

Rhys cruzó los brazos sobre el pecho. Quizá se pueda llamar a la abadesa, para que también pueda ayudar a la dama.

"Mi señora, ¿está herida?" demandó Thomas con horror.

"Ella está ilesa, pero ha tenido un shock", dijo Rhys cuando Madeline pudo haber objetado. "Convoca a la abadesa si quieres". Él sostuvo la mirada de Madeline con repentina determinación. "Le pediría otro favor a la abadía, porque hoy mismo quiero celebrar nuestras nupcias aquí".

Madeline parpadeó. ¿Rhys todavía tenía la intención de casarse con ella?

¿En este día?

"¿Aquí?" Thomas repitió asombrado. "¿Pero qué hay de la familia de la dama?"

"No podemos continuar hasta Ravensmuir hasta que el caballo esté curado".

"Pero ellos podrían venir aquí", sugirió Madeline. "¿Seguramente podríamos esperar hasta que llegaran de Ravensmuir?"

Rhys negó con la cabeza. "Seguramente, los acontecimientos de este día han demostrado que no nos atrevemos a esperar más. Nos casaremos antes del anochecer, mi señora, y enviaremos un mensaje a Ravensmuir por la mañana, después de que nuestro matrimonio se consuma.

Con eso, Rhys giró y caminó hacia los establos, dejando a Madeline furiosa por su tono autoritario. ¡Él podría haberle pedido su opinión sobre el asunto, en lugar de ordenarle que cumpliera sus órdenes como un sabueso adiestrado! Su ira debió de mostrarse, porque Thomas le tocó el brazo con la yema de un dedo.

"Quisiera recordarle, dama Madeline, que no es aconsejable asesinar a un hombre dentro de los muros de una comunidad comprometida con la obra de Dios".

"Entonces tendré que esperar hasta que nos vayamos", dijo Madeline con dulce ferocidad. "Sin duda el camino es largo y tranquilo hasta la casa de mi señor esposo".

Thomas se rió. —A menudo he pensado que el asesinato es un destino demasiado bueno para algunos pícaros, mi señora. Déjalo vivir mucho tiempo, mejor podrás atormentarlo con tu ingenio".

Madeline se encontró sonriendo ante el consejo del monje.

"Ahí", dijo Thomas. "Siempre es un mejor presagio si la novia está feliz".

Ese recordatorio puso seria a Madeline por completo. Ella estaría casada. Y Rhys había dejado en claro que su matrimonio se consumaría esa noche. Dada su experiencia de ese día, esa perspectiva la llenó de una gran cantidad de pavor.

QUIZÁS NO HABÍA SIDO la mejor manera de que Rhys declarara su deseo e intención de casarse con Madeline.

Rhys cepillaba su caballo, maldiciendo el hecho de que no tenía la habilidad de convocar palabras dulces para los oídos de esa mujer. ¿Por qué no pudo él haber sido bendecido con una lengua de plata? ¿Por qué era él tan incapaz de decir las tonterías que una mujer deseaba oír? Él podría haber aliviado los temores de Madeline, pero no, los había redoblado. Lo había hecho de manera brillante.

Rhys estaba tan absorto en su tarea y sus recriminaciones, que no se dio cuenta de la llegada de Thomas hasta que ese hombre se aclaró la garganta.

Rhys saltó y giró para encontrar al otro hombre apoyado contra la puerta del cubículo. Gelert miraba con interés, aunque el perro ya se había aplastado una cama con la paja. El sabueso se había acostumbrado últimamente a ese establo.

"¿Quieres cambiar su forma de pensar, entonces?" preguntó Thomas.

"No necesito que me recuerdes que sé poco sobre cortejar a una mujer noble", dijo Rhys y volvió a su tarea.

"Quizás necesites un recordatorio de que ella puede desdeñarte hasta que se intercambien los votos". Ante la mirada de alarma de Rhys, Thomas sonrió. "Ella podría tomar el velo aquí, y lo sabes bien".

La perspectiva envió un nuevo hilo de miedo a través de Rhys. Él no había considerado esa posibilidad. "Mi prometida nunca se convertirá en una esposa de Cristo. No es su naturaleza". Rhys no estaba tan convencido como podrían haber sonado sus palabras. De hecho, la dama ya había demostrado su deseo de evadir su boda al huir de Ravensmuir.

La abadía tenía que ofrecer una opción más atractiva que la que había presentado Kerr. Una mano fría se cerró alrededor del corazón de Rhys y él acarició al caballo con renovado vigor.

Seguramente Madeline no haría eso.

Pero Rhys no lo sabía y no se atrevía a tener esperanzas.

"No estés tan seguro de tu opinión, viejo amigo," dijo Thomas, sin ofrecer ningún consuelo en absoluto. "Las mujeres son un grupo voluble e impredecible. La abadesa estaría encantada de reclamar el alma de otra noble para su comunidad". Thomas asintió, haciendo que la perspectiva le pareciera peligrosamente plausible a Rhys. "Nunca está de más tener más dinero en las arcas y más influencia en la corte".

"Quizás yo debería decirle a la abadesa que la familia de la dama no tiene dinero ni influencia". Rhys se dio cuenta de que eso no era estrictamente cierto, porque la familia Kinfairlie ahora tenía el dinero que él había pagado por la mano de Madeline.

"¿Kinfairlie no tiene dinero? ¿Estás loco?" Thomas dio un silbido bajo. Son parientes de la familia de Ravensmuir, que están subastando un considerable contrabando de reliquias religiosas esta semana, ¿no es así?

"De hecho lo son", asintió Rhys, viendo a dónde conducía ese argumento.

Thomas amablemente arrancó el cepillo de la mano de Rhys. "Deja a la bestia algo de carne, Rhys." Él sacudió el cepillo hacia Rhys. "¿Sabes lo que haría tu tía por una reliquia más grande que la que está actualmente en nuestra capilla?"

Rhys miró el suelo del establo con tristeza. "No me atrevo a pensar en eso". Su tía había tomado el velo cuando enviudó por tercera vez. Ella había sobrevivido no solo a esos tres maridos, sino al nacimiento de once hijos y una guerra civil. Miriam siempre había sido amable con él, pero nunca había tenido que elegir entre sus propios objetivos y los suyos.

Rhys no dudaba de que ella cambiaría con gusto sus deseos, si supiera que Caerwyn estaba en juego, por sus propias ambiciones.

"¡Te sugiero que pienses en el asunto y lo hagas rápido, o pueden cambiar a tu novia por un hueso de un dedo!" Thomas lo reprendió, luego extendió las manos. "¿Por qué trajiste a la mujer aquí? ¡Deberías haber seguido adelante! "

Pero Madeline se había asustado y su caballo había resultado herido. Rhys sabía que ella necesitaba consuelo y la oportunidad de recuperarse de su terrible experiencia, y no había pensado más que en eso.

No era propio de él subestimar una amenaza, como la que el santuario de una abadía ofrecía a una mujer que no deseaba casarse. Rhys exhaló y se paseó a lo largo del establo, admitiendo solo para sí mismo cómo las necesidades de Madeline habían abrumado todos los demás detalles en sus pensamientos.

En verdad, ella no había sido la única que necesitaba un momento para recuperarse después del asalto de Kerr.

"Tu tía torcerá a la dama a su voluntad", insistió Thomas. "Si realmente deseas casarte con ella, entonces nada bueno puede resultar de tu llegada aquí".

Rhys lo sabía bastante bien. "Quizás yo también debería saludar a la abadesa," dijo él, su tono revelaba su falta de entusiasmo.

"Si ella te deja entrar a sus habitaciones".

Rhys miró hacia arriba, enojado por la perspectiva. "Ella no me detendrá, no este día".

"¡Ahí está el espíritu que necesitas!" sonrió Thomas y sacudió el colcón de Rhys, como un escudero preparando a su caballero para una batalla. Rhys no pudo evitar notar que Thomas mostraba un exceso de alegría, como si anticipara que Rhys podría perder esa batalla en particular. "Deberías tener un escudero, Rhys, para asegurarte de no parecer un rufián", le reprendió él.

Los escuderos hablan demasiado. Quisiera que mis secretos fueran míos".

—Quizá sea así, pero te aconsejo que no sigas manteniendo en secreto ningún deseo que tengas por esta novia. A las mujeres les gustan las dulces confesiones, Rhys. Uno de ellas podría servirte bien en este caso".

Rhys frunció el ceño y apartó la mirada de su amigo. "Y debo el pedir consejo de un monje al cortejar a una mujer".

Thomas se rió. "No fui treligioso desde la cuna. Tú, de todos los hombres, deberías saberlo".

"Sí, tomaste tus votos para evitar los reclamos de todos tus hijos bastardos".

Thomas se rió de nuevo, aunque el comentario de Rhys no estaba tan lejos de la verdad. "Puedes mostrar cierto encanto rudo cuando así lo deseas, Rhys," insistió el monje. Si casarte con esta mujer es importante para ti, entonces podrías invocar un poco de ese encanto. Necesitarás el respaldo de la dama si pretende frustrar las ambiciones de nuestra abadesa."

Rhys sabía que eso era bastante cierto.

"Cuéntale una historia de amor redimido, o uno frustrado y reclamado. Eres mejor con un cuento que con un cumplido".

Eso también era cierto.

Pero Rhys sabía que no había amor entre él y Madeline. Él había comprado su mano, nada más, y si él le confesaba sentir ternura por ella, la dama no le creería. Madeline no era tonta.

Lamentablemente, la mirada de su tía Miriam era malditamente aguda y ella también notaría la falta de afecto entre ellos. Él frunció el ceño al suelo, sin saber qué podría decir en su propia defensa.

"Háblale de Caerwyn", sugirió Thomas, siempre servicial. "A las mujeres les gusta saber la intención de un hombre para ellas".

¡Caerwyn! Si Miriam adivinaba la verdad, si Madeline realmente era la hija de su prima y, por lo tanto, la heredera potencial de Caerwyn por derecho propio, había mucho más que un hueso de un dedo en juego.

Miriam podría exigir a Caerwyn como donación, y Rhys perdería ese castillo para siempre. La sangre de Rhys se heló. Él maldijo, se pasó una mano por el pelo y se dirigió a la habitación de la abadesa con un nuevo propósito.

Por Caerwyn, pronunciaría las palabras necesarias para convertir a Madeline en su esposa. Las encontraría, de alguna manera.

Él no se atrevería a hacer menos.

CAPÍTULO 7

El silencio de la abadía envolvió a Madeline como un sudario.

Todo dentro de la abadía estaba labrado en tonos blancos: las paredes estaban encaladas y las monjas vestían idénticas ropas de lino sin teñir. Los velos cubrían sus cabellos y los griñones cubrían sus gargantas, solo sus manos y rostros, que estaban todos pálidos, se revelaban incluso entre sí. Un tenue canto melódico procedente de la capilla atravesaba los tranquilos pasillos, el sonido muy apagado y sombrío en lugar de festivo. Incluso la luz del sol que entraba oblicuamente a través de las altas ventanas parecía tan pálida como la leche.

Las campanas de la puerta parecían estar fuera de lugar. Madeline se preguntó si Thomas era el responsable de su presencia.

Mientras ella seguía a una monja a una pequeña habitación donde podría refrescarse, Madeline tenía la inquietante sensación de que caminaba entre los muertos. Y verdaderamente, esas mujeres estaban muertas para sus familias y para el mundo mortal más allá de esos muros. Ellas habían ingresado al servicio divino para acercarse más a Dios y, por lo tanto, estaban enclaustradas de las muchas distracciones del mundo mortal.

Cuando Madeline abandonó el patio por primera vez, la tranquilidad de ese lugar había aliviado su enfado con Rhys. Pero cuando se hubo lavado la suciedad de la piel y se cortó las uñas, se peinó y trenzó el cabello, el silencio había comenzado a molestarla.

Madeline estaba acostumbrada al caos apenas contenido de Kinfairlie y al volumen de siete bulliciosos hermanos. Allí no se podía confiar en el silencio, porque le hacía sospechar que alguien tramaba una broma contra ella. Así siempre había sido en Kinfairlie: el silencio advertía a un alma que tuviera cuidado.

En cualquier momento, Malcolm podría saltar de algún escondite inesperado para hacerla gritar de sorpresa. O Ross se acercaría sigilosamente detrás de ella mientras ella se ponía la falda y dejaba caer alguna criatura deslizándose por su camisola. Madeline se sacó la túnica sin teñir apresuradamente por encima de la cabeza y luego miró por encima del hombro, pero Ross no estaba allí.

La mansa monja que evidentemente era su guardiana miraba al vacío, sin ninguna curiosidad por Madeline o sus modales. Ella podría haber sido un cadáver, estaba en la puerta. Madeline le dio la espalda a la muchacha.

Alexander siempre había planeado bromas más elaboradas, como la vez que había avivado el humo en la habitación que compartían sus hermanas y luego gritó "¡FUEGO!". Madeline sonrió ante la visión que debieron haber hecho, y las cinco gritaron mientras huían al patio sin más que sus camisas. Toda la broma había encantado a los escuderos y mozos de cuadra de Kinfairlie, mientras que Alexander había estado demasiado convulsionado por la risa como para apreciar plenamente lo que había hecho.

Al menos hasta que su padre se enteró de sus hechos. Alexander se había sentado con cautela durante una semana.

Madeline ató los lados de la sencilla falda y su sonrisa se desvaneció. Ciertamente, esos habían sido días felices, pero ahora sus padres estaban muertos. Malcolm y Ross habían sido enviados a entrenase como caballeros, su amado James estaba perdido y Alexander le había gastado la broma más cruel de todas.

Madeline estaba sola como nunca lo había estado en todos sus días y noches, y no le importaba un comino.

El peine de madera traqueteó cuando Madeline lo dejó. No, decidió Madeline, ella no sólo desconfiaba del silencio. Ella lo detestaba. No era natural que la gente viviera en tanta quietud. Ella decidió no ponerse el griñón y el velo que le habían dejado, porque ella no era miembro de esa comunidad. Como doncella, tenía derecho a llevar el pelo descubierto.

Madeline recordó de repente el peso sobre su cuello y se dio cuenta de que no estaba del todo sola. Aún le quedaba la pieza que le había dejado su madre, la Lágrima de la Virgen.

Ella sacó el saco de terciopelo de la parte delantera de su camisola. Ella le quitó un poco de barro seco y desató el cordón con cierta inquietud. Ella no sabía qué esperar de él, no después de que había estado tan oscuro la noche anterior.

Pero su predicción le resultaba menos clara ahora que la noche anterior. ¿La Lágrima de la Virgen había anticipado su huida y solo predijo la aflicción que había soportado en manos de Kerr? ¿O su advertencia había sido una predicción de su matrimonio con Rhys?

Solo había una forma de saberlo. Madeline dejó que la piedra se deslizara en su palma, aunque rápidamente cerró los dedos sobre ella. Besó su puño cerrado, susurró una oración y luego abrió la mano.

Al principio pensó que la gema era tan oscura como antes, pero luego vio un destello de luz en su interior. Madeline levantó la mano para poder ver mejor la piedra. Una pequeña estrella dorada parecía atrapada dentro de la piedra, tanto como ella estaba atrapada por las pocas opciones que tenía ante ella. Giró la gema de una manera u otra: aunque la estrella permaneció, no se hizo más grande ni más pequeña.

El hecho de que estuviera presente significaba que había esperanza.

O al menos, que había más esperanzas para Madeline que la noche anterior.

Ella volvió a poner la gema en el saco de terciopelo con el ceño fruncido y supuso que tendría que contentarse con eso.

LA JOVEN MONJA que acompañó a Madeline hasta la abadesa parecía estar en paz con su decisión de entrar en el claustro. De hecho, ella exudaba una tranquilidad que Madeline sabía que nunca sentiría ella misma. La monja se detuvo en la puerta de la habitación ocupada por la abadesa, luego se quedó en silencio, esperando que la abadesa notara su presencia.

La abadesa era una mujer mayor que estaba escribiendo. El único sonido era el rasguño de su punta contra la vitela. Ella parecía felizmente inconsciente de que las dos mujeres esperaban su atención.

Madeline miró entre las dos y se dio cuenta de que la joven monja esperaría contenta para siempre, si la abadesa tardaba tanto en notarlas. Madeline no era tan sumisa como su compañera. Ella se aclaró la garganta y dio un paso adelante cuando la abadesa miró sorprendida.

Ella sintió la sorpresa de la muchacha a su lado y no le importó.

"Buenos días. La saludo y le agradezco su hospitalidad hoy", dijo ella, avanzando hacia la habitación. "Soy Madeline Lammergeier de Kinfairlie. Sin duda, ya se ha enterado de mi llegada aquí".

La sonrisa de la abadesa no fue inmediata. De hecho, la mujer mayor parecía tomar las medidas de Madeline en su tiempo libre antes de hablar.

"De hecho he escuchado la historia", dijo ella finalmente, luego se puso de pie con la gracia de una duquesa. Lanzó una mirada a la joven monja detrás de Madeline. "Eso será suficiente, hermana Theresa. Te pido que vuelvas a tus oraciones".

Se oyó un susurro de zapatillas de cuero contra el suelo de piedra cuando la joven monja se escabulló, luego ese maldito silencio asaltó los oídos de Madeline una vez más.

La abadesa examinó a Madeline, su mirada era tan astuta que Madeline dudaba que hubiera muchas noticias que esa mujer no hubiera escuchado. Los esbeltos ángulos de su figura eran evidentes a pesar del corte completo de su vestido y el velo y el griñón que enmarcaban su rostro. Sus ojos eran de un azul desvaído, aunque su mirada ávida indudablemente no pasaba por alto ningún detalle, por trivial que fuera.

A Madeline no le gustaría ser enemiga de esa mujer.

"Estás lejos de Kinfairlie, niña", dijo la abadesa, cruzando la habitación con la tranquilidad de un gato acechando a su presa. Ella se detuvo ante Madeline, esa mirada incisiva tanto más contundente ante tanta proximidad.

"De hecho lo estoy." Madeline luchó contra el impulso de parpadear.

Ella se sobresaltó cuando la abadesa apartó bruscamente la tela de su kirtle de la garganta. "¿Rhys FitzHenry te hizo esto?" La abadesa pasó un dedo por la garganta de Madeline y el cosquilleo le indicó que tenía un hematoma en la carne.

"Todo lo contrario. Fui atacada por un bandido". Madeline estaba segura de que era mejor decirle menos que más a esa mujer. "Sobreviví al asalto del villano porque Rhys FitzHenry lo mató".

La abadesa claramente no se sorprendió por ese detalle, aunque arqueó una ceja plateada. "¿Y el precio de la intervención de Rhys es el matrimonio?"

Madeline se ruborizó. "Nos comprometimos antes".

"Qué curioso que yo no lo supiera".

"Fuimos comprometidos, pero ayer".

Una leve sonrisa de triunfo tocó los labios de la abadesa antes de que se girara para caminar por la habitación. "Sin embargo, esta misma mañana, estabas lejos de Kinfairlie y sola, o tan mal defendida que un bandido podría amenazar tu vida". Ella miró por encima del hombro, los ojos brillando. "El Rhys que conozco cuida más de lo que considera valioso".

El rostro de Madeline se calentó aún más, porque era una pobre mentirosa. "Los detalles de mis problemas seguramente no son importantes".

La abadesa la observó por un momento, luego hizo un gesto para que Madeline tomara asiento. Ella pasó las yemas de los dedos por la parte superior de la mesa y luego habló tan distraídamente que Madeline supo que su pregunta sería importante. "¿Conoces bien a Rhys?"

"Para nada." Madeline sonrió cortésmente. "Aunque eso no es poco frecuente para una doncella prometida".

La abadesa inclinó la cabeza en señal de asentimiento. "Por supuesto que no. Aunque conozco bastante bien a Rhys, ya que es mi sobrino. Es curioso para mí que Rhys optara por casarse con tanta... impaciencia. En mi experiencia, es un hombre que considera cada uno de sus actos con gran cuidado".

"No obstante, no digo ninguna falsedad sobre nuestro acuerdo".

La abadesa estudió a Madeline, que resueltamente no dijo más. Ayer corrieron rumores de una extraña subasta en Ravensmuir. ¿Los de Ravensmuir no son parientes de tu familia en Kinfairlie?

"Mi tío es el Señor de Ravensmuir".

La abadesa asintió. "El mismo señor que permitió la subasta de una de sus sobrinas como novia, el mismo señor cuya sobrina se sienta frente a mí, diciéndome que no conoce al hombre con el que se ha comprometido abruptamente a casarse".

Madeline no dijo nada, porque no podía adivinar la intención de la anciana. Sabía únicamente que no confiaba en ella.

La abadesa pareció encontrar su respuesta —o la falta de ella— divertida. "Puedes guardar tus secretos, niña, pero te haré una apuesta". Ella apoyó las manos en la mesa, sus ojos brillantes. "Seguramente sabes que has venido al único lugar que podría ofrecerte santuario. No puedes desear casarte con un extraño, ni menos con uno acusado de traición por el propio rey".

Los ojos de la abadesa brillaron cuando se acercó más. "Comprométete a unirte a esta abadía y no necesitarás intercambiar votos con Rhys FitzHenry. Conviértete en una esposa de Cristo,

Madeline, en lugar de la esposa de un guerrero, y salva tu alma inmortal".

Madeline no se sentía tentada por la perspectiva de quedar bajo la autoridad de esa mujer, pero no pudo pensar rápidamente en una forma de declinar diplomáticamente. En cambio, se maravilló de que le temiera más a esa abadesa que a Rhys.

"Tía Miriam, ¿no es de mala educación que intentes disuadir a mi prometida de que no se case conmigo?"

Madeline se giró para encontrar a Rhys apoyado contra la puerta. Su corazón dio un salto con una extraña alegría al verlo. Sus ojos estaban más oscuros de lo que habían sido y su estado de ánimo parecía desagradable. Él parecía más grande en ese santuario, más oscuro y más peligroso entre las paredes blancas y la tela sin teñir. Él tenía las manos apoyadas en las caderas, su comportamiento era formidable, y Madeline sintió una repentina necesidad de saborear su exigente beso una vez más.

Era más que el tono de su atuendo, o incluso su género, lo que lo hacía parecer fuera de lugar. La sola presencia de Rhys rompía la tranquilidad ahí. Él traía una bocanada del mundo exterior, de guerra, muerte y pasión, que animaba la habitación más de lo que podían hacerlo la música serena y los rayos del sol.

Madeline sabía que por eso su presencia era tan bienvenida. Ella pensó en su demanda de hijos y supo que él no se saciaría con uno o dos. La casa de Rhys se llenaría con el ruido al que ella estaba acostumbrada.

Madeline supo en ese momento cuál sería su elección. Ella no podía imaginar un destino peor que estar sellada dentro de esas paredes durante todos los días y noches que le quedaban. Ella preferiría vivir cada momento al máximo, que pasar sus días en tan tranquila reclusión, incluso si eso significaba aceptar la incertidumbre.

Si se casaba con Rhys FitzHenry, Madeline apostaba a que tendría aventuras y pasión en abundancia, así como la protección de un hombre formidable. Quizás la idea de Vivienne no había sido tan disparatada; quizás Madeline podría limpiar la mancha del nombre de su marido. Por lo que había visto de Rhys, ella no podía imaginar que él hubiera traicionado a su señor feudal, porque la infidelidad a él le parecía un crimen más allá de todo.

La abadesa sonrió brevemente. —No deberías sentirte tan bienvenido como para venir a mi habitación, sobrino. Te he complacido demasiado en este lugar".

"Habría venido en este momento con tu indulgencia o no. Mi prometida y su bienestar son de mayor importancia para mí que cualquier condena que puedas proferir". Rhys sonrió a Madeline, la misma visión hizo que se le acelerara el pulso. "¿Cómo le va, mi bella dama? ¿Te has recuperado lo suficiente de los acontecimientos de esta mañana?

De repente él se mostraba tan cortés y carismático que Madeline no supo qué decir.

"¿Estás bien?" susurró ella.

Rhys se rió entre dientes, reclamó su mano y le dio un beso en los nudillos. "Mejor ahora que te vuelvo a ver".

¿Quién era ese hombre? ¿Le habían pegado a Rhys en la cabeza? Él la miró por encima de sus nudillos y ella le frunció el ceño. ¿Por qué no le decía simplemente lo que estaba mal?

Él apretó su agarre sobre sus dedos y apretó los labios con lo que podría haber sido disgusto. "¿Es tan difícil de creer que he anhelado ver tu sonrisa en tu ausencia?"

Madeline abrió los labios para confesar que sí, y luego se dio cuenta de que la abadesa observaba el intercambio con gran interés. Puso su mano sobre la de Rhys y sonrió. "Me sorprende que hagas tan dulces confesiones en presencia de otra persona".

Rhys se enderezó y acercó a Madeline a él. Ella estaba de pie dentro del círculo de sus brazos, aunque él continuó simplemente tomándola de las manos. "Es encantador que seas tan tímida, aunque nuestro afecto no siempre puede ser un asunto privado entre nosotros". Rhys le acarició la mano con las yemas de los dedos. "Una vez que estemos casados, todos esperarán ser testigos de nuestra alegría en la compañía del otro".

Él se inclinó e inexplicablemente le rozó la frente con los labios. Madeline no sabía qué decir o hacer, estaba tan asombrada por sus modales cortesanos.

La abadesa le habló con firmeza a Madeline, aunque su mirada no se apartó de Rhys. —No dejes que Rhys te obligue a participar en un matrimonio que no deseas, niña. Has huido de él una vez y has venido a un refugio. No niego que es un hombre enérgico y no niego que los hombres tienen su encanto".

La abadesa miró entonces a Madeline. "Pero la tentación terrenal y sus satisfacciones son pasajeras, y yo puedo estar tan vigilante para defender a los que están bajo mi cuidado como cualquier hombre. Elige el velo y te defenderé incluso de mi propio sobrino".

"Y todo eso lo harías por la recompensa de la reliquia más pequeña en el tesoro de Ravensmuir", agregó Rhys en voz baja. Entrecerró los ojos y recuperó su actitud escéptica habitual, aunque siguió sin soltar la mano de Madeline.

Los ojos de la abadesa brillaron. "¡No pongas precio a la buena voluntad!"

"¿Ni siquiera cuando tiene uno?"

Las fosas nasales de la abadesa se ensancharon y Madeline habló con cuidado. No serías la primera en ofrecer un favor a cambio de una reliquia del tesoro de Ravensmuir. Quizás deberías saber que el acceso a sus tesoros no me corresponde a mí concederlo".

La abadesa se burló. "¿Seguramente podrías persuadir a tu tío para que haga una donación por el bien de su alma inmortal?"

"Y tu sustento en esta abadía de por vida", corrigió Rhys con ironía.

"Todo lo que mi tío haga con su herencia es decisión suya, no mía".

"Bien dicho, mi señora."

La abadesa se sonrojó al perder los estribos. ¡Eres impertinente, Rhys, como siempre lo has sido! ¡Te pido que te vayas de esta abadía!

"Me iré mañana", dijo él con calma. "Después de que mi novia y yo intercambiemos nuestros votos y consumamos nuestro matrimonio".

"¡No dentro de los muros de esta abadía!"

"Tienes un sacerdote y una capilla, que me sirve bien".

La abadesa señaló a su sobrino con un dedo. Eres un bribón y un hombre que encuentra problemas, ya sea que los busques o no. Llevarás a esta mujer al dolor, sé la verdad al respecto".

Rhys negó con la cabeza, tranquilo por la condena de su tía. "Y olvidas, tía, que sé que guardas tus palabras más duras para aquellos que desafían tu voluntad". Él lanzó a Madeline una mirada penetrante. "Prepárate para una avalancha de palabras crueles, mi señora, antes de rechazar su oferta".

"¡Ninguna mujer sensata me lo negaría!" La abadesa extendió la mano. ¿Qué tienes para ofrecer a una novia, Rhys? ¿Una vida al lado de un hombre sin hogar, un hombre perseguido por el propio rey?

"Caerwyn", dijo Rhys en voz baja, su agarre en la mano de Madeline se apretó de nuevo. Él pronunció la palabra con toda la reverencia de una bendición. "Mi esposa será la Dama de Caerwyn, ya que yo soy su señor".

"¡Caerwyn!" replicó la abadesa. "¡Puedes soñar todo lo que quieras, pero no tienes esa fortaleza como tuya!"

Rhys podría haber estado tallado en piedra. Él hablaba con sereno vigor, aunque sus ojos brillaban con fuego. "Sí, la tengo. Y por eso necesito una esposa, y por eso la he elegido a ella".

"No tienes que aceptar esto", dijo la abadesa enojada a Madeline. "No tienes que creer en esa fantástica historia. ¡Elige, niña! Elige el pecado o el velo".

Pero las palabras de Rhys le dieron a Madeline una idea de cómo él pudo haber sido nombrado traidor por el rey hambriento de tierras de Inglaterra. "¿Es tuya de verdad esta propiedad?" preguntó ella.

Rhys asintió. "Según la ley y la costumbre galesas, llega completamente a mis manos con nuestras nupcias".

La abadesa frunció el ceño, sus modales se volvieron intensos. "Pero..."

Madeline la interrumpió con firmeza, sin confiar en lo que pudiera decir la mujer mayor. Ella entendía la elección que tenía ante sí y comprendió que realmente no era una elección. No estaba dentro de ella retirarse del mundo mortal y convertirse en una esposa de Cristo. Ella no podía regresar a Kinfairlie, dado que ese día había estado sola con Kerr y Rhys. El rumor destruiría su reputación. Y ella no podía casarse con el hombre que ella misma había elegido.

Rhys había pagado el precio de su mano y había demostrado su intención de defenderla. Él tenía una casa y un título. Ella lo juzgaría por sus hechos, no por su reputación sombría.

"Haré un acuerdo contigo, Rhys."

Él inclinó su cabeza hacia la de ella. "Dime."

"Dices que solo necesitas hijos". Madeline era muy consciente de la mirada de la abadesa que se movía entre ellos. "Debe haber más entre nosotros que eso. Te ofrezco mi lealtad a cambio de tu honestidad. Pase lo que pase, Rhys, nunca traicionaré tu confianza. Solo te pido que no me guardes ningún secreto".

"¿Y los hijos?"

Madeline asintió con la boca seca. "Todos los que Dios tenga la gracia de concedernos".

La sonrisa de Rhys brilló con tal brillo repentino que Madeline parpadeó. "Es un trato que ningún hombre podría rechazar". Antes de que ella pudiera hablar, él le tomó la parte de atrás de la cabeza con la mano y se inclinó para besarla tan profundamente que la dejó mareada.

Su beso provocativo y tentador, la engatusó a unirse a él. Madeline cerró los ojos y se rindió a su toque, preguntándose si su pasión se debía al alivio o al deseo de tranquilizarla sobre su noche de bodas.

En verdad, a ella no le importaba.

Cuando finalmente levantó la cabeza, la abadesa hizo un sonido de disgusto. Sin embargo, Madeline no podía apartar la mirada de Rhys, ni parecía poder respirar profundamente. Sus ojos brillaban con satisfacción y humor, y esa sonrisa le elevaba la comisura de sus labios firmes.

"Llama a tu sacerdote, tía", dijo Rhys con determinación.

"¡Esto no se hará en mi abadía!"

"Sí, se hará". Rhys le dirigió a la abadesa una mirada sombría. — No habrá preguntas, tía, ni sospechas. Nuestro matrimonio se consumará esta misma noche, con tu bendición, y serás testigo de la marca en la ropa de cama."

Él estaba tan decidido que Madeline se preguntó. ¿Por qué era tan importante para Rhys que su matrimonio no tuviera ninguna posibilidad de ser anulado?

ALGO HABÍA CAMBIADO, Miriam lo sabía bien. Ella había visto suficiente mundo antes de retirarse a ese convento para saber que hombres como su sobrino no cambiaban de rumbo de repente. Hacía apenas quince días, Rhys no tenía intención de casarse. No tenía sentido que ahora profesara un deseo tan vigoroso por esa novia.

Incluso si hubiera comprado su mano en esa subasta, Miriam no podía entender incluso por qué él había pujado. Sin duda, Madeline era una belleza, pero Rhys no era el tipo de hombre que se dejaba influir por una bonita sonrisa, y él no había conocido a la mujer lo suficiente como para estar seguro de su carácter.

¡Y Caerwyn! Si Rhys hubiera asegurado su derecho a Caerwyn hacía quince días, habría gritado su triunfo desde los tejados. Ella sabía cuánto deseaba él esa propiedad, ella sabía con qué frecuencia sus intentos de asegurarla habían sido frustrados.

¿Qué pudo haber cambiado en sus días ahí, cerca de las fronteras de Escocia? ¿Qué había buscado él ahí?

¿Y qué había encontrado?

El rompecabezas había perdido una pieza. A Miriam le gustaba entender cómo encajaban las cosas, por qué las personas tomaban las decisiones que tomaban. Ella se decía a sí misma que necesitaba este conocimiento para guiar mejor sus cargas, pero la verdad era que el único elemento del mundo mortal que echaba de menos eran los chismes.

Ella vio la puesta de sol, dando golpecitos con las yemas de los dedos en el alféizar de la ventana. La ceremonia de la boda no había sido destacable, el intercambio de promesas más estéril que ella podría haberle ofrecido a esa pareja. Ella no había disuadido a ninguno de los dos de su decisión, pero claro, Miriam no esperaba hacerlo.

Ambos eran tercos. Ella sacudió la cabeza, recordando los modales francos de esa Madeline. En cualquier caso, ella habría sido una mala monja. Quizás ella y Rhys se merecían el uno al otro.

¿Se había enamorado Rhys tan abruptamente como un tonto en un cuento de trovadores? Conociéndolo como el guerrero severo que era, Miriam no podía imaginar eso.

Volvió a tamborilear con los dedos, sabiendo que se había perdido algún detalle que podría darle una pista. Thomas sin duda sabía más de lo que le había confesado, pero ese astuto monje era malditamente difícil de interrogar. Él se burlaría de ella con su conocimiento más pleno, pero al final no le entregaría ni una migaja de información.

Los dedos de Miriam se detuvieron de repente. ¿Por qué Rhys había estado ahí hacía quince días? Ella le había ofrecido refugio con la esperanza de obtener noticias, pero él tenía una misión de algún tipo y se había mostrado característicamente cercano a los detalles.

Thomas y él eran harina del mismo costal, eso era seguro.

Pero la hermana de Miriam lo sabría o se le podría incitar a descubrir la verdad. Ellas no tenían un vínculo fuerte más allá de la sangre, la madre de Rhys y Miriam, porque habían demasiados años de diferencia entre ellas, pero compartían el gusto por conocer las preocupaciones de otras personas. Adele sacaría la verdad de Rhys, de una forma u otra, si no lo sabía ya.

Miriam sonrió, anticipando que su hermana probablemente no sabía que su hijo era un hombre casado, ¿cómo podría saberlo ella? Y Miriam podría ser quien le ofreciera este delicioso bocado de noticias a su hermana. No estaría de más poner a Adele en deuda con ella en términos de información compartida.

Miriam eligió una hoja de vitela relativamente sin usar, mojó la pluma y comenzó a escribir una misiva a su hermana. Un mensajero podría irse con el amanecer y pronto, pronto ella sabría la verdad.

CUALQUIER RESERVA de encanto que Rhys pudiera haber poseído obviamente se había agotado durante esa entrevista en presencia de su tía. El intercambio de sus votos nupciales había sido superficial, en el mejor de los casos, el sacerdote estaba distraído y Rhys temía que Madeline se sintiera muy decepcionada por el ritual que les habían concedido.

Después, Rhys se quedó en la habitación que le habían designado a él y Madeline, asombrado de que ella realmente se hubiera comprometido a scr su esposa, y no estaba seguro de cómo proceder.

Él sabía lo que tenía que pasar, por supuesto, y sabía cómo hacer el acto en sí, pero nunca había encontrado a una virgen en la cama. Sin duda, nunca se había acostado con una mujer cuando había tanto en juego.

Madeline todavía podía rechazarlo. Ella podría rechazar sus afectos o no gustarle su toque. Ella podría tener miedo o tener frío. Ella podría encontrarlo rudo y desagradable, maleducado o grosero. Ese encuentro amoroso podría salir muy mal.

El hecho de que Rhys estuviera tan ansioso por que todo saliera bien hacía poco para aliviar su inquietud. ¿Cuánto sabía Madeline de esos asuntos? ¿Qué le habían dicho? Él observó a Madeline encender las velas y encontró que sus modales serenos eran difíciles de interpretar. Él pensaba que ella llevaba la llama de una vela a otra con un cuidado innecesario, y se preguntó si ella también estaba insegura.

Ella encendió todas las velas de la cámara, luego apagó la madera que había usado para encenderlas con la misma meticulosidad. Apagó la llama, sumergió la madera en un balde de agua y luego la sumergió en la arena. Miró alrededor de la habitación, como si buscara algún otro deber que cumplir, pero estaba escasamente amueblado.

Madeline se volvió hacia Rhys solo entonces, solo cuando no tuvo otra opción. Ella juntó las manos delante de sí misma, pero no tan rápido como para que Rhys no las viera temblar. Ella pareció respirar profundamente antes de ofrecerle una leve sonrisa.

Y entonces Rhys supo lo que debía hacer.

Él echó una mirada deliberada al contenido de la habitación blanqueada, esperando que sus modales fueran los de un hombre completamente a gusto. Sólo había un estrecho colchón en el suelo, las velas y una imagen de madera de Cristo en agonía colgando de la pared. El artista había mostrado un interés particular en los detalles más espeluznantes, y Rhys no dudaba de que su tía había elegido deliberadamente esa habitación para ellos con el crucifijo en mente.

Él no se dejaría disuadir por una trampa tan obvia.

Sacudió la cabeza, como desconcertado. "Nunca imaginé que me casaría en una abadía".

Madeline se rió, su alegría de corta duración. "Ni yo", dijo ella, sus ojos se agrandaron mientras lo miraba. Ella tragó saliva visiblemente y comenzó a torcer el anillo de plata simple que él había pasado tan recientemente de su dedo al suyo. Era como si su nuevo peso la atormentara, como si la carga sobre su dedo sólo ahora le recordara lo que había jurado hacer.

Entonces Rhys se sintió protector con su nueva esposa y estaba doblemente decidido a asegurarse de que esta noche fuera placentera para ella. Él cruzó la habitación y se detuvo ante el crucifijo. "A decir verdad, me sentiría menos como un hombre pecando en la iglesia si no tuviéramos audiencia". Él miró a Madeline en busca de aprobación. "Cuelga de un clavo, mi señora, y se puede colocar en el alféizar por un tiempo, si compartes mi pensamiento".

Madeline asintió apresuradamente. "Preferiría eso". Ella se persignó cuando Rhys levantó la imagen de la pared y pareció dar un suspiro de alivio cuando la dejaron a un lado. "Rhys, sé que tienes derecho a hacer lo que quieras esta noche, pero..."

Él cruzó el piso, observando cómo la respiración de ella se aceleraba mientras se él acercaba, y puso un dedo sobre sus labios para silenciarla. "Mi derecho es menos importante esta noche que mi deber".

Ella lo miró con curiosidad. "No entiendo."

"Un hombre tiene muchos deberes para con su esposa, el más importante de los cuales no está escrito en la ley de ningún país".

"¿Qué deber es este?"

Rhys levantó el extremo de su trenza en su mano y se concentró completamente en aflojar el nudo de la cinta que lo sujetaba. Te debo el placer de dormir en esta noche de noches. No tendremos otra noche nupcial juntos, por lo que deben crearse recuerdos de esta". Él encontró su mirada. "Quisiera que fueran buenos recuerdos".

"Como yo"

Él pasó los dedos por la seda oscura de su cabello, encantado de que se rizara alrededor de sus dedos como los zarcillos de una enredadera posesiva. Él la extendió sobre sus hombros con cuidado y ella no pareció respirar. Él mantuvo la voz baja e incluso, porque sabía que ella necesitaba que la tranquilizara. "¿Qué sabes de este acto, mi señora? No quisiera sorprenderte".

"Bastante poco", admitió ella encogiéndose de hombros. "Excepto por los cuentos lascivos que se escuchan en las cocinas. Y he visto caballos, por supuesto".

Él le quitó la última trenza del pelo de la nuca y luego le dio un beso en la suave carne debajo de la oreja. Ella contuvo el aliento, pero no se apartó. Rhys pasó la yema de un dedo por su garganta en una suave caricia, luego volvió su atención a los cordones a los lados de su falda.

"Escuché que a menudo duele la primera vez", dijo Madeline de repente.

Rhys asintió. "He oído lo mismo". Él desabrochó el cordón y lo sacó de los ojales, reflexionando sobre su rumbo. Él no podía comprometerse a detenerse si ella era herida, no esa noche. "Tendremos que esforzarnos para asegurarnos de lo contrario", dijo él, y luego le quitó el segundo cordón como había hecho con el primero. Su kirtle colgaba abierto a los lados ahora, y él deslizó sus manos debajo de él, levantándolo por encima de su cabeza y arrojándolo a un lado.

La tosca prenda, aunque algo ajustada, no había comenzado a hacerle justicia. Él podía sentir sus curvas bajo la camisola de lino puro y su belleza lo dejó sin palabras. Ella era alta, su esposa, y esculpida con esbelta fuerza. Sus pechos estaban llenos, sus pezones oscuros a través del lino y descaradamente erguidos.

"Eres hermosa", susurró él, escuchando el asombro en su voz. Él tomó uno de sus pechos en su mano, el lino era una molesta barrera para su carne. Él soltó la cinta del cuello de la prenda y luego apartó la ropa de cama. Ella llevaba una pieza alrededor del cuello, atrapada como estaba en un saco de terciopelo, y él no se arriesgó a quitársela. ¿Quién sabía lo que podría ser?

En cambio, deslizó su mano debajo de ella y él no podía creer su suavidad. "Más suave que un pétalo de rosa", murmuró él, luego se inclinó y besó su pezón.

Madeline contuvo el aliento. Él procedió con gentil determinación hasta que ella suspiró, hasta que se suavizó, hasta que se aferró a su cabello.

Rhys se detuvo con un esfuerzo y apoyó la frente en su hombro. "No te apresuraría. No te recordaría a Kerr", dijo él con voz ronca.

"Dudo que lo hagas", susurró ella.

Él miró y notó las estrellas brillando en sus ojos.

Eres tan gentil, Rhys. Ella le sonrió. "Pides, no exiges, y eso hace toda la diferencia".

Compartieron una sonrisa que le calentó la sangre y él resolvió seguir preguntando, preguntar toda la noche si ella lo dejaría hacerlo. Él se inclinó y besó su otro pezón, gustándole mucho cómo ella recuperaba el aliento, como sorprendida por el placer que él le concedía. Madeline arqueó la espalda y gimió suavemente, ese sonido y la punta tensa de su pezón le dijeron a Rhys que ella estaba complacida.

Ella susurró su nombre. Él eligió tomar eso como una invitación y dejó un rastro de besos lentos por su garganta. Rodeó su oreja con pequeños besos, tardando mil años en llegar a sus labios. Ella jadeó y comenzó a frotar sus pechos contra él. A él le encantaba cómo ella entrelazaba sus dedos en su cabello, cómo hacía pequeños sonidos de placer. Él deslizó el pulgar sobre el pulso que palpitaba en su garganta y la apretó contra él.

Cuando finalmente capturó sus labios, ella abrió la boca inmediatamente para él. Para su deleite y asombro, su lengua tocó la de él, tentativamente al principio, luego con creciente demanda. Sus dedos se entrelazaron con su cabello, ella lo acercó más y Rhys se perdió.

Su moderación fue desterrada por su participación voluntaria, por su dulce suavidad acompañada de pasión. Su intención de ser cauteloso fue vencida y la atrajo con fuerza contra su pecho. Madeline se encontró con él toque por toque, sus besos tan fervientes como los de él. Él agarró sus nalgas con las manos y atrajo su calor contra él, levantándola y dejándola sentir su efecto sobre él.

Madeline rompió el beso de repente y Rhys se avergonzó de darse cuenta de que había estado cerca de simplemente reclamarla. Sin embargo, ella no parecía disgustada con él. Sus mejillas estaban sonrojadas y sus ojos brillaban, su respiración se aceleró. "Nunca pensé que besar pudiera dar tanto placer".

"Sólo has visto la mitad". Él la puso sobre sus pies y respiró hondo.

Madeline tocó juguetonamente su camisa de cuero hervido. Y no he visto nada de ti, señor. ¿Quieres encontrarte conmigo en la cama con tu armadura?

"¿Eso es una invitación?"

Ella levantó la barbilla con admirable espíritu. "Tengo curiosidad, Rhys, y estamos casados en verdad. ¿Seguro que pretendes saciar mi curiosidad? La proposición en su mirada de zafiro era una que ningún hombre con sangre en las venas podría rechazar.

Rhys FitzHenry tenía sangre en las venas.

CAPÍTULO 8

Rhys se desnudó con una prisa descarada, sosteniendo la mirada de Madeline todo el tiempo. Él esperaba que ella no cambiara su forma de pensar sobre ese asunto. Él se desabrochó el cinturón y dejó la espada en el suelo con cuidado, luego se desató la camisa y la arrojó a un lado.

Las mejillas de Madeline se volvieron más rosadas con cada prenda de ropa que él descartaba, aunque ella no apartó la mirada. De hecho, ella lo miraba con tanta curiosidad que él se atrevió a esperar que los acontecimientos se desarrollaran bien. Rhys se quitó las botas altas, se sacó la camisa y luego la camisola por la cabeza, y se detuvo solo cuando estaba parado ante su esposa en nada más que sus calzas[1].

Ella arqueó una ceja, viéndose repentinamente traviesa. "Apuesto a que también tendrás que deshacerte de eso".

"Ya es tiempo de que tenga ayuda".

Ella se sonrojó de color escarlata, pero como él había anticipado, no rehuía. Su corazón estalló de orgullo cuando ella acortó la distancia entre ellos y su mano aterrizó sobre el cordón de sus calzas. Ella era intrépida, esa novia que él había reclamado, ella se enfrentaba a sus miedos con un valor que él podía apreciar.

"Hay a quienes no les gustan las mujeres atrevidas", dijo Madeline.

"Hay quienes valoran a las mujeres valientes". Rhys le sonrió. "Me cuento en sus filas".

Ella sonrió aunque el enrojecimiento de sus mejillas no disminuyó. Entonces quizás nos hayamos casado bien, Rhys FitzHenry. Mi manera franca a menudo se consideraba una desventaja, hasta ahora".

Ella se acercó y él contuvo el aliento cuando ella reclamó el extremo de un cordón. Ella sostuvo su mirada, la suya de un violento zafiro, y lentamente sacó los cordones de sus calzas. Su erección apartó la pesada lana a un lado, tan deseoso estaba de esa tentadora mujer. Ella miró hacia abajo y su valor pareció abandonarla.

"No hay necesidad de apresurarse". Rhys le pasó el pelo detrás de la oreja con un suave dedo. Madeline tragó saliva y esbozó una sonrisa, luego deslizó las manos en sus calzas y las pasó por sus caderas. La sensación de las yemas de sus dedos sobre su carne hizo que el calor debajo de la carne de Rhys se convirtiera en una llama furiosa. Impaciente, él pateó la prenda a un lado y se quedó desnudo ante ella, medio seguro de que perdería el control bajo su mirada.

Él pensó que ella podría huir entonces, porque parecía costarle caro mantener su posición. Él se preguntó hasta dónde habían llegado las cosas con Kerr y temió que hubiera sido demasiado para ella, pero su dama cuadró los hombros. Sus ojos brillaban con tal determinación que supo que no tenía que decirle que este hecho era importante.

"Elijo esto", dijo ella con vigor y lo miró a los ojos. "Te elijo a ti, Rhys, para que seas mi cónyuge legalmente casado".

Él estaba orgulloso de ella, pero no tuvo oportunidad de decirle eso.

Porque la dama, contra toda expectativa, lo tocó.

La sangre de Rhys tronó en sus oídos, tan asombrado y excitado estaba. Estaba de pie como un hombre convertido en piedra, sin atreverse a moverse para que ella no se asustara. Sus dedos lo exploraron tímidamente, luego con mayor audacia, provocándolo y acariciando. Él no sabía si ella entendía cómo lo atormentaba, pero él sabía que derramaría su semilla en sus manos, si eso continuaba.

"Madeline", dijo él, gruñendo bastante su nombre.

"Esto te da placer", dijo ella, con ese brillo perverso en sus ojos de nuevo. "Tendré que recordar eso".

Rhys ya no pudo resistirse a ella. "Con buena suerte, habrá mucho que recordar de esta noche". Él reclamó el extremo de la cinta que sujetaba el cuello de su camisola.

Ella tembló de repente, no tan audaz como había aparecido, y deliberadamente ralentizó el paso. Él tiró de la cinta de la camisola, un paso a la vez. Ella contuvo la respiración, sus ojos se agrandaron mientras lo miraba. Sus pezones estaban tensos.

El tiempo pareció detenerse y no había nada más allá de esta habitación, nada más allá del azul de los ojos de Madeline y la suave curva de sus labios.

La cinta se soltó de la camisola y la prenda ondeó sobre los hombros de Madeline. Ella no trató de detener su descenso, simplemente la dejó caer para formar un charco de gasa alrededor de sus tobillos. Ella se enderezó, consciente de su desnudez y su mirada, y Rhys no ocultó su admiración.

"Hermosa", susurró él, y cuando ella sonrió, él la atrapó con fuerza. La besó, esperando a que ella se uniera a su abrazo, luego profundizó su beso cuando ella lo hizo. Cuando ella entrelazó sus brazos alrededor de su cuello y le abrió la boca con un suave suspiro, él la levantó en sus brazos y la acostó en el colchón sin romper su abrazo.

Solo entonces él deslizó sus dedos entre sus muslos, su corazón saltó por el calor resbaladizo que encontró allí. Él la acarició, manteniéndola cautiva bajo su beso y sus dedos provocadores. Él la convencía para que sintiera una marea de placer y Madeline siguió su ejemplo sin dudarlo.

De hecho, el pecho de Rhys se apretó ante la confianza que ella mostraba en él. No pasó mucho tiempo antes de que Madeline se retorciera, jadeara, tirara de su peso en parte sobre ella. Él sintió sus senos presionados contra su pecho, ese pequeño saco de terciopelo acariciando su piel cuando estuvo atrapado entre ellos. Él sintió el calor de su carne cuando convocó el clímax desde lo más profundo de ella.

"¡Rhys!" Ella separó más las piernas y él deslizó un muslo entre los suyos. Sus caderas comenzaron a doblarse, su beso se volvió más frenético y luego la dama Madeline convulsionó bajo su mano.

Ella rompió el beso y gritó en una forma para despertar a los muertos, clavándole las uñas en la espalda. Su cabello estaba revuelto contra la ropa de cama, sus labios estaban hinchados por sus besos y sus ojos estaban llenos de estrellas.

Cuando ella recobró el aliento, lo miró con asombro y susurró su nombre con asombro. Ella tenía lágrimas en las mejillas y él las secó con el pulgar.

"Eso no dolió", logró decir ella finalmente.

"Aún no hemos terminado". Rhys alivió su peso entre sus muslos y vio sus ojos abrirse cuando sintió su calor contra su suavidad. Él dejó que su pulgar la acariciara de nuevo y la tensión desapareció de sus hombros.

Ella le sonrió y respiró hondo. Enséñame, Rhys. Me gustaría saber todo el acto esta noche".

Rhys se movió con cuidado, luchando contra su deseo de enterrarse en su dulce calor. Madeline contuvo el aliento cuando él la penetró y él se detuvo para volver a acariciarla. Él estaba bastante lleno de la necesidad de poseerla, pero consciente de que esa noche podría envenenar a todas los demás que compartirían.

Rhys luchó por moderarse. Él luchó por ser digno de su dulce confianza. Él cerró los ojos y apoyó la frente en la almohada junto a ella, dándole la bienvenida al toque calmante de su mano en la parte posterior de su cuello. Él se relajó un poco más y ella contuvo el aliento, su beso aterrizó en su oreja.

"Termina lo que hemos comenzado, Rhys", susurró ella, su otra mano aterrizando en sus nalgas. Él giró la cabeza, sabiendo que era lo suficientemente grande como para lastimarla, y la besó. Su beso fue suave, un intento de expresar una admiración que no podía explicar completamente con palabras. Él se tragó su jadeo, su calor acogedor y su dulce beso lo marearon.

Y él mantuvo su pulgar entre ellos, persuadiendo su respuesta de nuevo incluso mientras buscaba su propia liberación. Ella se aceleró debajo de él, como él había adivinado que lo haría, y decidió esperar a que ella encontrara su liberación nuevamente.

Aunque él sabía bien que eso podría matarlo. Él observó cómo aumentaba su placer, sintió que se le aceleraba el pulso y la visión de su excitación casi lo deshacía.

Y cuando ella gritó, él se sintió como un campeón. En cuanto Madeline volvió a agarrarle los hombros, Rhys explotó en su calor. La satisfacción llenó su corazón de haber reclamado a Madeline como su esposa por toda la eternidad.

Pasó algún tiempo antes de que Rhys recordara que con este hecho también había asegurado su soberanía sobre Caerwyn.

MADELINE NUNCA HABÍA IMAGINADO que la gente encontrara tanto placer en la cama. Sin duda, había habido algo de dolor, pero el deleite que Rhys había provocado con las yemas de los dedos lo había hecho fácil de soportar.

Y en el futuro, esperaba no sentir dolor.

De hecho, ese encuentro la dejó con una espléndida sensación de satisfacción. Ella sonreía mientras acariciaba el cabello oscuro de Rhys. Sin embargo, él yacía parcialmente encima de ella mientras dormitaba contra su hombro. Su liberación lo había dejado exhausto, estaba claro, aunque a Madeline no le importaba. A ella le gustaba tener la oportunidad de estudiarlo y lo encontraba mucho menos intimidante mientras dormía.

Sin duda, Rhys estaba forjado de manera más formidable de lo que ella había imaginado. No era solo la armadura lo que hacía que su pecho pareciera tan ancho, ni eran sus botas las que lo hacían ser tan alto. Su piel estaba bronceada y cubierta en algunos lugares con una oscura maraña de cabello rizado; su fuerza musculosa era considerable. Había cicatrices en su carne, cicatrices de heridas de batalla curadas desde hacía mucho tiempo. Él era vigoroso y viril.

Y él era su esposo. Él había sido tierno con ella, a pesar de su evidente deseo, y había perseguido el placer de ella con tanta diligencia como el suyo. Aunque ella inicialmente había temido que el camino de Kerr fuera el único, estaba más que contenta de haber encontrado la fortaleza para saber la verdad. A Rhys no le importaba que ella sintiera curiosidad, ni que lo tocara por voluntad propia, ni que acogiera su pasión con la suya propia. Y él no la había censurado en esos momentos en que su valor la abandonaba.

Rhys no era James, sin duda, y nunca sería el hombre de buenos modales que había sido James, pero había mérito en ese hombre con el que se había casado. Madeline observó cómo sus dedos se deslizaban por su cabello y consideró que su matrimonio estaba lo suficientemente bien hecho.

Puede que ella nunca amara a Rhys como había amado a James, y que Rhys nunca la amara, pero ya sentía cierto afecto por su rudo esposo. No era poca cosa que él la apreciara tal como era, que se asegurara de su seguridad con tanto vigor, que cortejara el placer mutuo en la cama con tanto entusiasmo.

Madeline incluso podría encontrar cierta satisfacción con ese guerrero. La perspectiva hizo que su sonrisa se ampliara justo cuando Rhys abría los ojos. Él la miró por un momento con la misma reverencia que había iluminado sus ojos cuando le quitó la falda, luego sus labios se curvaron levemente.

"¿Estás satisfecha?"

Madeline asintió y se ruborizó.

Él se apoyó en su codo, quitando su peso de ella con una disculpa. Todavía estaba cerca de ella, parecía más grande y cálido ahora que se había despertado. Se veía desaliñado como ella nunca lo había visto, casi como un niño. Sin embargo, la lenta sonrisa que encendía un calor en su mirada no era juvenil y la hizo sentir un cosquilleo al recordar lo que acababan de hacer. "¿Y te dolió?"

Madeline se encogió de hombros. "Un poco, aunque el placer valió el precio". Ella tocó las marcas que le habían dejado las uñas en la espalda a él. "¿Esto dolió?"

Él no escatimó en las marcas más que una simple mirada, luego le concedió una sonrisa tan perversa que le cortó el aliento. "El placer valió el precio", repitió él, luego reclamó sus labios de nuevo. Él la besó tranquilamente, deslizando las yemas de los dedos suavemente sobre su carne, y volvió a despertar su ardor con asombrosa facilidad.

Un toque de Rhys y su sangre hervía a fuego lento, una caricia y ella anhelaba sentir su fuerza dentro de ella de nuevo. Sus besos en Ravensmuir habían sido un mero presagio del placer que él podía concederle. Ella le devolvió el beso, y le gustó que su erección creciera contra su muslo.

Quizás ella también tenía el poder de complacerlo.

Rhys rompió el beso y rodó sobre su espalda, cruzando las manos detrás de su cuello, como para evitar tocarla. —Creo que una vez por esta noche te bastará —dijo él, con un tono tan triste que Madeline se rió.

Le gustaba que ya ella tuviera la confianza en su naturaleza para burlarse de él. Ella tocó su erección con la yema de un dedo y se levantó bajo su caricia. "¿Pero no para ti?"

Él le lanzó una mirada tan lujuriosa que se le secó la boca. "Sospecho que una vez contigo nunca será suficiente para mí, anwylaf," dijo él, sus palabras bajas y sus ojos oscuros.

Ella asumió que la palabra galesa significaba "esposa", porque sonaba muy similar, y no le molestaba el sonido de ella en sus labios. "Entonces mi caricia es cruel", susurró ella.

Rhys se encogió de hombros, una lenta sonrisa se apoderó de sus labios de nuevo. "Quizás el placer vale el precio".

Madeline se rió y le puso la mano sobre el pecho. Rhys rodó a su lado, enfrentándola, y atrapó su mano con la suya. Su pulgar se deslizó por su palma en una lenta caricia y ella le sonrió, sintiendo una satisfacción más allá de las expectativas.

"Quizás ya hemos forjado un hijo", dijo él.

"¿Tan rápido como eso?"

"Es posible." Su mirada se posó en sus manos entrelazadas y sus palabras se hicieron más lentas. "Mi padre siempre dijo que los hijos se forjaban con pasión, mientras que las hijas se forjaban en una unión obediente".

Madeline sintió que se sonrojaba, porque esa noche se habían encontrado con pasión. "¡Qué idea! Me gustaría pensar que fui forjada por la pasión, no por el deber".

"Quizás el solo dijo eso para animarme".

Madeline estaba desconcertada. "¿Por qué eso te animaría?"

"Porque soy un hijo bastardo, pero un hijo de todos modos". Rhys le llevó la yema de un dedo a la mejilla y la acarició como si ella estuviera hecha de fina seda. "Mi padre solo tuvo hijas de su esposa".

Madeline frunció el ceño y puso un poco de espacio entre ellos. Ella estaba más preocupada por esa confesión de lo que podía haber creído. "¿Tu padre tomó una puta para asegurarse de tener un hijo?"

"Sí, lo hizo. Y fue una táctica exitosa, claramente".

Que Rhys pudiera respaldar tal infidelidad, y que lo hiciera con tanta calma enfureció a Madeline.

De todos modos, era más difícil evitar el calor de Rhys y su toque de lo que le hubiera gustado. Ella se puso la camisola con gestos apresurados y ordenó sus pensamientos con esfuerzo, muy consciente del peso de su mirada perceptiva.

"¿Qué está mal?" preguntó él

Madeline puso el ancho de la habitación entre ellos, considerando su rumbo. Ella no quería secretos entre ellos, ni miedos, así que giró para enfrentarlo. "¿Con qué rapidez recurrirás a otra mujer para tener los hijos que deseas?"

"¿Qué quieres decir?"

Madeline oyó que se elevaba la voz. "¿Cuánto tiempo me concedes para conjurar a tu hijo, Rhys? ¿Cuánto tiempo vas a frecuentar mi cama antes de tomar una puta?

Rhys se sentó y cruzó los brazos sobre el pecho. Él entrecerró los ojos, pero a Madeline no le importaba si él estaba molesto. "Estás molesta por esa perspectiva".

"Mis padres encontraron placer únicamente el uno con el otro durante la duración de su matrimonio. No espero menos de mi matrimonio, independientemente de cómo se haya acordado".

Rhys negó con la cabeza. "Pero eso no es razonable. Con Caerwyn bajo mi mano, necesito hijos para asegurar la preservación y protección de mi legado".

"Y tienes más necesidad de la lealtad de tu esposa". Cuando Rhys no estuvo de acuerdo, Madeline continuó apresurada. "¿Qué beneficio obtuvo tu padre llevando a otras mujeres a su cama? Tuvo un hijo, sin duda, pero dudo que tu lugar en su casa fuera fácil".

Los labios de Rhys formaron una línea obstinada. "Es una cuestión de la ley de sucesiones".

"Sabes tan bien como yo que una hija puede heredar a través de su cónyuge, si es necesario".

Rhys parecía sombrío. "No lo haré. La lucha surge de tal incertidumbre; contienda y guerra y destrucción. Es irresponsable que un hombre no se asegure de proporcionar un heredero que sea un hijo varón".

Madeline lo miró asombrada. ¡La misma noche de sus nupcias, su esposo prometía serle infiel! ¿Cómo podía ella haber imaginado que se sentiría feliz con él? "Júrame que vendrás solo a mi cama".

Él sacudió la cabeza, impaciente con la mera idea. "Pides demasiado en eso. Tendré un hijo, si no dos. Y si no vienen de ti, vendrán del vientre de otra mujer". Él se levantó y se puso la camisola, aparentemente tranquilo de que ella estuviera tan furiosa con él. "Según la ley galesa, el nombre de su madre es menos importante que la semilla de su padre".

"¡No me importa nada la ley! ¡No se burlarán de mí en mi propia casa! "Madeline gritaba bastante. Nunca sus preocupaciones habían sido tan desestimadas. "No me veré obligada a mostrar cortesía a una puta que ha usurpado mi lugar".

Entonces se hizo el silencio en la habitación, un silencio roto únicamente por la rapidez de la respiración de Madeline. Rhys se puso sus calzas como si no le importara nada en el mundo, luego se puso las botas y se abrochó el cinturón alrededor de la cintura.

Sólo una vez que hubo comprobado sus armas, la miró fijamente a los ojos. "Entonces te sugiero que concibas un hijo con toda prisa, mi señora." Con eso, se inclinó para recoger su capa.

Su actitud desdeñosa enfureció a Madeline como pocas otras cosas podrían haberlo hecho.

¡Miserable infiel! ¡Debería abandonar esta parodia de matrimonio ahora! "

Rhys echó una mirada reveladora a la mancha rubí de su doncella perdida sobre la ropa de cama. "¿Y quién te daría la bienvenida?" preguntó él, como si tuviera curiosidad por saber su respuesta. Tu hermano no entregará mi dinero ni encontrará otro pretendiente dispuesto para ti después de anoche. No diré una falsedad sobre lo que ha sucedido entre nosotros esta noche, en eso puedes confiar".

Madeline lo fulminó con la mirada, sin que le gustara la verdad de sus palabras. De hecho, su furia la hizo temblar. "¡Debería negarte el acceso a mi cama!"

Ese peligroso brillo iluminó los ojos de Rhys, aunque aún hablaba con estudiada calma. "¿Y cómo asegurará eso que concibas un hijo? ¿Cómo me vas a obligar a no llevar a otra mujer a mi cama? Tienes demasiado ingenio para no ver el defecto de ese plan, mi señora.

Rhys tenía razón y ambos lo sabían, aunque eso hizo poco para calmar el temperamento de Madeline. Sus ojos brillaban, tan seguro estaba de que ella estaba acorralada, y Madeline anhelaba demostrar que él estaba equivocado. Pero cualquier desconfianza que ella mostrara a la cama lo persuadiría de que no concebirían un hijo, ya que él creía en el edicto de su padre sobre la pasión.

Ella miró a través de la habitación a la evidencia de lo que habían hecho. Él tenía razón sobre su virginidad perdida. El único camino a seguir por Madeline era como esposa de Rhys FitzHenry.

Madeline se irguió en toda su estatura y habló con toda la frialdad que pudo reunir. Saludo tu astucia, señor, porque te has asegurado de que no tenga más remedio que concederte su voluntad. Pero tu triunfo se gana a un gran costo".

"No veo ningún costo en asegurar que las cosas sean entre nosotros como deberían ser".

"¡Oh! ¡Eres un bárbaro en verdad! Gritó ella. ¡Has perdido mi buena voluntad, que debería ser importante para ti! ¿Qué clase de cristiano promete ser infiel a su esposa la noche de sus nupcias? "

Los labios de Rhys se tensaron. "Un hombre honesto que necesita un hijo".

"No me culparás por tu cruel confesión".

"¿No?" Por primera vez, Rhys mostró molestia. Él señaló con un dedo en el aire a Madeline mientras cruzaba la habitación, sus ojos brillaban. "Fuiste tú quien me exigió honestidad, pero te quejas a la primera prueba de la verdad". Él se pasó una mano por el pelo y la miró con el ceño fruncido. "¿Preferirías que te minticra sobre mi intención? ¿Prefieres que te engañen?

"¡Preferiría que fueras fiel!"

Él se puso el abrigo con gestos bruscos. "El remedio para eso está dentro de tu propio útero".

Por supuesto, ninguna mujer tenía control sobre su útero. Madeline no podía elegir cuándo quedar embarazada, y mucho menos qué género de hijo tendría. Apenas era lo mismo que elegir entre samite rojo o verde para un kirtle.

Y Rhys lo sabía, maldito sea. Madeline apretó los puños y respiró con fuerza, el impulso de asesinar a ese hombre se hacía más fuerte por el momento.

"Te pediría que devuelvas el crucifijo al lugar que le corresponde, esposo", dijo ella con ardor. "Porque necesito un testimonio de mis oraciones".

"¿Mientras rezas por ese hijo?" Era tanto una declaración como una pregunta. Aparentemente, tan tranquilo por su estado de ánimo como podría estarlo, Rhys recuperó la escultura y la volvió a colgar.

—Quizá quiera rezar por la viudez —dijo dulcemente Madeline. "Porque eso resolvería todos los problemas que me vienen esta noche". Ella vio el destello de alarma en los ojos de Rhys, pero no le importó. Ella cayó de rodillas y oró con fervor, sin reconocer más la presencia flotante de su esposo.

Deja que Rhys se preocupe por lo que ella le pedía al Todopoderoso. Él no se merecía menos que esa medida de incertidumbre.

RHYS SIEMPRE HABÍA ENCONTRADO a las mujeres algo incomprensibles y bastante problemáticas. Era un pequeño consuelo que su nueva esposa demostrara que sus conclusiones anteriores eran válidas.

No menos que lo hiciera con tanto entusiasmo.

Él la vio rezar, muy consciente de que ella lo ignoraba deliberadamente. Él estaba seguro de que su estado de ánimo pasaría, pero la noche se retiró y Madeline no se levantó de sus rodillas. Sus labios se movían y sus ojos permanecieron cerrados, y él se dio cuenta de que ella ya no lo ignoraba.

Ella era indiferente a su presencia.

Y rezaba, como si esperara resultados.

Rhys nunca se había preocupado demasiado por la oración. Él opinaba —le había enseñado su indomable madre— que Dios ayudaba a quienes se ayudaban a sí mismos. Todo lo que alguna vez había deseado, se había esforzado por hacerlo suyo, en lugar de exigir la intervención divina para ver cumplido su deseo. De hecho, era escéptico de que Dios incluso prestara oído a las oraciones de un hombre como él: los hombres mortales de poder se quedaban sordos cuando los bastardos hablaban, y no veía ninguna razón por la que un señor inmortal debería ser diferente.

Madeline, sin embargo, parecía tener expectativas. ¿Estaba acostumbrada ella a que sus oraciones fueran contestadas? Y si eso fuera cierto, ¿qué podría pedirle ella a Dios?

¿Seguramente ella había bromeado acerca de solicitar la viudez?

Rhys no estaba tan seguro. Estaba bastante claro que Madeline podría arrepentirse de los votos nupciales que habían intercambiado el día anterior. Habría sido necesario un hombre menos perspicaz que él para perderse el hecho de que ella no se había tomado bien su determinación de tener un hijo.

La perspectiva de perderla preocupaba a Rhys más de lo que le hubiera gustado admitir, aunque sabía que su matrimonio tenía únicamente una importancia estratégica. Él estaba más preocupado por perder a Caerwyn que a Madeline, o eso se decía a sí mismo mientras observaba cómo sus labios se movían silenciosamente en señal de oración.

De todos modos, no habría sido del todo malo que las cosas se mantuvieran afables entre ellos. Su encuentro había ido bastante bien, al menos desde su punto de vista, y él estaba bastante seguro de que ella también se había sentido complacida. Ella sabía que él necesitaba un hijo, entonces, ¿por qué su determinación de tener uno la preocupaba tanto? Los bastardos eran comunes en Gales y los grandes señores solían tener concubinas que vivían abiertamente junto a sus esposas.

Quizás las cosas fueran diferentes en Escocia.

Bárbaro. Rhys había sido llamado de muchas cosas en sus días, cosas peores con diferencia, pero la acusación de su nueva esposa le había dolido.

Rhys arrastró los pies, pero Madeline no mostró conciencia de su movimiento. Él se puso la capa y volvió a colocar ruidosamente sus espadas en sus vainas. Ella permanecía inmóvil como una estatua, excepto por sus labios, que trabajaban con silenciosa furia. Él comenzó a preguntarse qué solicitud requeriría una apelación tan prolongada y una nueva inquietud se apoderó de él.

Fue entonces cuando un susurro atravesó la pequeña ventana. "¡Rhys!"

Era Thomas, Rhys estaba seguro.

"Rhys, ¿estás ahí?" El monje habló en galés, lo que hizo que la sangre de Rhys se acelerara. Algo andaba mal.

Él corrió hacia la ventana y miró por encima del alto alféizar. Thomas estaba agazapado debajo de la ventana. Que el monje tratara de ocultar su corpulencia en la delgada sombra allí habría sido divertido si sus modales no hubieran sido tan problemáticos.

"Estoy aquí, Thomas. Dime qué novedades traes".

"Vienen por ti, Rhys, seis jinetes en grandes caballos". Thomas miró repetidamente desde la puerta a Rhys, su ansiedad era clara. "Cabalgan directamente hacia nuestras puertas. No podré detenerlos, pero no deben encontrarte aquí".

Rhys se agarró al alféizar. "¿De quién son las insignias que llevan?"

Thomas le dirigió una mirada llena de preocupación. "No llevan insignias, aunque sus caballos son demasiado impresionantes para que sus jinetes no tengan ninguna importancia. Son grandes caballos negros, sus pieles relucientes como el plumaje de un cuervo".

Ésta no era una buena noticia.

"Me temo que hablas bien, Thomas." Rhys se giró y encontró a Madeline mirándolo con los ojos muy abiertos. Él le arrojó la falda y las botas y le habló para que ella entendiera. Vístete de prisa. Nos vamos de inmediato".

Ella sostuvo sus prendas delante de ella. "¿Pero por qué? ¿A dónde vamos?"

"No hay tiempo para hablar de eso ahora". Rhys no tenía intención de decirle a su esposa lo cerca que habían estado los hombres del rey de capturarlo la última vez que se había aventurado fuera de Gales. Él no quería asustarla y, en verdad, una vez que llegaran a Caerwyn, no tenía la intención de dejar esos muros protectores pronto. Un hilo de pavor se deslizó por su espalda, porque no sabía lo que los hombres del rey le harían a su nueva esposa.

Sin embargo, él temía poder adivinar, porque la belleza de Madeline no podía negarse. Su determinación de escapar se redobló.

"¡Date prisa!" dijo él con tanta dureza que ella se estremeció.

Sin embargo, ella obedeció sus órdenes, al menos por el momento.

Rhys se volvió de nuevo hacia la ventana, justo cuando las campanas repicaban en la puerta, y volvió a hablar en galés. "¿Thomas? ¿Tienes un plan?

—Revisa las cocinas, Rhys. Hay pocos despiertos todavía. Y permanece en las sombras hasta que ese grupo se muestre para encontrarse con la abadesa. Me aseguraré de que tus caballos estén ensillados para que puedas huir mientras ellos esperan su hospitalidad".

"No nos dará mucho margen, pero es el único que se nos concederá", asintió Rhys.

"Que Dios te bendiga, viejo amigo, en caso de que no tenga la oportunidad de volver a desearte lo mejor".

Y gracias por tu ayuda, Thomas. Estoy de nuevo en deuda contigo".

"No sabes todavía qué precio alcanzará ese caballo", bromeó Thomas, luego se fue.

Rhys se volvió hacia Madeline de nuevo. Para su alivio, ella estaba completamente vestida y sujetaba el extremo de la trenza en su cabello.

"Escucho caballos". Ella lo miró con curiosidad, moviendo los dedos con prisa. "¿Quién viene para que tengamos que irnos tan rápido?"

Él recordó demasiado bien su intención de deshacerse de él y decidió que la honestidad tendría que ser sacrificada hasta que estuvieran demasiado lejos para que ella lo traicionara. "Problemas para mi tía, sin duda", dijo él. "Ella es de las que buscan batallas y yo no

tengo ni el tiempo ni la inclinación para enredarme en sus afliccio-
nes. ¡Vamos!"

"¿Pero por qué tanta prisa?"

Rhys le dirigió una mirada reprimida, que no tuvo ningún efecto
perceptible, y luego la tomó de la mano. "No hay tiempo para discutir. Debemos estar en silencio."

Madeline se mantuvo firme. "Deseo saber qué está pasando".

"Entonces responderé tus consultas una vez que estemos fuera
de aquí". Él la atrajo más cerca y sostuvo su mirada, sintiéndose
como un perro por lo que tenía que hacer. "Confía en mí en esto,
Madeline".

El uso de su nombre pareció suavizar su resistencia. Aunque sus
labios permanecieron delgados, ella ya no luchó contra su impulso.
Él le cubrió el cabello con la capucha y abrió la puerta.

Él miró a la izquierda y a la derecha, no vio otra alma y luego
salió al pasillo. Él decidió que la cocina estaba a la izquierda, porque
podía oler el pan haciéndose y habían venido por la derecha la
noche anterior. Él marcó un paso rápido, su esposa rápidamente
detrás de él y benditamente silenciosa.

Hasta ahora.

Rhys ya conocía a su esposa lo suficientemente bien como para
darse cuenta de que la situación no podía durar.

CAPÍTULO 9

Madeline permaneció en silencio, con esfuerzo, hasta que llegaron a los establos. Thomas estaba ensillando el caballo gris moteado de Rhys. Un caballo pardo estaba al lado del gran semental, sus ojos brillantes y su tendencia a inquietarse mostraban que estaba listo para correr. Rhys le ofreció una mano a Madeline para subirla a la silla del caballo, pero ella se apartó de él.

"Este no es Tarascon".

"No, no lo es", dijo Rhys, hablando con los dientes apretados. "Tampoco este caballo está herido". Él volvió a ofrecer su mano, con mayor insistencia, y sus ojos brillaron de impaciencia.

"¡Pero no puedo irme sin mi caballo!"

"Y no puedes impedir su curación cabalgándola rápido tan pronto después de esa lesión".

"Entonces no montaré rápido hoy".

Rhys hizo un ruido de exasperación. Antes de que pudiera discutir, Madeline miró ansiosamente alrededor del establo. Ella ni siquiera podía ver a Tarascon. Temió de repente que el caballo hubiera muerto a causa de la herida y nadie se lo hubiera contado.

Ella agarró el brazo de Rhys. "¿Qué le has hecho? ¿Dónde está ella? ¿Cómo pudiste hacer que la mataran y no contarme nada? "

"El caballo no está muerto", dijo Rhys con tal convicción que Madeline casi le creyó. Él se pasó una mano por el pelo, miró hacia el patio y luego caminó hasta el final de los establos. Sus siguientes palabras fueron más amables. "Mira este caballo, y date prisa".

Hizo un gesto hacia una yegua de un tono más oscuro que Tarascon y que carecía de la conocida estrella blanca en su frente. "¡Ese no es Tarascón!" Madeline tuvo tiempo de decir antes de que la bestia relinchara y se acercara a enterrar la nariz en su mano.

Ella se quedó mirando, asombrada de que ese caballo se moviera de una manera tan similar a la suya y, de hecho, parecía conocerla. Ella miró hacia arriba para encontrar los ojos de Rhys brillando.

"¿No reconoces a tu propio caballo?" preguntó él, sus palabras bajas por la risa. "Ella te conoce lo suficientemente bien".

Madeline miró al caballo que le acariciaba la palma de la mano y luego le acarició las orejas. Era Tarascón, aunque disfrazada. "¿Pero qué pasó con la estrella en su frente?"

"Hollín, mi señora", dijo Thomas. "La liberó de sus calcetines, además de oscurecer su tono. Solo alguien que la conociera y la mirara de cerca la reconocería ahora".

De hecho, incluso el ojo de Madeline había pasado por encima de la bestia.

"Ella estará a salvo aquí, mi señora, más segura de lo que nosotros podemos estar", dijo Rhys con sereno vigor. "Ven."

Incluso cuando formó la pregunta en sus labios, las voces llegaron desde el patio hasta sus oídos.

La actitud de Rhys cambió de inmediato. "¡Ahora! Debemos irnos. "

Thomas miró a través de las puertas del establo. Ya entran en la abadía. Esta puede ser tu única oportunidad, Rhys".

Rhys se detuvo junto al caballo y volvió a ofrecerle la mano a Madeline. Ella estaba dividida entre su lealtad a su legítimo esposo y al caballoque había conocido desde su nacimiento.

"¡Pero no puedo dejar Tarascón!"

"Debes hacerlo."

"Me aseguraré de su buen cuidado, mi señora," intervino Thomas.

"Pero ella es mi caballo. La he montado durante años. ¡No puedo simplemente abandonarla! "Era más que dejar el caballo lo que ella protestaba, y Madeline lo sabía bien. Tarascon era su último vínculo con Kinfairlie, con todo lo que le era familiar.

"No hay tiempo para tal discusión". Rhys habló con tanta precisión que Madeline supo que estaba molesto con ella. "Monta este caballo inmediatamente, mi señora, o te arrojaré sobre la silla con mis propias manos y te amarraré allí".

Madeline se erizó. "Eso no sería apropiado. Puede que tengas derecho a hacer lo que quieras conmigo, pero no tengo que soportarlo en silencio".

"Apenas imagino que pudieras hacerlo".

"¡Oh!"

Thomas parecía estar luchando contra una sonrisa y perdiendo la batalla. "Qué dulce es ver a dos amantes destinados sellar sus destinos juntos por toda la eternidad", murmuró.

"Te agradeceré que te guardes tu fantasía", espetó Rhys, luego alcanzó la cintura de Madeline. Sus manos se cerraron con fuerza a su alrededor, a pesar de su chillido de protesta, y la dejó caer en la silla sin más ceremonia. Rhys la fulminó con la mirada. "¿Debo amarrarte allí, o puedo confiar en que no saltarás de la silla y te harás daño?"

Madeline lo miró a los ojos con igual furia. "No soy tan tonta como para eso".

Rhys agarró las riendas del caballo, dirigiéndole sólo una mirada oscura que decía mucho, y ató las riendas a la parte trasera de su silla. "Nuestra única posibilidad de una salida segura radica en el silencio. Te recomiendo que no digas nada, mi señora, o me veré obligado a amordazarte para asegurarme de eso.

Madeline no dudaba de que él lo haría. Ella apretó los labios y se sentó derecha en la silla. Una vez había aprendido que huir de ese hombre solo podía causarle mayores problemas. Aunque Rhys era grosero y de hablar rudo, él nunca la había lastimado.

Ella supuso que tendría que contentarse con eso. Ningún tribunal de la cristiandad anularía su matrimonio o le cedería el divorcio: su matrimonio se había consumado y no compartían ningún parentesco. Con el derrame de su virginidad, Madeline estaba atada a Rhys FitzHenry de por vida, para bien o para mal.

Rhys se montó en su propia silla, esperó la señal de Thomas y luego empujó a su caballo hacia el patio a medio galope. El perro de Rhys apareció de algún rincón de los establos, una sombra gris y peluda que igualaba su paso con el de ellos. Seis caballos estaban atados en las sombras al otro lado del patio, pero Madeline apenas pudo vislumbrarlos antes de que Rhys la empujara hacia adelante.

Thomas corrió adelante abrió la puerta, los dos hombres se estrecharon la mano cuando el par de caballos pasó junto al mozo. "Gracias, Thomas, una vez más". Dijo Rhys.

"Cabalga, viejo amigo, y cabalga rápido", dijo Thomas con un fervor que volvió a sorprender a Madeline. "Cabalga lejos y rápido este día. Los mantendré aquí todo el tiempo que pueda y oraré por ti". El monje parpadeó con repentino vigor y sus palabras se tornaron roncas. Estén bien los dos y sepan que siempre serán bienvenidos en mis puertas.

A Madeline le pareció una expresión de amistad bastante exagerada y miró a su cónyuge con renovado interés. Ella dudaba que pudiera aprender más del pasado compartido por Rhys, y el hecho lamentable era que tal vez nunca volvería a ver a Thomas el hablador.

Rhys tocó con sus espuelas los flancos de su caballo, y la bestia necesitó pocos ánimos para correr. El cielo solo estaba levemente tocado por el tono rosado del amanecer, el rocío pesado en el suelo. Madeline se apretó más la capa y se agarró a la silla, temblando levemente por la humedad. Se alegró de tener el sencillo atuendo de lana de la abadía, porque aunque el kirtle estaba toscamente cortado, era grueso y más abrigado que el que ella se había puesto el día anterior.

La abadía quedó detrás de ellos con una velocidad asombrosa y solo ahora, Madeline tuvo la oportunidad de especular sobre esas llegadas. No dudaba de que fuera su presencia la que había impulsado a Rhys a marcharse con tanta prisa.

¿Eran los hombres del rey los que habían venido a capturar a Rhys por traidor? Eso por sí solo podría explicar el deseo de Rhys por la prisa y el silencio. Madeline miró hacia la abadía, que parecía serena y somnolienta en la distancia.

¿Qué le pasaría a ella si Rhys fuera capturado por la corona? A los traidores rara vez se les concedía un juicio justo o una muerte amable, eso lo sabía ella con certeza. Por mucho que Madeline se mostrara reacia a admitirlo, su mejor protección podría ser concebir a ese heredero de la propiedad de su marido.

Ella estudió la espalda de Rhys mientras él cabalgaba delante de ella, la espalda recta e intransigente. Madeline supuso que debería acostumbrarse a no conocer los pensamientos de su marido, porque él claramente prefería tenerlos cerca, aunque dudaba que ella fuera una mujer cuya naturaleza pudiera manejar fácilmente tal hazaña.

Ella simplemente tenía demasiada curiosidad.

Quizás ella debería dedicar su intelecto, que Rhys profesaba admirar, a la tarea de descubrir los muchos secretos de su marido. Ella dudaba que una mujer pudiera salvar a su marido del cargo de traición, como había sugerido Vivienne, pero no estaría de más saber la verdad de los hechos y la historia de Rhys. Entonces podría proteger a su hijo, en caso de que concibiera uno.

O incluso a ella misma.

Madeline sonrió para sí misma, muy complacida con la idea de desafiar las expectativas que Rhys tenía de ella. Ella sospechaba que podría aprender mucho más de lo que su marido preferiría.

Y realmente, si Rhys FitzHenry hubiera querido una esposa obediente y dócil, debería haberse comprado una.

~

SU MEJOR OPORTUNIDAD, al menos en opinión de Rhys, era evitar las tierras del rey inglés o de aquellos barones que se habían comprometido a servirle. Por todo lo que Rhys sabía, ahora podría haber una gran recompensa por su cabeza.

Y él tenía un gran deseo de sobrevivir un poco más.

Rhys encontró un camino que conducía al suroeste y apostó a que ése sería el camino que sus perseguidores anticiparían que seguiría. Lo tomó, con la intención de desviarse lo antes posible. Lamentablemente, las colinas se elevaban abruptamente a ambos lados del camino, y la cresta ininterrumpida de las colinas a ambos lados indicaba que no serían superadas fácil o rápidamente.

Él quería ir hacia el oeste, o incluso hacia el noroeste, pero por el momento se veía obligado a elegir entre cabalgar de regreso más allá de la abadía o continuar hacia el sur con la esperanza de no ser alcanzado.

Madeline debe haber adivinado sus pensamientos. "Rhys, dame las riendas de mi caballo".

Él miró hacia atrás, inseguro.

"Haremos un mejor tiempo sin los caballos cojeando juntos". Ella sonrió levemente, tal vez por su sorpresa. "No tienes que temer por mí para mantener tu ritmo. He montado desde que pude alcanzar el estribo".

"¿Y debería temer por tu intención?"

Madeline se encogió de hombros. "Un marido vivo me conviene mejor que uno atrapado y descuartizado como un traidor". Él no estaba realmente sorprendido de que ella hubiera adivinado la verdadera razón de su repentina partida, pero no le respondió.

Su expresión se volvió irónica cuando él no dijo nada. "Eso es cierto por el momento, al menos. Harías bien en no esforzarte tan estridentemente para cambiar mi forma de pensar. Se me ocurre que es posible que necesites un aliado que no sea Thomas".

Rhys se encontró sonriendo de admiración por su franco

discurso. "Lo suficientemente justo. Yo podría esforzarme por molestarte menos". Compartieron una sonrisa vacilante, aún más dulce por lo poco que él había esperado otra vez la amistad entre ellos. "Pero en este momento, necesito un consejo. Me gustaría ir a Glasgow".

"¿Por qué?"

Rhys se preparó para engañarla una vez más. "Tengo un amigo allí, a quien quisiera visitar antes de regresar a casa".

Ella no le creyó, él lo vio de inmediato. De hecho, Rhys sospechaba que no había otra mujer en la cristiandad cuyos pensamientos pudieran leerse tan fácilmente en sus ojos como los de su nueva esposa.

Pero ella no lo desafió sobre ese detalle. Madeline se mordió el labio y escudriñó las colinas a ambos lados. Para su alivio, ella no hizo más preguntas, aunque podría haber sido simplemente que dudaba que él las respondiera.

"Si Moffatt está adelante", reflexionó ella, "como sospecho que debe estar, hay un camino desde allí hasta Glasgow. Pasa por Abington y Kirkmuirhill. He escuchado a mis tíos hablar de su buen curso".

"Excelente." Rhys le dio las riendas. "Será un día largo, mi señora. Dime cuándo no puedas soportarlo más".

Madeline asintió, pero un destello de resolución iluminó sus ojos, un destello que le dijo a Rhys de nuevo que su esposa estaba forjada con buen acero. Él podía confiar en que ella no sería el eslabón débil en su escape.

Si esa era la única buena noticia de ese día, era lo suficientemente buena. Él le dio a su caballo sus espuelas y los caballos galoparon por el estrecho sendero, con el barro saliendo de sus cascos mientras el sol asomaba por el horizonte.

MADELINE SE SINTIÓ aliviada de que Moffat hubiera estado delante de ellos y de que hubieran llegado antes de que el gruñido vacío de su estómago se volviera insoportable. El camino serpenteaba alrededor de una colina antes de acercarse a las puertas de Moffat y Rhys indicó que debían esconderse en el grupo de árboles en la cima. Cabalgaron colina arriba desde el lado opuesto al pueblo, de modo que el portero no pudiera verlos.

Rhys ató los caballos allí y se detuvo sólo para ayudar a Madeline a desmontar y poner su abrigo al revés. El dragón rojo estaba así oculto, el tabardo completamente negro.

"Caerwyn", susurró él. "Dilo."

"Caerwyn", repitió Madeline, y él corrigió su pronunciación.

Él le tomó la barbilla entre el dedo índice y el pulgar y la miró fijamente a los ojos. "Tú eres la dama allí, y que ningún hombre te diga lo contrario. Ve allí, solo si es necesario, y diles esta verdad. Diles que mi hijo cabalga en tu vientre, sea cierto o no. Nadie se atreverá a levantar la mano contra ti". Él le rozó la frente con los labios y sus palabras hicieron que el espíritu de Madeline se acobardara.

Él temía no volver.

Antes de que ella pudiera hablar, Rhys se había ido, volviendo sobre sus pasos a grandes zancadas. Su perro se sentó a vigilar a su lado, observando con avidez cómo Rhys regresaba al camino, fuera de la vista del portero, y luego caminaba hacia el pueblo como si hubiera estado caminando todo el tiempo. Su beso ardía en la frente de Madeline y ella se preguntó qué sabía él, qué sospechaba, qué anticipaba que lo encontraría dentro de esas paredes.

Poco bueno, eso era seguro. A pesar de sí misma, a pesar de su molestia con su irritante nuevo cónyuge, Madeline temía por él.

Rhys silbaba mientras caminaba, con las armas en la parte de atrás de su cinturón y su capa tirada contra el viento. Sin su caballo, parecía un mercenario traicionado por la Fortuna. Él caminó hasta las puertas de la aldea, su figura oscura se hacía cada vez más pequeña. Llamó al portero con un gesto, se detuvo para hablar con el hombre y luego desapareció en el pueblo sin mirar atrás. El perro se enderezó, su mirada fija en el punto donde Rhys había desaparecido.

Madeline juntó las manos y se alegró extraordinariamente de no haber rezado por la viudez. Atrás habían quedado los altos muros de Kinfairlie, la cierta influencia del padre y los tíos, la defensa de los hombres armados. La seguridad que había conocido durante todos sus días y noches había desaparecido, al igual que su infantil convicción de que todo debía salir bien, simplemente por necesidad.

No pasó mucho tiempo antes de que Madeline observara con tanta ansiedad como el perro el regreso de Rhys. En su ausencia, sus pensamientos comenzaron a acelerarse. ¿Y si Rhys era un traidor? Culpable o no, ¿y si lo apresaban?

Ella recordaba demasiado bien, y algo desconcertada, la historia de Henry Hotspur, que había desafiado la autoridad de Henry IV, el padre del actual rey inglés. Heredero del condado de Percy cerca de Kinfairlie, Henry Hotspur había hecho un trato con un galés y el heredero Mortimer que tenían un derecho competitivo a la corona inglesa. Los tres habían sido condenados por traidores, aunque habían luchado en defensa de su unión.

Henry Hotspur había muerto en batalla y su cadáver había sido enviado a casa con su afligido padre y esposa. Después de su funeral, su cuerpo había sido exhumado y decapitado, a las órdenes de Henry IV, quien pretendía sacar una lección de la desaparición de uno de sus enemigos. La cabeza de Hotspur se había exhibido en York; su cuerpo descuartizado y exhibido en Londres, Newcastle, Bristol y Chester. Se había dejado colgando durante un año, como advertencia a los posibles traidores en las tierras del rey.

Madeline se estremeció. Ningún hombre merecía semejante indignidad, independientemente de sus actos. Rhys no podía merecer tal destino.

Pero si se había anticipado su curso y lo habían capturado en Moffat, ¿cómo lo sabría ella? Ella dudaba que Rhys delatara su presencia a otra alma viviente, sin importar lo que le hicieran.

Él la protegía, al menos.

Madeline observaba, más preocupada por Rhys con cada minuto que se iba. Ella recordaba ahora que el clan Neville discutía sobre la soberanía de Moffat, la misma familia Neville tan agobiada por tener hijos para casar, la misma familia Neville tan experta en hacer matrimonios fortuitos. A la misma familia Neville se le había concedido la administración de las Marchas occidentales por el rey inglés. Ellos venderían un traidor al rey sin pensarlo dos veces.

Y su querido hijo, Reginald Neville, no pediría clemencia por el hombre que lo había avergonzado en la subasta de Ravensmuir.

Madeline se mordió el labio con temor. El sol se ponía más alto, secando el rocío y calentando las piedras. Su calor dorado pareció hacer que los zarcillos primaverales se desplegaran, pero Madeline miraba fijamente a la ciudad. Los caballos pastaban detrás de ella, arrancando brotes jóvenes de los árboles, pero Madeline no les prestó atención.

El sonido de los cascos que se acercaban hizo que su corazón se acelerara. ¡Ella no se atrevía a ser descubierta! Apuró al cabllo de Rhys a adentrarse más en el bosque y le puso la mano sobre el hocico de su perro mientras trataba de contar los caballos. Ella no podía ver nada a través de la densa maleza del bosque, aunque eso significaba que nadie podía verla. Ella no se atrevió a aventurarse más cerca del borde del bosque para ver mejor.

Porque había varios caballos pasando por su escondite. Al menos seis. Eran grandes, tan grandes como corceles, porque el batir de sus cascos caía con fuerza. Y se apresuraban poco a poco.

¿Podrían ser los caballos de la abadía? Su corazón se detuvo bastante ante la perspectiva.

¿Seguramente ellos no se apoderarían de Rhys en Moffat?

¿Seguramente ella no podría perderlo tan pronto?

Hubo voces en la puerta de Moffat.

Rhys se metió en un callejón en el último momento, sus compras apretadas contra su pecho. Escuchó y se sorprendió al escuchar el sonido de la voz de una mujer.

Nada menos que la voz de una mujer familiar.

"Busco una mujer joven", dijo esa mujer, su tono autoritario. "Tiene cabello oscuro y ojos azules, y es verdaderamente hermosa a la vista. Podría viajar con un hombre vestido de mercenario."

Rhys reprimió el impulso de ver con dificultad, porque no podía creer lo que oían sus propios oídos. ¿Rosamunde lideraba el grupo en busca de Madeline?

Rhys frunció el ceño ante esta conclusión, incapaz de entender por qué podía ser así. Había sido Rosamunde quien se había asegurado de que pudiera unirse a la subasta. ¿Qué había cambiado su forma de pensar? ¿Qué había sucedido en Ravensmuir después de su partida?

"No he visto a una mujer así", dijo el portero con aspereza.

"¿Y el hombre?"

Rhys contuvo el aliento y se aplastó contra la sombra de la pared.

El portero se burló. "¿Quién puede decir? Los hombres vienen y los hombres se van; no los noto, en particular a los mercenarios. Si no quieren hacer daño y tienen la intención de desaparecer al atardecer, pueden dejar monedas en nuestras arcas".

"¡No puedes ser tan pobre de vista y memoria!" Dijo Rosamunde.

"¡No se puede esperar que confiese todo lo que sé a un extraño!" replicó el portero. "Especialmente una moza tan extrañamente vestida y atrevida como tú".

"¡Déjanos pasar!" dijo imperiosamente Rosamunde. "Haremos nuestra propia búsqueda".

"Entregarán sus armas aquí, porque no confío en que estés en paz dentro de estos muros".

Rosamunde discutió con el portero, pero no hizo ningún progreso. Rhys escuchó mientras ella entregaba sus armas con mal humor, luego ordenó a su compañía que hiciera lo mismo.

Esos seis caballos negros pasaron a grandes zancadas por su escondite, agitando la cola y dilatando las fosas nasales. El hermano de Madeline, Alexander, estaba dentro del grupo. El heredero de Kinfairlie ya parecía más un hombre, no solo por su armadura sino por su expresión sombría. A su lado iban dos de las hermanas de Madeline, la siguiente mayor que lo había atormentado con preguntas en la mesa de Ravensmuir y la más joven, tan enamorada de las hadas.

Otros dos hombres formaban el resto del grupo, uno de los cuales Rhys había visto en Ravensmuir. Iba vestido de forma tan extravagante como Rosamunde y debía de ser su camarada. El último hombre era un extraño. Podría haber tenido la misma edad que Alexander y Rhys lo estudió con curiosidad. Llevaba un laúd colgado a la espalda y era esbelto, de piel pálida y cabello rubio.

Algo pinchaba en la memoria de Rhys, aunque él no pudo nombrarlo en ese momento. Sin duda, él no podía entender por qué Rosamunde traía a un músico con ella, a menos que tuviera la intención de hacerle compañía. Quizás ese tenía un talento extraordinario.

Para disgusto de Rhys, Rosamunde dejó que el músico vigilara las puertas mientras ella conducía a los demás hacia la plaza del pueblo.

"Encontraremos heno y agua para los caballos", instruyó. Luego cerveza y una comida caliente para nosotros. Sin duda habrá una taberna en la plaza principal, y con la barriga llena buscaremos más eficazmente a Madeline".

Rhys se retiró más a las sombras para pensar. ¿Por qué buscaban a Madeline? Esa familia había subastado la mano de Madeline, tan delgada era su preocupación por ella, sin embargo, en un día, enviaron a una compañía en su persecución. Tenía poco sentido.

Tenía aún menos sentido que Rosamunde encabezara la búsqueda. Rhys conocía la naturaleza de Rosamunde lo suficiente como para adivinar que ella veía alguna ventaja en esa misión para ella misma, y qué pensaría poco en traicionar a alguien para que sirviera a sus propios fines. Solo ella podría tener la audacia de amenazar con entregar a Rhys al rey para garantizar sus condiciones, fueras las que fueran.

Incluso sabiendo lo que sabía ahora, incluso viendo la preocupación de los hermanos de Madeline, Rhys no estaba ansioso por encontrar a la atrevida aventurera Rosamunde todavía. Deja que lo persiguieran hasta Caerwyn, donde él tenía la opción de levantar el rastrillo o no.

Una mujer se aclaró la garganta y Rhys saltó, luego fingió haber estado haciendo sus necesidades en el callejón. Ella puso los ojos en blanco mientras él buscaba a tientas sus calzas.

"¿Hay otra taberna?" le preguntó él, arrastrando las palabras como si estuviera bebido. Además, tal discurso disfrazaría su acento desconocido. Él hizo un gesto hacia la plaza del pueblo. "Esa haría mendigo a un hombre común".

"Ahí", dijo ella, señalando en la dirección opuesta como si se alegrara de deshacerse de su presencia. "A la vuelta de la esquina y a la izquierda está la casa del Viejo McGillivray. Te venderá una taza de su cerveza, aunque dudo que necesites otra.

"¡Gracias, buena mujer!" Rhys hizo una reverencia y luego fingió perder el equilibrio. Se agarró a la pared y saludó a la mujer, agradeciéndole profusamente mientras ella se apresuraba a alejarse de él.

Luego se volvió en la dirección que ella le había indicado y se cubrió la cabeza con la capucha. Él no se atrevía a ser visto, pero todavía no podía intentar atravesar las puertas.

El músico necesitaba tiempo para aburrirse de su tarea.

Y Rhys necesitaba encontrar un alma que, sin saberlo, pudiera proporcionarle los medios para pasar las puertas sin que nadie se diera cuenta.

ERA CASI mediodía y todavía no había señales de Rhys. ¿Cuánto tiempo le tomaría al hombre comprar pan y manzanas?

Los caballos habían desaparecido en la ciudad y Madeline había regresado cautelosamente a su lugar anterior. Ella había visto a muy pocos hombres ir y venir de la ciudad desde que Rhys había desaparecido. Las puertas de Moffat parecían tragarse las almas y no permitirles partir. Ella se volvería loca si permanecía en vela, inquieta, por más tiempo.

Con un sobresalto, se dio cuenta de que podía caminar hacia la ciudad, tal como lo había hecho Rhys.

Madeline se miró a sí misma. Su atuendo era lo suficientemente sucio y austero como para que nadie le diera una segunda mirada, no a menos que montara un buen caballo y atrajera todas las miradas hacia sí misma. Ella dejaría los caballos ahí, como había hecho Rhys.

Ella podría fingir ser la esposa de un granjero. No, ella no conocía a nadie en el lugar y eso solo despertaría sospechas. Ella debía inventar una historia adecuada sobre quién era y cómo había llegado a estar sola en Moffat.

Ella podía fingir ser la esposa de un mercenario que buscaba noticias sobre su cónyuge perdido. ¡Ajá! Era una lástima que todavía no estuviera con el hijo de Rhys. Un embarazo provocaría simpatía y aseguraría que no fuera agredida por un demonio como Kerr.

El pensamiento era demasiado bueno para abandonarlo. Madeline rebuscó en la alforja de Rhys, sintiéndose como una ladrona sin una buena razón, y reclamó un par de sus arrugadas camisas. Olían a Rhys e impulsivamente ella enterró su nariz en ellas por un momento, respirando profundamente el aroma de su carne, curiosamente tan tranquilizada como si él estuviera a su lado.

Ella podría haberlo hecho peor con su cónyuge, de eso estaba segura. Rhys no era un cortesano, pero ella creía que su corazón era bueno.

Ella anudó su camisola en un paquete redondo. Se rasgó la camisa y se aseguró el bulto debajo de la falda como si realmente estuviera embarazada. Palmeó el bulto, muy complacida con sus esfuerzos, y se aseguró de que los caballos estuvieran bien atados.

"Quédate", le ordenó al perro, que la miró con tanta cautela que ella no podía estar segura de que él obedecería.

La carreta de un granjero, tirada por un fatigado caballo de arado, atravesó las puertas de la ciudad justo cuando Madeline salía de su escondite. Con impaciencia se instaló de nuevo en las sombras mientras esperaba que pasara la carreta. No estaría bien que le robaran los caballos mientras ella recuperaba a Rhys. No se atrevía a ser vista al salir de ese lugar, y hubiera preferido no tener contacto con ningún alma en el camino.

La carreta era malditamente lenta, como si su conductor quisiera específicamente poner a prueba su paciencia. El granjero parecía bastante feliz y obviamente estaba charlando con su muchacho que cabalgaba detrás de él. Madeline exhaló un suspiro, segura de que habían saboreado demasiado la cerveza en la ciudad, porque cantaban fuerte y sin melodía. Ella deseó que se apresuraran a regresar a casa. El perro los miró con tanta atención como Madeline. Rodearon la colina, riendo como tontos, y ella supo que casi se había librado de ellos.

Para su consternación, el carro se detuvo en la base de la colina en el lado más distante del pueblo. El muchacho, que resultó ser lo suficientemente grande para ser un hombre, salió rodando por la espalda. Tropezó con sus propios pies, el patán borracho, y aterrizó boca abajo junto a la carretera. El granjero se rió tan fuerte que su estado difícilmente podría ser mejor.

A Madeline le hizo menos gracia, porque conocía demasiado bien ese abrigo oscuro y ese cabello oscuro alborotado.

¡Allí estaba ella, preocupada, mientras Rhys bebía hasta quedarse aturdido! Su esposo maldito tropezó ebrio hacia el bosque al otro lado de la carretera. Madeline miró hacia otro lado con disgusto mientras él jugueteaba con los cordones de sus calzas. Tropezó de nuevo, cayó con más fuerza y no volvió a moverse.

¡Ahí ella había temido por la supervivencia del hombre! La perspectiva de estrangularlo ella misma se hacía cada vez más atractiva.

Madeline hervía a fuego lento, incluso mientras miraba al granjero tambalearse al lado de Rhys. El hombre mayor le dio a Rhys un golpe en el hombro, pero Rhys no se movió. El perro gruñó a los pies de Madeline y ella le puso una mano en el cuello.

El granjero golpeó a Rhys con más fuerza, y Rhys le dio un golpe de borracho al otro hombre, rodó sobre su espalda y comenzó a roncar.

El granjero encontró eso tan divertido que tuvo que sentarse en una piedra hasta que su risa se calmó.

¡Oh, Alexander había hecho bien al encontrarle a Madeline un marido no sólo acusado de traición, sino también de modales rudos e incapaz de resistir el encanto de la cerveza! ¿Qué necesidad de una subasta? Él pudo haberla abandonado en la taberna más cercana para encontrar un premio tan raro de esposo.

Pero claro, Alexander no habría tenido el dinero de Rhys. Madeline apretó los dientes, tan profundamente disgustada estaba con los hombres en su vida, y miró fijamente los eventos que se desarrollaban debajo.

El granjero se enjugó la frente, saludó por última vez a su compañero de bebida, luego se subió a su carro y le silbó a su anciano caballo. El carro crujió cuando comenzó a moverse y el granjero comenzó a cantar una cancioncilla de borracho. Rhys no se movió, tan profundo era su estupor.

¡Madeline debería dejarlo allí para que se pudriera! Él no merecía menos por tan egoísta locura.

Pero el hecho lamentable era que Rhys no era bueno para ella borracho en una zanja. Él era su marido: Madeline se había comprometido con él. Aunque eso era peor de lo que ella esperaba, no era una mujer que olvidara sus promesas.

¿Qué haría? Ella no podía cargar al hombre, ni siquiera arrastrarlo hasta su caballo. Ella supuso que debería acudir a él, como la dulce esposa obediente que no era, y ver lo gravemente afectado que estaba.

Y si él no tenía dolor, ella podría asegurarse de que sí.

La perspectiva de tal venganza hizo sonreír a Madeline a pesar de sí misma. Ella sabía que nunca podría herir a Rhys, tanto más grande y más fuerte era él. Aun así, podría hablar con él. No le vendría bien beber con tanto entusiasmo con tanta frecuencia.

Ella echó un vistazo a la carreta, que realmente se había ido, y luego se dirigió hacia el camino.

Pero cuando se volvió, Rhys corría colina arriba hacia ella, no parecía más borracho que ella.

"¡Cabalguemos!" declaró él incluso mientras ella lo miraba boquiabierta. Él señaló al otro lado del camino. "Hay un camino que atraviesa las colinas y se une al camino del que hablaste..."

"¡Pero no estás borracho!"

"Por supuesto que no." La mirada de Rhys era mordaz. "Sólo un hombre sin mérito alguno bebe hasta un estupor tan temprano en el día. ¿Qué clase de hombres son tus hermanos?

Que estuvieran de acuerdo con tanta vehemencia en ese asunto era algo asombroso. Rhys no esperó una respuesta, lo cual fue accidental, ya que Madeline no pudo hacer que saliera una palabra de sus labios.

"Fingí estar borracho para ser ignorado. Un mercenario borracho no es recordado, mi señora, ni siquiera por el cervecero que toma el dinero del borracho.

Su pensamiento tenía un sentido espléndido. "Finges tan bien ese estado que me engañaste", dijo Madeline. "¿Debería preocuparme de que sea tu propia práctica extensa la que te otorgue tal habilidad?"

La sonrisa de Rhys brilló. "Tengo ojos en mi cabeza, no más que eso". Él ató la bolsa que llevaba detrás de la silla. "He traído comida, pero tendremos que comer más tarde". Él colocó sus manos alrededor de la cintura de Madeline para subirla a su silla y se quedó paralizado ante el cambio de forma de su vientre.

Su agarre se apretó alrededor de ella y no la levantó más, sosteniéndola de modo que sus miradas estuvieran niveladas. "Usted concibe con una prisa poco común, mi señora".

Luego él sonrió con una sonrisa lobuna, una que hizo que mil estrellas bailaran en sus ojos y despertó un terrible cosquilleo en el vientre de Madeline. Ella era muy consciente del calor de su pecho justo contra sus senos, de su aliento mezclándose entre ellos, de su firme agarre sobre su cintura.

Madeline se ruborizó furiosamente. "Quería seguirte. Me preocupaba que te tomaras tanto tiempo y me pareció muy sensato disfrazarme..."

Madeline no pudo terminar su explicación, porque Rhys la besó con un entusiasmo que la hizo olvidar sus propios pensamientos. Sus manos encontraron su propio camino alrededor de su cuello y él la atrapó contra su calor. Se besaron hambrientos y ella supo que no era la única aliviada por su regreso sano y salvo.

—Me gusta mucho que te preocupes por mí, anwylaf —susurró él cuando finalmente levantó la cabeza. "Pero no es mi intención morir todavía".

"¿Y qué tan audaz es un hombre que cree que la elección es solo suya?" Preguntó Madeline con severidad, inquieta por el feliz galope de su corazón en presencia de ese hombre.

Rhys sostuvo su mirada por un momento embriagador, como si fuera a hacer una dulce confesión. Madeline contuvo la respiración, hasta que Rhys negó con la cabeza y se volvió, conduciendo sus monturas de regreso al camino. Sus modales eran vigilantes y silenciosos una vez más, y Madeline no sabía si sentirse aliviada o decepcionada porque no dijera nada más.

Ella estaba a salvo a su lado y, por el momento, eso sería suficiente.

CAPÍTULO 10

Madeline y Rhys pasaron preciosas horas recorriendo un camino de ida y vuelta alrededor de Moffat, tratando de asegurarse de que su destino pareciera ser Carlisle cuando no lo era. Rhys quería asegurarse de que muchas almas los vieran en ese camino, y solo cuando estuvo convencido de que había suficientes testigos tomó el camino oculto que el granjero había mencionado.

"¿Cómo sabes que no le dirá a otro lo que te dijo a ti?" Preguntó Madeline.

"Él estaba lo suficientemente borracho como para que él mismo estuviera dormido cuando cualquier otro grupo lo alcance", dijo Rhys con gravedad.

"¿Y mañana?"

Rhys se encogió de hombros. "Dudo que recuerde su propio nombre, y mucho menos al mercenario sin nombre que le compró cerveza".

"¿Cuánta cerveza le compraste?"

Rhys se rió entre dientes. "Suficiente para asegurarlo, aunque él tenía una sed poco común".

"Te empobrecerás si continúas desperdiciando tu dinero de esta manera", reprendió Madeline, sin tener idea de cuánto dinero poseía Rhys.

"Sí, he repartido una gran cantidad de monedas entre las mujeres y la cerveza en este viaje". Él le lanzó esa sonrisa seductora. "Aunque no puedo llamar al gasto un desperdicio, para ser justos".

Ella no podía ofenderse, no cuando él la miraba así. De hecho, su corazón latía con doloroso vigor bajo su sonrisa, y ella sintió que se sonrojaba.

Ella tendría que armarse de valor contra el encanto inesperado de su marido, no fuera a encariñarse con un hombre que se había casado con ella únicamente por el fruto que su útero podría dar.

PARA ALIVIO DE RHYS, el camino no solo existía, sino que estaba donde el granjero le había dicho. También estaba desierto, como el que Kerr había tomado a través de los páramos. Siempre cauteloso, Rhys solo optó por detenerse después de estar bastante lejos de Moffat. Desmontaron en un pequeño claro que estaría fuera de la vista de un jinete.

Madeline miró a su alrededor. "Elegiste este lugar porque puedes ver el camino".

"Sin ser vistos fácilmente", asintió Rhys, apreciando su percepción. Él expuso los resultados de su excursión, disculpándose de que hubiera tan poco. Una mujer noble estaría acostumbrada a una mejor comida de la que él podría ofrecer, no solo ese día. "Manzanas y queso, pan y cerveza. Había poco más que eso, ya que no era día de mercado".

Madeline, sin embargo, no parecía preocupada por la simple comida. "¿Cuánto tiempo debe durar?"

Quizás hasta Glasgow. Quizás nos arriesguemos en otra ciudad antes de esa fecha.

"Pero preferirías que no te vieran", concluyó Madeline, sin censura en su tono. Ella dividió la comida con rápida eficiencia, otorgándole una medida más que ella y metiendo una buena cantidad en el saco. "El pan estará duro para mañana, así que lo comeremos hoy, la mitad ahora y la mitad esta noche. Se parco con el queso, porque se mantendrá un buen rato con esa buena corteza. Cada uno de nosotros comeremos una manzana o dos en cada comida, al menos hasta que se acaben."

Mientras él la miraba, impresionado por su pragmatismo, ella se encogió de hombros elaboradamente. "Y la cerveza es claramente para mí, ya que debes haberte hartado ya este día". Ella le dedicó una mirada de tal picardía que él estuvo tentado de olvidar la comida en favor de continuar sus esfuerzos por concebir un hijo.

Madeline debió adivinar la dirección de sus pensamientos, porque se ruborizó, luego se sentó y se ocupó de la comida. Sus manos temblaban levemente y Rhys vaciló antes de unirse a ella.

"¿Me tienes tanto miedo?" preguntó él.

Ella miró hacia arriba, su mirada clara. "¿Eres un traidor?"

"Eso depende de a quién se le pregunte".

Ella frunció el ceño. "Esa no es una respuesta".

Rhys se quitó el abrigo y volvió a darle la vuelta, de modo que el dragón rojo de Gales quedó claramente estampado de nuevo en su pecho.

Madeline miró con interés. "Había en Ravensmuir quienes decían que tú tentabas al destino al usar esa insignia tan abiertamente. ¿Por qué?"

Rhys se sentó a su lado y mordió una manzana mientras consideraba por dónde empezar. "Hace eones, hubo un rey de Gales que decidió construir su corte en una colina en Gwynedd".

"¿Dónde está Gwynedd?"

"Es el antiguo corazón de Gales, el territorio dentro del cual se encuentra Eryri, la montaña conocida como Snowdonia en inglés. Es allí donde se encuentra la sede más antigua de la autoridad galesa, la colina de Dinas Emrys, y fue sobre esta colina donde el rey Gwrtheyrn juró construir su salón".

Rhys mordió su manzana con vigor, tomándose su tiempo con la historia. "Pero algo andaba mal, porque cada noche lo que se había construido ese día desaparecía antes de que saliera el sol de nuevo. Las piedras desaparecían tan completamente como si fueran tragadas por la tierra, y el rey estaba molesto porque se hubiera avanzado tan poco".

Madeline escuchaba, absorta. Sus manos se detuvieron sobre el pan.

"Y así fue que el rey llamó a un vidente para que le dijera lo que había salido mal. Él llamó a Myrddin, un joven hechicero que sería conocido por los ingleses como Merlín, quien conjuró un sueño. Después de su sueño, Myrddin aconsejó al rey que cavara debajo de la colina, que cavara hasta encontrar un lago. Y al lado de ese lago habría una cueva, y dentro de esa cueva habría dos dragones, uno rojo y otro blanco. Y así se hizo, por orden del sueño del hechicero".

"¿Y qué encontraron?"

"Fue como Myrddin había predicho, pero mientras el rey y sus hombres observaban, los dragones despertaron. El par libró una feroz batalla, a través de la cueva y en el lago, luego desapareció. Y Myrddin dijo que siempre sería así, que esa pareja pelearía una y otra vez por toda la eternidad. Dijo que el dragón blanco era Inglaterra y el rojo Cymru..."

"¿Cymru?"

"Gales." Rhys masticó su manzana y miró por encima de las colinas, saboreando que la atención de Madeline no vacilara. "Y él aconsejó al rey que construyera su morada en otro lugar".

"¿Por qué?"

"Mientras Dinas Emrys siga siendo una colina boscosa, el dragón rojo seguirá vivo para librar la guerra contra el blanco. Mientras la colina esté libre, el dragón rojo luchará". Rhys se encontró con la mirada de Madeline, dejándola ver su determinación. "Él luchará hasta su último aliento, todas y cada una de las noches por toda la eternidad si es necesario, hasta que el dragón rojo finalmente triunfe sobre el blanco".

Se miraron el uno al otro por un momento potente, y Rhys

recordó la seda de su piel bajo su mano, la forma en que ella había jadeado cuando encontró su placer. El deseo se agitó dentro de él y pensó en acostarse con ella allí, sobre esta tela, sin tener en cuenta a quienquiera que los persiguiera.

Él estaba sorprendido por el atractivo de la noción, una noción que podría resultar en su propia desaparición. ¿Qué poder tenía esa mujer sobre él? ¿Y cómo lo había conjurado en tan pocos días? Rhys tenía el ingenio para tener miedo.

Madeline miró el pan que tenía en las manos, rompiendo la mirada acalorada que los había unido. "Puedes contar una historia, esposo".

"Soy galés", dijo Rhys y apartó la mirada de la tentación que ella ofrecía.

Ella se aclaró la garganta. "No es de extrañar que se pensara que tu insignia era provocativa".

Rhys consideró esto por un momento. "Mi insignia declara que soy quien soy, que es la tarea de una insignia. No soy un hombre que finge ser diferente de lo que soy".

"Excepto en Moffat".

Él sonrió ante eso y la dejó pensar lo que quisiera. Había más que considerar que su propio y lamentable pellejo, al menos hasta que llegaran a Caerwyn.

"¿Me dirás por qué el rey te acusó de traición?"

"No", dijo Rhys con firmeza. Él tomó otra manzana y la mordió, notando que ella estaba molesta con él de nuevo. Sin duda, la dama estaba hechizada cuando sus ojos brillaban con tal vigor. Él se quedó mirando el camino y deseó que el entusiasmo de sus calzas lo abandonara.

"Entonces tendré que aprender la historia de otra persona", dijo ella con aspereza. "Puedes estar seguro de que hay otras personas que conocen los cargos en tu contra, Rhys, y es posible que no estén tan interesadas en otorgarte una audiencia justa como tú".

"Entonces no deberías buscar la historia de otros", dijo él, decidido a poner fin a su curiosidad. "Después de todo, no es agradable para una dama buscar chismes". Madeline jadeó de indignación, pero antes de que pudiera hacer otra demanda, él hizo una propia. "¿Qué hay de ese hombre que capturó tu corazón? ¿Quieres hablarme de él?

Sus ojos se abrieron con sorpresa. "¿James?"

"Si ese era su nombre." Rhys se encogió de hombros, tratando de dar la impresión de que estaba menos interesado de lo que pensaba. "Tu prometido, que murió".

"James." Ella apretó los labios y suspiró, luciendo repentinamente abatida. Ella parecía tanto decidida a cortar la manzana con el cuchillo como desinteresada en todo lo que hacía.

Rhys se estiró en la hierba, mucho más feliz haciendo preguntas que respondiéndolas. Él observó a Madeline, buscando las respuestas que ella no expresaría con palabras. "¿Qué clase de hombre era él?"

Ella suspiró y una dulce sonrisa asomó a sus labios. Que esa sonrisa no tuviera nada que ver con él, y que nunca lo haría, desgarró el corazón de Rhys con una fuerza sorprendente.

"James era un hombre amable y gentil. Estaba lleno de tanta bondad y podía cantar como si fuera un ángel".

Rhys resopló. "Entonces se alegrarán de tenerlo en su coro".

Madeline lo fulminó con la mirada. "James era un hombre elegante y educado. Era bueno, amable y gentil y... "

"Lo que quieres decir es que soy tan diferente de James como podría serlo cualquier hombre".

Su mirada lo recorrió y resopló. "Yo nunca sería tan grosera como para decir tanto". Madeline volvió a centrar su atención en su manzana, con dos puntos de color ardiendo en sus mejillas. "Él podía tocar el laúd con mucha habilidad".

"¿El laúd?" Rhys se enderezó. "¿Era músico?"

Madeline asintió, ajena a lo ávido que se había vuelto Rhys. "Él escribía algunos versos y cantaba muchos más compuestos por otros. Tocaba el laúd con gran astucia".

¡Poeta y trovador! Rhys miró hacia otro lado, alarmado como

rara vez lo estaba. La manzana era como aserrín en su boca, porque había adivinado bastante bien quién era el músico que viajaba con Rosamunde, el porqué ese grupo lo había perseguido desde Ravensmuir y lo que querían con él.

Qué perfecto para Rosamunde que pudiera condenar fácilmente a Rhys y así asegurarse de que Madeline quedara viuda. Y Madeline podría casarse con el hombre al que había jurado amar.

Rhys arrojó el corazón de la manzana a la maleza con fuerza, sin importarle que no hubiera terminado la masa, y se dio cuenta de que Madeline lo miraba con cautela.

Él luchó por mantener su tono pasivo, aunque su interés en la respuesta de su esposa estaba lejos de ser pasivo. "¿Besaste a James como me besas a mí?" él escuchó que su esfuerzo había fracasado, que sonaba como si él buscara una discusión.

Había encontrado una.

La mirada de Madeline fue positivamente letal. "James era demasiado noble para obligarme a su beso".

Rhys recordaba muy bien que ella lo había llamado bárbaro. Y no es de extrañar, porque los bardos eran hombres de habilidades considerables. Eran marcados temprano para su destino, se les concedía la mejor educación, eran inteligentes y talentosos y los hombres más exaltados de la sociedad galesa. No es de extrañar que ella encontrara a Rhys como un pobre sustituto de ese James. Él tendría que acordarse de no cantar en su presencia, no fuera que esa comparación tampoco le sirviera de nada.

"Lo que significa que no lo hiciste". Rhys se puso de pie, perturbado más allá de lo esperado por las impresionantes credenciales de ese pretendiente perdido. "Entonces, ¿cómo murió? ¿Defendió él un caso que no pudo ganar y, por lo tanto, se enfrentó a la ira del bando perdedor? "

Madeline miró hacia arriba, su desconcierto era claro. "No entiendo."

Rhys habló con brusquedad en su molestia. Dijiste que él era poeta y músico, por lo que también debe haber sido abogado. Los mejores poetas también son abogados. ¿Me dices que era un músico incompetente?

Ella se rió, el sonido brotó de sus labios en su sorpresa. "¿Qué locura es esta? ¡Poetas como abogados! ¿Seguro que bromeas?

"¡Seguro que no!" Su actitud irritaba a Rhys como poco más podría haber hecho. "Se requiere elocuencia para argumentar un caso legal y la habilidad de lanzar un hechizo sobre la audiencia. Un abogado es un orador, como un poeta. Cualquier persona sensata puede ver la conexión". Madeline parpadeó, pero Rhys no pudo detenerse. "Los bardos están bien acostumbrados a recordar largos pasajes de verso, algo parecido a recordar pasajes de leyes. Y los poetas, finalmente, son más inteligentes que lo creíble, porque no solo deben dominar los antiguos veinticuatro metros de versos en rima, sino también ser capaces de hacer esas composiciones mientras cantan".

"No me di cuenta..."

Rhys se pasó una mano por el pelo, agitado por las habilidades de su competidor, y nada menos que Madeline no parecía apreciarlas. ¡Qué irritante tener que explicar los abundantes talentos del otro hombre! "Pocos se dan cuenta de la complejidad del verso medido. En galés, a esa armonía la llamamos cynghanedd y no se aprende fácilmente. ¡Las sílabas deben ser del mismo número dentro de cada línea del verso, y cada palabra de cada línea debe comenzar con el mismo sonido, y la primera palabra de cada línea debe aliarse con las primeras palabras en todas las demás líneas y la última consonante de cada línea debe aludir a la primera palabra de la siguiente! "Rhys extendió las manos y rugió. "¡No es una tarea para el intelecto simple, te lo aseguro!"

Madeline simplemente lo miraba fijamente, tan grande era su asombro.

Rhys exhaló pesadamente y obligó a su voz a volver a su timbre habitual. "Así, en la corte de mi tío, el poeta que poseía habilidades tan temibles era también el hombre que conocía y defendía la ley".

"Nunca había oído nada parecido". Madeline dejó escapar un

suspiro a su vez. "James simplemente podía tocar una melodía bonita".

Rhys la miró boquiabierto. "¿Él no podía componer en versos?"

Ella sacudió su cabeza.

"¿Estás seguro de que simplemente no te cargó con la plenitud de sus habilidades?"

Madeline se rió entre dientes. "Estoy segura. Él casi carecía de instrucción, porque su padre no tenía ningún interés en la música. Él mismo compuso poco y dudo de todo corazón que supiera tanto de derecho como cabría esperar. Su encanto radicaba en otros rasgos". Ella sonrió a Rhys con desconcierto mientras pelaba una manzana con su cuchillo. Ustedes, los galeses, son unos caprichosos. ¡Poetas como abogados!

Aunque Rhys se sintió aliviado de que James no fuera un enemigo tan formidable como él había temido, su estado de ánimo no mejoró cuando Madeline respondió al sentido común como si él estuviera loco. Él la fulminó con la mirada. "Entonces, ¿cómo murió este estimado músico de tan pocos talentos? ¿Se cortó los dedos blancos con cuerdas de laúd demasiado tensas?

Madeline apartó la piel de la manzana con fastidio. "Su padre hizo que lo mataran".

"Entonces, tal vez este James no era un hombre tan amable y gentil, si es que enfureció tanto a su padre. Quizás no era tan inteligente como crees".

"Su padre no se enfureció", afirmó Madeline con fuerza. "Simplemente estaba ciego a la clase de hombre que era su hijo. Te dije que a él no le interesaba la música ni su mérito. Él envió a James a la guerra en Francia, a pesar de las protestas de James".

"¿Por qué este James no desafió a su padre? Se puede hacer." Rhys observó su pedazo de pan y decidió arriesgarse a provocarla de nuevo. "A menos, por supuesto, que uno no quiera amenazar su herencia".

"¡Oh! ¡Te apresuras a lanzar calumnias sobre aquellos a quienes no has conocido! "Los ojos de Madeline brillaron. "¡Su padre era cruel e injusto! Hizo encarcelar a James en su propia fortaleza hasta que James accedió a ir a la guerra. Y luego envió a James con sus propios guerreros, con la orden de que se aseguraran de que James sirviera bien a los intereses de su padre en Francia. Él se aseguró de que James no pudiera escapar, que tuviera que luchar. Y así James murió. Era perverso y absolutamente inadecuado que un padre tratara a su hijo de esa manera".

"¿Él murió en batalla?"

Madeline asintió una vez. "James no era un hombre forjado para la guerra. ¡Su padre nunca debería haberlo enviado a Francia cuando lo hizo! "

"Hablas bien", reconoció Rhys. "Si hubiera sido un buen padre, lo habría enviado a la guerra antes".

Madeline dejó caer el cuchillo y la manzana, la indignación la hizo ponerse de pie. "¿Qué locura es esta? ¡Ningún padre decente asesinaría a su hijo sin una buena razón! "

Rhys estaba fascinado al ver a su esposa. Ella era tan apasionada, tan decidida a defender a un hombre que no podría haber sido un rival adecuado para su naturaleza ardiente.

Como lo era él. Él se puso de pie a su vez, sin miedo a concederle una medida de la honestidad que tanto admiraba.

"Tu prometido murió porque no estaba preparado para lo que tenía que hacer", afirmó Rhys. "Todos los hombres deben luchar algún día por lo que llamarían suyo, y es el deber de un padre asegurarse de que sus hijos estén preparados para ese deber. Al concederle a tu James su libertad fuera de la guerra durante el tiempo que lo hizo, el padre bien podría haber clavado su propia espada en el pecho de su hijo".

"¡Pero no todos los hombres son aptos para la guerra!"

"Suficientemente cierto. Algunos sirven mejor como sacerdotes y monjes". Rhys esperó su respuesta, sabiendo que habría una. "Pero esa elección difícilmente habría asegurado la supervivencia de James como tu cónyuge".

Un rubor rubí se elevó de la garganta de Madeline para

impregnar su rostro. Sus ojos brillaron con enojo, su tono vívido similar al de un rayo, y sus palabras fueron bajas y calientes. "Vas demasiado lejos en eso. Ni siquiera conociste a James, nunca escuchaste la magia que podía extraer de un laúd, y no tienes derecho a despojarme de mis recuerdos de él".

Pero Rhys estaba enojado ahora y temía las intenciones de Rosamunde. De repente, pareció crítico que Madeline enfrentara la verdad de que este James no era una pareja adecuada para ella. "Apuesto a que deseabas casarte con tu prometido antes de su partida a Francia", dijo él secamente. Él se levantó y reunió los restos de su comida. "Pero tu padre lo prohibió".

Todo el color abandonó las mejillas de Madeline cuando ella lo miró boquiabierta. Su voz era casi inaudible. "¿Cómo puedes saber esto?"

Rhys apenas la miró, tan molesto estaba de que ella no demostrara su buen juicio en un asunto de tanta importancia. "Porque tu padre conocía a James, obviamente, y debe haber sabido la verdad sobre la falta de habilidad militar de James. Ningún hombre casaría voluntariamente a su hija con un hombre que no pudiera garantizar su seguridad. Tu padre indudablemente pensó que James moriría en Francia o que demostraría ser más guerrero de lo que había sido hasta entonces".

Rhys se encogió de hombros. —Sería mejor que te casaras con él después de que se conociera la verdad o que no te hubieses casado en absoluto. Tu padre cumplió con su responsabilidad hacia ti, como yo cumpliré la mía con nuestras hijas, si fuéramos bendecidos con alguna. "

Con eso, Rhys comenzó a empacar su comida con gestos salvajes. Madeline no dijo nada en absoluto, aunque podía sentir su consternada mirada sobre él. Él no había tenido la intención de herir su corazón, aunque no tenía ninguna duda de que lo había hecho. Sin embargo, él no tendría la reputación que se le imponía del gran santo James cada vez que vacilara en las expectativas de su esposa.

Especialmente porque ese hombre probablemente los perseguía.

Tal vez no pudiera evitar la perspectiva de que Madeline eligiera entre ellos, pero haría todo lo posible para asegurarse de que ella no se hiciera ilusiones si alguna vez lo hacía.

Él miró hacia atrás para encontrarla sacando la tela envuelta debajo de su kirtle, sus lágrimas caían con tal vigor que él se sintió un bribón. Ella había amado a ese tonto James, y él no debería culparla por eso.

"Déjalo, Madeline", dijo él en voz baja. "Tu plan es bueno".

Ella se detuvo y lo miró fijamente, con el rostro surcado de lágrimas. "Amo a James y eso nunca cambiará".

"Entiendo." Rhys estaba arrepentido, porque le había hablado con demasiada dureza. No volveré a hablar de él por respeto a ti. De hecho, me disculpo por haber perdido tanto los estribos".

"Nunca amaré a otro", dijo ella con voz ronca.

Rhys asintió una vez y se volvió, entendiendo lo que ella le estaba diciendo. Había un vacío dentro de él, un abatimiento porque Madeline no pudiera ofrecerle todo lo que le había ofrecido a James, pero Rhys estaba acostumbrado a arreglárselas con los restos de los demás.

Él ensilló los caballos y luego le ofreció la mano. Ven, mi señora. Es hora de volver a montar".

RHYS FITZHENRY no tenía corazón en absoluto. Madeline estaba casada con un hombre al que no le importaba que ella nunca lo quisiera. Ella decidió que esa revelación no era tan sorprendente, después de todo. ¿No se decía que una mujer se casaba una vez por deber y luego por amor? Ella supuso que tendría que sobrevivir a Rhys para tener la oportunidad de tener ese amor en su segundo matrimonio.

Parecía una perspectiva débil. Continuaron cabalgando en un silencio sombrío, solo los cantos de los pájaros y el susurro ocasional de la maleza llegaba a los oídos de Madeline.

Al menos no los perseguían.

Y el clima no era tan malo como podría haber sido.

Parecía una lista lamentable de los favores de la fortuna, pero no había forma de cambiarla. Madeline miró a Rhys y se preguntó acerca de sus pensamientos ocultos.

El hombre no tenía escasez de ellos, estaba claro.

Lamentablemente, su indiferencia por el amor era evidente. Tales sentimientos tiernos no debían tener importancia para un hombre de guerra como él. Ella había visto el brillo en sus ojos cuando hablaba de Caerwyn, y supuso que le encantaba esa fortaleza. Aunque sabía que no debería haberse sorprendido de que a él solo le importaran las propiedades, ella estaba profundamente decepcionada.

Quizás era hora de que ella sacara a la luz más de sus secretos cuidadosamente guardados. Ella tenía muy poco que perder.

Madeline miró a su esposo, notando que él estaba más sombrío que de costumbre, e instó a su caballo a acercarse un poco más al suyo. Rhys apenas le dedicó una mirada, su propia mirada recorría inquietamente la vegetación en sombras a cada lado. Estaba oscureciendo, una mancha triunfal de rosa tiñendo el índigo de los cielos del oeste.

"¿A quién conoces en Glasgow?" Preguntó Madeline.

En todo caso, Rhys se puso más sombrío. "No tiene importancia".

Madeline no esperaba una confesión fácil de él. De hecho, ella podía ser tan terca como él y era hora de que se enfrentara a la verdad. "¿Cómo conoces a alguien en Glasgow? Esa ciudad está lejos de Gales."

"No tiene importancia". Rhys sacó a su caballo del camino y tomó un sendero a través del bosque, lo que hizo imposible que Madeline continuara su conversación. Ella esperó, aunque con impaciencia, hasta que él se detuvo en un pequeño claro junto a un arroyo. Él desmontó, moviéndose con confianza en las sombras, luego la ayudó a desmontar.

"¿Simplemente haces una visita o esperas ayuda de este amigo en

Glasgow?" Preguntó Madeline, manteniendo su tono deliberadamente brillante. Ella ganó una mirada dura por su pregunta, pero ella levantó un dedo antes de que él pudiera hablar. "Creo que esto es importante".

Rhys se encogió de hombros. "Y yo no lo creo." Él desabrochó su alforja, sacó algo y se internó en el bosque. Gelert corrió tras Rhys, agitando la cola como un estandarte desaliñado en su entusiasmo.

Con media docena de pasos, se fue. Media docena más y ella ni siquiera podía oírlo.

Efectivamente, él había abandonado a Madeline a sus propias preguntas. Madeline le gritó a su esposo, sin éxito, y los sonidos del bosque se cerraron a su alrededor. Los caballos inclinaban la cabeza para pastar, agitaban la cola y chocaban amablemente unos con otros.

¡El hombre tenía modales de jabalí! Madeline volvió a gritar, sin esperar realmente ninguna respuesta. Ella no recibió una.

¡Canalla! ¡Bribón y rufián! Rhys FitzHenry tenía los peores modales de cualquier hombre que ella había tenido la desgracia de conocer. Él anhelaba un hijo, ¿verdad? Oh, él podría considerarse afortunado si alguna vez volvía a encontrarse entre sus muslos. Él era bienvenido para quedarse con cien putas, dada su actitud.

¿Qué clase de hombre dejaba sola a una mujer en el bosque por la noche? ¡Ningún hombre de mérito, eso era seguro!

Madeline apretó los dientes, luego desabrochó las alforjas y las arrojó al suelo del bosque. Él no tenía escudero, por lo que ella debía cumplir con los deberes de uno o ver sufrir a los caballos.

Miserable hombre. Ella desplegó las dos mantas que encontró dentro de la bolsa de Rhys. Ella solo pudo quitar la silla de la yegua, porque la del caballo no solo era demasiado grande, sino que la bestia en sí era demasiado alta. Ella dejó caer las riendas sobre las cabezas de los caballos y los dejó pastar, luego encontró el cepillo para caballos en una bolsa.

De hecho, ¿qué necesidad tenía Rhys de un escudero cuando tenía esposa? Ella cepilló a los dos caballos con vigor, porque no era culpa suya que su amo fuera un canalla egoísta. No tenía ningún mérito dejarlos enfermar por el frío de su propio sudor.

Madeline maldijo enérgicamente la irresponsabilidad de su marido mientras trabajaba. Una vez que terminó, se puso a juntar leña para el fuego. Ella supuso que la presencia de su caballo indicaba que Rhys regresaría, aunque ella no habría apostado su último denario. Ella tampoco confiaba en que él les proveyera una comida a los dos una vez que regresara. Por lo que ella sabía, él podría haber olido la cerveza de una posada a lo lejos, y haberse marchado a tomar calor y una buena comida.

Si él pensaba que ella se dejaría morir de frío o se enfadaría por su ausencia, estaba muy equivocado. Afortunadamente, ella se encontró una buena cantidad de leña seca. No debía haber llovido con tanta diligencia en esas partes como lo hacía más al este.

A medida que su ira siguió su curso y se desvaneció, el miedo de Madeline comenzó a crecer. Ella se mantuvo ocupada, dolorosamente consciente de que nunca antes había estado sola en el bosque. Ella estaba acostumbrada a la seguridad de los altos muros por la noche, y recordaba con demasiada facilidad las historias de lobos hambrientos que ella había escuchado con tanta frecuencia.

Ella alimentó el fuego con un tremendo resplandor, con la esperanza de disuadir a los depredadores de que se acercaran. A pesar de sus esfuerzos, cayó la noche y un lobo aulló en la distancia. Para su consternación, otro respondió desde la otra dirección. Sonaban cerca de sus oídos inexpertos, demasiado cerca. Incluso los caballos se acercaron uno al otro, moviendo las orejas.

Madeline se dijo a sí misma que debía ignorar el brillo de los ojos vigilantes en el bosque que la rodeaba; seguramente, verlos no era más que su imaginación. Ella se envolvió bien con la capa, maldijo a su esposo una vez más, luego se sentó y le dio un mordisco a una manzana. Ella comería, luego dormiría.

O al menos intentaría hacerlo.

"Pensé que desearías una comida caliente esta noche", dijo Rhys con humor.

Como de costumbre, el hombre reapareció en una repentina proximidad, solo sus palabras revelaron su presencia. Cuando Madeline se giró para mirarlo, lo encontró de pie en las sombras, con el perro a su lado. Él sostenía un trío de peces en alto, como si eso y su sonrisa pudieran compensar su abrupta partida. La confianza en sus modales era la última molestia que ella necesitaba en esa noche para perder los estribos en verdad.

"¡Miserable infiel!" gritó Madeline, más aliviada al ver a Rhys de lo que quería admitir. Ella lanzó su manzana a su cónyuge con toda la fuerza que pudo reunir, solo esperando que el moretón resultante fuera grande y duradero.

CAPÍTULO 11

*P*ara sobrevivir a tres hermanos traviesos, Madeline había aprendido a apuntar y lanzar, y había aprendido a hacerlo bien.

La manzana golpeó a Rhys de lleno en la nariz, de tan asombrado que estaba él por su asalto. Él gritó y saltó hacia atrás, dejando caer un pez y luego maldiciendo mientras lo buscaba entre las hojas.

Mientras tanto, la manzana golpeó el suelo y rebotó. Gelert corrió tras ella, moviendo la cola con deleite cuando descubrió la manzana. El perro trotó hacia Madeline, extraordinariamente orgulloso de sí mismo, con la manzana en alto y luego la puso a sus pies para comerse su premio.

Rhys no estaba tan feliz. Él miró a Madeline con cautela mientras se acercaba, todavía sacudiendo las hojas secas del pescado recuperado. "Estás molesta", dijo él, como si la reacción de ella fuera inexplicable.

"Qué espléndida fortuna estar casada con un hombre perspicaz".

"¿A dónde pensaste que yo había ido?"

"Quizás al infierno". Madeline cruzó los brazos sobre el pecho, intrigada a pesar de su molestia por sus modales. ¿Rhys realmente no entendía que ella había tenido miedo?

Su mirada se deslizó sobre sus rasgos y ella supo que él no se perdía ningún detalle. "No puedes haber pensado que te había abandonado", dijo él, cuando evidentemente se le ocurrió la perspectiva.

"¿Qué más iba a pensar?" Madeline se dio la vuelta para atender el fuego, y oyó los pensamientos de Rhys mientras él la miraba.

"Yo me ocupo de lo que es mío", dijo él.

Madeline resopló. "Qué bienvenido es saber que me cuentas entre tus posesiones. Como tu silla de montar o tu espada. Quizás tu perro. "Ella clavó un palo en el fuego. "Es un sentimiento que calienta el corazón de una mujer".

Ella escuchó sus pasos justo antes de que él la agarrara del codo y la hiciera girar para encontrar el fuego en sus ojos. "¡Haces acusaciones sin motivo! Hay un río. ¿No puedes oírlo? Él sacudió la cabeza con irritación. "¿No puedes adivinar que yo quería proporcionar una comida caliente para nosotros? Tenías que saber que volvería".

"Yo no sabía tal cosa".

"Entonces, ¿por qué encendiste un fuego?" Él le dedicó una mirada de desaprobación. "Nada menos que uno tan grande como una pira. Quienes nos cazan nos encontrarán sin esfuerzo, si esto sigue ardiendo tan alto".

Que él criticara su ingenio en ese momento era demasiado.

"¡Entonces, tal vez encuentren a su presa asada!" Madeline pateó un poco de madera de la hoguera mientras Rhys la miraba con asombro, luego pisoteó los leños en llamas.

Cuando terminó, el fuego era mucho más pequeño, al igual que su irritación con Rhys. De todos modos, ella se giró para enfrentarse a él y apoyó las manos en las caderas. "¿Eso te parece mejor, esposo? ¡Deberías dejar instrucciones más precisas en el futuro, para que pueda cumplir plenamente tus órdenes! "

El aire crujió bastante entre ellos, luego Rhys negó con la cabeza.

"Seguramente no puedes haber tenido miedo", dijo él, frunciendo el ceño mientras destripaba el pescado con gestos decisivos. "Eres una mujer demasiado intrépida para tener miedo a las sombras".

"A lo que yo temía era a los lobos y sus apetitos, no a la oscuridad".

Otro lobo aulló, como para enfatizar su argumento. Rhys ladeó la cabeza para escuchar. "No se están acercando", dijo él con una confianza que Madeline no sentía.

"De todos modos, no dormiré esta noche".

Él le dedicó una mirada penetrante. "¿Alguna vez has pasado una noche fuera de las murallas de la fortaleza?"

"Sólo una vez", admitió Madeline con firmeza. "Hace unas noches".

Al principio ella pensó que Rhys no la había escuchado, porque él no reconoció sus palabras. Metódicamente él empaló el pescado limpio en palos que debió haber pelado y afilado mientras esperaba que el pescado picara su señuelo. Él clavó los palos en el suelo para que hicieran un trípode y se aseguró de que los peces estuvieran inclinados sobre las llamas.

Solo entonces aparentemente la notó a ella. "¿Vigilarás que no se quemen? Puede girarlos fácilmente, así." Rhys giró un palo para demostrarlo y Madeline asintió de mala gana. Él inclinó la cabeza para que ella pudiera ver el brillo en sus ojos y por un momento Madeline temió que él se burlara de ella.

En cambio, Rhys habló con suavidad. "Prometo regresar, después de dejar un mensaje a los lobos para que dejen que mi dama duerma en paz esta noche".

Él se alejó y Madeline al principio no pudo adivinar qué haría Rhys. Ella vio su sombra deslizarse detrás de un árbol y escuchó la salpicadura de líquido cayendo, y luego adivinó.

Rhys dejaba un mensaje para los lobos de una manera que ellos pudieran entender. Él marcaba el perímetro de su campamento con su orina, como los lobos marcaban su territorio.

Y lo hacía para tranquilizarla. ¿Cómo podía ella estar enojada con un hombre de tan rudo encanto? Sus hermanos nunca habrían hecho algo así para tranquilizarla; simplemente se habrían burlado de ella hasta que ella no se atreviera a expresar su miedo por más tiempo.

Una vez más, Rhys la había sorprendido.

Madeline parpadeó para contener las lágrimas inesperadas y prestó una atención indebida al pez. Ella escuchó el susurro de los pasos de Rhys mientras se movía alrededor del círculo de su campamento, deteniéndose para dejar una misiva para los lobos cada pocos metros.

Hubo una pausa, luego ella lo escuchó chapotear en el río que no había notado antes. En verdad, ella no estaba acostumbrada a escuchar los sonidos del bosque, porque el flujo del río era fácilmente discernible ahora que lo escuchaba.

Y su corazón se retorció de nuevo al darse cuenta de lo que hacía Rhys. Ese hombre exasperante se lavaba antes de compartir una comida con ella, como si quisiera mostrarle a su novia que sus modales no eran del todo groseros. Madeline nunca hubiera esperado que él estuviera tan preocupado por sus miedos y expectativas.

Pero él se preocupaba. Aunque él no estaba acostumbrado a compartir todos sus pensamientos, aunque no siempre entendía o anticipaba sus preocupaciones, el hombre se esforzaba por hacer que su matrimonio fuera exitoso. Ella le debía algo más que hacer un disparo más adecuado para una tabernera. Ella observó el pescado con diligencia, y su estómago vacío empezó a gruñir en señal de queja ante el tentador olor del pescado asado.

Rhys regresó con el pelo mojado y el abrigo en las manos, la camisola desabrochada y pegada a la piel húmeda. Madeline podía ver el contorno de su pecho musculoso a través de la tela húmeda y la oscura maraña de pelo en su pecho. A ella e le secó la boca y se le encendió el apetito por algo más que pescado asado. Rhys se sacudió el agua del cabello mientras se acercaba al fuego y luego examinó el pez con ojo experimentado.

"Sabrán bien con ese pan", fue todo lo que dijo pero su tono era amable. Madeline entendió que él quería que su discusión quedara atrás.

Ella también quería, así que le ofreció una sonrisa tentativa. "Debes permanecer cerca del fuego, hasta que estés seco. Déjame traer el pan".

Él miró su sonrisa, parpadeó y luego miró al pez con el ceño fruncido. "No quise asustarte, pero te confieso que pienso mal con el estómago vacío".

Madeline asintió ante su disculpa. "Lo entiendo ahora. Pido disculpas por mi enojo".

Su ceño se profundizó. "No fue inmerecido. No estoy acostumbrado a viajar con otra persona, y mucho menos con una mujer noble".

"¿O una esposa?"

Él sonrió entonces, esa sonrisa que derretía todas sus reservas. O una esposa, anwylaf.

Quizás podrían hacer un matrimonio con ese pobre comienzo. Quizás su matrimonio no estaba destinado a ser simplemente soportable. Un hijo en su vientre resolvería gran parte de lo que se interponía entre ellos.

Madeline se atrevió a tener esperanzas.

"Parece que poco a poco llegamos a entendernos, Rhys", dijo ella, pasando las yemas de los dedos por su brazo. Él la empaló con una mirada porque ella había usado su nombre, y ese calor peligroso dentro de ella se convirtió en una llama. Ella no apartó la mirada cuando se le secó la boca, ni él tampoco.

Entonces el pescado empezó a humear.

RHYS GRITÓ consternado y Madeline se apresuró a buscar el pan. Ella sostuvo una rebanada de pan mientras Rhys quitaba cada pez de la estaca. Él les quitó hábilmente la cabeza y la piel, dejando un filete humeante sobre cada pedazo de pan.

"Ah, por una medida de sal", dijo él con nostalgia mientras se sentaban junto al fuego, luego le concedió a Madeline un guiño inesperado.

Ella se sentó, sintiendo todo un escalofrío en su presencia, pensando en los hijos y sus concepciones, y comió su comida. El pescado estaba delicioso, el calor del fuego era una delicia. No era del todo malo estar sola en el bosque así, la noche presionándolos por todos lados, no ahora que Rhys estaba sentado a su lado. Los caballos dormitaban, agitaban las colas y Gelert vigilaba atentamente el campamento.

Rhys se aclaró la garganta. "Te debo una recompensa, mi señora, porque no era mi intención asustarte".

Madeline lo miró con interés. No era propio de Rhys ofrecer ninguna concesión. "No hay duda de que nombrarás qué tipo de recompensa debe ser".

Una sonrisa torcida asomó a sus labios. "¿Y si te ofrezco un cuento?"

"¿Un cuento de fantasía o uno de tu propia historia?"

"¿Qué opinas?"

"Creo que morirías antes de confesarme un bocado de tu propia historia", dijo Madeline, muy fortalecida por una comida caliente en su estómago. "Pero me arriesgaré a pedirlo".

"Dios me libre de esta mujer valiente que he tomado por esposa", murmuró Rhys, aunque su tono era cálido.

Madeline se rió entre dientes y luego se lamió los últimos pescados de los dedos. "Uno debe aprovechar al máximo una oferta tan rara de ti", bromeó ella y Rhys se rió entre dientes a su vez. A ella le gustaba el brillo de sus ojos, la forma en que él se veía cuando se burlaba de ella, y eso solo la tentó a preguntar lo que realmente deseaba saber. "¿Quién te traicionó?"

Rhys se congeló entonces, su mirada se elevó lentamente para encontrarse con la suya. Madeline no parpadeó ni apartó la mirada. Sus ojos estaban oscuros, su expresión insondable, pero él vaciló, así que ella pensaba que él podría responderle.

Luego él negó con la cabeza y volvió su atención a su comida. "No sabes que alguien me traicionó".

"Lo puedo apostar".

"No tienes nada con qué apostar".

"Me ofreciste la recompensa de un cuento".

Un músculo se movió en su garganta y su voz bajó. "Ese no, Madeline."

Ella lo conocía lo suficientemente bien como para no insistir en este asunto. Entonces háblame de Caerwyn.

Su rápida mirada fue penetrante. "¿Por qué?"

"Porque te encanta".

"A todos les encanta. Lo verás cuando lleguemos allí".

Madeline reunió con esfuerzo su paciencia, que disminuía rápidamente. "Mi tía Rosamunde parecía conocerte". Ella se preguntó si había imaginado que Rhys se pusiera rígido ante estas palabras. "¿Lo hacía?"

"Sí." Él no la miraba a los ojos.

"¿Cómo?"

Rhys se encogió de hombros. "Es una larga historia".

Madeline apretó los dientes. La recompensa que él había ofrecido no era una que pudiera cumplir fácilmente, ¡estaba claro! "Ella dijo que yo no debería juzgar a un hombre por su apariencia, ni siquiera por su reputación. Thomas dijo casi lo mismo de ti. ¿Qué saben ellos de ti que yo no sepa? "

"¿Quién puede decir?" Dijo Rhys. "Deberías preguntarles".

"¡No es probable que tenga la oportunidad de hacerlo durante bastante tiempo!"

Él casi sonrió. "Dudo que olvides tu pregunta, no importa cuánto tiempo pase". Y se sirvió otro trozo de pan.

"¿Es tu intención ser el hombre más irritante de la cristiandad, o tienes un talento innato para guardarte tus secretos para ti mismo? ¡Estoy segura de que nunca he sentido tantas ganas de herir a otro ser vivo como desde que te conocí!

Rhys sonrió completamente entonces, la expresión quitó las sombras de sus ojos. "La evasión es un talento aprendido, pero uno que poseo sin duda". Él terminó su propia comida y se tumbó sobre su capa. Cruzó los tobillos calzados con botas y apoyó su peso en el codo mientras la miraba cálidamente. Sus ojos brillaron de la manera más seductora. "¿No tienes más preguntas?"

"¿Cuál sería el mérito?"

"¿Seguramente no puedes tener la intención de entregar tu recompensa tan fácilmente? Pensé que eras una mujer de cierta perseverancia".

Madeline miró a su alrededor, sin saber qué preguntarle para que él se dignara a responder. El perro se levantó, se sacudió y luego se abalanzó sobre las pieles desechadas de los peces. "¿Por qué llamaste al perro Gelert?"

Rhys suspiró, su mirada se posó en el perro. "Es un nombre de un cuento antiguo, uno de los cuales me gusta".

"Cuéntamelo". Para alivio de Madeline, Rhys no discutió.

Él chasqueó los dedos y el perro se acercó a él. Él le rascó las orejas, el deleite del perro hizo sonreír tanto al marido como a la mujer. "Se dice que hace mucho tiempo hubo un caballero. Él tenía un castillo a su nombre, así como una aldea y algunas tierras. Como solo tenía su caballo, su armadura y su fiel perro, Gelert, para hacerle compañía, decidió buscar una esposa. Él conoció a una mujer noble que lo encontró tan agradable como él la encontró a ella, y se casaron. Con el tiempo, tuvieron un hijo."

"¿Solo el sabueso tiene un nombre en este cuento?"

Rhys sonrió plenamente, incluso mientras rascaba las orejas de su propio perro. "Solo el perro es importante en este cuento". Él le sonrió y Madeline tuvo dificultades para pensar con claridad. La similitud entre esa historia y la suya propia era evidente, después de todo. Era bastante fácil recordar cómo la carne de Rhys se había sentido contra la suya, no menos fácil anhelar su caricia nuevamente.

Después de todo, todavía no habían tenido un hijo.

"Y entonces, ¿qué pasó después?" ella se las arregló para preguntar.

"Encontraron una niñera para cuidar al niño. Cuando el bebé aún estaba en pañales, los padres salieron a cazar, dejando a la niñera al cuidado del niño. Quizás era la primera vez que la madre dejaba a su hijo pequeño. El perro permaneció al lado del niño, con mucha diligencia cuidaba todo lo que su amo apreciaba".

"Es un perro que vale la pena tener. Él sabía la diferencia entre meras posesiones y lo que un hombre aprecia".

Rhys lanzó una mirada a Madeline, pero continuó su relato sin más comentarios. "Mientras la criada dormía esa tarde, una enorme serpiente se deslizó hacia el cuarto del niño. Ella tenía mil dientes y cien codos de largo; sus escamas eran rojas, negras y verdes, y sus ojos eran amarillos. Era una serpiente antigua, una que se alimentaba únicamente de niños, e hizo su camino deslizándose directamente hacia el único hijo del caballero".

Los dedos de Madeline se anudaron en su falda, incluso mientras los propios dedos de Rhys se movían en el pelaje de Gelert.

"El perro fiel atacó a la serpiente, aunque la bestia malvada era mucho más grande y más feroz que el perro. Los dos lucharon por quién debería reclamar al niño. El perro fue mordido terriblemente por la serpiente, y aunque el perro luchó con todo su vigor, la pérdida de sangre lo debilitó profundamente. Él hundió los dientes en la serpiente, en un último intento por salvar al niño, pero la serpiente golpeó al perro con un fuerte golpe de su cola. El perro estuvo aturdido el tiempo suficiente para que la serpiente lograra su deseo. La serpiente devoró al niño entero, quien gritó en vano cuando se encontró con su desaparición".

—Qué historia tan horrible —susurró Madeline.

"Se vuelve peor. Porque los gritos del niño despertaron a la criada. Ella corrió hacia la habitación, pero llegó después de que la serpiente había desaparecido y regresó a su escondite. Ella solo vio la sangre del niño sobre los lienzos y la sangre de la serpiente sobre las mandíbulas del sabueso, Gelert. Ella supuso que toda la sangre era del mismo cuerpo pequeño y gritó que el perro había asesinado al hijo de su amo".

"¡Oh!"

"El caballero regresó de la caza poco después y se le informó de los acontecimientos. Su esposa estaba devastada, mientras que él estaba furioso. Él llamó a su perro, que acudió a él de buena gana porque la bestia sabía que no había hecho nada malo. Y el caballero sacó su espada y mató a su propio perro de un solo golpe. Golpeó la cabeza de su fiel perro con su propia espada en su propia mano, vio que se hacía justicia por el crimen que creía que había cometido su perro".

"Oh, no", susurró Madeline.

"Y su esposa lloró, inconsolable por la pérdida de su hijo". Rhys se humedeció los labios y miró a su propio perro, que lo miraba con adoración. A Madeline le pareció que esa historia era una razón terrible para darle ese nombre a un sabueso. Ella no tuvo oportunidad de hablar antes de que Rhys continuara, sus palabras eran tan melódicas que la historia parecía hechizar.

"Pero había una campesina en el patio, una mujer que había venido a pedir la caridad del caballero el día que él estaba de caza y que había elegido esperar su regreso. Ella había visto a la serpiente deslizarse por la ventana de la habitación del niño, ella la había visto desaparecer por un agujero en la pared del sótano. Ella había presenciado el regreso del caballero y la angustia que siguió. Fue solo cuando ella escuchó la historia de lo que había sucedido, que se preguntó acerca de la serpiente. Ella tuvo audiencia con el caballero y, en lugar de suplicarle, le contó lo que había visto. Inmediatamente él envió hombres a buscar esa serpiente poco común".

Madeline se estremeció y pareció que la noche se acercaba. Rhys se levantó y puso más leña al fuego. Él se puso en cuclillas al otro lado del fuego y miró fijamente las llamas. La luz bailaba a través del lino de su camisola, pintando su pecho con luz dorada, y ella anhelaba pasar sus manos por su piel cálida una vez más.

Luego él habló, aunque parecía fascinado por el fuego. "Encontraron a la bestia durmiendo en el sótano, donde se había escondido durante años entre los adoquines y los toneles, y tuvieron miedo de su tamaño descomunal incluso mientras dormía. Pero el caballero y sus hombres la atacaron de todos modos, y le cortaron la cabeza, aunque se necesitaron tres golpes de tres hojas diferentes para romper la armadura descomunal de la serpiente. Fue entonces, cuando la sangre de la serpiente manchó sus botas, cuando oyeron llorar a un bebé".

"¡Oh!" Madeline se llevó las manos entrelazadas a los labios. Rhys le dedicó una sonrisa y se sentó a su lado, capturando sus dedos entrelazados dentro de su calor. Él le frotó las manos entre las suyas, encendiendo más de un tipo de calidez dentro de ella. Ella podía oler su piel y sintió un hormigueo por su proximidad.

"Cuando el caballero y sus hombres miraron dentro del cadáver de la serpiente, encontraron al hijo pequeño del caballero, ensangrentado y asustado, pero por lo demás ileso. Entonces, finalmente se supo la verdad de los eventos de ese día".

"Pero el perro..." susurró Madeline.

Rhys levantó un rizo de su cabello entre sus dedos, girando el zarcillo a la luz del fuego como si fuera extraordinariamente fascinante. Madeline contuvo la respiración.

"Sí, el perro estaba muerto, y sin una buena razón. El caballero se desesperó por lo que había hecho ", dijo él en voz baja," porque había matado injustamente a su sirviente más leal y conocía la plenitud de su pecado".

Madeline le apretó la mano con fuerza, incluso cuando Gelert empezó a roncar de satisfacción. El sabueso se había extendido en el hueco de la capa que Rhys había dejado, y lo había hecho con evidente satisfacción.

"La niñera, cuyo testimonio había condenado al sabueso, abandonó esas tierras para siempre y nunca más se la volvió a ver. El caballero construyó un santuario a la memoria de Gelert con sus propias manos y pasó sus días en penitencia y luto. Sus tierras fracasaron bajo la desaprobación de Dios, y su torreón cayó en ruinas, a excepción del santuario que era visitado por todos. Sin embargo, él no se quejó, porque sabía que esa era la retribución por su prisa y su falta de fe. Su dama regresó a su familia con su hijo, abandonándolo a su dolor, pero el caballero cumplió su penitencia incansablemente".

Rhys suspiró y entrelazó sus dedos con más fuerza con los de Madeline. "Y así se cuenta que cuando el caballero murió y se enfrentó a su juicio, fue su perro, Gelert, leal por toda la eternidad, a quien encontró a los pies de Dios, suplicando clemencia para su amado maestro".

Madeline se secó las lágrimas con el dobladillo de la falda, avergonzada de ver que tenía los ojos húmedos mientras que los de Rhys estaban secos. "Tienes poder con un cuento, esposo".

"Soy galés", dijo él en voz baja, el humor tocaba su tono esta vez.

Madeline le ofreció una sonrisa vacilante. "¿Debería sorprenderme de que sea una historia de lealtad rechazada?"

Rhys se encogió de hombros y miró al perro, aparentemente sorprendido por su observación. Madeline se acercó y le tocó la mandíbula. La barba incipiente le picó la palma de la mano cuando ella le tomó la cara con la mano y él se giró y ella lo instó a mirarla. Había sombras acechando en sus ojos, sombras que ella anhelaba apartar.

"¿Quién te traicionó, Rhys?" preguntó ella sin tener la intención de hacerlo. Entonces se mordió el labio, deseando poder retirar la pregunta que solo pondría el muro entre ellos una vez más.

Rhys separó los labios y luego los volvió a cerrar. Madeline estaba segura de que él le negaría una respuesta una vez más, pero él la miró a los ojos de manera abrupta y solemne.

"Mi padre", admitió él, la confesión ronca.

"Pero pensé que eras su único hijo".

"Yo lo era." Rhys inclinó la cabeza y tocó con los labios las yemas de los dedos de Madeline. La luz del fuego bailaba en los rizos de ébano de su cabello y él le habló a la mano, sin mirarla a los ojos. "Pero al final, un bastardo, incluso un hijo bastardo que le servía bien, no podría ser suficiente".

Madeline vislumbró la herida dejada por esa traición, una visión fugaz del dolor que Rhys ocultaba extraordinariamente bien. Ella se inclinó y besó su mano, preguntándose si la sal en su carne era las lágrimas de él o de las suyas. Entonces se acercó más a él y tocó con los labios la comisura de su boca, sintiéndolo temblar bajo su caricia.

¿Cómo podía ella esperar que Rhys entendiera sus nociones sobre el matrimonio, dada su propia historia? Él nunca había presenciado un matrimonio amoroso, nunca había podido confiar en aquellos en quienes debería haber podido confiar.

Solo había una solución: Madeline tendría que enseñarlo a confiar en ella. Ella tendría que enseñarle a su marido el mérito de un matrimonio amoroso y monógamo.

Madeline no dudaba de que se pudiera hacer. De hecho, ella sentía que Rhys deseaba confiar en ella, pero que no se atrevía a hacerlo, por miedo a que lo que había soportado se repitiera.

Era una suerte que ella fuera tan persistente como creía el hombre.

Ella deslizó sus dedos en su cabello, manteniendo su rostro cerca del suyo. Ella casi podía oír el corazón de Rhys comenzar a latir con fuerza. "Confío en que no cometerás el mismo error con este perro, después de que concibamos un hijo", susurró ella.

Rhys sonrió con pesar. "No hay serpientes en Caerwyn".

"Y todavía no hay un bebé en mi vientre". Ella tomó las manos de Rhys y se las llevó a la cintura. Ella vio el destello de los ojos oscuros de Rhys y supo que quería estar con él esa noche más allá de todo lo demás. Madeline quería su calor dentro de ella, quería estar rodeada por su abrazo. Tenemos hijos que concebir, Rhys. Ese era nuestra acuerdo y me gustaría que se mantuviera".

Madeline realmente había leído bien el deseo de su marido. Tan pronto como ella pronunció su invitación, se encontró de espaldas, el calor de Rhys sobre ella y su beso exigiendo su respuesta.

Ella anudó sus dedos en su cabello y lo atrajo hacia sí. Ella le concedía la respuesta que él le exigía, y la concedía de muy buena gana.

MADELINE DESCUBRÍA sus secretos incluso cuando Rhys pensaba que estaban bien disfrazados. Ella parecía poder mirar directamente a su corazón, ser capaz de descubrir lo que él le habría ocultado a toda costa.

Y lo que era peor, a Rhys no le importaba.

Madeline le ofrecía honestidad y lealtad que él sabía que había hecho poco para merecer. Ella se ofrecía a sí misma, su pasión y su ingenio, y él reclamaría cada regalo con gusto. Él le daría hijos, le daría placer, le daría un hogar del que ella pudiera estar orgullosa. Él la defendería de todas las amenazas, con su espada y su vida, si fuera necesario.

Si su corazón no iba a ser de él, lo que ella ya le ofrecía sería más que suficiente. Era más de lo que cualquier otra alma le había otorgado a Rhys FitzHenry y él sospechaba que era más de lo que merecía.

Él era un canalla descarado, y esa caricia que ella le concedía bien podría haberle sido robada. Era ganada con engaños y, aunque él lo sabía, Rhys no confesaba la verdad. Él era un sinvergüenza, porque en verdad, ¿qué clase de bribón aceptaría lo que la dama le ofrecía sin decirle que su amado James todavía respiraba?

Entonces Madeline besó a Rhys con vigor, apartando toda esa preocupación de sus pensamientos. Ella había aprendido rápidamente cómo se encendía el placer en la cama. Su lengua se batió en duelo con la de él, sus manos lo recorrían, como si ella estuviera impaciente como él. Él se obligó a sí mismo a retrasar su relación sexual, a tomarse el tiempo para gozar su sabor. Él rompió el beso y trazó un camino hasta su oreja con los labios, sonriendo contra la suavidad de su carne cuando ella susurró su nombre en señal de queja.

Él se estiró a su lado, con una mano recorriendo sus curvas ligeramente mientras besaba su oreja. Madeline se agitó inquieta y posó la mano sobre la cinta de sus calzas.

"Paciencia", le aconsejó Rhys en voz baja. "La recompensa es mayor cuando se aborda lentamente".

En respuesta, ella volvió la cabeza y volvió a sellar sus labios con los de él.

Rhys reclamó sus ocupadas manos y las levantó sobre su cabeza, enredando sus dedos con los de ella. Madeline se estiró, arqueando la espalda mientras él desataba los costados de su kirtle con la mano libre. Él deslizó su mano por debajo de la tela y provocó sus pezones hasta convertirlos en picos apretados. Ella se retorció a su lado, el olor de ella atormentándolo bastante. A él no le sorprendió descubrir que la humedad se acumulaba entre sus muslos, ni que ella separara las piernas ante sus dedos inquisitivos.

Aun así, se besaban como si tuvieran la intención de devorarse el uno al otro, el hambre de Madeline por los labios de él crecía con cada momento que pasaba. Él se enorgullecía de cómo persuadía la respuesta de Madeline, él se complacía en verla alcanzarla por sí misma.

Había pocos regalos que él pudiera darle, pero él podía darle ese. Un rubor subió por sus mejillas, un temblor se apoderó de su cuerpo, y aun así la persuadió para que siguiera adelante. Y cuando ella gritó, él se tragó el sonido de su liberación con una satisfacción propia.

Él la dejó recuperar el aliento por un momento, antes de que sus dedos se movieran contra su suavidad de nuevo. Ella jadeó su nombre y él sonrió, aunque no cesó.

"¿De nuevo?" susurró ella, incluso mientras su cuerpo respondía.

"Una mujer puede disfrutar del placer repetidamente en una noche, como ya sabemos. ¿No descubriremos con qué frecuencia se puede hacer?

Los ojos de Madeline brillaron y se acurrucó más cerca, sus dedos cayeron sobre la erección que tensaba sus calzas. "¿Qué hay de un hombre?"

"Sí, eso también se puede hacer. De todos modos, perseguiremos el mío solo una vez esta noche".

Su sonrisa calentó su corazón. "Porque todavía tienes miedo de lastimarme". Ella presionó sus labios contra la esquina de su boca, su caricia lo volvía loco. "No quiero que estés insatisfecho, Rhys."

"No hay razón para temer por eso", refunfuñó él, luego movió sus dedos contra ella una vez más.

Su segunda liberación llegó más rápido, aunque fue más vehemente que la primero. Sus ojos brillaron y su rostro se sonrojó de color carmesí, pero apenas había gritado Madeline cuando ella estaba tirando de su camisola.

"No puedo esperar más, Rhys", susurró ella, su urgencia como música para sus oídos. Él se quitó las botas y las calzas a toda prisa, pero la detuvo cuando ella habría dejado a un lado su kirtle.

"Tendrás frío", aconsejó él, luego se deslizó por debajo del dobladillo. Sus miradas se encontraron y se sostuvieron, sus labios se separaron mientras él se sumergía en su calor. Él se inclinó y tocó la frente con la de ella, deseando avanzar lentamente, incluso cuando su esposa comenzaba a moverse debajo de él.

"Eres una moza valiente", bromeó él y ella se rió.

Ella le rodeó el cuello con las manos y lo miró con tal alegría que Rhys tuvo una idea.

"Agárrate fuerte", aconsejó él, luego rodó rápidamente sobre su espalda. Madeline jadeó, aunque él permaneció enterrado dentro de ella, luego se rió de nuevo y se encontró encima de él.

Ella apoyó las manos en sus hombros y se rió de él, con el cabello desordenado. "¿Qué debo hacer?"

"Todo lo que desees", dijo él con una sonrisa. "Soy tu cautivo".

Su sonrisa se volvió malvada entonces y, a pesar de su consejo, ella se quitó el kirtle y la camisola. La luz de las llamas acariciaba sus curvas con amor, luciéndola dorada como el tesoro que era. Alexander había llamado con razón a su hermana una joya, aunque valía mucho más que el precio que Rhys había pagado. Él estaba fascinado por la vista de su esposa, cautivado por la forma en que ella lo miraba, encantado por el destello de picardía en su mirada.

Cuando ella comenzó a moverse, él supo que no duraría. Él la agarró por las caderas y la miró, luchando contra el deseo de su cuerpo de liberarse. A él le gustaba tanto el tormento que ella le concedía que él quiso soportarlo toda la noche, aunque no estaba destinado a ser así. Con cada movimiento, él se volvía más tenso, se sentía más invencible, la red de Madeline se tensaba un poco más a su alrededor.

De repente, Madeline se acostó sobre su pecho y lo besó profundamente. Ella dejó un rastro de besos en su oído, como él había hecho con ella, y él pensó que su corazón se detendría. Rhys la atrapó con fuerza, amando la presión de sus senos contra él, el enredo de su cabello en su boca. Se movían juntos, en perfecta consonancia, y él sintió que el estremecimiento profundo se despertaba dentro de ella una vez más.

"¡Rhys!" jadeó ella cuando la excitación la reclamó. Al ver su placer, él no pudo contenerse más. Su grito triunfante resonó en el bosque y a Rhys no le importó quién lo oyera.

A él le tomó mucho tiempo equilibrar su respiración, incluso más tiempo para calmar el ritmo errático de su corazón. Los ojos de su esposa se cerraron casi de inmediato, sus pestañas oscuras formando medialunas contra su piel clara. Él la besó en la sien, el afecto le hizo estallar el corazón.

"Definitivamente un hijo varón", susurró Madeline adormilada contra su garganta y Rhys sonrió. Él la envolvió protectoramente en su capa, luego se levantó para patear las llamas. Él se vistió mientras la miraba bajo el resplandor de las brasas, luego se reunió con ella en su cama improvisada. Él expulsó al perro, luego se cubrió con su propia capa y cubrió a Madeline, acunándola contra su pecho para pasar la noche.

Solo entonces durmió, el calor de su esposa acurrucado contra él, y Rhys

Madeline se despertó para encontrar el dedo enguantado de Rhys contra sus labios y los labios de él contra su oreja. Sus ojos se abrieron de golpe y ella se dio cuenta de que él había apoyado su peso sobre los codos sobre ella, protegiéndola de alguna amenaza. Él estaba vestido y completamente despierto, con su mirada atenta recorriendo el campamento. Gelert también estaba alerta, y un leve gruñido escapó del pecho del perro.

Rhys susurró una sola orden que debía haber sido en galés y el perro guardó silencio. Sin embargo, el pelo todavía estaba parado en la nuca del perro, y la criatura estaba casi tan vigilante como Rhys.

Fue entonces cuando Madeline escuchó el sonido de cascos resonando en el bosque. Estaban distantes pero acercándose, el paso de los caballos indicaba que habían seguido el camino que ella y Rhys habían seguido el día anterior.

"Caballos", murmuró ella, conociendo el sonido de los pesados caballos de guerra.

Rhys asintió. "Tres."

Madeline escuchó con atención y se dio cuenta de que los caballos venían de Moffat. ¡Deben ser sus perseguidores!

Pero si era así, habían dividido las fuerzas, porque había habido seis caballos el día anterior. Madeline se mordió el labio, sin querer pensar en lo que le pasaría a Rhys si los capturaban. Ella luchó por recordar lo que sabía del camino que tenía por delante hasta Glasgow, porque su padre y su tío habían hablado a menudo de esos asuntos.

Resultaba conveniente tener una familia tan comprometida con el comercio. Hubo momentos en que Tynan entregaba reliquias para Rosamunde, aunque bajo protesta, y otras veces en que Michael enviaba halcones entrenados desde Inverfyre. Todos los hombres hablaban sobre las rutas cuando la familia se reunía y Madeline se alegró de haber escuchado tanto como lo había hecho.

Los golpes de los cascos aumentaron en volumen, acercándose peligrosamente. Rhys se agachó más y Madeline hundió la cara en su hombro. Los caballos pasaron sin detenerse, luego se desvanecieron en la distancia en la dirección en la que ellos pensaban ir ese día.

Rhys esperó un buen rato antes de que finalmente se levantara. Tan pronto como lo hizo, Madeline se puso en pie de un salto y se vistió apresuradamente, sabiendo muy bien lo que tenía que hacer. Ella hizo sus necesidades y se lavó a una velocidad inusual, luego regresó y encontró a los caballos ensillados.

Ella abrió una alforja y le dio a Rhys un trozo de pan, otro trozo de queso y una manzana. Él vaciló, mirando el ángulo bajo del sol, estimando claramente qué tan lejos podrían cabalgar ese día.

"Debemos comer", aconsejó ella con severidad. "Y de poco servirá ir rápido detrás de ellos".

"Quisiera buscar una bifurcación en el camino". Rhys aceptó la comida y el consejo con impaciencia, pero al menos cedió ante ella. "Debe haber otra ruta, una que no anticipen".

"Creo que el camino se bifurca, quizás en Abington". Madeline trató de recordar la ubicación precisa mientras Rhys la miraba con interés. "El camino del este va a Edimburgo y el del oeste a Glasgow".

"Y debe haber vínculos entre ellos, atajos para quienes viajan en la dirección opuesta". Rhys se inclinó y agarró un puñado de cenizas del fuego apagado, luego comenzó a frotarlas sobre la piel de su corcel. Arian rápidamente adquirió un tono más oscuro.

"Una vez que uno se ha asociado con los ladrones de caballos, su astucia no se olvida fácilmente", dijo Madeline, luego llevó un puñado de ceniza al otro lado del caballo.

La sonrisa de Rhys brilló inesperadamente. "La estrategia funciona siempre que no llueva. ¿Rezará por eso, mi señora?

"Si mi esposo hace que el asunto valga la pena", bromeó ella, y le gustó la forma en que sus ojos brillaron. La mordida del viento fue repentinamente menor, la amenaza ofrecida por los hombres del rey más remota. Ella le sonrió a su esposo, un hormigueo bailando sobre su propia carne.

Rhys se sobresaltó al oír un ruido en la distancia y su alegre humor se desvaneció. Madeline se estremeció, recordó el sol escondiéndose de repente detrás de una nube, dejando un escalofrío donde había estado su calor.

"Podrían creer que tienes la intención de pedir clemencia en la corte del rey de Escocia", sugirió ella.

"Y así podríamos fingir que fuimos a Edimburgo", reflexionó Rhys, luego la miró fijamente. Él empezó a sonreír. "Tú adivinaste todo el tiempo que huimos de los hombres del rey".

Madeline resopló. "Apostaría a que no conoces a nadie en Glasgow".

Rhys negó con la cabeza. "Y apostaría a que no aceptarás esperar pacientemente escondida aquí mientras reviso el camino".

Madeline encontró su mirada perpleja. "Para bien o para mal, esposo, viajamos juntos".

Rhys asintió, aparentemente no disgustado. "Sí, para bien o para mal, anwylaf, llegamos a entendernos". Él ofreció su mano. "Sube a la silla, mi señora. Será un día largo".

~

Y ASÍ FUE.

Durante tres días y tres noches, dieron una alegre persecución al grupo con los caballos negros. Se escondieron en graneros y acecharon en los bosques; corrieron por los caminos haciendo todo el ruido que podían, luego se deslizaron de regreso a lo largo de arroyos poco profundos. Rhys esquivaba y daba un falso rumbo con tal abandono que Madeline a menudo no estaba segura de si habían hecho algún progreso hacia Glasgow.

Escuchaban a los grandes caballos, por supuesto. Madeline sólo alcanzaba a vislumbrar los traseros oscuros de las bestias, porque Rhys siempre la ocultaba por completo de la vista. El ruido de sus cascos retumbaba al pasar por escondites, el sonido de su paso hacía que el corazón de Madeline latiera de miedo.

El primer día, se acercaron lo suficiente a Glasgow para entrar en un laberinto de caminos enredados alrededor de su perímetro, lo que agradó enormemente a su cónyuge. Rhys aparentemente hacía una elección al azar en cada encrucijada, lanzándose de un lado a otro por el campo. Los cascos eran rápidos detrás de ellos el primer día, aunque los oía con menos frecuencia cada día que pasaba.

Fue solo al tercer día que Madeline se dio cuenta de que se habían movido constantemente hacia el noroeste, acercándose a Glasgow por el lado norte. Ese día, también, ella escuchaba que el grupo los perseguía cada vez con menos frecuencia. Quizás sus perseguidores realmente habían creído que se habían dirigido a Edimburgo. No había ni rastro de ellos cuando se ella despertó la cuarta mañana con el golpeteo de la lluvia.

Todo era gris a su alrededor, muchos de los árboles empezaban a brotar. El cielo era una extensión interminable de nubes color peltre y la lluvia ya empezaba a enlodar el camino. Rhys se acurrucó en su capa, vigilante y silencioso como lo había estado durante días.

"Habrá luna nueva esta noche", dijo él con brusquedad, como si esa noticia fuera de gran importancia.

"¿Y qué hay de eso?"

"Es hora de que nos demos prisa". Entonces él se puso de pie y se sacudió la lluvia de su capa, ensillando los caballos con rápida determinación.

Madeline sabía que debería estar acostumbrándose a los modales de su marido, pero esas enigmáticas declaraciones todavía tenían el poder de molestarla. Sin embargo, Madeline sabía que si ella le pedía una explicación, él no se la daría.

"¿Qué edad tienes, Rhys?" preguntó ella mientras preparaba lo último de su comida. Tres manzanas eran todo. Ella esperaba que su plan para apresurarse incluyera una buena comida más tarde este día.

"He visto treinta veranos. ¿Por qué preguntas?"

"¿Y a menudo te relacionas con mujeres?"

"Lo he hecho, en ocasiones". Él la miró con sospecha. "¿Por qué?"

"Pero apostaría que nunca por más de una noche o dos".

Rhys asintió, pero no dijo más.

"Eso responde a mi pregunta, entonces."

"¿Que pregunta?"

Cómo un hombre tan irritante pudo sobrevivir tanto tiempo, por supuesto. Si te hubieras casado antes, ¡te habrían encontrado muerto en tu propia cama hace años! No hay una mujer viva que pueda soportar una cantidad de información tan escasa como la que tú entregas". Madeline mordió su manzana. "E incluso eso debe ser arrancado de tus labios bocado a bocado".

"Sin embargo, cada vez que casi me encuentran muerto en mi cama, como dices, ha sido porque le confesé demasiado a un alma en la que no debería haber confiado". Él apretó el arnés alrededor del vientre del caballo, impenitente. "Creo que tienes el final equivocado de la historia, mi señora."

Madeline dejó de comer para mirarlo con asombro. "¿Quieres decir que me dices tan poco porque todavía no confías en mí? ¿Qué motivo tienes para desconfiar de mí?

"¿Qué motivo tengo para confiar en ti?" respondió él y sostuvo su mirada inquebrantablemente.

"¡Pero nos unimos en la cama cada noche con placer!"

"Eso y la confianza son dos asuntos diferentes".

"Debería sentirme insultada".

Eres demasiado inteligente para no darte cuenta de que digo la verdad. Ven, mi señora, es hora de montar.

Madeline dejó que él la ayudara a montar, sin saber qué hacer con su escepticismo. ¿Qué podía hacer ella para fomentar su confianza? Madeline no podía imaginar un destino peor que pasar su vida al lado de un hombre que no confiaba o no confiaría en ella.

Ella había ayudado a su huida. Ella había compartido lo que sabía del área. Ella se había casado con él, se había acostado con él, había aceptado su petición de tener hijos, había intentado que su matrimonio cumpliera con sus expectativas. ¿Qué otra cosa podía hacer ella?

¿O solo tenía que continuar en su rumbo actual para ganarlo lentamente a su lado? ¿Era Rhys tan parco porque se ablandaba con ella y temía la importancia de eso?

Madeline tuvo mucho tiempo para considerar el acertijo, porque Rhys no estaba dispuesto a hablar ese día. Cada vez que ella intentaba hablar, él levantaba un dedo autoritario, silenciándola mientras escuchaba atentamente cualquier indicio de persecución.

Y el clima no ayudaba a conversar. Momentos después de que salieran del campamento, el suave golpeteo terminó y comenzó a llover como si el diluvio hubiera vuelto. La lluvia caía en láminas, caía implacable, constante, sin fin. Se empaparon hasta los huesos en unos momentos, y el hollín desapareció rápidamente de la piel de Arian.

Afortunadamente, no parecía haber nadie interesado en identificar al caballo o dos jinetes lo suficientemente tontos como para estar en ese clima. El camino estaba tan silencioso que Rhys comenzó a andar abiertamente, su paso implacable.

Rhys tomó un rumbo hacia el oeste, sin dar explicaciones, y Madeline observó cómo las columnas de humo que debían de ascender desde Glasgow se deslizaban hacia el sur. Estaba claro que él no se dirigía a Glasgow en absoluto. Ella se preguntó cuál sería su destino, ya que solo las tierras altas y las islas estaban por delante de ellos.

Y el mar, por supuesto. Ella olió su sal en el viento y la probó bajo la lluvia. Ella agudizó el oído y pensaba que podía escuchar su ritmo en una costa cercana. Eso era bienvenido, al menos, porque se había extrañado el sonido y la vista del océano.

Puede que ella no supiera a dónde iba, o qué deseaba su marido de ella más allá de esos hijos, pero ella aprendería la lección de sus cuentos. Ella saborearía los pequeños obsequios que le llegaran. Ella esperaría volver a ver el mar en toda su majestuosidad plateada.

Y eso, por el momento, debería ser suficiente.

POR EL CONTRARIO, en el extremo sur, en el torreón de Caerwyn, el sol brillaba alegremente. El mar brillaba más allá de los altos muros blancos que daban nombre al torreón, los banderines se agitaban con el viento del mar, los pájaros lloraban en lo alto y la viuda de Henry ap Dafydd estaba increíblemente molesta.

Nelwyna supuso que debería haberse acostumbrado a que las cosas no avanzaran a su favor, ya que se había enfrentado a un obstáculo tras otro desde que había llegado como nueva esposa a ese lugar. No obstante, cada nuevo desafío parecía un insulto, una abnegación de todo lo que había sufrido y soportado con la esperanza de finalmente lograr su ambición. Por lo tanto, cada maldita vez que algo salía mal, ella se enfurecía.

Todo lo que ella siempre había deseado, todo lo que había merecido, era ser la dama de un feudo. A ella ni siquiera le importaba cuál, e incluso Caerwyn, en ese punto, sería suficiente. Nelwyna se había casado con Henry ap Dafydd, creyendo que sería su dama al casarse, pero la habían engañado. Henry no tenía título de nada. Toda la riqueza de la familia había pasado a su hermano mayor,

Dafydd ap Dafydd. Incluso cuando Dafydd había capturado Caerwyn, ella había esperado que se lo concediera a Henry, pero Dafydd se había quedado con todo.

Incluso ahora, con Dafydd y Henry muertos, y la esposa y los hijos de Dafydd también desaparecidos, Nelwyna era simplemente regente, en lugar de su hijastro. A Nelwyna le irritaba la conciencia de que su autoridad podría ser (y sería) eliminada con solo un momento de aviso.

¡Era injusto!

Ese día, sin duda, ella ya estaba de mal humor, pero la mañana le había traído muchas molestias para poner a prueba el humor de una anciana. Nelwyna se había despertado con dolores en las articulaciones y los años pesados sobre sus hombros. Ella estaba dolorosamente consciente de que no le quedaba mucho tiempo para lograr su objetivo.

Ella se dirigió dolorosamente al salón, anticipando una buena comida para desayunar, al menos. Lamentablemente, ese día no comería sola. El bello rostro de la maldita cortesana de su marido y el brillo de la risa de esa mujer hicieron poco para alegrar la mañana.

De hecho, ver a Adele fue suficiente para hacer hervir la sangre de Nelwyna. Nelwyna nunca se había acostumbrado a los galeses, con su desprecio por la santidad de los votos matrimoniales, con su falta de preocupación por la legitimidad. Cuando Henry regresó de un viaje con Adele en su regazo, casi cuarenta veranos antes, toda la casa se sorprendió de que Nelwyna no se sintiera complacida de inmediato.

Un hombre necesitaba un hijo, le dijeron.

Un hombre debe hacer lo que debe hacerse.

Le dijeron que debería alegrarse de que se le hubiera quitado la carga de responsabilidad, de que su nombre no tendría vergüenza.

Nelwyna, rodeada de gente loca, su propio útero aparentemente decidido a producir únicamente hijas, había fingido aceptación. Ella había fingido que el plan de él tenía mucho sentido, ella había escondido su resentimiento, había recibido a la puta en su casa con una falsa sonrisa.

Pero Nelwyna nunca había aceptado la presencia de Adele. Ella había rezado para que la puta muriera en el parto, sin resultado. Ella había planeado asegurarse de que la puta tuviera un fatídico accidente, pero la mujer tenía la suerte de los ángeles.

Peor aún, Adele nunca parecía envejecer, un hecho que Nelwyna despreciaba cuando la sentía cada año con tanta intensidad. El rostro de Adele estaba casi tan terso como el día en que había llegado allí. Ella era tranquila, serena y de naturaleza tan dulce que hacía que a Nelwyna le dolieran los dientes.

Era inusualmente cruel que Adele hubiera sido quien le hubiera dado a Henry el hijo que tanto deseaba.

"¡Mira, Nelwyna!" gritó Adele mientras la mujer mayor se dirigía a la mesa. "Una misiva de mi hermana, Miriam".

Que Adele estuviera más feliz de lo habitual ese día era como sal en la herida.

"Que encantador. Qué afortunado eres de tener parientes que te recuerden". Nelwyna se sentó en la mesa y tomó el trozo de miel más grande sin remordimientos. Ella tenía derecho a comer primero, al menos, y nunca se abstuvo de tomar lo mejor que le ofrecían. "Qué sabio fue para Miriam tomar el velo y retirarse de la vida secular, una vez que su esposo murió".

Era la pista más amplia posible, pero Adele se limitó a sonreír. "Durante mucho tiempo había pensado que tú podrías retirarte. Henry, después de todo, ha estado muerto estos diez años y tú no tienes hijos que te sobrevivan.

El recordatorio de que el hijo de Adele vivía, a pesar de los esfuerzos de Nelwyna, hizo que la mujer mayor rechinara los dientes. Nelwyna juró entonces vengarse de la cortesana. ¡Qué vulgar y egoísta era Adele! ¡Y Nelwyna era la única que podía verlo!

Adele, inconsciente, desplegó la misiva y leyó con ávido interés, sus pequeños dientes blancos mordisqueando la plenitud de su labio inferior rubicundo.

¿Era posible que no hubiera ni un solo cabello plateado en esa melena de ébano?

"¡Oh!" dijo Adele, y palideció. Ella frunció el ceño y volvió a leer la misiva, luego se la metió apresuradamente en el corpiño.

"¿Malas noticias?" Preguntó Nelwyna.

Adele le dedicó la más mínima mirada. "No es de importancia. ¡Qué hermosa miel tenemos este día! "

En ese momento, Nelwyna decidió que debía leer esa misiva. Ella habría apostado a que contenía noticias que ella podía utilizar a su favor.

Noticias que podría usar contra esa tremenda tonta.

Ese objetivo llevó a Nelwyna en medio de una hermosa tarde a la habitación de Adele. Adele siempre se retiraba a descansar por la tarde, un viejo hábito adoptado cuando Henry estaba vivo. Él acompañaba a su cortesana a su habitación en esos días, y los sonidos de sus relaciones sexuales habían sido evidentes para cualquier alma que presionara su oído contra la puerta para escuchar.

Mientras tanto, Nelwyna se había visto obligada a darle la bienvenida a Henry a altas horas de la noche, después de él haber bebido su ración de cerveza, después de que su pene ya se había bañado en los fluidos de su puta.

Ella no extrañaba al viejo canalla. Ella se habría librado de la puta tras la muerte de él, pero la decisión no había sido suya. Por alguna locura del padre de Nelwyna, o por alguna historia simplista de su esposo, ella se había casado con el hijo menor de Dafydd, el hombre que solo heredaría si su hermano mayor moría antes que él.

Lamentablemente, Dafydd ap Dafydd había sido un viejo sapo

vigoroso, y solo había cedido su control sobre todo lo que poseía en la Yule anterior. En opinión de Nelwyna, había sido una medida del mérito de Henry que nunca le hubiera importado vivir en la casa de su hermano, bajo la mano de su hermano, adquiriendo sus comidas y su cerveza de la mesa de su hermano. El hombre no había tenido una gota de celos en sus venas, ni ninguna medida de ambición. Él se había contentado con la sombra de Dafydd, el viejo tonto.

Peor aún, cuando Henry finalmente murió, Dafydd había manifestado que le gustaba demasiado Adele como para echarla. Nelwyna se había preguntado a menudo si él había participado del banquete de Adele en ausencia de Henry.

Ella entró sigilosamente en la habitación de Adele, odiando que fuera mucho más fina que la suya. Allí hacía más calor, era más grande, tenía una mejor vista y estaba mejor decorada. Solo un imbécil podría no haber podido ver la intensidad del afecto de Henry.

Había sido ese hijo el que lo había cambiado todo. Nelwyna nunca pudo decidir si detestaba más a Adele o a Rhys.

Al otro lado de la habitación, Adele dormía, con una pequeña sonrisa en su rostro —quizás una nacida del recuerdo— un rayo de sol acariciando su mejilla. La carta estaba en la mesita junto a su cama. Nelwyna cruzó sigilosamente la habitación.

Fue ahí donde Adele dio a luz a sus hijos. Hijos varones, todos, ¡maldita sea! Nelwyna había tenido cuatro hijas cuando llegó Adele, cuatro hijas concebidas con cierta dificultad y paridas con aún más. Adele había estado embarazada dentro en una temporada con el primero, tal vez porque Henry no había podido dejarla en paz.

Nelwyna se había deshecho del primer hijo con bastante facilidad. Ella había ayudado en el parto, porque nadie sospechaba la profundidad de su odio por esta puta, y ella se había ofrecido a controlar el progreso del bebé. Ella nunca olvidaría sumergir su mano en el calor de Adele, sentir los genitales de un niño y luego, impulsivamente, apretar el cordón resbaladizo alrededor del cuello del bebé.

Había nacido muerto, nadie más sabía.

O eso había pensado Nelwyna. En el nacimiento del segundo, la corpulenta comadrona con ojos de sospecha la había apartado del lado de Adele. Ante la insistencia de Henry, a Nelwyna le habían dado al bebé para que lo cuidara —su nuevo hijo —dijo él, siempre galante— y Nelwyna aprovechó un momento para abrazarlo con fuerza. Ella había presionado el pañal contra su diminuta nariz y boca. Solo cuando él no se retorció más, ella soltó su agarre y gritó consternada que algo andaba mal.

Nelwyna se detuvo junto a la cama y miró a su competidora con un odio que rara vez se disimulaba. El tercer hijo había nacido ahí, pero Nelwyna había sido excluida de la habitación, acompañada por Henry al gran salón para esperar. Ninguna protesta había aliviado la resolución de él de evitar que ella se uniera a las mujeres esa noche, y milagrosamente, ninguna cerveza cruzó los labios de él.

Cuando pusieron a su hijo que gritaba en sus brazos, Henry le hizo cosquillas en la barbilla y el bebé se calló de inmediato. La pequeña mano se había cerrado alrededor del dedo de Henry, como si confiara en que su padre aseguraría su bienestar. Nelwyna todavía podía ver a Henry, ver el asombro en su mirada, ella podía oír su voz.

«Su nombre es Rhys», había dicho Henry con raro vigor, y luego había levantado su mirada cómplice para encontrarse con la de Nelwyna. "En memoria del líder galés Rhys ap Tudur. Este niño ya ha superado una adversidad tan grande que sé que él también será recordado por mucho tiempo."

Entonces se volvió para dirigirse a la familia reunida. "Mi esposa nunca estará a tres pasos de este niño, no lo abrazará, nunca lo alimentará, nunca se quedará sola con él. ¿Me comprende cada alma?

Que él la avergonzara tanto delante de sus sirvientes casi había matado a Nelwyna. ¡Henry no tenía derecho a hablarle así! ¡Él no tenía ninguna razón para hacer que la familia sospechara de ella!

Ella lo había odiado desde ese día en adelante.

Y ella se había vengado al convertir uno de los placeres que él más amaba en su contra. Poco a poco, Henry se fue acostumbrando a un ligero sabor en su amada cerveza. Ese fue el único indicio de la presencia de una hierba que confundía su ingenio y marchitaba su intelecto.

Nelwyna hubiera preferido marchitar otra parte de Henry y eliminar un placer completamente diferente, pero ella no conocía la poción para eso. Lo que ella sabía tenía que ser suficiente.

Ella puso una mano sobre la misiva, observando atentamente el ritmo de la respiración de Adele, luego huyó de la habitación en silencio.

Ella tendría que devolverla, pero si Adele se despertaba, no todo estaría perdido. Como muchas mujeres bonitas, como muchas almas cargadas con las abundantes bendiciones de la buena fortuna, Adele se inclinaba a olvidar el lugar de sus tesoros. Nelwyna la dejaría en el pasillo, si se veía obligada a hacerlo, y Adele creería que ella la había dejado allí.

Nelwyna desplegó la misiva con impaciencia, junto a la única ventana de la escalera, leyó apresuradamente y luego la apretó con el puño.

¡Rhys se había casado!

Sin duda, Adele estaba herida de que su hijo no le hubiera contado la noticia él mismo, pero Nelwyna vio más en la historia. Ella vio el nombre de la novia y ya comprendía lo astuto y minucioso que era Rhys. Se había acabado la posibilidad de que ella pudiera presentar a una impostora como la única hija superviviente de Dafydd.

Nelwyna había esperado mucho tiempo a que la autoridad de Caerwyn cayera en sus manos por completo, ya ella había matado niños por su ambición y era demasiado mayor para esperar pacientemente más.

La solución era simple. Rhys FitzHenry tendría que morir. Y si su nueva esposa Madeline llevaba a su hijo, ella también tendría que morir. Nelwyna devolvió la misiva a la habitación de Adele, luego se retiró a su propia habitación para redactar una misiva propia.

En esos momentos era bueno tener vecinos en los que poder confiar. Robert Herbert mandaba en Harlech, al otro lado de la bahía, y había dejado muy claro su deseo por Caerwyn. Nelwyna estaba segura de que había llegado el momento de conseguir una alianza con Robert que les concediera a ambos lo que más deseaban.

Rhys supuso que la taberna que tenían delante les serviría bastante bien. Era tarde y Madeline estaba claramente cansada, aunque todavía cabalgaba valientemente sin quejarse. Él habría continuado adelante, pero sospechaba que no les iría mejor.

Solo tendrían más frío y estarían más cansados.

Esa taberna no estaba ubicada en una vía principal y no era uno de los establecimientos más grandes de la ciudad. Estaba ocupada, pero no demasiado, y Rhys se alegró de notar que no se podía esperar que nadie lo conociera allí. Si estuvieran acostumbrados a los viajeros, no prestarían mucha atención a dos más.

"Creo que el bebé te está enfermando esta noche", le dijo en voz baja a Madeline, que no había dejado de meter el bulto de tela debajo de sus faldas todos los días.

"¿Qué tan enferma?" preguntó ella en voz baja, con una maravillosa falta de discusión. Eso solo mostraba su agotamiento, en opinión de Rhys. Él haría bien en proporcionarle una cama y una comida caliente esa noche, ya que ella no debía de estar acostumbrada a las penurias que su viaje había exigido.

"Tan enferma que te verás obligada a ir a tu cama y atrancar la puerta". Rhys la miró con severidad mientras desmontaba en el pequeño patio de la taberna. En la puerta cercana se podía escuchar el sonido de los hombres disfrutando de su cerveza traída desde la sala común y el crujir de los mástiles en el viento. El viento soplaba desde el mar.

"Esto debe ser Dumbarton", dijo Madeline mientras colocaba sus manos alrededor de su cintura.

"Así es." Rhys le arrojó una moneda al mozo y luego sujetó el codo de Madeline con cuidado. Para su deleite, ella se inclinó sobre él y gimió suavemente, caminando con aparente esfuerzo hacia la puerta. Él había pensado que su estratagema era débil, pero Madeline la hacía completamente plausible.

Para mayor deleite de Rhys, ella comenzó a quejarse, como si hubieran estado casados durante años y tuvieran la costumbre de discutir. Y su acento había cambiado, sus palabras empezaron a rodar y salir con el mismo vigor que las pronunciadas por la gente de las tierras altas.

Rhys quedó impresionado. Él luchó por hacer un trabajo tan admirable al disfrazarse como ella.

"Me temo que cabalgamos demasiado rápido esta tarde, mi señor", se quejó Madeline, su tono de arpía. "Fue tal como te advertí, pero ¿hiciste caso a mi consejo? No, por supuesto que no. ¿Qué necesidad tenías del consejo de una simple mujer? ¡Tú y tu maldita prisa! ¿Qué prisa había, qué necesidad había de ese ritmo?"

"Quería que no estuvieras bajo la lluvia, para que no te resfriaras", respondió Rhys como si su esposa lo hubiera regañado. Él intercambió una mirada con el mozo de cuadra, que parecía muy comprensivo antes de agacharse y llevar a los caballos a los establos. El posadero llegó a la puerta, cuidando de mantenerse alejado de la lluvia, mientras Rhys instaba a Madeline a que se acercara al calor y a una buena comida.

"Entonces, estoy helada y preparada para vomitar, gracias a tu irreflexión". espetó Madeline. "Es una combinación horrible, señor, y una que fácilmente hubiera evitado".

Rhys fingió sentirse ofendido por esto. "¡Entonces no debiste insistir en que tuviéramos que visitar a tu madre de inmediato!" Él lanzó una mano. "Era posible que hubieras estado en casa en tu propia cama esta noche, excepto por tu propia demanda. ¡No puedes estar abrigada en casa y cálida en la morada de tu madre la misma noche! "

El posadero reprimió una sonrisa ante ese intercambio e hizo un gesto grandioso hacia su humilde posada. Ellos cruzaron la puerta e inmediatamente fueron examinados por la docena de hombres reunidos allí para beber. El humo le picó los ojos a Rhys y estaba oscuro, pero él no creía conocer a nadie en esa habitación.

Aunque era imposible estar seguro de que nadie lo conociera. Los hombres miraron hacia arriba y Rhys tuvo miedo.

Madeline empezó a comportarse como una niña malcriada. "¿Cómo podría permanecer en ese lugar impío al que insistes en llamar mi hogar? ¡Mi madre me ayudará con este niño que me has puesto en el vientre, mi madre me mostrará bondad como nadie en tu maldita casa!

"Pero, querida..." Rhys no sabía qué hacer, mucho menos qué debería hacer un marido cariñoso. Él miró al posadero, luego a los otros hombres allí reunidos, todos los cuales mostraron un interés repentino y considerable en sus tazas de cerveza.

De hecho, le dieron la espalda a la pareja enemiga y los ignoraron.

Madeline rompió a llorar, tan experta en fingir ser una mujer angustiada que Rhys estaba desconcertado. "¡Todo lo que pedí fue visitar a mi madre!" gimió ella. "¡Todo lo que pedí fue tener un buen esposo! ¿Qué pecado he cometido en mis días para merecer este destino cruel? "Ella lo empujó a un lado y le dio un manotazo en el brazo. "¡Te agradaba bastante antes de que tu propia semilla me engordara!"

El posadero se aclaró la garganta. "¿Quizás el buen señor preferiría una habitación, para que la dama pudiera dormir en la intimidad?"

"Eso sería lo más apropiado", dijo Rhys.

¡Y un baño! gritó Madeline. "Vendería mi alma, señor, por un baño caliente". Ella se inclinó para susurrarle al posadero. "Solo tenemos una sirvienta en su morada, y ella es la criatura más perezosa que he visto con mis propios ojos. Ella es afortunada de que yo no insistiera en que nos acompañara, ¡porque mi madre la habría azotado! "

"No tengo ninguna duda de que se puede tomar un baño por un precio un poco más razonable", interrumpió Rhys, sintiendo cierta irritación por estar siendo arrojado a una luz tan desfavorable. Él saludó con la cabeza al posadero. "Una taza de cerveza, un plato de estofado abundante y un trozo de pan ayudarán mucho a restaurar el estado de ánimo de mi señora, sin duda".

"Por supuesto, señor. Tengo una habitación en lo alto de las escaleras, que da a la calle. ¿Sería tan amable de seguirme?

"¿Un pedazo de pan?" gruñó Madeline mientras seguían al posadero por la estrecha escalera. "¡Podría comerme seis! Este niño me ha puesto hambrienta y tú, te ahorrarías un centavo antes de que me dieran una comida decente. Con tanta crueldad acabaré dándote un niño moreno, tan marchito que ni las hadas tendrán el menor deseo de robarlo.

Rhys apenas se contuvo de darle una sacudida. "Pensé que estabas demasiada enferma para comer mucho".

La cerradura de la puerta parecía requerir toda la atención del posadero.

Madeline se enderezó como una reina en el umbral de la cámara y miró a Rhys. "Haré lo que sea necesario para asegurar el vigor de nuestro hijo", dijo ella con altivez. Aunque no me lo agradecerás, seguro.

Luego ella le dio una de esas sonrisas al posadero que dejó a Rhys muy deslumbrado, dejando a ese otro hombre parpadeando también. "Esta habitación es preciosa", dijo ella cálidamente. "Te agradezco por haberla ofrecido y espero con ansias el baño y la comida".

Con eso, Madeline entró majestuosamente en la pequeña habitación, que en realidad era apenas lo suficientemente grande para acomodar el colchón en el suelo. Rhys no dudaba de que se pudieran encontrar algunas pulgas en la ropa de cama.

"Una luchadora", murmuró ese hombre entre dientes. "Pero buena a la vista, si puedo decirlo, señor."

"Es el bebé lo que la irrita", coincidió Rhys en voz baja. "Estoy seguro de que su dulce naturaleza regresará con la llegada del bebé".

"Esa no ha sido mi experiencia, señor, pero le deseo mejor suerte que la mía". El posadero se acercó más. "Y si quisieras una buena noche de descanso tú mismo, notaría que entre las habilidades de mi propia esposa está la de hacer una buena poción".

"¿Qué tipo de poción ofreces?"

"Uno que asegurará que tu esposa duerma profundamente esta noche".

Él dijo un precio que a Rhys le pareció bastante razonable. De hecho, a Rhys le vendría bien saber que Madeline dormía profundamente, no se metería en problemas y no haría preguntas, mientras él hacía los arreglos necesarios para la continuación de su viaje a Caerwyn. El barco de su amigo zarparía hacia el sur la noche después de la luna nueva, y Rhys tenía la intención de que ambos estuvieran en él.

"¿No lastimará al bebé?" preguntó él, sabiendo que debía hacerlo para mantener su disfraz.

El posadero negó con la cabeza. "No, mi esposa lo aprendió de una partera".

"Creo que es una buena idea. El cansancio no ayuda mucho a mejorar el estado de ánimo, y mi señora nunca duerme bien cuando estamos lejos de nuestra morada. Te agradezco la sugerencia".

"Concédeme unos momentos, señor, y volveré con todo". El posadero luego levantó la voz para pedir un brasero para la habitación.

Rhys cruzó el umbral y cerró la puerta tras él con alivio. Él no estaba en absoluto preparado para que Madeline se lanzara a sus brazos, con los ojos brillantes de alegría.

"¿No fueron engañados?" susurró ella, claramente complacida con su estratagema. "No hay un alma que pueda identificarnos mañana. ¿No apartaron la mirada de nosotros, todos y cada uno de ellos?

Rhys le sonrió, incapaz de resistir su alegría por su hazaña.

"Así es, anwylaf", reconoció él con admiración. Él tomó su mandíbula en su mano y deslizó su otro brazo alrededor de la cintura de Madeline. Ella se apoyó contra él, un calor encendiendo en su mirada que lo hizo sonreír. "Y todo se debió a tu rapidez de pensamiento". Entonces él reclamó sus labios con los suyos, porque en verdad, no podía hacer nada más.

CAPÍTULO 13

*E*n otra taberna mucho más concurrida en Dumbarton, Elizabeth se alegraba de haber bajado de la silla. El caballo era una montura demasiado grande para ella, lo había sabido tan pronto como la habían subido a la silla, aunque no se había atrevido a quejarse por temor a quedarse atrás. Le dolían las rodillas casi tanto como las nalgas, porque había tenido que apretar el caballo con fuerza para asegurarse de que no la arrojara al suelo.

Habían cabalgado durante más días de los que ella podía contar. Elizabeth no recordaba haber cabalgado durante más de medio día antes de ese aparentemente interminable viaje. Ella se preguntaba si alguna vez volvería a caminar con facilidad.

También se preguntaba por qué Madeline había sentido cariño por James. Elizabeth estaba segura de que nunca había conocido a un hombre tan tedioso en todos sus días. Ella no podía imaginar que James sintiera un gran afecto por Madeline, porque el hombre se guardaba toda su admiración para sí mismo.

Elizabeth tenía la sensación definitiva de que James sólo había llegado para casarse con Madeline porque su padre había pensado que el matrimonio era apropiado, aunque ella sabía que era un pensamiento poco caritativo.

James tocó su laúd mientras estaban sentados a la mesa, más preocupado por alguna melodía que había compuesto ese día que por la seguridad de Madeline o incluso la cortesía común de los modales en la mesa. A principios de ese día a él le había disgustado mucho que Rosamunde se hubiera negado a detener su búsqueda para asegurarse de no olvidar la melodía tocándola una docena de veces. Él se había enfurruñado el resto del día, solo evocando una sonrisa ahora que tenía su laúd en sus manos una vez más.

A Elizabeth le hubiera gustado haber destruido el laúd, tan enferma estaba del punteo desafinado de James. El hombre se imaginaba a sí mismo mucho más talentoso de lo que era, en su opinión.

Pero entonces, a ella le dolían las nalgas y estaba cansada. Quizás ella lo hubiera mirado con más amabilidad en mejores circunstancias.

Tal vez no.

La spriggan tampoco había sido una compañía fácil. El hada traviesa había tirado de las colas a los caballos, los había asustado en la noche y les había hecho nudos en las melenas. Un caballo asustadizo no era un desafío pequeño, especialmente para un jinete del tamaño de Elizabeth, pero a la spriggan parecía no importarle nada su comodidad.

Además, Elizabeth la había sacado de más de un arroyo y la había agarrado en el aire cuando había perdido su agarre sobre uno u otro caballo. Ella se sentía responsable de su bienestar, ya que era la única que podía verla y la había traído consigo, aunque el hada había hecho poco para recompensar sus esfuerzos.

Al menos sabía qué era y que se llamaba Darg. A veces ella le hablaba y le contaba historias mucho mejores que las que Elizabeth había escuchado jamás.

Ella suspiró exhausta mientras Rosamunde y Alexander discutían sobre la intención de Rhys y observó a Darg considerar las tazas de cerveza de cerámica en la mesa. La spriggan haría algo, Elizabeth estaba segura de ello, y solo esperaba que no le tomara mucho esfuerzo arreglar las cosas. Ella bostezó con fuerza, deseando sólo un colchón delante del fuego.

"Quiere engañarnos", dijo Alexander, bajando la voz e inclinándose sobre la mesa. Él saldrá de noche y cabalgará hacia el sur a toda prisa. Nos equivocamos al dormir aquí, especialmente sin saber su destino dentro de los muros de Dumbarton."

"Solo espero que Madeline esté bien", dijo Vivienne con cierta incertidumbre. Vivienne estaba sentada frente a Elizabeth, luciendo tan exhausta como se sentía Elizabeth. "¡Encontrar a Kerr fue horrible! ¿Seguramente no crees que Rhys lastimaría a Madeline?

"Sospecho que él la salvó de una herida", dijo Rosamunde con firmeza. "Nunca me gustó ese mercenario de Kerr y me alegré cuando tu padre lo despachó".

"¿Él lo hizo?" Alexander preguntó consternado. "Yo no sabía de eso".

"Deberías haber hecho más preguntas antes de contratar al hombre", dijo Rosamunde con firmeza. "Tynan probablemente podría haberte contado más".

Alexander frunció el ceño al considerar eso y parecía tan preocupado que Rosamunde le puso una mano en el hombro.

"Sé que esto no ha sido fácil para ti", dijo ella. "Aprenderás, Alexander, y dentro de unos años, reirás sobre tus propias incertidumbres".

"Eso espero", dijo él y bebió sombríamente su cerveza. "Parece que todo lo que hago se convierte en desastre".

Nadie discutió con eso.

"Podrías asegurarte de que todo terminara tan bien como un viejo cuento", le susurró Elizabeth a Darg.

La spriggan se rió y luego miró a Elizabeth con las manos en las caderas. Será entonces un día lamentable, si ayudo a un mortal como tú. La aguja afilada del destino está destinada a pinchar, ningún mortal puede evitar su muesca".

Un hombre en la mesa de al lado le concedió a Elizabeth una sonrisa que ella no se atrevió a devolver. Ella sintió que se ruborizaba mientras lo ignoraba deliberadamente, sabiendo que probable-mente él pensaba que ella hablaba consigo misma.

Ella se inclinó sobre la tabla y se llevó un trozo de pan a los labios para susurrarle a la spriggan sin despertar la curiosidad. "Podrías asegurar la felicidad de Madeline. Vi la travesura que hiciste con las cintas. Tienes habilidades que yo no tengo".

Darg pareció sorprendida. "Podrías ser una mortal poco común, si puedes ver los finos hilos del Destino". Ella miró a Elizabeth con sospecha. "Las cintas se entrelazan para las almas destinadas, fuerte-mente anudadas como espinas y rosas. Tales pares no pueden romperse en pedazos, venga granizo o inundación, oscuridad o trueno".

A Elizabeth le pareció perfecto y se inclinó hacia delante en su entusiasmo. ¿Ayudarás a Madeline? ¿Te asegurarás de que su cinta y la de Rhys estén unidas correctamente? Él me gustó cuando nos conocimos y creo que a ella también". Ella se abstuvo de mirar hacia James.

Darg sonrió. "Su prometido mortal pronto estará tan cerca que ella misma podrá verlo". Darg miró deliberadamente a James y luego hizo una mueca, aparentemente no le gustaba el juglar más que a Elizabeth.

James canturreaba para sí mismo mientras tocaba su melodía, asintiendo con satisfacción ante lo que parecía una melodía muy simple y sin inspiración para los oídos de Elizabeth. Él parecía ajeno a los demás en la mesa.

"Modales espantosos", murmuró Elizabeth. "Mamá le habría tirado de las orejas".

"Las orejas de este mortal están hechas de estaño, si encuentra belleza en su estruendo", dijo Darg con disgusto.

"¡Exactamente! No se puede obligar a Madeline a casarse con él —insistió Elizabeth. "¡Podrías asegurarte de que ella esté feliz con Rhys!"

"No me corresponde a mí cambiar su vida, elegir por ella la riqueza o la lucha".

"¡Eso no es verdad! ¡Te vi anudar las cintas de Rosamunde! No dudo que tú provocaste la discusión entre ella y Tynan".

Darg se encogió de hombros, aunque su expresión era astuta y lanzó una mirada hacia Rosamunde que lo decía todo. "Cada corazón tiene su propia llave, abrirlo no me queda a mí".

Elizabeth apretó los dientes y se preguntó qué podría hacer para ganar la ayuda del hada obstinada.

"Rhys seguramente debe estar planeando navegar a Caerwyn", dijo Rosamunde con convicción, sin darse cuenta de la conversación de Elizabeth con el spriggan. "No hay otra razón para haber venido a Dumbarton. Él no viajará más lejos, sino que organizará el pasaje en un barco. Debemos mantener una guardia y vigilar los barcos en el puerto". Ella señaló a Padraig, quien exhaló un suspiro.

"¿Puedo terminar esta taza de cerveza primero?" preguntó ese hombre. Él miró con nostalgia hacia la chimenea. "Una comida caliente también sería bienvenida, antes de pasar otra noche bajo la lluvia".

Rosamunde tamborileó con los dedos sobre la mesa con impaciencia, incluso cuando Darg se subió al borde de la taza de Elizabeth. La spriggan lanzó un grito de júbilo, luego se inclinó precariamente y bebió un sorbo de cerveza. Ella bebió como un sabueso, lamiendo la superficie, aunque la cerveza desapareció con asombrosa velocidad.

"Quiero que contabilices los barcos en el puerto, anotes sus insignias y los nombres de sus capitanes, y luego regreses para tu comida. Pido disculpas, Padraig, pero no debemos perder a Madeline cuando estamos tan cerca".

Darg gritó y bailó alrededor del borde de la taza mientras Elizabeth miraba. Tenía que haber alguna forma de persuadir a Darg de que ayudara, pero Elizabeth no podía pensar en qué era.

Quizás sería más inteligente por la mañana, después de haber dormido.

"Como desees." Padraig se puso de pie, apuró su cerveza, le dirigió a Rosamunde una mirada sombría y salió de la taberna. Él se envolvió en la capa y una ráfaga de viento helado se arremolinó alrededor de los tobillos de todos cuando él abrió la puerta.

Elizabeth se estremeció, sacó a Darg del borde de su taza y tomó otro trago de cerveza. Le calentó las entrañas de una manera que no le desagradó, y ni siquiera el olor del fuego de turba le molestó esa noche.

Mientras tanto, Darg cayó sobre la mesa y se detuvo torpemente contra la taza de Vivienne. La spriggan estaba de espaldas, con las piernas torcidas y una expresión de enfado en su pequeño rostro afilado.

"¿Pero dónde está Caerwyn?" - preguntó Vivienne a Rosamunde. "¿Es un castillo con torres altas?" La spriggan se subió al borde de la taza de Vivienne y luego bebió con entusiasmo del contenido de esa taza.

¿Podrían las hadas emborracharse? Elizabeth no estaba segura.

Rosamunde sonrió. "Tiene una sola torre y da al mar. Cuando Rhys y yo nos cruzamos antes, él estaba al servicio de su tío, que es el señor allí. Él indudablemente regresa a esa morada".

"¿Pero dónde está?" preguntó Alexander. "No puede estar en el oeste de Escocia".

"Está en Gales, a la sombra de Snowdonia". Rosamunde bebió un sorbo de su propia cerveza, su mirada se deslizó sobre las otras personas reunidas en la taberna como si evaluara una amenaza. Elizabeth supuso que su tía se había acostumbrado a estar siempre atenta a su entorno.

"Caerwyn fue fortificada por el rey inglés Edward I. Él derrotó al príncipe galés, Llywelyn ap Gruffydd, e hizo una declaración de su soberanía construyendo un anillo de fortalezas de piedra alrededor de Snowdonia y reforzando las existentes que había capturado. El tío de Rhys y el rebelde galés Owain Glyn Dwr capturaron Caerwyn y otro torreón, Harlech, de manos de las fuerzas inglesas hace algunos años".

Vivienne tomó su taza y frunció el ceño, aparentemente sorprendida de encontrar tan poca cerveza en ella. La spriggan le dio un puñetazo a Vivienne por interrumpir tan bruscamente su bebida, luego se pavoneó hacia la taza de Alexander.

"¿Una fortaleza?" Alexander se echó hacia atrás y se pasó una mano por el pelo, dejándolo en un enredo oscuro. "¿No crees que nos impedirán ver a Madeline, si llegan allí antes que nosotros?"

"¿Quién puede decir?" Rosamunde dirigió una mirada de descontento a James, que había cerrado los ojos y echado la cabeza hacia atrás para escuchar su propia música. "Sería mejor si los encontráramos primero, ¿no crees, James?"

Rosamunde tuvo que decir su nombre dos veces más antes de que James se diera cuenta de su voz. "¿Qué dijiste?" preguntó él, luego frunció el ceño ante sus dedos inmóviles. "He olvidado mi lugar en la melodía, gracias a tu interrupción".

"Perdóname por recordarte el motivo de nuestro viaje", dijo Rosamunde con aspereza. Pensé que te interesaba encontrar a Madeline.

La molestia cruzó por los rasgos de James y desapareció rápidamente, aunque no tan rápido como para que los demás no se dieran cuenta. Elizabeth sintió que Alexander se ponía rígido a su lado y vio cómo los labios de Vivienne se estrechaban. "Por supuesto, estoy decidido a encontrar a Madeline", dijo James y convocó su sonrisa más encantadora. "Ella es mi prometida y mi amada".

"No pareces demasiado preocupado por su bienestar", dijo Alexander.

"No pareces tener miedo de que haya resultado herida, o de que pueda ser infeliz", acusó Vivienne.

"De hecho, pareces más obsesionado con tu laúd que con tu prometida", concluyó Elizabeth.

"¿Yo?" James los miró a los tres con asombro. "Solo compongo una canción de amor, para saludar apropiadamente a mi dama perdida cuando estemos unidos nuevamente". Él puso su mano sobre su corazón. "Mis días han sido oscuros desde que nos separamos y no puedo pensar en otra cosa que en volver a ver su dulce rostro".

Vivienne resopló. Entonces, ¿por qué le dejaste creer que estabas muerto durante la mayor parte de un año? Eso no es bondad para infligir a una amada".

"¡Pensé que ella lo sabía! ¡Nunca le habría concedido un momento de angustia si hubiera adivinado que no sabía la verdad! "

"¿Cómo se habría enterado ella de la verdad?", Preguntó Alexander cuidadosamente. "Dado que todos los hombres que lucharon en Rougemont fueron asesinados, ¿excepto tú?"

James se ruborizó y desvió la mirada. "Oh, no fui el único. Seguro que has oído una exageración".

Alexander resopló y se abstuvo de decir más, aunque estaba claro que tenía más que decir.

Elizabeth no le creyó a James, en absoluto. Ella se preguntó si él siquiera habría estado en Rougemont. Ella le dio a Darg una mirada severa, pero la spriggan se subió desafiante al borde de la taza de James. Darg estaba algo menos firme en sus pies ahora mientras bailaba alrededor del borde y se reía entre dientes sobre los méritos de la cerveza mortal.

Alexander tomó su taza, frunció el ceño porque estaba vacía y la dejó pesadamente sobre la mesa. "¿Cuándo regresaste a casa desde Francia?" preguntó él, su molestia apenas disfrazada. "¿Dónde has estado desde la batalla de Rougemont?"

"¡Escuchando música!" Gritó James, sus ojos se iluminaron por primera vez. "Escuché la música en las catedrales de Francia y fue tan maravilloso que tuve que aprender más. Madeline lo agradecerá, lo sé con certeza, porque el amor por la música es un vínculo que ella y yo compartimos. ¡Escucha!" Levantó el laúd y volvió a tocar la melodía.

Darg se tapó los oídos con los dedos e hizo una mueca al oír el sonido. Elizabeth reprimió una carcajada ante las payasadas de la spriggan, porque compartía su punto de vista. Vivienne y Alexander intercambiaron una mirada triste.

La spriggan terminó la cerveza de James, luego imitó su manera de canturrear mientras se acercaba más a la taza de Rosamunde. Ella observó a la mujer durante tanto tiempo que Elizabeth temió su plan. Sin embargo, poco pudo hacer cuando ella trepó hasta el borde de la taza y luego colgó las patas en la cerveza.

La spriggan pateó con vigor. Un chorro de cerveza brotó de la taza y empapó la parte delantera del abrigo de Rosamunde. "¿Qué es esto?" -preguntó esa mujer, incapaz de entender por qué volaba la cerveza. Ella se puso de pie de un salto, limpiando la cerveza del rico bordado. "¡Mi atuendo se arruinará!"

Darg se rió con perverso júbilo. Vivienne se puso de pie de un salto y secó la cerveza con la servilleta, mientras Rosamunde trataba de quitarse la humedad con las manos.

"¡Debe haber un insecto en la taza!" gritó Alexander y alcanzó la taza. Darg saltó con inesperada agilidad al borde de la jarra cuando Alexander levantó la taza de Rosamunde, la agitó y vertió su contenido en la suya.

James detuvo su música y los miró con irritación. "Les ruego que escuchen mi canción. Es una melodía cautivadora y hermosa que solo un bárbaro no apreciaría".

Darg se rió tan fuerte y estridentemente ante esta afirmación que Elizabeth se sorprendió de que nadie pudiera oírla. La spriggan echó la cabeza hacia atrás y canturreó en perfecta imitación del laudista, volvió a reír y luego cayó de espaldas en la jarra de cerveza.

El chapoteo hizo saltar a todos en la mesa. "¡Quizás sea una rata!" gritó Vivienne.

"¡Está en la cerveza!" estuvo de acuerdo Alexander.

—Qué lamentable taberna has elegido para nosotros —le dijo James a Rosamunde con una mueca de desprecio—. ¡Ratas en la cerveza! Nunca había oído nada parecido".

"Entonces puedes dormir en otro lugar", gruñó Rosamunde. "Yo pagué por tu cama y compré tu comida y soporté tu terrible música durante el tiempo suficiente".

La pareja se puso de pie de un salto para discutir acaloradamente sobre los modales de James y las demandas de Rosamunde. Elizabeth cogió la jarra de cerveza y luego la vertió en el suelo para dejar al descubierto la rata. La spriggan cayó al suelo con un golpe, luego tosió y jadeó con vigor.

"No hay nada ahí", dijo Vivienne, mirando la cerveza derramada con asombro.

"Debe haber saltado de nuevo", dijo Alexander, mirando por el suelo de la taberna.

"¿Qué clase de paganos son para echar una buena cerveza en el suelo?" preguntó el tabernero.

"¡Había una rata dentro!" Gritó James.

"No hay ratas en mi morada", replicó el tabernero y cuando James pudo haber discutido, él tabernero aseguró el silencio del laudista con el puño. James cayó de espaldas entre los troncos del suelo y no se levantó.

Los otros clientes aplaudieron.

"¡Está borracho!" gritó el tabernero a sus invitados. "Es un hombre que no puede aguantar su cerveza, porque es temprano para ver ratas que no están ahí".

Los demás se rieron y reanudaron sus conversaciones. Rosamunde cogió el laúd y se puso a quitar las cuerdas con gestos salvajes. "Al menos no tendremos que soportar más su música", dijo ella ante la mirada inquisitiva de Alexander. Ella le sonrió a Vivienne. "No temas, no destruiría un instrumento de tal valor. Le devolveré las cuerdas una vez que se reencuentre con Madeline". Luego ella bajó la voz a un gruñido. "Que tengamos la buena suerte de que eso ocurra pronto. Estoy segura de que a mi ahijada le va bien".

Elizabeth se inclinó y recogió a la spriggan cuando nadie estaba mirando. La escondió en su regazo, la golpeó en la espalda mientras tosía lo último de la cerveza, luego la envolvió en su servilleta cuando se estremeció. Darg suspiró y se apoyó en su mano, luego la pinchó con su larga nariz.

"Te debo una recompensa, eso está claro, de mí para ti por otro ser querido. En ayuda de tu hermana vendré pronto, aunque nadie puede estar seguro de lo que hará el Destino.

Elizabeth sonrió triunfante, en el mismo momento en que el

hombre de la mesa de al lado llamó su atención. Ella se sonrojó de nuevo y miró su taza, pero él no volvió a apartar la mirada.

Ella no dudaba de que él estuviera enamorado de sus pechos horriblemente grandes y nada más. ¡Quizás los hechizos de Darg podrían ayudarla a deshacerse de esas curvas no deseadas!

Pero lo primero es lo primero. La situación de Madeline era más terrible, sin duda.

~

MADELINE SUEÑA con una espesa niebla presionando contra las paredes de la posada, una niebla tan espesa que no podía ser natural. La niebla se filtra a través de las contraventanas y llena la habitación como si fuera lana. No se puede detener, sino que llega a un ritmo temible, creciendo cada vez más y más.

Y Rhys duerme como un muerto, a pesar de sus esfuerzos por despertarlo.

Ella cierra las contraventanas, en vano. Abre la puerta, pero también fluye desde el pasillo. Ella se da la vuelta y encuentra a Rhys perdido en la niebla, que ahora le llega hasta la cintura. La niebla también la rodea, envolviéndola hasta las caderas y, a medida que sube más y más, ella es menos capaz de levantar un dedo contra eso.

Una curiosa indiferencia parece invadirla. Ella se siente deshuesada, ingrávida y se pregunta si esta sensación de flotar significa que está muerta.

Madeline no quiere estar muerta. Ella es demasiado joven para morir. Ella quiere dar a luz a un hijo de Rhys, quiere oír a su marido reír de verdad. Ella se obliga a abrir los ojos, luchando contra la implacable presión de la niebla.

Rhys está de pie junto a la ventana, mirando hacia la ciudad. Ya no se lo traga la niebla, ya no duerme, ya no está acostado junto a ella. Sus ojos son fríos y plateados cuando deberían estar oscuros, como si él se hubiera llenado de niebla. La ciudad más allá de la ventana también se ve diferente, más etérea, aunque si es simplemente que Dumbarton yace en la oscuridad o si están en otra ciudad, Madeline no puede decirlo.

El cielo nocturno es tan antinatural como la niebla. Es un índigo maravilloso, un azul oscuro que parece más oscuro debido a la niebla plateada que se arremolina, ahora tan profundo solo como las rodillas de Rhys. El cielo de medianoche marca la silueta de la figura de su esposo, cientos de estrellas centelleando en su oscuridad. Parecen bailar alrededor de Rhys, como si el mismo cielo quisiera atraer su mirada solo hacia ese hombre.

Ella podría haberse casado peor, sin duda.

Rhys está vestido como lo había estado la primera noche en Ravensmuir. Madeline ve al dragón rojo de Gales en su abrigo. Sus ojos la miran, brilla sobre su oscuro abrigo, como si estuviera forjado con llamas y no con el hilo de la aguja de una mujer inteligente.

Rhys sonríe con la sonrisita que calienta la sangre de Madeline y ella se asegura de que, después de todo, él no ha cambiado. Cuando él le sonríe, cuando la acaricia, cuando la mira con asombro, Madeline no duda del mérito de su matrimonio.

Ella frunce el ceño al ver que su capa está echada sobre sus hombros. ¿Estaba así antes? Ella no puede recordar.

"Duerme conmigo", dice él, las palabras gruesas y desconocidas en su lengua.

"He estado en la cama", dice ella con suavidad.

Entonces ella recuerda, recuerda la mano de Rhys sobre su pecho. Se estremece al recordar la lenta caricia de su pulgar sobre su pezón. Ella da palmaditas en el colchón a modo de invitación.

El niega con la cabeza. "Has dormido toda la noche y todo el día".

¡Qué capricho! "Nunca duermo tanto", dice ella, sorprendida de escuchar sus palabras arrastrándose.

"Debes haber estado cansada". Rhys se inclina para recuperar sus medias y luego se las ofrece. "Ven y vístete".

Madeline mira al cielo nocturno y no puede reprimir su bostezo. "Duerme", se las arregla para decir, luego se acurruca de nuevo en la cama. Ella suspira y se levanta una colcha forjada de niebla, su suavidad la reclama con torpeza.

"No dormiremos aquí esta noche". Rhys se sienta en el borde de la cama e intenta pasar una media por encima de su pie. Él se siente incómodo con la tarea, pero Madeline no está dispuesta a ayudarlo. El hombre quiere hijos, ¿por qué no viene a su cama? Ven, mi señora. Ayúdame en esta tarea".

"Duerme."

Vístete tú misma, mi señora. Rhys le pasa la otra media por la pantorrilla. Ambas están retorcidas, pero a Madeline no le importa. Rhys insiste malditamente cuando agita su atuendo ante ella. "¡Levántate! Ponte tu kirtle, Madeline".

"Duerme." Incluso murmurar la palabra le da placer a ella.

"Dormiremos en nuestro destino. Eso será lo suficientemente pronto".

Ella abre un ojo con heroico esfuerzo. "¿Dónde?"

"Lo verás cuando lleguemos". Él le pone el kirtle por la cabeza y la levanta hasta que se sienta. Por mucho que ella quiera complacerlo, los propios dedos de Madeline no siguen sus órdenes. Ella no puede abrocharse el cinturón alrededor de la cintura ni ponerse las botas. Rhys es extraordinariamente persistente, pero está claramente decidido a marcharse.

Madeline se mete una mano a través de su trenza despeinada, demasiado cansada para incluso molestarse con su característica evasión. Que él se quede con sus respuestas. Ella bosteza de nuevo, sintiendo que su mandíbula se romperá con el esfuerzo y sin importarle si lo hace.

Ella solo quiere dormir.

Rhys la pone de pie y envuelve su brazo alrededor de su cintura para estabilizarla. Sus labios se dibujan en una delgada línea, y ella le toca la boca con la yema del dedo, maravillada.

"Enfadado", pronuncia ella, sintiéndose muy sabia.

El niega con la cabeza.

"¡Así es!" dice ella, pensando que él discute la verdad.

"En verdad molesto, pero no contigo". Rhys coloca la capucha de Madeline sobre su cabello con una ternura poco común en él. Él mete su mano en su codo mientras salen de la habitación. A Madeline no le sorprende encontrar la niebla directamente fuera de la puerta. ¿Seguramente Rhys la había desterrado de su habitación? ¿Seguramente Rhys piensa salvarla de su potente hechizo?

La niebla sube por las escaleras, como si se aferrara a sus tobillos y Madeline retrocede. Ese no es un enemigo pequeño. ¿Seguramente Rhys puede ver el peligro ante ellos?

"Allí no", dice ella, pero Rhys sólo la mira a los ojos. Ella toca el surco de su frente.

"Vamos a la morada de tu madre, ¿recuerdas?" Él le habla como si ella fuera una niña. "Quieres dar a luz a nuestro bebé allí".

Pero era él quien pronunciaba declaraciones infantiles. De hecho, ¡el hombre dice tonterías! Madeline no lleva un niño, ni en su útero ni en sus brazos. Ella lo mira con confusión, luego mira hacia abajo y ve el bulto en su vientre. Ella lo toca y recuerda su promesa a Rhys.

¡Ella dará a luz a su hijo, en verdad!

Ella lo mira con alegría y está confundida por el ceño de él fruncido en respuesta. La niebla les rodea las piernas y el frío le pone la piel de gallina en las espinillas. Hay niebla en la periferia de su visión, niebla arremolinándose alrededor de sus tobillos, niebla que oculta los rostros de los hombres reunidos en la sala común de la taberna.

"¿Se van, entonces ustedes?" —pregunta el tabernero, su voz tan brillante y alegre que Madeline se estremece.

"De hecho nos vamos", dice Rhys. Su manera es concisa, más seca de lo habitual.

"Un poco tarde en el día para partir, pero supongo que la señora durmió bien". El posadero parece encontrar su comentario de lo más divertido, aunque Madeline no comprende la broma. Él le da un codazo a Rhys, sin prestarle atención. "Mi esposa hace un brebaje excelente, no lo puedes negar".

"Bien es la palabra para describirlo", dice Rhys con firmeza. "Creo que es muy traicionero ofrecer tal brebaje a una mujer embarazada, ni menos esperar que se le pague por ello".

"¡Bien entonces!" El posadero parece estar ofendido, pero el tono de Rhys era duro. "De valor es lo que otorgamos aquí, señor. No se engaña en la medida en esta posada. Apuesto a que lo veremos en su viaje de regreso".

"Apuesto a que no", dice Rhys. Ten cuidado de que tu esposa se quede con su brebaje para sí misma, o enviaré al alguacil a buscarla. Tanto la brujería como la maldad van en contra de la ley del rey y de la iglesia, como todo buen hombre sabe".

El posadero abre los ojos como platos, pero Rhys empuja a Madeline al patio. Sólo su caballo plateado espera allí, aunque Madeline busca entre las sombras la yegua. Quizás el caballo se haya convertido en una sombra. Ciertamente, Arian podría estar forjado de niebla.

Quizás eso es lo que le sucede a todo lo que reclama la niebla. Gelert se acerca a ellos, medio tragado él mismo por la niebla. ¿Rhys no puede ver el peligro aquí?

Madeline abre la boca para advertirle, pero no puede emitir ningún sonido. Su lengua es gruesa y parece desconocida, ella no puede formar las palabras que habrían salido de sus labios.

Rhys sube a Madeline, de manera bastante improbable, a la silla de Arian. Ella mira a su alrededor, sus ojos se agrandan ante la distancia al suelo, y agarra el pomo tan fuerte como puede. Rhys toma las riendas y conduce el caballo desde el patio de la posada. Vendí el caballo esta mañana, mientras dormías.

Madeline lucha por encontrarle sentido a su repentina necesidad de llorar. ¿No había perdido ella otro caballo desde que conoció a Rhys? ¿Ella nunca podrá volver a tener un propio caballo? Ella no puede recordar y eso la atormenta.

"El precio era demasiado alto para llevar dos caballos. Y no los necesitamos a ambos en este viaje".

Madeline no puede discutir con un razonamiento que no puede

seguir. Al menos la niebla fría se está retirando, o Rhys la está alejando de su embrague. Ella se retuerce en la silla y vuelve a mirar el tenue resplandor de la niebla en el patio de la posada. Para su alivio, no parece que los esté siguiendo.

Ella debería haberlo adivinado. Ella puede confiar en que Rhys la alejará de la maldad.

Un viento acaricia su rostro, un viento que huele a sal. ¿Rhys la ha devuelto a Kinfairlie? A Madeline le da un vuelco el corazón ante la perspectiva.

Pero ese mar es desconocido. Brilla oscuramente delante de ellos, y un oscuro promontorio de piedra se eleva a su derecha. Un castillo se posa en la cima de la gran roca, pero Rhys conduce el caballo hasta los muelles que se extienden desde el pueblo. Yacen como dedos oscuros y quietos sobre el agua brillante. Los barcos se balancean anclados, las linternas se balancean de los aparejos de uno de ellos, sus mástiles crujen cuando se levanta el viento.

"Navegamos con la marea de esta noche", dice Rhys. "Por eso no necesitas un caballo por el momento. No veía sentido pagar el pasaje de un segundo caballo cuando hay tantos en Caerwyn. Si hubiera sido Tarascon, no habría tenido otra opción, por supuesto".

Pero Madeline no hace caso de su tranquilidad. ¡Él quiere llevarla a un barco! Ella observa su progreso con horror, sus labios se mueven silenciosamente, mientras él lleva al caballo cada vez más cerca de los barcos. Los barcos bailan inocentemente sobre las olas, como los juguetes de un niño, pero Madeline conoce su oscura verdad.

Barcos como esos se robaron a sus padres. Barcos como esos traen muerte. Las náuseas aumentan dentro de ella. Sus padres están perdidos bajo las olas, robados de la vida y sepultados en la oscuridad, porque abordaron un barco.

Y ahora Rhys la lleva sobre uno de esos traicioneros barcos.

¿Cómo puede él desear que ella muera?

El estómago de Madeline se revuelve con una violencia repentina. Solo tiene tiempo para inclinarse sobre el costado del caballo antes de vomitar. De hecho, la purga es tan violenta que ella mira para ver si realmente ha derramado sus entrañas sobre los adoquines.

Rhys está inmediatamente a su lado, sosteniendo su mano, asegurándose de que no se caiga de la silla. "Probablemente sea mejor deshacerse de él", dice enigmáticamente. "Debería haber pensado en eso antes".

Madeline eructa como una campesina, luego empuja el hombro de Rhys. Él se hace a un lado justo a tiempo mientras ella vomite una vez más. Ella escupe, odiando el mal sabor de boca y siente un hilo de sudor frío en la espalda. Ella piensa en sus padres y comienza a llorar, como si los hubiera perdido en ese momento. Aunque anhela volver a verlos, no desea morir ella misma. Madeline tiembla con tanta fuerza que le castañetean los dientes y llora, sus lágrimas disuelven el último vestigio de la niebla.

Rhys maldice, luego la tira de la silla a sus brazos. La sostiene con fuerza contra su pecho y Madeline se acurruca más cerca, agradecida por su calor. Es un consuelo, ese improbable cónyuge, a pesar de sus modales bruscos y la feroz custodia de sus secretos.

"Debemos llegar al barco antes de que baje la marea", le dice, murmurando contra su sien.

"No hay barco", susurra Madeline, agarrándose a su tabardo.

"Están detrás de nosotros", dice él con determinación, y no ralentiza el paso. El caballo y el sabueso lo siguen. "Debemos irnos esta noche. Cuanto antes nos vayamos, antes estaremos en casa en Caerwyn".

"Casa." Es una palabra que Madeline puede saborear en su lengua, aunque no sepa dónde está.

El hogar está con Rhys, por supuesto. La comprensión alivia un poco su miedo.

"A casa", repite Rhys, sonando como si sonriera un poco. "Hay dos sanadores expertos que se asegurarán de que esta enfermedad sea derrotada. Y las puertas pueden cerrarse contra los que nos persiguen".

"No hay barco", vuelve a instar Madeline. Ella quiere explicarle su miedo, pero las palabras la abandonan mientras la bilis llena su garganta una vez más.

"Debemos tomar el barco".

"Mamá", susurra ella, y pierde la batalla de nuevo contra sus lágrimas.

Rhys le besa la sien con tanta ternura que sus lágrimas caen con mayor frecuencia. Yo estaré contigo, Anwylaf, no tu madre. No te preocupes, porque no hay nada que temer".

Entonces él pone a Madeline de pie y la convence para que suba a la pasarela. El balanceo hace que Madeline se tape la boca con una mano. Ella cierra los ojos con fuerza, deseando que el contenido de su vientre permanezca donde está.

Rhys agarra su mano y la mira profundamente a los ojos. "Confía en mí", dice él.

Y ella lo hace.

Madeline asiente. Ella deja que Rhys la lleve a donde quiera. La cubierta del barco es solo un poco más tranquilizadora que la pasarela. Ella se agarra a la barandilla cuando él regresa por Arian, quien se ve tan encantado como ella con su próximo medio de transporte. Gelert se apoya en su pierna, consolándola con su calor y su peso.

Ella vomita sobre la barandilla, extraordinariamente feliz de encontrar el brazo dc Rhys alrededor de su cintura cuando se endereza una vez más. Es cálido y sólido, confiable.

De hecho, ella podría haberse casado peor.

Los marineros se gritan unos a otros y se sueltan las cuerdas, utilizando largos palos para empujar el barco desde el muelle. Las velas se despliegan, chasqueando con el viento como si estuvieran ansiosas por irse, luego se agitan grandes como si tuvieran la intención de tragarse las mismas estrellas.

Madeline observa cómo se ensancha el abismo entre ella y la orilla. Ella se agarra a Rhys cuando seis caballos tan negros como cuervos galopan sobre el muelle que el barco acaba de abandonar.

Caballos negros. Ella frunce el ceño mientras lucha por ordenar sus pensamientos. Esos caballos parecen respirar fuego, como si fueran los mensajeros del infierno que su raza tenía fama de ser desde hacía mucho tiempo. Dos se adelantaron hasta ellos y los otros sacudían sus bridas con frustración.

Es como si ellos creyeran que pueden correr sobre la superficie de las olas, mucho menos alcanzar el barco alejándose contra viento y marea.

Son caballos de Ravensmuir. Madeline sabe que no pueden ser de otro establo. El feroz negro de los caballos de la familia Lammergeier tiene una gran reputación, vigorosamente buscados y nunca discutidos— a Madeline le enseñaron eso desde la cuna.

Pero ellos no están cerca de Ravensmuir. Ella ve el castillo en su cumbre de piedra y sabe que no le es familiar. No, esos caballos no pertenecen ahí.

Ni lo es la persona montando el más cercano de ellos. Ella desmonta, su cabello ardiente como la luz de una docena de faros. La respiración de Madeline se detiene. La mujer parece maldecir con un gusto familiar, luego sacude un puño al barco que se va. El viento esparce sus palabras, pero Madeline sabe quién es ella.

Y ella entiende demasiado tarde que enemigos los persiguen.

Ella se gira para ver a Rhys sonriendo con lo que debía ser triunfo. "Escapamos de mi familia" se las arregla para decir, incapaz de aceptar completamente lo que está delante de sus ojos.

La sonrisa de Rhys se ensancha para iluminar sus ojos, y su voz baja. "Tal vez no anwylaf."

Madeline observa a su esposo, incapaz otra vez de darle sentido a sus palabras. A ella no le sorprende que él se niegue a decir más.

Cuando ella se da la vuelta el puerto está vacío, los caballos y Rosamunde desvanecidos de tal manera que ellos podrían no haber estado nunca allí.

∽

∽

"¡OH NO!" gritó Vivienne, incluso cuando su tía profirió una maldición mucho peor. Los caballos pateaban con frustración, porque estaban lo suficientemente descansados para correr. Se podía distinguir una pareja en la cubierta del barco que partía, la mujer apoyada pesadamente sobre el hombre. Él iba vestido de forma tan oscura que las sombras se lo tragaban, y su capa se movía detrás de la pareja.

"Rhys y Madeline", susurró Alexander.

"Eso creo", dijo Rosamunde.

Elizabeth lo sabía con certeza. Ella veía las dos cintas, una de plata y otra de oro, arrastrándose detrás del barco que partía, extendiéndose desde esa pareja en sombras.

Pero algo andaba mal. Ante sus propios ojos, las cintas parecían deshilacharse de las puntas, como si el viento las destrozara irreparablemente. Parecían estar recientemente delgadas e insustanciales, forjadas por la niebla o por sueños rotos.

Darg soltó un grito de consternación y saltó en el aire. La spriggan agarró el extremo de la cinta dorada y Elizabeth temió que el hada perdiera el control.

O que la cinta se disolviera y dejara que la spriggan cayera al mar.

"¡Date prisa, Darg!" gritó Elizabeth, sin importarle quién escuchaba sus palabras. "¡Corre, corre, corre! ¡Ahora eres la única oportunidad de Madeline! "

La spriggan corrió, subiendo los remolinos de cinta como si subiera una escalera que nunca dejaba de moverse. Elizabeth contuvo la respiración, temiendo que las cintas se desvanecieran y el hada cayera al mar.

Pero Darg era veloz, lo suficientemente veloz como para permanecer sobre la cinta. El barco navegaba hacia adelante, el barco, las cintas y el hada se ahogaban en la oscuridad de la noche, y Elizabeth creyó oír un grito distante de alegría del hada.

"Cabalgaremos hasta Caerwyn", dijo Rosamunde con firmeza,

girando su caballo mientras hablaba. "Montaremos de inmediato y con toda rapidez".

"Entonces devolverás las cuerdas de mi laúd", dijo James malhumorado.

"Las devolveré cuando me parezca conveniente y ni un momento antes", replicó Rosamunde, luego tomó las riendas en el puño. "¡Sigan adelante!"

 $\mathcal{M}$ adeline estaba pálida y Rhys estaba inquieto.

Él la vio dormir mientras el barco se adentraba en mar abierto y no pudo evitar tocarla. Él la envolvió más en el forro de piel de su capa. Él sintió la temperatura de su frente, para asegurarse de nuevo que la enfermedad había pasado su peor momento. Él sintió el ritmo de su pulso, aunque sabía tan poco de la curación que cualquier cosa que sintiera no significaría nada para él.

Él esperaba tan fervientemente que ella estuviera bien que no confiaba en sus impresiones de ninguna manera. Él la miraba tenso por la preocupación y temía por su salud.

Aunque la tez de Madeline siempre había sido clara, ahora era más clara, tan pálida como una nube en un cielo de verano. Había marcas oscuras debajo de sus ojos, como si la cantidad de su sueño no fuera un indicio de su calidad. Su carne se había enfriado, aunque ahora temía que ella tuviera demasiado frío.

Gelert estaba acurrucado contra ella, su peluda cabeza en su regazo, y miraba de reojo a Rhys. Era como si el perro supiera que él había servido a su dama falsamente.

Rhys apenas podía discutir el asunto. La enfermedad de Madeline era culpa de Rhys. Él no se estremeció ante la verdad de eso. Él debería haberlo pensado mejor antes de comprarle un brebaje a un curandero cuyas artes no conocía, especialmente por conveniencia. Él había pensado que sería más sencillo si Madeline se quedaba dormida durante la venta del caballo y el arreglo de su partida. Él había querido que cesaran sus interminables preguntas, y había querido estar seguro de que ella se quedaría dónde él le había ordenado.

Madeline no daba señales de moverse ahora y no hacía preguntas, pero Rhys estaba lejos de estar contento con lo que había hecho.

Él no había pensado más que en su propia conveniencia. No era excusa que él solo hubiera conocido a curanderos competentes, que nunca hubiera visto a una poción enfermar a una persona más de lo que había estado enferma en primer lugar.

No había excusa que pudiera compensar su error.

El barco se balanceaba y crujía. Él podía oír débilmente los gritos de los marineros en la cubierta superior. El ritmo no era desagradable y su pequeña habitación no era tan mala como podría haber sido. Él no podía ver alimañas, ni ninguna evidencia de su presencia, y la cámara olía agradablemente a manzanas. Rhys sabía bastante bien que la bodega de un barco podía oler mucho peor que eso, pero su viejo amigo era muy particular acerca de qué mercancías transportaba.

El barco se movía con un oleaje lo suficientemente grande como para indicar que habían llegado a mar abierto. Madeline se desplomó de lado debido al movimiento y la capa se deslizó de su cuello. Rhys se arrastró a su lado y volvió a colocarla alrededor de ella. Él acarició la suavidad de su mejilla con la yema de un dedo, notando la aspereza de su piel en contraste con la de ella.

Él sintió el nudo en la garganta y la opresión en el pecho como si se diera cuenta por primera vez. Él se dio cuenta de que haría cualquier cosa por ver a Madeline sana de nuevo. Él vendería su alma sin preocuparse, simplemente para ver sus ojos brillar una vez más, simplemente para verla lanzarle una manzana con una precisión mortal.

Él la amaba.

La mano de Rhys se congeló ante la inexpugnable verdad de eso. Contra sus propias inclinaciones, él se había enamorado de la mujer a la que había tomado por esposa. Él amaba su agudo ingenio, amaba que ella no tuviera miedo de criticarlo cuando creía que él estaba equivocado. Él amaba su sentido común y practicidad; le encantaba que ella se hubiera adaptado a los cambios de su vida sin quejas ni lágrimas, le encantaba que ella fuera fuerte, noble y leal.

Él se sentó sobre sus talones y la miró, sabiendo que nunca se cansaría de verla, de sentirla contra él, del eco de su respiración en su oído. No era su belleza, aunque era una considerable, era su espíritu el que había atrapado su corazón.

Rhys recordó lo que Madeline le había dicho sobre su propio corazón y no dudaba de que le hubiera dicho la verdad. Ella era el tipo de mujer que amaría de una vez por todas. Madeline no era voluble ni imprudente con sus afectos.

Sería a James, no a Rhys, a quien Madeline amaría hasta el día de su muerte.

Él se decía a sí mismo que no debía decepcionarse, porque debería haber sabido que no debía esperar algo mejor para sí. No se podía confiar en el amor ni confesarlo públicamente. El amor era un tesoro para saborear en privado. Si las Parcas fueran tan amables como para no robársela ahora (perder a Madeline justo cuando se daba cuenta de que su amor por ella sería coherente con la fortuna de Rhys hasta el momento), él sería el mejor marido que pudiera ser. Él le concedería a Madeline una buena vida, él la apreciaría. Él encontraría su placer en hacerla tan feliz como pudiera.

Nada de eso cambiaba el hecho de que Rhys sabía que la dama era injustamente suya. Él lanzó un suspiro y frunció el ceño. No sabía con certeza el nombre del laudista que viajaba con Rosamunde, pero seguramente podía adivinarlo.

¿Y cuál era el mérito de su amor por Madeline, si le ocultaba la única noticia que la haría feliz?

Rhys se sentó en la habitación con su esposa dormida y no le gustaron sus recuerdos de cómo él la había tratado. Ella le había pedido honestidad y él la había engañado. Ella le había pedido sus propios cuentos y él se lo había negado. Ella había jurado que su corazón pertenecía a un solo hombre, y él la había robado lejos de ese hombre para mantenerla para él.

En esa habitación solitaria, Rhys hizo un trato consigo mismo. Él no dudaba de que Rosamunde encontraría el camino hacia Caerwyn, ni de que James estaría rápido a su lado. Aunque Rhys temía perder a Madeline ese día, en espíritu, si no en verdad, tenía la duración de ese viaje para marcar la diferencia.

Él comenzaría por concederle a su esposa lo único que ella le había pedido con insistencia. Él respondería a sus preguntas. Él entregaría la honestidad que ella deseaba. Rhys no imaginaba que a Madeline le gustara la verdad, pero él no le debía menos.

Y si llegaba James y Madeline deseaba estar con su amor, Rhys no impediría su partida. Él la anhelaría durante todos sus días y noches, pero preferiría perderla y saber que ella era feliz que presenciar su infelicidad a su lado.

Él levantó su mano en la suya y la acarició. Ningún hombre de honor evitaba lo que era necesario hacer, simplemente porque tal vez no procediera a su favor.

Rhys le diría la verdad a Madeline.

MADELINE SE DESPERTÓ LENTAMENTE. Ella sentía la lengua espesa en la boca y su cabeza parecía liviana. Ella tenía un hambre increíble y tenía las extremidades acalambradas. Peor aún, ella podría haber estado acostada en una cuna, porque todo a su alrededor estaba meciéndose.

¿Qué ha pasado?

Madeline se estiró y abrió los ojos, su movimiento hizo que el sabueso Gelert abandonara su lado. El perro se estiró, se sacudió y bostezó con un vigor que la hizo sonreír, luego se sentó y la miró expectante. Madeline apoyó las manos en el suelo y descubrió que no se mecía, la habitación sí.

Las paredes estaban forjadas de madera. Madeline olió manzanas, lo que hizo que su estómago retumbara aún más fuerte. Ella estaba envuelta en la capa oscura de Rhys, su forro de piel apretado contra su piel, y sus medias estaban torcidas torpemente alrededor de sus piernas.

Rhys estaba durmiendo contra la puerta. Verlo hizo que a Madeline se le encogiera el corazón. Él se veía arrugado, y el hecho de que no se había afeitado en varios días lo hacía parecer más deshonroso de lo que ella sabía que era. Había sombras debajo de sus ojos y un surco en su frente, como si todo el peso del mundo descansara sobre sus hombros.

Madeline se puso de pie, agarrándose a la pared para recuperar el equilibrio, y se acomodó el atuendo. Dobló la capa de Rhys en lugar de pararse sobre ella y descubrió que su almohada había sido la alforja de Rhys. Había un peine dentro, para su deleite. Ella se peinó y volvió a trenzar su cabello, segura de que un bocado en su vientre la haría sentirse bien de verdad.

¿Pero dónde estaba ella? Ella trató de pasar a Rhys para abrir la puerta y él se despertó sobresaltado. Su mirada voló sobre ella, como si no pudiera creer la evidencia ante sus propios ojos, luego se puso de pie con inusitada prisa. "¿Estás sana?"

"Lo suficientemente bien." Madeline sonrió porque él parecía inusualmente inseguro de sí mismo. Ella se sorprendió de que él no la tocara, sino que sus dedos tamborileaban como si no confiaran en que la alcanzarían. "Hambrienta más allá de lo que puedo creer, y mis pies son inestables debido a eso, pero bastante bien a pesar de eso".

Entonces él sonrió, sus ojos brillaban bastante. "Bien. Esa es una buena noticia."

La habitación se agitó y Madeline jadeó al perder el equilibrio. Rhys la atrapó con fuerza y apoyó los pies en el suelo. El calor de él era bienvenido y ella se apoyó en su sólida fuerza. Sin embargo, ella sentía una desgana en él, una desgana que no compartía.

Ella le besó la garganta y él se estremeció.

"Estoy muy contento de que te hayas recuperado", dijo él en su cabello. "Me equivoqué mucho al comprar ese brebaje y me disculpo por mi locura".

Madeline se apartó un poco para mirarlo mientras reunía sus recuerdos dispersos. "Te refieres al brebaje que el posadero trajo después de nuestra cena, el brebaje que me hizo dormir".

Rhys negó con la cabeza. "El brebaje te enfermó. Se suponía que simplemente te haría dormir".

"¿Compraste una poción para hacerme dormir?" Madeline se soltó de su abrazo, pero Rhys asintió.

De hecho, lo hice, aunque nunca tuve la intención de lastimarte. Me equivoqué de la manera más grave al confiar en la habilidad de una extraña, Madeline, y te pido perdón".

Madeline salió del círculo de su abrazo, apenas segura de que él había considerado conveniente comprarle algún tipo de poción.

"¿Por qué harías tal cosa?" Ella no esperaba que él le respondiera, porque Rhys había demostrado ser un experto en evitar preguntas, pero él se sonrojó y miró al suelo.

Para su asombro, él le respondió. "Pensé que sería más sencillo si dormías toda la mañana". suspiró él. "Yo sabía qué harías muchas preguntas, que podrías estar en desacuerdo conmigo sobre el rumbo que elegí y que quizás no decidieras quedarte sola en la habitación de la posada, incluso si yo te lo ordenaba".

"Así que me compraste una poción para dormir y me engañaste en cuanto a su naturaleza". Madeline no ocultó su enfado. "¡Me dijiste que no era más que sidra caliente!"

La parte de atrás del cuello de Rhys se sonrojó de color escarlata, pero él no apartó la mirada de ella. "Yo lo hice. Tenía la mejor intención. Estaba equivocado."

La cámara se agitó de nuevo, y Madeline fue arrojada contra una pared con tanta fuerza que ella estaba segura de que quedaría magullada. Sin embargo, esta vez no alcanzó a Rhys, de tan molesta estaba con él.

"¿Qué tipo de habitación es esta?" preguntó ella con irritación. "¿Dónde estamos para que el suelo mismo se agite debajo de nosotros?" Antes de que Rhys pudiera responder, Madeline jadeó de comprensión. "¡Estamos en un barco!" Ella se agarró a la pared mientras el barco se balanceaba de nuevo, luego se abalanzó hacia la puerta.

¡Ella tenía que salir de allí!

Rhys se paró frente a la puerta. "¿Qué te pasa? No hay nada que temer."

"¡Estamos en un barco!" Madeline intentó apartarlo, aunque sus esfuerzos fueron inútiles. "Esa es razón suficiente para temer".

"No hay peligro aquí. Nuestro capitán tiene mucha experiencia y hace buen tiempo. No estamos lejos de la costa, pero estamos lo suficientemente lejos para evadir rocas y bajíos... "

Madeline volvió a agarrar la puerta mientras intentaba apartar a Rhys. "¡Estamos en un barco y eso es realmente peligroso!"

Rhys la tomó por los hombros con las manos. "¿Has estado en un barco antes? ¿Por qué le temes tanto?

"¡Debo irme!"

"¿Por qué?" Rhys la sacudió. "¿Por qué, Madeline?"

"¡Déjame salir!"

"Dime."

Madeline luchó contra su agarre en vano. Rápidamente decidió que la forma más fácil de superar el formidable obstáculo de su marido era conseguir su aprobación. "Mis padres se ahogaron el otoño pasado. Su barco se hundió y todos los que estaban a bordo murieron".

"Ah." Rhys consideró eso, tomando demasiado tiempo para hacerlo, para el pensamiento de Madeline. "Así que por eso protestaste por nuestro abordaje".

"¡Déjame salir!" La respiración de Madeline comenzó a acelerarse, tan grande era su terror de que compartiría el destino de sus padres. "¡No me quedaré en la bodega esperando morir!" Ella agarró los hombros de Rhys y trató de apartarlo de su camino. ¡Muévete, Rhys, o me volveré loca!

Él se movió, pero la agarró por el codo con un terrible apretón, de modo que ella se vio obligada a permanecer a su lado. "Sube a cubierta conmigo y mira qué buen día es este".

Había un pasillo estrecho fuera de su puerta, y una mancha bendecida de cielo azul se podía ver a lo lejos. Madeline se apresuró hacia él y cayó sobre la escalera.

"Yo iré delante de ti", dijo Rhys en un tono que no admitía discusión. "Para que no pierdas el equilibrio en la cubierta mojada. Sígueme de cerca".

"¡Rhys, date prisa!"

Él hizo una pausa y la atrapó en un fuerte abrazo. "Estamos a salvo, Madeline. Lo verás en breve". Luego, él y su reconfortante calor desaparecieron, sus hombros bloquearon la vista de la franja de cielo que mantenía a Madeline alejada de la locura. Ella se arrastró detrás de él, sin importarle si era elegante o no, y parpadeó mientras se lanzaba a la brillante luz del sol de un día glorioso.

Rhys la agarró por la cintura y tiró de ella hacia un lado del barco, fuera del camino de los atareados marineros. El viento era violento y las velas se rompían con vigor.

"Un hermoso día," dijo Rhys, su mismo tono calmaba a Madeline. Él apoyó los pies en la cubierta y se agarró a la barandilla a cada lado de ella, haciéndola sentir dentro del refugio de su abrazo. Él señaló la orilla. "¿Ves? Ahí está la isla de Arran, a menos que me equivoque. Con este viento, estaremos en casa en Caerwyn en poco tiempo".

Madeline respiraba temblorosa. Las colinas de la isla parecían especialmente verdes a la luz del sol, y ella podía ver a las cabras o las ovejas pastando. El mar, cuando ella se atrevió a contemplarlo, relucía como si su superficie estuviera forjada de gemas. Ella no miró hacia sus profundidades oscuras, sino a través del brillo de su superficie. El aire estaba fresco y despejaba los últimos restos de niebla de su cabeza.

Ella se giró cuando los marineros empezaron a cantar al unísono.

"Cantan para asegurarse de tirar al unísono para izar la vela", dijo Rhys, anticipándose a su pregunta. Luego él levantó la voz y se unió a la canción, su rica voz llenó a Madeline de un placer inesperado. Ella observó, fascinada, cómo los marineros tiraban de cuerdas y subían una vela enorme por el mástil en incrementos constantes. Esa segunda vela se hinchó con el viento y se partió junto a la primera, y ella sintió que el barco se movía más rápido.

Era reconfortante tener a Rhys inmediatamente detrás de ella. Su voz estabilizaba sus miedos, al igual que su charla había eliminado el miedo de Tarascon. Ella se encontró inclinada ligeramente contra él y se dijo a sí misma que parecía estar lo suficientemente segura.

Y, en verdad, poco pudiera hacer acerca de estar en ese barco. Ella no sabía nadar y ese barco no estaba dirigido hacia la orilla. Ella respiró hondo. Él había hablado bien: era mejor en cubierta que en el camarote.

La canción terminó y los marineros anudaron las cuerdas, gritándose entre sí para asegurarse de que la tarea se hiciera bien. "Ahora nuestra velocidad será considerable", dijo Rhys.

"Nunca antes habías cantado", dijo Madeline y él se encogió de hombros, como si su atención lo desconcertara.

"No nos conocemos desde hace tanto tiempo", dijo él con aspereza.

"Pero sabes que me gusta la música".

Él se sonrojó de la manera más inusual. "Mi voz es humilde", fue todo lo que dijo, luego miró al otro lado del mar.

Otro detalle acerca de su partida de Dumbarton llegó a los pensamientos de Madeline. "Tuve un sueño curioso, cortesía de ese brebaje", dijo ella y supo que se había imaginado que Rhys se ponía rígido.

"¿Sí?"

Madeline echó la cabeza hacia atrás para mirarlo y notó que sus ojos se habían entrecerrado. ¿Había habido algún vestigio de verdad en su sueño? "Soñé que los que nos perseguían, sobre los seis caballos negros, llegaban al mismo muelle mientras partíamos".

Las facciones de Rhys parecieron quedarse inmóviles.

"Soñé que no eran los hombres del rey, sino que mi tía Rosamunde encabezaba el grupo. Soñé que montaban caballos de Ravensmuir".

Los labios de Rhys se tensaron.

Madeline no se atrevió a guardar silencio ahora. Ella pronunciaría lo peor y dejaría que él lo refutara. "Y soñé que sabías la verdad desde el principio".

Él sacudió la cabeza con tal resolución que ella pensó que negaría su acusación. "Solo lo he sabido desde Moffat. Antes de eso, yo también creía que los hombres del rey iban detrás de nosotros".

Madeline se apartó de él. "¡Lo sabías!"

"De hecho, lo sabía".

Madeline consideró eso. Su familia la perseguía, pero ¿por qué? Rosamunde había sido la única en respaldar a Rhys; debía ir en pos de ella para rescindir su apoyo.

Algo había hecho que Rosamunde cambiara su forma de pensar sobre Rhys.

Ante eso, Madeline sintió nuevas sospechas sobre los motivos de Rhys. Su fácil confesión era de lo más inusual. "¿Por qué estás admitiendo ese hecho? No es propio de ti responder a mis preguntas con tanta facilidad".

La sonrisa de Rhys era casi una mueca. "Resolví que era hora de responder a tus preguntas. Te he servido mal, Madeline, tanto con el brebaje —aunque nunca imaginé que sería tan potente— como al negarme a decirte lo que sé. Me pediste honestidad, y he hecho una mala tarea al concederte eso". Sus modales eran tan sinceros que el enfado de Madeline con él vaciló. "Lo haría mejor, si me concedieras la oportunidad".

Madeline se volvió hacia el mar, agarrando la barandilla con ambas manos. "Sabías que mi familia nos perseguía, pero aun así huiste".

Rhys asintió mientras se giraba, tomando un lugar junto a ella.

"¿Sabes por qué nos persiguen?"

Él apoyó los codos en la barandilla y se frotó la barbilla con una mano. Él lanzó una rápida mirada en su dirección y sus ojos estaban brillantes. Ella tenía la clara sensación de que él estaba intranquilo. "Puedo adivinar."

"Entonces, te pediría que lo hicieras".

Rhys frunció los labios, como si buscara las palabras. "Primero debes saber que dudo que ellos sean tu familia o tus parientes consanguíneos".

Él no podría haberle dicho otra cosa más asombrosa a Madeline. "¿Cómo puede ser eso?"

Rhys levantó un dedo para pedirle silencio, luego se volvió hacia el mar mientras contaba su historia. "Una vez, hace muchos años, fui testigo de una boda. Dafydd ap Dafydd vio a su única hija sobreviviente casarse con un caballero de nombre Edward Arundel." Madeline vio una sonrisa tocar los labios de Rhys al recordarlo. "Eran una pareja muy feliz. Recuerdo su risa. Ella llevaba una corona de margaritas en su cabello negro negro."

Madeline se sintió un poco incómoda con ese detalle, su propia trenza de ébano se agitaba en el viento detrás de ella.

Rhys la miró. "La novia era conocida por ser una rara belleza. Ella tenía los ojos del más claro tono azul, tan azules que a menudo se comparaban con zafiros. Su nombre era Madeline, Madeline Arundel."

La inquietud dentro de Madeline creció.

"A pesar de la felicidad de la pareja, la suya era una pareja que se adaptaba al deseo de alianza de sus familias. Dafydd tenía la intención de asegurar la nueva alianza galesa con el conde de Northumberland. Edward era hijo de un destacado caballero de la casa del conde".

"Pero esa fue la alianza que vio a Henry Hotspur, el hijo y heredero del conde, acusado de traición y asesinado".

"No, Hotspur fue asesinado más tarde, en 1403, aunque todo tuvo su origen en el mismo mal".

Madeline intentó forjar un vínculo entre Hotspur y la acusación contra Rhys y fracasó. "Eras demasiado joven para haber peleado incluso entonces".

"Pero no demasiado joven para no haber visto el daño". Rhys frunció los labios mientras miraba al otro lado del mar. "Muchos hombres murieron tratando de recuperar la soberanía de Gales en esos años de guerra y luchas. Las aldeas fueron arrasadas y se hicieron muchos daños en represalia por la rebelión. Me crié en una tierra que resonaba con las ausencias, con el silencio de los que deberían haber estado allí. El invierno pasado, incluso Dafydd ap Dafydd falleció en esa tierra, sus sueños de una Gales soberana se convirtieron en decepción".

Madeline se inclinó más cerca, intrigada a su pesar. "Pero la muerte de Dafydd ap Dafydd debe haber dejado al marido de su hija, Edward Arundel, como su heredero".

"Lo habría hecho, si esa pareja hubiera vivido más que el propio anciano".

"¿Están muertos?"

Rhys asintió. "Los seguí, todos estos años después, a Northumberland. Madeline Arundel vivió sólo un año, su marido unos años más".

¡Así que por eso Rhys había estado tan lejos de casa! Él había estado buscando a su familia.

"Entonces la propiedad vuelve a la corona, ¿no es así?"

"En Inglaterra, lo haría. Pero en Gales, la sangre en las venas de un hijo es más importante que el estado civil de sus padres. Un bastardo puede heredar tierras bajo la ley galesa".

"Estás hablando de Caerwyn", supuso Madeline. Caerwyn debe haber sido propiedad de Dafydd ap Dafydd. ¿Eres el hijo bastardo de Dafydd? Ella sabía que Rhys no respondería a una pregunta tan personal y ella se asombró cuando él lo hizo.

"Soy su sobrino. Mi padre Henry era el hermano menor de Dafydd. Él tuvo cuatro hijas de su esposa y un hijo bastardo de su concubina". Rhys la miró a los ojos mientras se golpeaba el pecho con el dedo.

"Pero apuesto a que puedes heredar Caerwyn sólo si eres el último de tus parientes", supuso Madeline. "Dijiste que tus hermanas estaban muertas y que Dafydd solo tenía una hija. ¿Madeline Arundel no tuvo hijos?

Rhys sonrió y la miró con tanta calidez que Madeline se sintió confundida. "Ella tuvo un bebé. Madeline Arundel murió al dar a luz, pero el bebé vivió. Ese bebé era una niña". Su mirada era firme. "Mi prima dio a luz a su bebé en Alnwyck y murió al hacerlo, aunque el nombre de su bebé no está registrado".

Madeline se agarró con más fuerza a la barandilla bajo su mirada fija, porque adivinaba lo que él quería dar a entender. "Alnwyck está cerca de Kinfairlie", dijo ella. "Crees que soy esa hija".

"El bebé de Madeline nació en 1398".

"¡Como yo!" Madeline se quedó mirando por encima del agua, atónita por lo que sugería Rhys. ¿Y si sus parientes no fueran sus parientes?

Él se inclinó y murmuró en su oído. "Se escribió en el funeral de Edward Arundel en 1403 que la Dama de Kinfairlie tomó a la hija del difunto para criarla como si fuera suya".

Madeline se sintió repentinamente mareada. Todo tenía un sentido traicionero.

"¿Por qué si no tus parientes estarían tan dispuestos a deshacerse de ti que venderían tu mano en una subasta, como se vendería ganado? Está claro que tenían la intención de ahorrar el gasto de una dote a alguien que no es de su linaje".

Madeline agarró la manga de Rhys mientras se volvía hacia él. "Entonces, ¿por qué te casaste conmigo?"

Él la estudió con expresión cautelosa. "Tienes suficiente ingenio para adivinar".

"Te casaste conmigo porque si yo soy esa hija, entonces soy la única otra reclamante de Caerwyn. Yo sería la única persona que podría apartarla de tu mano".

Rhys inclinó la cabeza en señal de acuerdo y la ira se agitó dentro de Madeline. Su motivo era tan frío, tan calculado. Ella se habría sentido más aliviada al saber que él se había casado con ella por lujuria.

"Entonces, te casaste conmigo por Caerwyn, ni más ni menos".

"Eso es verdad."

¡Aunque creas que soy la hija de tu prima! ¡Seguramente una pareja así es pecaminosa! "

Rhys negó con la cabeza. "No donde yo me crié".

"¡Bárbaro!" gritó Madeline.

Rhys se volvió para apelar a ella, sus modales eran tan culpables que ella sabía que ni siquiera él se encontraba tan inocente como quería que ella creyera.

Eso la enfureció como poco más podría haber hecho. "Me compraste, para asegurar tu derecho a mantener tu derecho sobre tu tan amada propiedad. Y plantarías tu semilla en mi vientre únicamente para asegurarte de que tu legado pase a través de tu linaje".

Rhys suspiró. "Madeline, no solo por eso..."

Ella no tenía ningún deseo de escuchar sus excusas. "¡No es necesario que intentes suavizar la verdad con palabras bonitas, Rhys FitzHenry!" ella podría haberse alejado, pero Rhys reclamó su mano.

"No, quiero decir que eso no es lo peor".

Madeline se agarró a la barandilla, sin saber qué más confesaría él. "Dime."

"Vi al grupo que nos perseguía en Moffat. Cuatro personas que reconozco viajan con Rosamunde, y otra a quien no reconozco".

Madeline contuvo el aliento.

Rhys contó con los dedos. "Está Rosamunde, está Alexander, está Vivienne, está tu hermana menor que ve hadas..."

"Elizabeth".

"Hay otro hombre al que vi en el salón de Ravensmuir, un hombre moreno que lleva un pendiente de oro".

Padraig. Navega con Rosamunde".

"Y hay otro hombre". La expresión de Rhys se volvió sombría, su mirada penetrante. Madeline temió lo que él diría. "Es rubio, su cabello es de un rubio poco común y lleva un laúd en la espalda".

Madeline se llevó las manos a los labios con asombro. ¡Ella nunca podría haberse preparado para esa revelación! "¿Sabes su nombre?"

"Podría adivinar". El tono de Rhys era triste. "De hecho, el regreso de tu prometido podría explicar por qué te persiguen con tanta prisa".

Jaime. James lo perseguía.

¡James!

Madeline se llevó un puño al pecho, sorprendida por lo que Rhys le había dicho y más aún por su engaño. "Pero sabías, sabías esto y no dijiste nada. Adivinaste que James nos perseguía desde Moffat — dijo ella, sin ocultar su consternación.

Rhys inclinó la cabeza en reconocimiento.

¡El desgraciado le había mentido! Ella había confiado en él, se había rendido a él, había hecho todo lo posible para asegurarse de que su matrimonio tuviera una oportunidad, y Rhys le había mentido.

Aún peor, le había mentido acerca de la única cosa que podría haber cambiado su consideración por él.

"Lo habías descubierto y, sin embargo, seguiste huyendo de su persecución", dijo ella, necesitando escuchar la acusación de sus propios labios. "Me mantuviste alejada de mi único amor verdadero, y lo hiciste por elección".

Rhys asintió. "No dije que estaba orgulloso de lo que había hecho".

"¡Bribón infiel!" Madeline se apartó de su marido, la furia la consumía y ahogaba las palabras de ira que subían por su garganta.

Las lágrimas le nublaron la vista. ¡Ella se había casado con el hombre equivocado y había perdido a su verdadero amor en tan solo un día!

Madeline, lo siento. Sé que me equivoqué... "

"¡No trates de explicar tu crimen!"

"En verdad, no estoy seguro de la identidad del laudista. Pero estamos adivinando, Madeline. Recuerda eso".

"No podría ser ningún otro laudista", insistió ella. "No habría otra razón para que Rosamunde y los demás nos persiguieran".

Rhys hizo una mueca ante la verdad de eso. "Lo siento..."

"¡No!" Madeline respiró hondo y habló con una calma que sorprendió incluso a ella misma. "Una disculpa no hará que esto salga bien. Las palabras no bastarán".

"Entonces, ¿qué quieres que haga? Aunque sea tarde, te concedo la honestidad que deseas. "

"Creo que hay una sola cosa que puedes hacer. Será mejor que te apresures a buscar una amante —Madeline se enderezó y sostuvo la mirada de su marido—. "Nunca volverás a estar entre mis muslos y entiendo que necesitas un hijo".

"Pero..."

Madeline lo interrumpió, sus palabras tan afiladas como una hoja bien afilada. "Estaba dispuesta a hacer un acuerdo contigo, Rhys. Estaba dispuesta a hacer un arreglo que ambos pudiéramos considerar oportuno. Pero me has mentido y me has engañado, y hasta admites todos los males que has cometido. Te ha asegurado de que ya no sea posible un matrimonio afable entre nosotros".

"Pero estamos casados y nuestro matrimonio está consumado..."

Y si soy la hija de tu prima, entonces estamos demasiado relacionados para casarnos por las leyes de la iglesia. Nuestro matrimonio puede ser anulado por causa de consanguinidad".

Rhys parecía tan sorprendido que la convicción de Madeline vaciló por un latido. ¿Podría ella hacerle a Rhys tal daño?

Pero seguramente él solo la engañaría de nuevo. ¿Seguramente él solo pretendía cambiar su voluntad para adaptarla a la suya? ¿Seguramente él había anticipado esa protesta de ella?

¿Seguramente él solo luchaba por la preciosa Caerwyn?

"¡No en Gales!" insistió él con rara ira. "¡No reconocemos tal mandato judicial contra la consanguinidad! Un hombre no puede casarse con su hermana o su madre, pero su prima está lo suficientemente bien, si el matrimonio le conviene".

Madeline se apartó, porque si él la tocaba, ella sabía que estaría perdida. Ella era demasiado susceptible a su potente caricia. —No nos casamos en Gales, Rhys. Nos casó el sacerdote en el convento de tu tía, un sacerdote que responde al arzobispo de Canterbury".

Rhys parecía sorprendido por esa perspectiva, pero Madeline se advirtió a sí misma no confiar en ninguna apariencia que él le diera. "Pero eso no importa..." dijo él, con duda en su tono por primera vez desde que Madeline lo conocía. Él se giró y miró el horizonte con el ceño fruncido. "Pero no anularías nuestro matrimonio", insistió él, su mirada buscando la de ella. "No podrías hacerlo".

Madeline sonrió tensamente. "¿Por qué me quedaría? ¿Qué razón me has dado, Rhys FitzHenry, para sentirme feliz de ser tu esposa?

Su boca se movió por un momento, y ella temió que él realmente estuviera sorprendido. "Nos encontramos bien en la cama".

"El matrimonio debe ser más que eso, especialmente porque ya me prometiste que yo no podía confiar en que me serías fiel solo a mí. Puede que necesites hijos, pero no estoy segura de que yo necesite un cónyuge. Búscate una puta, Rhys, y ella puede mantenerte contento".

Dejando a su marido mirándola con fastidio y asombro, y furioso más que ella misma, Madeline se alejó de él. Sus temores del barco fueron olvidados por el momento, tan severa era su ira.

¿Cómo había podido Rhys traicionar tanto su confianza?

MADELINE REGRESÓ A LA HABITACIÓN, sus lágrimas solo se derramaron cuando Gelert la recibió con mucho entusiasmo. Ella se sentó con el perro y trató de evocar su recuerdo del rostro amado de James.

Para su horror, Madeline no podía recordar cómo era James. De hecho, el semblante sombrío de otro hombre llenó sus pensamientos. Madeline trató de recordar la dulce magia de la voz de James.

Ella no podía oírlo, no en su memoria. En cambio, escuchó el tono de una voz más profunda, una que contaba una historia con humor y pasión.

Madeline buscó desesperadamente algún recuerdo de su amado James, y su miedo se alivió sólo cuando imaginó sus delgados dedos sobre las cuerdas de su laúd. Ella sonrió y cerró los ojos, sabiendo que todo saldría bien. James vendría a verla en Caerwyn, porque Rosamunde conocía el destino de Rhys. El propio Rhys había proporcionado los detalles que Madeline necesitaba para anular su matrimonio.

Algo se retorció en lo profundo de ella, porque Madeline sabía que se había encariñado con Rhys. Pero él mismo había jurado que no tenía ninguna intención de amar a su esposa. Él deseaba a Caerwyn e hijos, ni más ni menos. Su esposa sería un recipiente, ni más ni menos.

James era el hombre para ella, Madeline lo sabía bien.

Pronto estarían unidos y estarían juntos por toda la eternidad. Ella sospechaba que Rhys ni siquiera la echaría de menos. Contra todo pronóstico, el único deseo de Madeline sería el suyo propio.

Qué curioso entonces que su corazón no cantara con anticipación. Madeline recordó el regalo de su madre, entonces, y sus dedos temblaron mientras desabrochaba la bolsa de terciopelo alrededor de su cuello. Ella vertió la Lágrima en su mano y se tranquilizó al ver la gema.

Una luz feroz ardía en lo profundo de la piedra, más brillante que el destello que había visto antes. Era una luz dorada, un resplandor vigoroso que le dijo que finalmente todo salía bien.

Sus lágrimas debían ser lágrimas de alegría, y solo caían con tanto entusiasmo debido a su hambre. Madeline se lo dijo a sí misma, una y otra vez, y se quedó mirando la estrella brillante en la piedra.

Pero ella no podía creerlo y no sabía por qué.

CAPÍTULO 15

Rhys tenía poco que perder. Él se decía a sí mismo en ese punto que su matrimonio con Madeline solo podría mejorar.

A menos que, por supuesto, terminara.

Rhys no estaba del todo preparado para afrontar esa perspectiva, no sin luchar por el favor de la dama. En su opinión, él tenía la duración de ese viaje para ganarse su corazón, y no tenía la intención de perder un tiempo que se le había concedido.

¿Cómo pudo él haber olvidado las diferencias en las leyes de consanguinidad entre la iglesia galesa y la romana? ¿Cómo pudo haberse equivocado tan profundamente? ¿Cómo pudo haberse casado con Madeline dentro de una capilla que respondía a Canterbury y nunca haber visto el defecto en su elección?

Él estaba perdiendo el juicio en presencia de esa mujer.

Y lo que era peor, él no quería estar sin ella, a ningún precio.

Rhys fue a buscar dos cuencos del guiso que los marineros habían preparado con bacalao salado, dos jarras de cerveza y una barra de pan. Cuando un hombre trató de estar en descauerdo con la porción de pan de Rhys, de la que no habría más antes de llegar a

280

otro puerto, Rhys le lanzó una mirada tan furiosa que el hombre se escabulló como un sabueso apaleado.

Rhys marchó por el pasillo tambaleante, equilibrando cuidadosamente su carga, y reconoció que tenía más miedo a lo que podría enfrentar en la pequeña cabaña que tenía delante que a cualquier batalla que hubiera enfrentado en todos sus días.

Él llamó a la puerta, aunque Madeline no respondió.

Rhys realmente no había esperado que ella lo hiciera. Él pensó que podía escuchar el sollozo de las lágrimas y se maldijo a sí mismo por haberle hecho a su dama tal daño que ella lloraba.

Era su deber verla sonreír de nuevo, al menos. Apoyó los pies en la cubierta rodante y se aclaró la garganta, porque conocía la historia que debía contarle.

"Había una vez un hombre, a quien todos creían bendecido con un agudo ingenio. Su esposa pensaba que era el hombre más inteligente de todo el valle, aunque pronto se demostraría que estaba ella equivocada."

Rhys escuchó una pequeña risa detrás de la puerta, que fue mejor que el sollozo entre lágrimas que había escuchado antes. Él se atrevió a estar animado.

"Este hombre no solo era inteligente, al menos en la estimación de sus amigos y vecinos, sino que le encantaba ver a los demás divertirse. Entonces, su corazón era bueno, si pronto se demostró que su ingenio lo era menos. Este hombre se hizo amigo de un grupo de hadas que vivían debajo de una colina cerca de su casa. Se dice que les había hecho algún favor, aunque no conozco su naturaleza. Basta decir que las hadas se sintieron inclinadas a complacerlo y le ofrecieron el deseo de su corazón".

Obviamente, el barco fue golpeado por una ola, Rhys perdió un poco el equilibrio y parte del estofado pasó por el borde del cuenco. El dolor donde aterrizó en su mano le aseguró a Rhys que la comida aún no estaba fría, aunque él hizo una mueca de dolor hasta que el ardor disminuyó.

Él sabía que Madeline tendría miedo del movimiento del barco, y continuó su relato apresuradamente, con la esperanza de distraerla de sus temores.

"Entonces, este hombre pensó en sus amigos y vecinos, y en lo mucho que le gustaba verlos divertidos, y les pidió a las hadas un arpa que tocara por sí sola. Aquellos que amaban bailar en su valle se habían quejado durante mucho tiempo de los músicos que se cansaban antes que ellos, y él pensó que ese era un regalo apropiado que alegraría a todos. Él era lo suficientemente bueno de corazón como para desear compartir su buena fortuna.

"Las hadas le pidieron que se fuera a casa, y cuando el hombre se despertó a la mañana siguiente, encontró un arpa junto a su hogar. Él supo por un simple vistazo que no se trataba de un arpa mortal, estaba forjada en oro y las cuerdas brillaban incluso cuando estaban quietas, y él estaba encantado. Esa misma noche, sus amigos y vecinos se reunieron para ver la maravilla, y el hombre puso su mano sobre ella. Tan pronto como tocó las cuerdas, el arpa comenzó a tocar una alegre melodía. Cada alma reunida allí no podía hacer otra cosa que bailar."

Rhys volvió a hacer malabares con su carga, con la esperanza de que Madeline lo escuchara y, además, encontrara perdón en su relato. "La música del arpa era tan alegre que la gente bailaba con un vigor poco común. Saltaban y giraban, pateaban y aplaudían, bailaron hasta jurar que no podían bailar más. Pero no pudieron detenerse mientras tocaba el arpa. Sus pies estaban encantados con la música, así que bailaron y bailaron y bailaron.

"Cuando gritaron que ya no podían bailar, el hombre levantó la mano del arpa. Ella se quedó en silencio, entonces y sólo entonces, y todos coincidieron en que era una maravilla. La esposa pensó que su esposo era un premio raro, porque no solo se había ganado el deseo de su corazón, sino que su deseo había sido hacer más feliz a otros que simplemente a él mismo.

"Y así sucedió que los amigos y vecinos venían a llamar cuando tenían necesidad de un baile, y el hombre llevaba su arpa encantada a cada reunión en el valle. Todos disfrutaron de la música, todos se beneficiaron de ese regalo de las hadas, todos bailaron como nunca antes habían bailado. Todos pensaban que el hombre era maravilloso, pero poco a poco, él comenzó a dudar de que lo invitaran a unirse a las festividades por su propio bien. Él comenzó a creer que la gente lo invitaba solo para que llevara su arpa. Él empezó a pensar que sus amigos sólo fingían amistad, que su verdadero afecto era el regalo de las hadas. Él comenzó a pensar que sus amigos y vecinos no apreciaban que hubiera compartido su buena fortuna. Esta sombra se apoderó de él y no renunciaría a su agarre.

"Y así, una noche, puso su mano sobre las cuerdas del arpa como tantas veces lo había hecho antes. Sus amigos y vecinos bailaron, porque no podían hacer nada más, y bailaron y bailaron y bailaron. Pero cuando llegó el momento en que estaban cansados y le gritaron que se detuviera, el hombre fingió no haberlos oído.

"El hombre dejó sonar el arpa una y otra vez, la tocaba sin remordimientos, obligó a sus amigos y vecinos a bailar sin cesar. Tan profunda era su convicción de que lo invitaban únicamente para su propio placer que decidió concederles su ración de baile. Los mayores y los más débiles empezaron a derrumbarse de agotamiento, pero el hombre no les hizo caso. Incluso los fuertes comenzaron a llorar porque no podían soportar más, pero el hombre solo puso su mano más firmemente sobre las cuerdas. Cuando el amanecer tocó el cielo, el hombre finalmente dejó que el arpa se callara.

"Él miró hacia arriba, buscando su reivindicación. Para su horror, sus amigos y vecinos no solo habían caído al suelo, sino que algunos de ellos estaban muertos. Muchos más casi lo estaban. Había agujeros en el cuero de sus zapatos por la fuerza de su baile, e incluso los que estaban vivos apenas podían moverse. Su esposa estaba entre las que habían muerto en la danza loca.

"El hombre se enfermó por la locura de su acto, su corazón pesado como una piedra". Rhys hizo una pausa para lamerse los labios y volver a hacer malabares con los tazones. Él podía oír el aliento de Madeline más allá de la puerta, como si esperara ansiosamente sus próximas palabras.

"Y a la mañana siguiente, la mañana del funeral de su esposa, cuando el hombre se despertó, no había arpa de oro sobre su chimenea. Él nunca volvió a ver el arpa y nunca más tuvo la oportunidad de ayudar a las hadas. Él no tuvo amigos después de ese truco y sus vecinos desconfiaban de él. Ninguno de los que habían bailado esa fatídica noche volvió a bailar.

"El hombre estaba solo. Extrañaba mucho a su esposa, mucho más de lo que extrañaba el arpa. Él vivió mucho, aunque no prosperó. Demasiado tarde se enteró de que no era ni tan inteligente ni tan bueno como su esposa había creído que era, demasiado tarde se enteró de que el deseo de su corazón había sido suyo desde el principio".

Rhys terminó su relato y observó el estofado. Se estaba enfriando, el vapor ya no se elevaba de los cuencos con tanto entusiasmo. Hubo un silencio detrás de él, un silencio que le dijo que había fallado en su primer intento de suavizar la ira de Madeline con él.

Luego ella abrió la puerta. Sus párpados estaban hinchados y enrojecidos, sus labios apretados. Sus pestañas eran picos oscuros, todavía húmedos por las lágrimas. Su piel estaba pálida, un recordatorio del brebaje que tanto la había debilitado y su desconfianza hacia los barcos, y sus dedos parecían temblar sobre la puerta. Rhys estaba seguro de que ella era la mujer más hermosa que él había visto en su vida. Se conocía a sí mismo como un bribón por haberla engañado tanto y sabía que su historia era una pobre ofrenda.

Era el único que él tenía, más allá de él mismo y sabía que Madeline no podía desear tan poco como eso.

"¿Es eso a modo de disculpa?" preguntó ella.

"Está destinado a ser sólo un comienzo", dijo él, sin atreverse a tener esperanzas.

Madeline lo estudió, aunque Rhys no pudo adivinar sus pensamientos. "Cuentas muchas historias de personas que pierden todo lo que aprecian. ¿Crees entonces que ninguna buena fortuna puede perdurar?

Rhys frunció el ceño, porque la evidencia actual parecía confirmar esa posibilidad. "A menudo lo he creído, porque esa ha sido mi experiencia".

"¿Pero?"

"Quizás la lección es que uno debe saborear todo lo que se le concede, porque uno no puede decir cuánto durará la bondad".

Entonces ella sonrió, aunque su sonrisa era triste, y frotó las orejas del perro como si solo Gelert pudiera brindarle consuelo. "¿No puede una persona esperar algo mejor, en lugar de temer que las cosas empeoren?" Ella tenía los ojos brillantes y lo miró, como ansiosa por conocer su respuesta.

Rhys se humedeció los labios, sin saber qué quería ella que él dijera, deseando desesperadamente que supiera la respuesta correcta. "Esa sería una buena habilidad para aprender".

Ella ladeó la cabeza. "¿Qué has soportado, Rhys, que esperas tan poco?"

"No más que la mayoría", dijo él encogiéndose de hombros.

Entonces, los ojos de Madeline se llenaron de lágrimas y desvió la mirada. Rhys temía que ella cerrara la puerta y él habló antes de que pudiera considerar la sabiduría de lo que ofrecía.

"Te confesaré lo que me has pedido una y otra vez", dijo él abruptamente, haciéndole una promesa antes de que pudiera tragarse el impulso. Madeline lo miró a los ojos, sus propios ojos brillantes. "Te diré por qué fui nombrado traidor".

Ella no dijo nada, aunque sus ojos se agrandaron. Rhys no podía entender su estado de ánimo y temía volver a equivocarse si decía más.

Quizás ella ya no deseaba conocer su historia.

Quizás a ella no le importaba.

Quizás él no merecía menos por la herida que le había hecho.

"¿Tienes hambre?" Rhys le ofreció el estofado y la cerveza, metió el pan debajo del codo y el perro se estiró hasta las puntas de los pies para olfatear la comida. "Es una comida humilde, pero aún está un poco caliente".

Madeline miró los cuencos de estofado. "Tengo hambre, como debes tener tú. Será mejor que nos lo comamos, antes de que el perro lo encuentre todo en el suelo". Ella lo estudió con rara intensidad. "Y luego tendré tu historia, si todavía estás dispuesto a compartirla".

Rhys asintió, las palabras lo abandonaron por completo por el momento. Madeline sonrió entonces, una visión que lo calentó hasta los dedos de los pies. Ella retrocedió y lo dejó entrar en la pequeña habitación, y el corazón de Rhys tronó a punto de estallar.

La dama le concedía una oportunidad, y él tenía la intención de asegurarse de que ella nunca tuviera motivos para arrepentirse.

Rhys FitzHenry se había comprometido a confiar en ella. Madeline apenas podía creerlo. Ella habría creído más fácilmente que se trataba de otro hombre, uno que se parecía a Rhys sólo en apariencia. Era tan impropio de Rhys compartir sus propias historias, y no menos de ofrecerse como voluntario para hacerlo.

Madeline se preguntó por qué él se sentía tan obligado. Sin embargo, ella tenía curiosidad. Ella apenas probó el estofado que él le había traído, aunque le dio un calor satisfactorio en el estómago. Madeline no estaba tan molesta como para no admitir que se alegraba de la compañía de Rhys. Ella se sentía más segura con él a su lado, porque incluso si el barco se hundía, Madeline creía que Rhys no la abandonaría.

Había mucho que decir de un hombre en quien se podía confiar.

Comieron en un agradable silencio, el perro miró hacia arriba cuando Rhys pasó el último trozo de pan por el interior de su cuenco.

"Te agradezco por traer la comida", dijo Madeline. "Tenía más hambre de lo que había creído y me siento mucho mejor".

Rhys asintió. "Los miedos de uno son siempre menores cuando el estómago está lleno".

"Supongo que es bastante cierto". Madeline no dijo más, ella se limitó a esperar, porque no estaba realmente convencida de que Rhys cumpliría su promesa. Estaba tan en contra de su naturaleza compartir tales secretos como era parte de su carácter mantener sus promesas.

Si él confiaba en ella, ella quería que fuera porque él elegía hacerlo, no porque ella le hubiera suplicado.

Entonces, ella se sentó en silencio, mostrando una paciencia que no sabía que poseía.

LE TOMÓ unos momentos componer sus pensamientos, luego Rhys levantó un dedo. Sus propios recuerdos estaban enredados en la gran historia y quería contar una historia coherente. "Debes conocer a Owain Glyn Dwr y su sueño de la soberanía de Gales".

Madeline asintió con la cabeza ante su mirada de soslayo. "Hotspur se alió con él y, por lo tanto, fue nombrado traidor".

"Así es", asintió Rhys, apreciando que su esposa no era tonta. "Owain Glyn Dwr y sus aliados pretendían reemplazar a Henry IV con Edmund Mortimer como rey de Inglaterra. Además, tenían la intención de dividir Inglaterra entre ellos: Escocia y el norte para el conde de Northumberland, Gales y el oeste para Owain Glyn Dwr, y el resto para Mortimer. El plan fracasó, por supuesto, porque era demasiado audaz y Henry IV era demasiado astuto".

"Es audaz intentar derrocar al rey".

Rhys se rió entre dientes. "Aunque Henry IV había hecho más o menos lo mismo. Él mismo depuso a Ricardo II para su beneficio".

"Si uno tiene éxito, no hay cargo de traición".

Rhys asintió y se puso serio. "En cualquier caso, Owain Glyn Dwr acudía a menudo a la morada de mi tío, llenando el aire con sus sueños de lo que podría ser Gales, porque habían luchado lado a lado y eran viejos camaradas. Owain conocía toda la historia de nuestro pueblo, podía contar todos los viejos cuentos. Él tenía un carisma raro y una voz resonante, y la gente escuchaba sus palabras.

"Hay una historia de que Arturo y sus caballeros están durmiendo dentro de Eryri, y que despertarán para ayudar al verdadero príncipe de Gales. En aquellos días se decía que Owain era ese, el hombre elegido para reclamar la independencia de Gales. Se susurraba que él era un hechicero, tan potente era el hechizo que lanzaba sobre su audiencia. Él lanzaba un poderoso hechizo sobre mí, sin duda. "

Rhys hizo una pausa por un momento, luego frunció el ceño ante sus propios recuerdos. "Owain no era un hechicero, aunque era un hombre que sabía cómo decir mejor lo que la gente deseaba oír. Lo amaban por eso. Lo siguieron, pelearon por él y muchos de ellos murieron por él".

Él miró a la dama a su lado y se sorprendió al encontrarla mirándolo, escuchando con avidez su relato. Él miró hacia otro lado, incapaz de sostener su mirada brillante.

"Yo debería empezar antes, para que lo entiendas mejor. Gales ha sido un reino durante siglos más allá del recuerdo, aunque a menudo ha estado sin príncipe. En el corazón de los galeses está la certeza de su diferencia y el peso de su orgullo. Los normandos fueron los últimos en intentar reclamar la tierra de Gales: esclavizaban a los galeses, o nos mantenían con grilletes, o reducían nuestro estado a la servidumbre, pero su soberanía nunca estuvo asegurada. La rebelión era constante.

"Llywelyn ap Gruffydd fue nuestro último líder, reconocido como Príncipe de Gales por los reyes ingleses hasta que Edward I se negó a hacer tal reconocimiento. Llywelyn retuvo el tributo en protesta, fue declarado rebelde y asesinado en 1285".

—Edward I, tampoco hizo pocos aliados en Escocia —murmuró Madeline.

"Era un rey decidido a unir la isla bajo su mano, al menos se puede decir eso de él".

"Al menos", asintió Madeline, y compartieron una sonrisa inesperada. Rhys sintió un vínculo tenue entre ellos y se atrevió a tomar su mano entre la suya.

Ella no se resistió. De hecho, sus dedos helados se curvaron alrededor de los de él, como si ella se consolara con su calor. Ella estaba finamente labrada, esa esposa suya, tan delicada y hermosa como una flor de primavera. Él pensó en perderla y se apresuró a seguir.

"La cabeza de Llywelyn fue llevada triunfalmente a Londres; su única hija fue confinada a un convento; su sobrino Owain fue encarcelado en Bristol; su hermano fue arrastrado por Shrewsbury, luego colgado, descuartizado y desmembrado. El mensaje de la corona era claro: no habría más semilla de Llywelyn ap Gruffydd, no más rebeliones, no más Príncipes de Gales.

"Y para que nadie dudara de su intención, Edward hizo construir fortalezas alrededor de Eryri, un círculo de hierro y piedra que recordaba toda su soberanía y su poder. Caernarfon, Aberystwyth, Harlech, Conwy, Beaumaris, Flint, Rhuddlan. Incluso las pocas fortalezas galesas allí, como Caerwyn, fueron capturadas y fortificadas en nombre del rey inglés. Todos los niños aprendieron los nombres de esos castillos normandos, todos vieron cómo sus banderines, adornados con la insignia del rey inglés, ondeaban contra el cielo. Todos los niños galeses aprendieron a resentirse por lo que ellas representaban".

"Autoridades extranjeras, diezmos e impuestos enviados al exterior".

"Más que eso." Rhys sonrió al ver que Madeline no era tonta. "Las ciudades crecieron detrás de los altos muros de estas fortalezas, ciudades ocupadas únicamente por hombres y mujeres ingleses. Había puertos, servidos por barcos ingleses, que vendían mercancías a los comerciantes ingleses en esas ciudades. A los galeses no se les permitía entrar en las ciudades, mucho menos vivir allí o hacer su comercio allí; no se nos permitía tener títulos de propiedad sobre la tierra. Con cada envío de fuerzas militares y plagas a través de las puertas de la fortaleza, el descontento de los galeses crecía".

"Ningún hombre sensato podría haber predicho lo contrario", dijo Madeline en voz baja. "Esa es una mano dura impuesta sobre la tierra".

"Además, en la línea que una vez había sido la frontera con Inglaterra, se habían otorgado tierras a nobles anglo-normandos. Esos señores de la Marcha, sus posesiones en la Marcha de Gales, debían poca soberanía a cualquier rey".

"Podían hacer lo que quisieran", supuso Madeline y Rhys asintió. "También tenemos tales señores en la Marcha Escocesa", dijo ella con pesar. "La corona depende de ellos para cualquier paz que mantengan. Apostaría a que entre la Marcha y ese círculo de fortalezas, a los galeses se les permitió construir algunas baronías".

"De hecho lo hicieron, aunque los jueces ingleses y la ley inglesa rara vez dictaminaban contra los suyos. Y así fue como Owain Glyn Dwr, señor de Sytharch, un hombre de algunas comodidades y además un galés, supo que su disputa fronteriza con un señor vecino de los Marcha nunca se resolvería a su favor. Él tomó las armas contra el vecino ofensor y contra toda expectativa, ganó".

"¡Ah!" gritó Madeline.

Rhys sonrió fugazmente. "Lleno de triunfo, se llamó a sí mismo Príncipe de Gales y juró que recuperaría la independencia de la tierra que tanto amaba. Su ejército crecía con cada día que pasaba y con cada victoria. Finalmente expulsaron a los ingleses de todas las tierras entre los señores de la Marcha y el mar. Incluso capturaron Harlech, que Owain hizo suyo, así como Aberystwyth y Caerwyn".

"Y Caerwyn se convirtió en propiedad de tu tío".

Rhys asintió. "Él y Owain habían luchado juntos y Caerwyn era su botín. Owain estableció una corte real en Harlech. Puso el dragón rojo en su banderín, envió emisarios al Papa y al rey francés. Decidió fundar una universidad, para educar mejor a los sacerdotes de la iglesia galesa, que se liberaría de los límites de Canterbury. Él soñó con valentía y soñó los sueños de mil galeses. Se llamó a sí mismo 'el poderoso y magnífico Owain, Príncipe de Gales' ".

"¡No le faltaba modestia!"

¡No a él! Era abrazado por la fortuna, encantador, lo más cercano a un rey que cualquiera de nosotros había visto. Su corte estaba llena de músicos y poetas, videntes y sabios, hermosas mujeres y valientes caballeros. Parecía que iniciaba una edad de oro, que el viejo Gales de los cuentos había renacido bajo su mano".

"¿Todos lo apoyaron?"

"Hubo historias de aquellos que rechazaron su visión, todos los cuales encontraron un destino lamentable. Pero hubo un tiempo, en 1405 o un poco después, cuando parecía que todo lo que Owain tocaba se convertiría en oro, que nada de lo que tocaba podía salir mal".

"Y luego lo hizo", apuntó Madeline, luego sonrió. "Es mi hermana Vivienne quien siempre adivina la siguiente parte del cuento. Pido disculpas porque sé que es un hábito molesto".

"No estoy molesto", dijo Rhys, encantado con el brillo de sus ojos. Pero hablas bien, porque entonces las cosas salieron mal. La marea cambió lenta pero seguramente contra Owain, y sus fuerzas perdían con más frecuencia que la que ganaban. Su hijo fue capturado en 1406, su hermano murió en la misma batalla en Usk. Sytharch fue arrasada y los ingleses se apoderaron de Harlech en 1408. Peor aún, la esposa de Owain, dos de sus hijas y tres de sus nietos fueron llevados a la Torre de Londres para morir. Aquellos de sus hombres que sobrevivieron se convirtieron en mercenarios, ya sea viajando a Francia para luchar contra los ingleses o mendigando en Gales. Se les conocía como Plant Owain, y los galeses los trataban con amabilidad, porque todos sabían que habían intentado hacer un cambio".

"¿Pero qué le pasó a Owain? No podría adivinar".

Rhys se encogió de hombros. "Nadie está seguro. El rey le ofreció un perdón en 1415, pero nunca se reveló. Hay quienes dicen que murió en Dunmore en 1414, otros dicen que entregó su vida al enterarse de la muerte de su esposa, todavía en cautiverio, en 1413. Algunos insisten en que vive con otra de sus hijas en Herefordshire. Yo nunca lo volví a ver, no después de esa derrota en Usk".

"Pero Owain aún podría estar vivo", dijo Madeline. "No fue hace tanto tiempo".

"Eso es lo que dicen los videntes. Hay un cuento... "

"¡Siempre hay un cuento cuando hablas!" bromeó ella. Rhys sintió que se le calentaba el cuello. Él hizo ademán de disculparse por sus tendencias, pero Madeline le puso la otra mano en el brazo. Me gusta que cuentes cuentos, Rhys. Tienes un talento poco común para ello. Deberías cantar más a menudo también, porque tu voz es buena".

Su cuello se calentó en verdad entonces, y parecía que sus palabras salían a trompicones de sus labios. "Hay una historia que dice que Owain huyó de la batalla de Harlech, devastado por haber perdido todo lo que había ganado. Él estaba abrumado por el remordimiento de que su esposa y parientes hubieran sido capturados, seguro de que no podría haberles fallado más. Y mientras subía a las montañas, sin saber adónde iba, se encontró con un abad. Era temprano en la mañana, el cielo aún estaba oscuro, así que cuando el abad lo saludó, Owain dijo: "Es demasiado temprano, abad". Y el abad sonrió, negó con la cabeza y dijo: "Yo no. Eres tú, Owain Glyn Dwr, último príncipe de Gales, que has llegado demasiado pronto".

Madeline se estremeció y luego consideró a Rhys. "No lo viste después de Usk, dijiste. ¿Luchaste por él?

Rhys sonrió con pesar. "Todos los hombres con edad suficiente para blandir una espada lucharon por él. Tuve la suerte de sobrevivir a mi juventud".

"Peleaste con Thomas", supuso Madeline.

"Luchamos en la retaguardia. Fue por insistencia de mi tío, porque yo solo había visto quince veranos, y esa fue la razón por la que sobrevivimos".

"Pudiste huir cuando se perdió la batalla".

Rhys asintió. "Thomas y yo perdimos la cuenta de cuántas veces cada uno le había salvado el pellejo del otro en esos años. No hay otro hombre en quien pueda confiar mejor para cuidar mi espalda.

Éramos jóvenes, nos arriesgamos tontamente, pero teníamos la valentía y la fortuna de nuestro lado".

"¿Por eso te llamaron traidor?"

"No. Más tarde, en 1415, me gané esa acusación". Él levantó un dedo. Pero déjame contarte primero de mi tío. A pesar de su alianza con Owain, Dafydd no perdió a Caerwyn cuando Owain lo perdió todo".

"¿Pero cómo puede ser eso? ¿Él cambió la lealtad al rey?

Rhys asintió. "Algunos dicen que Owain perdió porque mi tío retiró su apoyo, otros dicen que Dafydd percibió la dirección del viento y actuó solo en su propio interés. No puedo decir qué lo impulsó, pero él buscó una audiencia con Henry IV y aseguró su propio futuro con una promesa de lealtad en 1407. Se le permitió quedarse con Caerwyn como una concesión feudal del rey inglés. Sin embargo, si Owain Glyn Dwr hubiera cruzado el umbral, Caerwyn se habría perdido de inmediato".

"¿Habría venido?"

Rhys puso los ojos en blanco. "Sería seguro decir que ellos dos, una vez amigos y aliados tan rápidos, se habían distanciado". Rhys se miró las manos. "Discutí con mi tío entonces, la única vez. Yo estaba seguro de que él había traicionado todo lo que yo pensaba que él creía". Entonces se quedó en silencio, reviviendo ese acalorado intercambio. Yo había sido tan joven, tan temerario, tan seguro de que tenía razón.

"¿Que dijo él?"

"¿Poni welwch-chwi'r syr wedi'r syrthiaw?" susurró Rhys, su voz ronca.

Madeline se apoyó en su costado. "Suena tan hermoso, como música en palabras. ¿Qué significa, Rhys?

"Es de un viejo poema, escrito cuando Edward perdió Gales. '¿No ves caer las estrellas?'" Rhys respiró hondo. "Es un lamento, una elegía por la majestad perdida de Gales. La última línea del verso es Poni welwch-chwi'r byd wedi r'bydiaw? "¿No ves que el mundo se acabó?"

"¡Oh!" Madeline parecía estar luchando contra las lágrimas.

Rhys continuó sombríamente. "Mi tío dijo que creía que había pasado el tiempo de la rebelión, que no podíamos defender Gales contra Inglaterra y ganar. El poder y la riqueza de la corona inglesa eran demasiado grandes, y la mejor manera de preservar lo que amamos de Gales es cediendo la soberanía".

"¿Cómo?"

"Dijo que pagar los diezmos y asegurar el orden saciaría al rey inglés, y desviaría su mirada de nosotros. Dafydd dijo que entonces podríamos enseñar a nuestros hijos y entrenarlos para los propios puestos del rey, y ganar gradualmente más riqueza de la que nunca ganaríamos con la guerra".

Madeline frunció los labios. "Parece un curso de lo más pragmático. ¿Quedaste persuadido?

Rhys se rió brevemente. "¡No! Pensé que él había inventado una historia que excusaba su propia traición y se lo dije. Pero luego dejé Caerwyn, viajé a través de Gales y fui testigo de la devastación que dejó la guerra. Las cosechas fracasaban, la plaga rugía y los comerciantes ingleses habían abandonado las ciudades de Gales, llevándose su dinero y sus acuerdos comerciales con ellos. Más personas murieron después de la guerra de hambre que en las batallas".

Rhys frunció el ceño y dejó que su pulgar se deslizara por la suavidad de la mano de Madeline. "Pero yo era lo suficientemente joven para creer que todos nuestros males nos habían sido infligidos por los malditos ingleses, no que nuestras propias acciones hubieran tenido parte en dar forma a nuestras desgracias. Cuando Henry IV murió en 1413 y Henry V le sucedió en el trono, parecía que el hijo era el espejo mismo de su padre. Él declaró que no menos que toda Francia debería ser su herencia, y planeó revitalizar la guerra con la corona francesa".

Rhys suspiró. "Todos habíamos sido gravados con impuestos y diezmado más allá de lo creíble en nombre de esos ambiciosos reyes. Cuando me enteré de que había de nuevo un plan para colocar a un Mortimer en el trono inglés, prometí mi ayuda. Pensé que la locura se detendría, porque el clan Mortimer tenía un derecho de sangre a la corona y seguramente él no podría ser tan codicioso por el poder y la riqueza como el engendro de Henry de Bolingboke.

"El conde de Cambridge, el Señor Scrope de Masham y el Señor Thomas Gray de Heton eran el trío en el corazón del plan, aunque éramos muchos. Nuestro objetivo era hundir el barco del rey a su partida a Francia".

"Fuiste atrapado."

"Justo en la víspera de la puesta en marcha del plan".

"¡Pero debiste haber sido traicionado!"

Rhys asintió lentamente. "De hecho lo fuimos".

"Sabes quién te traicionó".

Rhys la miró fijamente a los ojos. "Yo solo rompí nuestro voto de silencio. Solo confié en otra alma, porque creí que ayudaría a nuestra causa. Él se había aferrado al brillante sueño de Owain Glyn Dwr y se rumoreaba que solo él conocía la ubicación de la morada del viejo rebelde. Él juró guardar mi secreto, pero mintió".

"¡Tu padre!" Madeline respiró, apretándole la mano con fuerza.

Rhys asintió. "Fuimos atrapados cuando nos reunimos en el muelle. Thomas y yo escapamos en la oscuridad, aunque los demás nos nombraron y pusieron precio a nuestras cabezas. Los tres líderes fueron ejecutados y su sangre está en mis manos. Thomas hizo sus votos monásticos y fue perdonado". Rhys inhaló profundamente. "Yo no tenía ninguna intención de convertirme en monje".

"¿Pero nunca te atraparon?"

"En Gales, estoy lo suficientemente seguro".

"Casi te han capturado en Inglaterra", supuso ella. "¿Por qué te arriesgaste viajando a Northumberland?"

Él podría haber imaginado que la dama estaba preocupada por su destino, pero Rhys sabía que él solo veía lo que deseaba ver. Madeline tenía una gran compasión por todos, él lo sabía bien. Rhys apartó la mirada de su preocupación y habló con brusquedad. "Yo tenía que estar seguro del destino de mi prima".

"Tenías que asegurar Caerwyn, a cualquier precio. ¡Oh, eres un tonto por arriesgar tu pellejo por un título! "

Rhys mantuvo la mirada apartada, sin querer saber con certeza si ella despreciaba su ambición o se preocupaba por su vida. "Henry perdonó a los demás, hace unos años, y yo esperaba que mi nombre fuera aclarado. Quizás ese día llegue todavía. Quizás el rey se haya olvidado de mí".

Madeline resopló. "Ningún rey inglés olvida a ningún hombre que alza una espada contra él. ¿De verdad crees que Henry te concederá la soberanía de Caerwyn?

Rhys la miró a los ojos, dejándola ver el acero de su determinación. "No es mi intención darle una opción. Confío en que tengas el ingenio, incluso si eres la hija de mi prima, para no desafiar mi soberanía tampoco".

Sus miradas se sostuvieron, un brillo de voluntad en el aire entre ellos, y Madeline se enderezó bajo su mirada. —Nunca se te ha concedido tu deseo, Rhys, pero yo puedo cambiar este detalle. Yo cedo todos los derechos a Caerwyn y firmaré una escritura a tal efecto. Sé que Caerwyn es el único sueño que guardas en tu corazón. Me has tratado amablemente. Esta será tu recompensa".

Ella no decía mentiras, Rhys lo sabía bien, pero su triunfo era como polvo en sus manos. Él no sintió la necesidad de gritar en victoria, no sintió ninguna satisfacción por haber logrado su objetivo.

En cambio, él vio a Madeline darle la espalda y sintió que, una vez más, se había equivocado.

"Me sentaré a vigilar mientras tú duermes", dijo él, sabiendo que había poco más que pudiera ofrecerle.

"No dormiré en este lugar", argumentó ella, aunque su agotamiento era evidente.

"Necesitas dormir, mi señora, para curarte de esa poción. Me quedaré contigo y permaneceré despierto. Te prometo que garantizaré tu seguridad si la mala suerte cae sobre el barco".

"¿Por qué?"

"Porque, al menos por este momento, eres mi esposa".

"¿Y por lo tanto, tu deber?"

"Y por eso, mi preocupación," corrigió él con cierta molestia. —No te deseo mal, Madeline. ¿No puedo darte alguna cortesía sin que sospeches?

La ira desapareció de los hombros de Madeline mientras lo miraba. "Por supuesto que puedes." Una sonrisa inesperada levantó la esquina de sus labios. "Te doy las gracias, Rhys."

Aunque era una pálida sombra de la deslumbrante sonrisa que ella podía ofrecer, todavía dejó a Rhys mudo. Silenciosamente él le ofreció su capa y Madeline se envolvió en su generosa plenitud, incluso mientras bostezaba. Ella trató de ponerse cómoda frente a él en el suelo de la habitación, y él la miró por un momento, antes de levantarla en sus brazos. Él apoyó la espalda en la esquina, colocando un dedo contra sus labios cuando ella podría haber protestado.

"Quisiera que estuvieras caliente", dijo él y envolvió sus brazos alrededor de ella. Ella suspiró en rendición y apoyó la mejilla contra su pecho, con una mano doblada como una hoja nueva dentro de la suya. En tan solo un trío de latidos, su respiración se había ralentizado y la dama se durmió.

Rhys estaba contento, oliendo su dulce aroma y el persistente perfume de manzanas, Gelert se acurrucó contra su pierna y Madeline se acurrucó en su regazo. Él estaba tan contento que deseaba que nunca llegaran a su destino.

Él recordó la moraleja de su propia historia y saboreó los regalos que se le habían concedido, sabiendo bien que Madeline pronto se iría.

CAPÍTULO 16

*E*llos navegaron hacia el sur durante cuatro días y cuatro noches. Rhys le aseguró a Madeline que el mar estaba particularmente en calma, aunque ella se sobresaltaba con cada ondulación de su superficie. Ella prefería estar en cubierta y, afortunadamente, su viaje fue bendecido con tan buen tiempo que pudieron quedarse afuera.

Madeline estaba parada en la barandilla por horas, el sol calentaba su cabello y Rhys apoyaba sus manos a ambos lados de ella. La voz de Rhys estaba siempre en su oído, sus cuentos y sus canciones la encantaban por completo. Cada piedra parecía recordarle una canción; cada bahía, cada acantilado, cada torre lo impulsaba a contarle una historia.

Había una urgencia en Rhys, aunque Madeline creía que se debía a que él se acercaba a su casa. Era la proximidad a Caerwyn lo que hacía temblar su voz, era el amor por esa tierra lo que iluminaba sus ojos. Fue la perspectiva de ver Caerwyn lo que le hizo gritar la quinta mañana cuando rodeaban un puerto.

Desembarcaron, Madeline se encontró contagiada con la expectativa de Rhys. Arian estaba claramente complacido de tener sus cascos en tierra firme nuevamente. Gelert se estremeció cuando

Rhys se despidió del capitán y los hombres se estrecharon la mano. Madeline se sentía ansiosa por avanzar, pero por una razón diferente a la de Rhys, porque seguramente Rosamunde y James ya habían llegado a Caerwyn.

Ella no protestó cuando Rhys la subió a la silla y luego se colocó detrás de ella. Él apretó una mano alrededor de su cintura y tocó los costados de Arian con sus espuelas. Galoparon, todos decididos a apresurarse hacia Caerwyn.

Llegaron a la cima del punto de tierra que se adentraba en el mar, y la bahía reluciente que se extendía ante ellos hizo que Madeline jadeara. El agua era de un tono azul profundo, la luz del sol hacía que pareciera tener miles de gemas. Los acantilados a su alrededor se elevaban abruptamente desde su superficie, las colinas detrás eran verdes. Muy por encima de todos ellos se alzaba Eryri, sus flancos del tono encerado, una cresta de nieve aún en su pico más alto.

Justo enfrente de ellos, una fortaleza con cuatro torres cuadradas parecía surgir del mismo mar, sus torres aparentemente talladas en los acantilados de piedra. Los banderines ondeaban con el viento sobre esas torres.

"Harlech", murmuró Rhys, siguiendo su mirada. Él señaló otra fortaleza, mucho más abajo en la costa que apenas era visible. "Aberystwyth". Todo le parecía tan familiar a Madeline, porque recordaba los cuentos de Rhys, y ella casi esperaba ver al viejo rebelde Owain salir de la aulaga para recibirlos.

Rhys indicó un torreón debajo y a la izquierda de ellos. Era más humilde que las demás, una fortaleza que podía pasarse por alto con una mirada apresurada. Un alto muro cuadrado rodeaba una sola torre. Las puertas estaban abiertas y un pequeño pueblo se apiñaba fuera de las murallas de la fortaleza. Madeline podía ver el puerto y oír débilmente sonar la campana de la capilla.

"Caerwyn", supuso ella.

"Caerwyn", coincidió Rhys. Él gritó y espoleó al caballo. Gelert ladró, Arian bajó la colina con los cascos atronando. Madeline se echó a reír, saboreando lo encantados que estaban todos de estar en casa. Ella se giró para ver a Rhys, porque le encantaba ver su sonrisa.

—Hogar —dijo él, con una extraña tristeza en los ojos, luego la besó tan profundamente que Madeline comprendió que ella nunca volvería a probarlo.

Ella lo dejaría en Caerwyn y él lo sabía. Madeline sabía que debería haber rechazado su beso, pero ella no podía apartarse. No podía resistirse al beso de Rhys, no podía imaginarse sin él, porque él despertaba un anhelo dentro de ella que Madeline temía que ningún otro hombre pudiera saciar. Madeline se volvió para poder rodearle el cuello con los brazos, se apretó contra él e hizo de ese último beso uno que ella nunca olvidaría.

Más tarde, Madeline se daría cuenta de que ese beso los había traicionado. Más tarde ella se daría cuenta de lo diferente que era Rhys al andar desprevenido, con el yelmo en la alforja y la espada envainada. De hecho, él no podía desenvainar su espada, mucho menos blandirla, con ella sentada frente a él y sus brazos envueltos con tanta fuerza alrededor de ella.

Más tarde, ella vería hasta qué punto se habían equivocado.

Estaban dentro de la aldea antes de que Rhys viera la trampa.

Con la cabeza dando vueltas por el dulce beso de Madeline, él se había preguntado dónde estaban los aldeanos cuando se habían acercado a Caerwyn. Él se había sentido intrigado por el relativo silencio de las colinas circundantes. Debería haber habido pastores cuidando sus rebaños, debería haber habido pescadores remendando sus redes, debería haber habido mujeres vaciando basuras e intercambiando chismes.

Pero no había un alma en el exterior.

Arian entró al pueblo al galope con tanta furia que nadie pudo perderse su llegada. Rhys escuchó un silbido, temió un engaño, luego los mercenarios estallaron por todos lados.

Estuvieron rodeados en poco tiempo.

Gelert ladraba furiosamente. Arian se encabritaba y relinchaba. Madeline gritaba. El caballo era inútil en lugares tan reducidos, ya que no se podía girar. La única ventaja que vio Rhys fue que sus atacantes no estaban a caballo.

Él sabía qué, o a quién, querían.

Rhys saltó de la silla con un salto suave y solo tropezó levemente. Desenvainó su espada antes de encontrar su equilibrio completo, se balanceó y mató a un mercenario.

"¡Rhys!" gritó Madeline.

"¡Hacia las colinas!" Rhys gritó la orden a Arian en galés. El paso del caballo vaciló y él titubeó en obedecer. Rhys nunca lo había despachado sin él antes, y Madeline estaba tirando de las riendas, tratando de hacer retroceder al caballo. Sus fosas nasales se ensancharon ante el caos que lo rodeaba, y Rhys pensó que probablemente él podía oler la sangre.

Rhys envió a otro par de mercenarios a encontrarse con su creador, y miró hacia atrás para encontrar a Madeline tratando de empujar al reacio caballo hacia él. Ella le dio una patada en la cara a un mercenario que intentó agarrarla y escupió a otro.

Sin duda, su intrépida esposa intentaría salvarlo, ¡si tuviera la oportunidad! Rhys apretó los dientes y asestó otro golpe contundente. Ya él tenía sudor en la frente, y los mercenarios aún estaban saliendo de las casas y las puertas de la fortaleza. Él no podía retenerlos por mucho tiempo, pero no les daría la oportunidad de atrapar a Madeline.

Rhys gritó su orden de nuevo, blandiendo su espada con entusiasmo contra sus asaltantes. Gelert entendió la orden de Rhys y mordió las patas del caballo. Arian se asustó, sin saber a quién obedecer, luchó y pateó a un mercenario lo suficientemente tonto como para intentar agarrar las riendas. El perro gruñó y saltó, Madeline le hizo una herida a un atacante con su pequeño cuchillo de mesa.

Para alivio de Rhys, el caballo decidió de repente que el perro era la amenaza más insistente y que el mejor plan era evadir los dientes de Gelert. Arian dio media vuelta y galopó hacia las colinas más allá del pueblo, con Gelert pisándole los talones. Para alivio de Rhys, nadie más persiguió al caballo. Él escuchó a Madeline gritar de frustración, pero supo que no le harían caso.

Él rugió para atraer todas las miradas hacia sí mismo y luchó con nuevo vigor. Los mercenarios cayeron sobre él, le cortaron el hombro y le cortaron el muslo. Rhys luchó hasta que ya no pudo oír el ruido de los cascos, hasta que supo con certeza que su Madeline había escapado de Caerwyn.

Entonces Rhys arrojó su espada y levantó las manos, dejándose capturar. Ahora podían hacer todo lo que quisieran con él. Él sabía que Madeline se había salvado.

EL CABALLO ERA una bestia enloquecida.

Arian galopaba como si los perros del infierno estuvieran detrás, aunque solo Gelert lo perseguía. Madeline tiró de las riendas, se subió a los estribos, gritó y suplicó, pero el caballo no la escuchó mejor que antes. Él corrió por el sendero que conducía a la montaña, alejándose de Rhys y Caerwyn, y pasó por encima de la cima de la primera colina sin ralentizar el paso.

Un extraño instó a su caballo más pequeño a salir de la carretera, fuera del camino del caballo en carreras. El hombre pareció sorprendido y Madeline pensó que nunca había visto un caballo como ese caballo de guerra de Rhys. Ella lo saludó locamente, esperando que él pudiera tener algún plan para detener al caballo.

El hombre silbó y el caballo se detuvo tan abruptamente que Madeline estuvo a punto de caer sobre su cabeza. Ella volvió a caer sobre la silla con un golpe sonoro. Arian se paró, con las orejas crispadas y los costados agitados, luego relinchó al otro hombre.

"¡Maldita bestia!" gritó Madeline y el extraño se rió. Era un hombre de cabello oscuro, alto y delgado, aunque se comportaba con cierta autoridad.

Madeline sabía, sin embargo, que debía ser amigo de Rhys. Solo Thomas, en su experiencia, había sido capaz de comandar el caballo de Rhys. Gelert trotó al lado del hombre, moviendo la cola, la respuesta del perro también calmó los temores de Madeline.

Ese hombre parecía ser un poco mayor que ella, y la mirada que lanzó sobre ella fue apreciativa. "¿Y cómo llegó una doncella inglesa a montar el caballo de Rhys FitzHenry?"

"Soy de Escocia." Madeline desmontó y echó las riendas sobre la cabeza del caballo mientras caminaba hacia el otro hombre. "Debes ser uno de los amigos de mi esposo", dijo ella. "Ha sido asaltado en el pueblo de Caerwyn y me temo que lo han capturado. ¡Debemos ayudarlo! "

En lugar de apresurarse a bajar al pueblo, el otro hombre frunció el ceño. "Temía que su plan fuera igual. Pensé en acecharlo en su viaje de regreso a casa". Ante la confusión de Madeline, él señaló el camino detrás de ellos. "Este es el mejor pasaje a través de las colinas, y Rhys lo usa a menudo".

"Vinimos en barco", dijo Madeline y el hombre asintió, aunque claramente no se tranquilizó.

"¡Ah, perdona mis modales!" dijo él de repente y forzó una sonrisa. "Soy Cradoc ap Gwilym. Soy el sheriff de Caerwyn".

Pero eres galés. Pensé que solo los ingleses podían ocupar cargos en Gales".

Cradoc sonrió. "Y así era, hasta que Dafydd ap Dafydd eligió sacar el máximo provecho de lo que sería, y así fue, hasta que Rhys FitzHenry abogó por un lugar para mí. Le debo mucho. Llamas a Rhys esposo. Hay quienes perderán una apuesta cuando ese hombre tome una esposa".

Madeline casi sonrió. "No obstante, ha tomado una. Soy la dama Madeline, nacida de Kinfairlie y ahora dama de Caerwyn". Cuando reclamó su título a través de Rhys por primera vez, sintió que su barbilla se elevaba con una medida de su orgullo.

Cradoc sonrió y se inclinó. "Que Dios en su gracia les conceda muchos hijos y muchos años de felicidad".

Madeline comprendió que esa debía ser su bendición habitual para las parejas casadas, pero aun así se tranquilizó. "Dios no puede hacer tal cosa si Rhys es asesinado por sus asaltantes. ¿Quiénes son?"

"Vinieron de Harlech hace apenas unos días y evidentemente vinieron a esperar el regreso de Rhys. Se han escondido y los que se atrevieron a protestar por su presencia han desaparecido".

"¿Pero seguramente habrían arrestado al sheriff?"

Cradoc sonrió. "Ellos habrían tenido que atraparme primero". Él hizo un gesto más adelante en el camino. "La invito a que me acompañe, mi señora. Ahora que conocemos sus intenciones, tal vez podamos razonar cuál es la mejor manera de frustrar su plan".

Madeline le silbó al perro, cautelosa de dirigirse a un lugar más privado con un hombre al que no conocía.

Cradoc la examinó tan pensativamente que ella se preguntó si adivinaba la raíz de su vacilación. "Ya hay otros escondidos sobre la cima de la colina. Los detuve en este camino esta misma mañana. Puede que los conozcas porque ellos también vinieron del norte".

"¿Quién?" Preguntó Madeline, incluso cuando su corazón comenzaba a latir con fuerza por la anticipación.

"¿Madeline?" gritó Vivienne y Madeline se dio la vuelta para encontrar a sus hermanos corriendo hacia ella. La rodearon con ruidoso entusiasmo y Madeline sonrió al verlos a todos de nuevo.

"¿Estás lo suficientemente sana?" preguntó Alexander.

"¿Fuiste herida?" Preguntó Vivienne.

"¡Darg!" gritó Elizabeth. "¡Darg está en tu hombro!"

Alexander la atrapó y la hizo girar. Vivienne la besó en las mejillas y la abrazó con fuerza. Madeline abrazó a Elizabeth a su vez.

"Dime que Kerr no tuvo oportunidad de hacerte daño", insistió Alexander, con la mirada atenta.

Madeline sonrió y lo besó en la mejilla. "Estuve a salvo todo el tiempo", dijo ella con seguridad. "Estaba con Rhys".

Rosamunde se abrió paso hacia el estrecho círculo de hermanos.

Había un brillo sospechoso en sus ojos y su abrazo fue extraordinariamente contundente. "¿No te dije eso?" susurró ella en el cabello de Madeline.

"Te dije que la muchacha era tan fuerte como el buen acero de Toledo", dijo Padraig con brusquedad. Ese fiel compañero de Rosamunde le guiñó un ojo a Madeline, la forma en que había cambiado su peso le decía a Madeline que incluso él había temido su destino.

Entonces su familia dio un paso atrás, para que Madeline pudiera ver al último miembro de su compañía. James era más alto y un poco más ancho de lo que había sido, su sonrisa estaba más lista y su bronceado era más oscuro. Madeline esperó a que su cuerpo respondiera a su presencia, pero había sentido más alivio al encontrarse con el amigo de Rhys, Cradoc, que con su prometido.

"Qué bueno encontrarte, Madeline", dijo James, luego se inclinó sobre su mano. Le besó los nudillos y Madeline no sintió nada en absoluto. Su toque no despertó ni un escalofrío y ningún calor despertó en su vientre. Era demasiado fácil recordar la sugerencia de Rhys de que James nunca la había besado como lo había hecho Rhys.

Nada menos para encontrarlo cierto.

Era la conmoción lo que ralentizaba su respuesta, sin duda.

Madeline cerró deliberadamente los dedos sobre la mano de James y forzó una sonrisa en sus labios. "Es bueno verte, James."

Él rió. "¿Solo es bueno verme? Creo que es maravilloso estar en presencia de tu belleza una vez más. Eres tan brillante como recuerdo, mi Madeline, tan luminosa como la luna. Él intentó rasguear su laúd, mirando a través de la compañía para asegurarse de que todos lo miraban, luego hizo una mueca cuando sus dedos no lograron ningún sonido.

Vivienne se rió. "¡Rosamunde todavía tiene que devolver las cuerdas!"

James se burló. "Cualquier alma que no puede apreciar una melodía fina es un pagano, claramente".

"James tenía más interés en su música que en tu seguridad", dijo

Alexander sombríamente. Madeline vio a sus hermanos volverse contra su prometido, su opinión del hombre más que clara.

"¿No habría sido apropiado para mí saludar a Madeline con una canción de amor, compuesta solo para ella?" Preguntó James, sus modales de ofendido. Madeline notó que su reserva no se derritió. "Una oda a la espectacular belleza de Madeline habría sido un buen saludo, pero no puedo hacer esa oferta, gracias a su interferencia".

Madeline estaba empezando a encontrar molestas sus referencias a su belleza. "Lo que importa en este momento es cómo ayudaremos a Rhys", dijo ella con firmeza, luego les dijo a los demás que Rhys había sido capturado.

"Estas son noticias lamentables", dijo Rosamunde, luego se volvió hacia Cradoc. "Temías que algo terrible estuviera en marcha".

"Vienen de Harlech. Robert Herbert, el señor allí, ha intentado durante mucho tiempo demostrar que es el heredero de Owain Glyn Dwr, si no con sangre con hechos. Él tiene hambre de todas las fortalezas de Owain, incluida Caerwyn".

Rosamunde frunció el ceño. "¿Pero cómo pudo saber cuándo esperar el regreso de Rhys?"

"Un mensajero llegó hace unos días, trayendo una misiva de la hermana de la dama Adele", dijo Cradoc. "Ella es una abadesa cerca de York".

"¡Miriam!" dijo Madeline y el sheriff asintió. "Nos casamos en su abadía, bajo su protesta".

"¿Pero quién es la dama Adele?" Preguntó Vivienne.

"Ella debe ser la madre de Rhys, la amante de su padre", dijo Madeline.

Cradoc asintió. "Solo quedan las dos mujeres en Caerwyn, la esposa de Henry y su amante. Una de ellas debe haber enviado un mensaje, tal vez incluso sin darse cuenta, a Robert".

"Es posible que todos estés encarcelados", reflexionó Rosamunde y el grupo miró como uno solo en la cima del camino. No podían ver Caerwyn, pero Madeline sintió como si una sombra se hubiera deslizado sobre ella.

"¿Seguramente nadie lastimará a Rhys?" dijo ella.

"No hay heredero de Caerwyn después de él", dijo Cradoc.

Madeline apenas evitó que su mano se deslizara sobre su vientre plano. ¿Podría ella ya llevar al hijo de Rhys?

¿Rhys estaría contento si ella lo hiciera?

Madeline no se atrevió a pensar en eso. Se volvió hacia su tía, necesitando saber la verdad. "Rosamunde, te pediría que recordaras mi nacimiento, si puedes. Rhys me dijo algo muy extraño, y tal vez puedas recordar si es cierto".

"¿Qué es eso?"

"Él piensa que yo soy la hija de su prima Madeline..."

"La hija del tío de Rhys, Dafydd ap Dafydd, que se casó con Edmund Arundel y se fue a Northumberland", gritó Cradoc. Ante el asentimiento de Madeline, se animó más. "Cualquier hijo sobreviviente de esa unión podría desafiar la soberanía de Rhys sobre Caerwyn, ya que Dafydd fue el último señor y sus otros hijos han muerto".

"Madeline Arundel murió al dar a luz con su primer y único bebé", dijo Madeline y Cradoc se santiguó con cierta tristeza.

"Ella debe haber sido la primera opción de Catherine para ser tu madrina", le dijo Rosamunde a Madeline. "Yo sabía que yo era la segunda opción de tu madre, porque su amiga más querida había muerto recientemente, aunque no sabía más de esa amiga".

Madeline asintió, porque eso tenía sentido. Rosamunde nunca pidió más detalles de los que se le concedieron, tal vez porque ella misma tendía a confesar a los demás solo lo que necesitaban saber. "El esposo de Madeline, Edward, murió cinco años después, en 1403. Rhys dijo que mi madre se llevó al bebé de Madeline a Kinfairlie, porque el bebé había quedado huérfano".

"Y él pensó que podrías ser ese bebé". adivinó Rosamunde, luego negó con la cabeza. "No parece probable. Yo asistí a tu bautizo, después de todo, y solo tenías unos días".

"Pero debes recordar a Ellyn", dijo Alexander con repentina urgencia. Sus ojos estaban brillantes.

Madeline se volvió hacia él, un fantasma agitándose en su memoria. Ellyn. La pronunciación de ese nombre la hizo recordar vagamente a otro niño, un niño pequeño y tranquilo.

Rosamunde lo señaló con un dedo, evidentemente recordando también el asunto. ¡Esa pequeña niña! Ella era tan enfermiza y de la misma edad que Madeline. Bromeé con Catherine diciéndole que había traído a casa un polimorfo, no un niño mortal, y que las hadas se la robarían una noche". Ella sacudió su cabeza. "Me había olvidado por completo de la pobre pequeña Ellyn".

Alexander sonrió. "Y ella nunca jugaba con nosotros, ¿recuerdas?" Él dio un codazo a Madeline. "Probablemente le presté más atención que cualquier otra alma en Kinfairlie, tan convencido estaba de que debería unirse a nuestros juegos. Ni siquiera tenías cinco veranos, Madeline, y tú, Vivienne, eras más joven aún. Malcolm era un bebé".

"No la recuerdo", dijo Vivienne encogiéndose de hombros.

"Creo que sí..." admitió Madeline.

"Tú preferías jugar con Vivienne", le recordó Alexander a Madeline, luego se puso serio. "Fue solo más tarde que comprendí que Ellyn no jugaba porque estaba enferma".

"Murió poco después de su llegada a Kinfairlie", dijo Rosamunde. "La suya fue una vida corta y triste".

Alexander asintió. "También recuerdo a Madeline Arundel, porque ella y nuestra madre se reunían y se visitaban a menudo". Él sacudió la cabeza, aparentemente atrapado por algún buen recuerdo. "Ella era una mujer amable. Siempre traía angélica confitada porque a mí me encantaba y nadie en Kinfairlie sabía cómo prepararla. Ella fingía sorpresa cuando lo encontraba entre sus bordados. Recuerdo cómo lloró mamá cuando murió".

"Era una mujer amable", afirmó Cradoc. "La recuerdo bien. ¡Y qué risa! Ella alegraba los corazones dondequiera que iba".

Creo que mamá todavía estaba embarazada de ti cuando nos enteramos de la muerte de Madeline Arundel. Dijo Alexander. Recuerdo a papá discutiendo con nuestro castellano acerca de contarle a mamá una noticia espantosa tan cerca de su parto. Él insistió en que ella debía saberlo, mientras que el castellano dijo que solo le haría daño". Él dio unos golpecitos con el dedo en el hombro de Madeline. "Debes haber sido nombrada en memoria de la amiga de mamá".

A Madeline le gustó mucho la idea, fuera cierta o no. "¿Pero Ellyn murió?"

Alexander asintió con la cabeza, su actitud era triste. "Hay una piedra en el cementerio de Kinfairlie para ella, una pequeña con un querubín encima. Mamá solía rezar allí en memoria de su amiga y de la pequeña Ellyn también".

Cradoc negó con la cabeza. Ah, recuerdo la fiesta nupcial de Madeline y Edward. Nunca viste una pareja más feliz. Estaban tan enamorados el uno del otro, tan felices de enfrentar la vida juntos. Es realmente lamentable que hayan pasado tan pocos años juntos".

—Quizá saborearon cada momento por completo —sugirió Madeline en voz baja y los demás asintieron ante esa perspectiva.

La compañía permaneció en silencio por un momento, lamentando la pérdida de la pareja y su hijo. Madeline imaginó que el viento incluso tomaba un tono lúgubre. Madeline decidió que la próxima vez que estuviera en Kinfairlie, visitaría la piedra colocada en memoria de Ellyn, la pequeña y silenciosa niña que ella casi había olvidado, y rezaría una oración por todos ellos.

Los captores de Rhys eran rudos, pero no le hacían mucho daño. Rhys sospechaba que lo buscaban vivo, con algún propósito, aunque él no podía adivinar de qué se trataba.

Una veintena de mercenarios lo rodearon y lo llevaron a través de las puertas de Caerwyn, lo que él supuso era un cumplido a sus habilidades de lucha. A Rhys no le sorprendió que lo obligaran a bajar por la escalera que conducía a la oscura mazmorra de Caerwyn, ni le sorprendió que lo empujaran a su única fría celda. Él no se sorprendió cuando la puerta de roble se cerró de golpe detrás de él, y la celda se hundió en la oscuridad cuando se giró la llave en la cerradura.

Él se sorprendió cuando una voz surgió detrás de él.

Rhys saltó y giró, su mano cayó a su vaina vacía y no se cerró sobre ningún arma.

"¿Rhys?" Preguntó su madre con voz temblorosa. "Rhys, ¿eres tú?"

"¡Mamá!" Rhys entró en la turbia oscuridad con las manos extendidas. Su madre emitió un sonido sospechosamente parecido a un sollozo, le apretó las manos y luego se arrojó a sus brazos. Ella era más pequeña que él, todavía suave y perfumada como siempre lo había sido.

Pero ella estaba temblando, temblando hasta la médula, y lloró como él nunca antes la había escuchado o visto llorar. Rhys la abrazó con fuerza y no dijo nada, porque había poca seguridad que él pudiera otorgar.

Rhys conocía esa celda lo suficientemente bien como para saber que no había forma de escapar de ella, que la única salida era a través de la puerta, que la cerradura era irrompible. Él sabía que permanecerían ahí hasta que a su captor le agradara liberarlos, y comprendía lo suficiente de la gente como para adivinar que cualquier liberación no sería un evento feliz para él y su madre.

La puerta se abriría porque estaban muertos o porque iban a enfrentar su ejecución. Su único consuelo era que Madeline se había librado de ese destino.

Quizás ella estaría feliz con James.

Quizás él no debería atormentarse con esos pensamientos en lo que probablemente serían sus últimas horas.

Su madre, sin embargo, tenía otras ideas. Ella finalmente se enderezó, sollozó y luego le dio un golpe en el pecho con un dedo imperioso. "¡Te casaste! ¡Y tuve que descubrir la verdad por mi hermana! "Adele hizo un sonido de disgusto con su garganta. "¿Cómo pudiste hacerme esto? Ya sabes cómo a ella le encanta saber todo sobre todos, cómo le gusta tener un porción de noticias que otros aún no han escuchado. ¿Cómo pudiste no enviarme una misiva tú mismo?

"El asunto era complicado", dijo Rhys. "Y puede que no sea importante, después de todo".

"¿Qué quieres decir?"

"Madeline busca una anulación". Él sintió la conmoción de su madre, pudo imaginar su expresión mientras se apartaba un poco.

"¡Esto no puede ser verdad! ¿Mi hijo no ha consumado su matrimonio? Adele negó con la cabeza con tal vigor que Rhys sintió su gesto. —Eres bastante sano, Rhys, y te gustan bastante las mujeres. Seguramente no puede haber ninguna razón para que ella encuentre fallas".

"Sospecho que es la hija de la hija de Dafydd, Madeline Arundel. Por eso me casé con ella".

"Te casaste con ella para asegurar Caerwyn", supuso su madre. "¡Por eso no tuve ninguna advertencia! Ni siquiera me dijiste la naturaleza de tu búsqueda cuando te fuiste. Mmmm, Miriam no conoce ese detalle".

"Pero si es cierto, mi Madeline y yo estamos demasiado relacionados para casarnos por las leyes de consanguinidad de Roma". Antes de que su madre pudiera burlarse de que tales leyes no tenían influencia en Gales, Rhys le puso un dedo en el hombro. "Nos casamos en la abadía de Miriam, por un sacerdote responsable de Canterbury y de allí a Roma. Ella obtendrá esa anulación con facilidad. Me equivoqué al olvidar la diferencia en la ley eclesiástica, y ahora perderé a mi esposa".

"De verdad debiste haber estado cegado por el amor para haber cometido tal error en tu determinación de casarte con prisa. No es propio de ti, Rhys, omitir cualquier detalle de un esquema".

Rhys sintió que se le calentaba el cuello, porque había sido un tonto y podría haberlo hecho sin el reconocimiento de su madre en ese punto.

Adele hizo un sonido de disgusto. "¿De qué te sirve una esposa que no ve tu mérito?" Ella le dio unas palmaditas en el hombro. "¿La muchacha es ciega? ¿Es tonta? Eres un guerrero valiente, eres fácil de mirar y posees un dominio que la alimentará... "

"Madre, estamos en el calabozo de esa propiedad", Rhys se sintió obligado a notar. "Parece poco probable que alguna vez yo llegue a ser su señor en verdad".

"¡Es injusto!"

Rhys podía sentir a su madre furiosa por la injusticia cometida contra su único hijo. De hecho, su actitud protectora le hizo sonreír, porque no era del todo malo que alguien pensara bien en él.

"Todo es culpa de esa bruja Nelwyna", dijo ella con vigor.

"¿La esposa de mi padre?" Rhys frunció el ceño. "¿Ella es responsable de esto? Siempre la pensé muy amable".

"¡Difícilmente! Todas las almas de esta fortaleza la consideraban tan dulce y amable, pero a menudo yo la veía mirándome con malicia en la mirada. Nunca me gustó, pero fui cortés por el bien de tu padre. Él parecía pensar que ella merecía compasión, y aquí estamos, ¡cosechando los frutos de esa compasión! Él debería haberla rechazado cuando ella solo le concedió hijas, él debería haberla echado cuando murieron mis dos primeros hijos... "

"¿Qué dos primeros hijos?"

"Tuviste dos hermanos mayores, pero murieron jóvenes. Uno salió muerto de mi vientre, estrangulado por el cordón. En ese momento, la partera dijo algo desagradable acerca de que Nelwyna no era de ayuda, pero Henry le pidió que se mordiera la lengua. Y luego el segundo niño murió, mientras Nelwyna lo sostenía, momentos después de que él había venido gritando desde mi útero. Incluso Henry no pudo argumentar entonces, y se aseguró de que ella no estuviera en la habitación cuando naciste."

"Yo no tenía conocimiento de esto", dijo Rhys con asombro.

"Nadie estaba seguro, nadie más que la partera. Henry fue cauteloso y protector contigo. Yo solo creí la verdad años después". Ese dedo lo golpeó de nuevo en el pecho. "¿Recuerdas cuando te lastimaste cuando eras niño, cuando te caíste de la silla?"

"Por supuesto. No tenía importancia".

"¡Ah! ¡Eso era lo que ella deseaba que todos pensaran! Había una espina debajo de la silla del caballo elegido para que lo montaras". Su madre volvió a golpearle el pecho. "¿Recuerdas haber estado enfermo después de celebrar la victoria de Owain y Dafydd, cuando nos reunimos por primera vez en Caerwyn y la hicimos nuestro hogar?"

"Era joven para beber tanta cerveza", señaló Rhys. "Por supuesto que estuve enfermo".

"¡Estuviste enfermo porque te dieron cerveza contaminada! Descubrimos la verdad solo cuando dormiste demasiado y una mujer en la cocina le confesó su parte a Henry. Ella había pensado que participaba en una broma y temía ser parte de un asesinato. Ella acusó a Nelwyna, pero Nelwyna lo negó todo".

Adele gruñó bastante en su disgusto. Y Dafydd dijo que no podía actuar basándose en el testimonio de una sirvienta que probablemente había probado demasiada cerveza ella misma. Se sabía que Nelwyna era cruel con las mujeres en las cocinas, y Dafydd pensó que esa acusación era un intento de venganza femenina". Ella agitó su tabardo. "¡Pero de nuevo, casi mueres! ¡Alabado sea Dios que tienes el vigor de mi familia! "

"Una vez más, no sabía nada de esto".

Henry no deseaba envenenar tus pensamientos. Fue el único asunto sobre el que discutimos, porque yo sentí que deberías haber sido advertido". Ella le dio un golpecito en el pecho una vez más. "Luego estuvo el accidente durante tu entrenamiento, cuando ese mariscal usó una espada real contra ti mientras que la tuya era solo de madera".

"Pensé que era una prueba".

"Lo habían comprado", escupió Adele. "Aunque no me atrevo a decir con qué. Dafydd le prohibió regresar a Caerwyn y tuvo una discusión con Nelwyna. Él también te envió a pelear con Owain Glyn Dwr, porque finalmente se entendió la amenaza que ella representaba".

Rhys estaba asombrado, porque nunca había adivinado el peligro al que se había enfrentado en su juventud. "¿Y Nelwyna también es responsable de nuestro encarcelamiento?"

"Pensé que había mejorado desde la muerte de Henry, porque siempre creí que los celos de mi tiempo con él estaban en la raíz. Pero entonces Miriam envió su carta, y cuando desperté de mi sueño vespertino, no estaba donde la había dejado. Supuse que ella la había leído, porque comparte el amor de Miriam por los chismes".

Adele suspiró. "No pensé que hubiera mayor importancia que eso, no hasta que Robert Herbert y sus caballeros llegaron a nuestras puertas". Adele tragó. "Y ella le dio la bienvenida, con los brazos abiertos y los muslos abiertos". Ella escupió en la esquina de la celda. "¡Y ella me llama a mí la puta!"

Rhys reflexionó sobre esa revelación. "Tiene algún sentido. Herbert siempre ha deseado Caerwyn. Ella debió haberle dicho que si actuaba apresuradamente, podría ser suya".

"Y ella siempre ha deseado ser la Dama de Caerwyn, así me lo dijo cuando estuve encarcelada aquí. Han hecho un trato, esos dos villanos, y para ver cumplida su ambición, debes morir". Adele volvió a agarrar el abrigo de Rhys y el miedo hizo eco en su voz. "Pero no moriremos, ¿verdad, Rhys?"

Rhys abrazó a su madre con más fuerza, porque no se atrevía a mentirle. Él no podía ver cómo podrían evitar morir, no sin ayuda, y no podía adivinar quién podría ayudarlos ahora.

Su madre comprendió la importancia de su silencio y él le susurró tonterías mientras ella comenzaba a llorar de nuevo. Él nunca antes se había sentido tan impotente. Él nunca se había enfrentado a tanta desesperación.

El único consuelo era que Madeline había sido capturada también. Al rechazarlo, ella había salvado su propio pellejo de la ambición de Nelwyna y, por primera vez, Rhys se alegró de que Madeline hubiera optado por perseguir esa anulación.

Después de todo, parecía que ella no tardaría mucho en llorar su ausencia.

~

"¿QUÉ nos preocupan de los problemas de esta gente?" dijo James con repentina impaciencia, luego reclamó la mano de Madeline. "Caerwyn y Rhys FitzHenry ya no son de nuestra incumbencia".

"¡Rhys es el marido de Madeline!" Vivienne le recordó al otro hombre con impaciencia.

"Yo soy su prometido". Curiosamente, la afirmación de James no despertó respuesta en Madeline.

Cradoc resopló, obviamente no había ninguna duda en su pensamiento sobre qué papel tenía un derecho superior.

"Nunca te pusiste en contacto con Madeline para decirle que aún estabas vivo", dijo Elizabeth, luego levantó la nariz. Ni siquiera puedo ver tu cinta y Darg acaba de escupirte. Tienes suerte de que mis modales sean bastante mejores".

James le dio a la niña una mirada extraña y luego sonrió a Madeline. Así te deshaces de un marido, Madeline. Nuestro destino está al norte, en la morada de mi padre".

"¿En la morada de tu padre?"

"Me ha prometido un pago después que me case contigo". James le guiñó un ojo. "Le gustas mucho, y me gusta aún más la idea de un pago anual". Él se rió, pero nadie compartió su broma.

"¿Pero qué vas a hacer?" Madeline preguntó con cuidado.

"Crearé música". James sonrió con una sonrisa ganadora.

Madeline lo observó, recordando la afirmación de Rhys de que todo hombre debe luchar un día para proteger lo que es suyo. Ella empezaba a comprender el impulso de su corazón, a ver claramente lo que debería haber adivinado hacía mucho tiempo. "¿Seguro que aprendiste a pelear en Francia y tienes algo de hambre de seguir haciéndolo?" preguntó ella cortésmente.

James rió alegremente. "¿Yo? Me las arreglé para evadir a los hombres de mi padre, a la primera oportunidad. Pasé mi tiempo en Francia en las iglesias, escuchando su música celestial".

"Entonces ni siquiera estabas en Rougemont", dijo Alexander, su voz fría por la acusación.

"¿Por qué más te imaginas que todavía respiro?" Preguntó James, su manera mordaz. "No tengo tanta prisa por morir por dinero y tierras".

"Aunque das la bienvenida a los activos aportados por ambos", dijo Madeline en voz baja. James le dirigió una mirada penetrante y ella se enderezó. "¿Y qué haré en la morada de tu padre? Tu madre tiene suficientes damas de honor e hijas bajo los pies".

James la tomó de la mano como si quisiera llevarla a bailar. "Te sentarás y estarás hermosa. Sonreirás a la compañía y todos se deleitarán con el esplendor de tu belleza. Me inspirarás. Recibirás odas y poemas de mi parte, y si sientes tal necesidad, bordarás alguna frivolidad u otra". Él hizo un gesto con la mano con desdén, luego sonrió de nuevo. "Tú, Madeline, serás mi musa".

Parecía una perspectiva bastante escasa, en comparación con el sueño de Rhys de construir prosperidad para quienes estaban bajo su mano, para asegurarse de que todos tuvieran justicia y suficiente comida en sus vientres. Madeline estaba segura de que la esposa de Rhys tendría mayores responsabilidades que elegir un trozo de tela para bordar.

"Podríamos tener un hijo", sugirió James, aparentemente viendo la falta de entusiasmo de Madeline. "Después de todo, estoy seguro de que todavía eres una doncella, ¿no es así, amada mía?" Sus modales se volvieron más ansiosos. "No habrá ninguna duda en cuanto a la paternidad de cualquier hijo que tenga, ¿verdad? ¿La habrá? "

"Ya no soy una doncella", dijo Madeline con calma, mirando a James todo el tiempo.

Él desvió la mirada y se aclaró la garganta. "¿Pero seguramente no puedes haber concebido ya un hijo? Han pasado solo unos días". Él parecía tranquilizado por su propio razonamiento. "¡Vaya, debiste haberlo encontrado en la cama una sola vez! Todos saben que una doncella no puede concebir cuando se toma la muestra por primera vez".

"Por supuesto que puede", dijo Rosamunde con una sonrisa. Cradoc y Padraig cubrieron sus sonrisas con sus manos y miraron a través de las colinas con fingida fascinación.

James se sonrojó y sus labios se tensaron. Su mirada era hostil ahora. "¿Cuántas veces te has acostado con el desgraciado?"

Vivienne y Elizabeth escuchaban con avidez, con los ojos muy abiertos como si supieran que no debían prestar atención a las palabras de Madeline, pero no podían decidirse a hacer lo que debían. Madeline sintió que su propio color subía, porque ese no era un asunto que debiera haber sido discutido ante tantas almas.

"Mi esposo y yo nos encontramos en la cama muchas veces, tantas veces que perdí la cuenta", dijo Madeline, sintiendo una obstinada necesidad de presenciar cómo James enfrentaba la verdad. ¡Ella no había hecho nada malo al tratar a su marido legal con honor! "Rhys está muy ansioso por tener hijos. Nos casamos. ¿Cómo podría negarle su merecido nupcial? "

James palideció y soltó su mano. Él se apartó, con la mano en la frente, y estaba claramente angustiado por esas noticias.

"¡Si te hubieras preocupado tanto por mi virginidad, es posible que te hubieras molestado en enviarme un mensaje de que aún vivías!" Madeline le dio la espalda a James. Ella se encontró temblando, tan grande era su ira. Vivienne deslizó una mano entre las suyas y luego le dio un apretón alentador a los dedos.

Rosamunde estaba con Cradoc, con el ceño fruncido. "Ayudaré a Rhys, si se puede hacer, antes de mi partida", dijo ella. "Le debo un pago, porque él se aseguró de que mi nombre nunca se vinculara con el fallido golpe de estado de 1415. Nunca me hubieran permitido echar anclas en muchos puertos sin esa garantía".

"Sí, eso es bastante cierto", dijo Padraig asintiendo. "Nuestros cuellos no están rotos gracias a su silencio. Yo también ayudaré".

"También ayudaré a Rhys", dijo Elizabeth con una resolución poco común para su edad. "Él es el elegido de las hadas", dijo ella cuando los demás la miraron con sorpresa. "Puede que no haya mucho que pueda hacer, pero haré todo lo que pueda".

"¡No me olviden!" Dijo Vivienne. "No me quedaré al margen mientras un hombre que puede contar historias así sea engañado y asesinado".

Alexander sonrió a Cradoc y luego a Madeline. "Mi espada está al servicio de Rhys". Él dio unos golpecitos en el cinturón con un tintineante saco de monedas. "Vamos a verlo sano primero, luego le devolveré su dinero y ganaré tu anulación, Madeline".

Madeline contempló horrorizada el saco de monedas. Ahora que la perspectiva de anulación era tan inminente, no parecía tan deseable, después de todo.

CAPÍTULO 17

radoc y Rosamunde hablaron, luego se deslizaron hasta la cima de la colina para observar los procedimientos más abajo. Cuando regresaron, momentos después, Rosamunde parecía resuelta y Cradoc parecía escéptico.

"El único camino sin vigilancia hacia la fortaleza será a través del desagüe", dijo Rosamunde, hablando en un tono que no permitía discusión. Ella lanzó una mirada entre los que se habían comprometido a ayudar a Rhys. "Alguien debe entrar en la fortaleza a través de la alcantarilla que conduce al mar, luego abrir las puertas para el resto de nosotros".

"Yo lo haré", dijo Alexander. Vivienne y Elizabeth protestaron, pero él negó con la cabeza. "Es demasiado peligroso para cualquiera de ustedes y yo soy más delgado que Padraig. Cradoc debe permanecer con el resto de ustedes, porque solo él sabe quién es amigo y quién es enemigo."

"Él habla con buen juicio", le dijo Cradoc a Rosamunde.

"Ocurre de vez en cuando", asintió ella con un guiño a su sobrino. La compañía se volvió para subir a la cima de la colina, pero James agarró a Madeline por el codo y la detuvo.

"No veo ninguna razón por la que debamos arriesgar nuestras

319

propias vidas", dijo él con amargura. Huyamos ahora, Madeline, apresurémonos a la morada de mi padre. Deja que tus hermanos resuelvan este asunto, si insisten en ello. Los caballos están desprotegidos, podríamos irnos antes de que ellos pudieran detenernos".

La sola idea de abandonar a su familia después de que vinieran tan lejos para ayudarla, no menos a Rhys, era absolutamente aborrecible para Madeline. "Pensé que solo deseabas una doncella para ser tu novia", le recordó ella a James, alejándose de su agarre.

James asintió y luego se encogió de hombros. "Es cierto, pero un hombre debe hacer algunos sacrificios para asegurarse el favor de su padre. Todavía me casaré contigo, aunque estés sucia."

No podría haber elegido una palabra peor.

"¡No estoy sucia! ¡Me salvé de la locura de casarme contigo! "Madeline le dio la espalda al asombrado James y corrió tras su familia. Ella cogió la manga de Rosamunde con la mano. "Rhys no ama nada más que Caerwyn. Yo quisiera verla a salvo bajo su custodia. Soy más pequeña que Alexander. Déjame tomar esta tarea."

"¡Pero, Madeline, es demasiado peligroso!" protestó Alexander.

"Puedo contener la respiración más tiempo que tú, lo sabes bien".

Alexander se ruborizó ante la mirada confusa de Cradoc. "Yo solía colarme en la habitación de baño y mojar a mis hermanas mientras se sentaban en la bañera. Madeline aprendió a contener la respiración y permanecer tan quieta que muchas veces temí haberla matado".

"Entonces papá estuvo a punto de matarlo por atormentarnos tanto", dijo Vivienne.

Cradoc reprimió otra sonrisa y Padraig se rió abiertamente.

"No es divertido, si la broma le otorgó una habilidad útil", dijo Rosamunde. "Digo que dejemos que Madeline haga esto". Los demás asintieron, pero antes de que pudieran hablar, James intervino.

¡Madeline! ¡No puedes hacer esto! "Él la agarró del brazo, como si fuera a sujetarla por la fuerza.

Madeline le quitó el brazo de la mano. "Rhys me salvó del asalto de Kerr. Le debo nada menos que corresponderle en especie". Ella le dio a su antiguo pretendiente una mirada fría. "Me deseas solo para asegurar tu propio tiempo libre, pero ¿qué pasará cuando tu padre muera? ¿Qué harás si él deja de admirar tu música? No digas que nunca lo hará. ¿De qué otra manera te encontraste en Francia? Ha sucedido antes y volverá a suceder".

Madeline le dio la espalda a James y se encontró con la mirada de aprobación de su tía. Ella se quitó el saco de terciopelo de su cuello y lo besó antes de pasárselo a Rosamunde. "Te quiero pedir que lo guardes en un lugar seguro para mí".

"Está caliente", dijo Rosamunde mientras tocaba el terciopelo.

"Probablemente lleva mi propio calor", sugirió Madeline, pero Rosamunde negó con la cabeza.

Sonriendo, Rosamunde soltó el cordón y dejó que la piedra cayera en su palma. Toda la compañía se quedó sin aliento ante la magnífica piedra. Madeline no podía creer cómo se había transformado. La piedra podría haber sido una gota de luz solar. De hecho, la gema era tan radiante que nadie podía mirarla directamente.

Rosamunde se rió. "Era así el día de la boda de tu madre", dijo ella con voz ronca.

Ella rebuscó en su bolso y sacó algo dorado. Era un soporte para la piedra, forjado con alambres dorados que atrapaban la piedra en una fina jaula. Los rayos se extendían desde la piedra, como rayos de luz que se extendían desde la piedra brillante. Todo el colgante colgaba de una fina cadena de oro que Rosamunde puso alrededor del cuello de Madeline. La piedra se acurrucó en el hueco de su garganta, su calor la calentó.

"No debes tener miedo de perder esto ahora", dijo Rosamunde, "porque su resplandor iluminará tu camino y su cadena es lo suficientemente corta como para que no se escape".

"Pero la cadena podría romperse", susurró Madeline, tocando la piedra mientras temía perder tal premio en las alcantarillas de Caerwyn.

"Estas cadenas son más fuertes de lo que imaginas". Rosamunde besó a Madeline en la frente. "Has elegido bien, niña. La Lágrima afirma mucho más claro de lo que se puede decir con palabras. Es hora de ayudar a Rhys."

MADELINE ESTABA ATERRORIZADA.

Ella y Alexander se deslizaron por la empinada ladera, para poder deslizarse hacia el mar sin ser vistos. Con cada paso, ella estaba segura de que serían vistos, de que algún arquero lanzaría una flecha con una precisión mortal y su misión se perdería.

Pero llegaron a la orilla sin más incidentes que rasguños en las manos y las rodillas. Dejaron la mayor parte de su ropa escondida en la orilla, cada uno vistiendo solo una camisola. Alexander insistió en que cada uno se quedara con su cinturón y un cuchillo pequeño.

"Debes moverte rápido", aconsejó él, la preocupación frunciendo su ceño. "No sabemos dónde terminará el drenaje, aunque es probable que sea en los reinos inferiores de la fortaleza".

"¿En el calabozo?" supuso Madeline.

Alexander hizo una mueca. "Esperamos que no sea dentro de una celda".

Madeline negó con la cabeza, aunque no estaba segura. "No puede ser, porque entonces los prisioneros podrían escapar fácilmente".

"A menos que haya una rejilla encima". El ceño de Alexander se profundizó. "Debe haber aire dentro del desagüe, ya que debe correr a nivel del suelo para pasar del torreón al mar. Recuerda volver la cara hacia arriba, si el agua cae por el desagüe".

"¿Lo hará?"

"¿Quién puede decir?" Alexander tomó los hombros de Madeline con sus manos. "Ojalá pudiera hacer esto. Ojalá no estuvieras en tal peligro".

"Pero el camino puede ser estrecho, y puede que tenga que contener la respiración por mucho tiempo..."

"Lo sé, lo sé." Alexander forzó una sonrisa. También me gustaría que no tuvieras tan buen juicio, Madeline. Él la abrazó con fuerza y sus palabras fueron roncas. "Cuídate. Se rápida. Se bendecida en esta tarea".

Alexander tomó la mano de Madeline antes de que ella pudiera responderle, ese hermano que fácilmente podía hacer que su pecho se apretara con el vigor de su amor por él. Él la condujo al mar, las olas tiraban y empujaban a medida que avanzaban cada vez más profundo.

Ellos mantuvieron sólo la cabeza por encima de la superficie, aunque las olas a menudo los sobrepasaban. Ellos se aferraron a las rocas de la costa como percebes al casco de un barco. Madeline esperaba que sus cabezas oscuras y mojadas, si alguien las notaba, se parecieran lo suficiente a las de las nutrias o las focas como para que no gritaran ninguna alarma.

Ellos solo tenían que seguir sus narices para encontrar la abertura del desagüe. Desperdicios se balanceaban en la superficie del océano, más aglutinados mientras se acercaban al enorme agujero oscuro. Estaba perforado en los acantilados y no estaba obstruido por ninguna parrilla.

"Debe haber sido obra de los romanos", dijo Alexander con asombro. "Papá siempre decía que ellos eran más abundantes en Gales, porque extraían metales de aquí". Él deslizó la mano a lo largo de la piedra, admirando cómo se había desprendido. "Caerwyn debe ser vieja".

Madeline asintió. "Rhys dijo lo mismo".

Al mencionar el nombre de su cónyuge, los hermanos se miraron. "¿Estás segura?" preguntó Alexander. "El agujero aquí es lo suficientemente grande para mí".

"No seguirá siéndolo", insistió Madeline. Ella le besó en la mejilla, sabiendo que su esfuerzo podría estar condenado al fracaso. "Padre te enseñó más de lo que crees", dijo ella en voz baja. "Kinfairlie y nuestros hermanos están a salvo en tus manos, Alexander. Cuídate."

Madeline se sumergió en el túnel oscuro, antes de que su

hermano pudiera decir algo que pudiera hacerla llorar. Su respiración ya se aceleraba, aunque sabía que tendría que controlarla para tener éxito. Su corazón tronaba en su pecho, tan fuerte que ella temió que los centinelas oyeran su pulso a través del agua sucia en la que se movía.

El túnel se cerraba más a su alrededor con cada paso, el olor a desperdicios la asaltaba, el agua se movía con menos fuerza y se espesaba hasta convertirse en una lechada. Le llegaba hasta las rodillas y hacía frío, aunque ella supuso que habría sido más repugnante si hubiera estado caliente. Ella ya no podía oír el mar, no podía ver ni un rayo de luz. Ella solo olía el agua y la suave pendiente de la piedra tallada bajo sus pies.

Y el impulso que era Rhys la empujaba hacia adelante. La piedra alrededor de su cuello arrojaba un tenue resplandor, un rayo de luz que la alejaba de la locura. Al menos no procedía a ciegas.

Los temores de Madeline se mantuvieron a raya hasta que el túnel se estrechó abruptamente hasta la anchura de sus hombros. Ella se quedó encorvada en el pasillo más grande y consideró el agujero por el que se derramaba la suciedad. No había otra forma de seguir adelante. Ella razonó que eso debía estar debajo de la propia fortaleza, porque sentía que había caminado desde siempre. Quizás el tipo de piedra había cambiado ahí. Quizás el agujero se estrechaba adelante aún más.

Ella se negó a considerar que podría quedarse atascada. Ella tenía que ayudar a Rhys. El pánico les serviría mal a ambos. Madeline se metió en el agujero y se estiró en posición horizontal. Ella medio se arrastraba, medio se retorcía, las piedras se clavaron en su espalda, y de alguna manera progresó. Ella no estaba segura de qué tan lejos se movía o qué tan rápido, la oscuridad la asaltaba como no lo había hecho antes.

Madeline empezó a tener miedo.

El agua se precipitó repentinamente sobre ella, el agua olía a orina y ollas sucias. Madeline hizo una mueca y se aferró a las piedras, manteniendo su lugar mientras el agua la inundaba con abandono. Su corazón se aceleró, ella pensó en sus padres atrapados bajo la oscuridad del mar. ¿Habían sido así sus últimos momentos? Ella temía ahogarse, sabía que nunca la encontrarían, que nadie la ayudaría...

Y luego recordó a Rhys, contando sus historias a bordo del barco. Ella pensó en su convicción de que estaban a salvo y se tranquilizó. Escuchó de nuevo el ritmo de su voz y el recuerdo la hizo sonreír.

De hecho, ella podría haberse casado peor. Ella podría haberse casado con James.

Si ella y Rhys veían cómo superar ese desafío, si él todavía la deseaba como esposa, Madeline sabía que permanecería gustosa a su lado. Quizás algún día, él llegaría a amarla. Quizás ella debería apreciar los actos del hombre y su valor más que cualquier dulce palabra que él pudiera ofrecer.

Quizás ella debería ver el mérito de lo que se le había concedido y saborearlo.

Ella cerró los dedos alrededor de la piedra que su madre había usado y encontró fuerza en su glorioso calor. Madeline se dio cuenta de que había entendido mal su presagio anterior.

La piedra había estado oscura al principio, porque ya ella había decidido huir de Rhys. La Lágrima debió haber predicho el asalto de Kerr.

La Lágrima se había encendido con un destello después de que Rhys la salvó de Kerr. Ella y Rhys se habían casado entonces, el primer paso para sellar sus destinos juntos.

La estrella había brillado dentro de la gema cuando Rhys le confesó sus errores. ¿Podría ser que Rhys se había dado cuenta entonces de que le tenía algo de afecto?

¿Era el resplandor actual de la Lágrima una señal del aumento del respeto de Rhys por ella? ¿O eso indicaba su propio amor por él?

Quizás la piedra brillaba más cuando una pareja se amaba con un vigor poco común, porque ese amor iluminaría por delante su camino juntos.

Madeline tenía que ponerse en contacto con Rhys para saberlo con certeza.

Animada, encontró un asidero en las piedras que estaban sobre su cabeza y se impulsó hacia adelante. Madeline se contó a sí misma la historia del hombre del arpa de las hadas, aunque sabía que había olvidado algo, aunque sabía que nunca podría contarlo tan bien como Rhys. Ella mantuvo los ojos cerrados, no queriendo ver todo lo que flotaba a su alrededor, y se impulsó hacia adelante a pesar del dolor en sus brazos.

De repente, Madeline se golpeó la cabeza. Ella reprimió una maldición, echó la cabeza hacia atrás para ver la piedra ofensiva, luego jadeó en voz alta.

El túnel giraba hacia arriba, extendiéndose por encima de su cabeza hasta formar un círculo de luz parpadeante. Esa abertura no parecía estar muy lejos, quizás una distancia similar a la altura de dos hombres. Había asideros tallados en la piedra en un lado, como si los mozos tuvieran que bajar por el desagüe para limpiarlo de vez en cuando.

Y no había una rejilla de hierro en la abertura.

Con el corazón en llamas de esperanza, Madeline dobló el recodo del desagüe. Le temblaban las manos, pero se obligó a pensar con claridad. Habría un desafío por delante, de eso no tenía ninguna duda. Respiró hondo y luego subió con un nuevo propósito.

Llegó a la parte superior del desagüe y miró por encima del borde.

El desagüe se abría a una cámara de piedra. La cámara estaba a oscuras, la única luz provenía de un farol sobre una mesa inestable. Madeline supuso que la habitación estaba debajo de la tierra o debajo de la torre de Caerwyn. Las piedras de las paredes parecían lo suficientemente grandes como para ser piedras de cimientos.

De hecho, una escalera de madera subía a un parche de luz en el extremo más alejado de la habitación. Había una puerta de madera maciza a su izquierda, una con una cerradura tan temible que ella pensó que sabía de qué se trataba.

Ella solo podía ver a una persona. Un hombre calvo y regordete estaba sentado en un banco junto a la linterna parpadeante, con la boca abierta mientras roncaba suavemente.

Madeline salió silenciosamente del desagüe, las gotas goteando de su camisa empapada. Ella agarró su cuchillo tan pronto como se liberó del desagüe, con la mirada fija en el hombre dormido. El aire estaba frío ahí y ella se estremeció, incluso cuando se acercó al hombre. Un aro de llaves había sido arrojado sobre la mesa, junto con una espada que Madeline reconoció como la de Rhys.

Madeline vio que el hombre era de un tamaño considerable, y se dio cuenta de que solo tendría una oportunidad contra él. Si él levantaba una de esas manos pesadas contra ella, podría matarla.

La sorpresa, y tal vez su ingenio, serían su único activo. Madeline se acercó un paso más, su cuchillo temblaba en su agarre. El agua que goteaba de su camisola parecía hacer un ruido terrible al caer sobre el suelo de piedra. Mil dudas la atormentaban.

¿Y si Rhys no estaba encerrado detrás de esa puerta?

¿Y si Rhys estaba dormido ahí?

¿Y si Rhys estaba muerto?

¿Y si no hubiera nadie que la ayudara? ¿Qué le haría ese hombre una vez que la sometiera? Madeline podía adivinar que no disfrutaría de lo que sucediera después de su fracaso. Dio el último paso y cerró la mano sobre las llaves.

Eran pesadas, de bronce, y había dos en el anillo. ¡Ella también tenía que elegir la correcta! Ella sacó el anillo de la mesa y tintineó ligeramente. Madeline contuvo el aliento y se quedó inmóvil.

El hombre frunció el ceño y luego continuó roncando. Madeline exhaló aliviada, se estremeció repentinamente de frío y estornudó.

El hombre estuvo despierto y de pie en un santiamén. Él rugió y alcanzó la empuñadura de su espada. Madeline aprovechó la única oportunidad que tenía y le clavó el cuchillo en el ojo.

Él gritó de rabia, luego maldijo. Se tambaleó hacia atrás, la sangre le manaba de la cara y Madeline casi perdió el control de las llaves.

"¿Quién está ahí?" gritó Rhys desde detrás de la puerta cerrado. "¿Qué pasa ahí fuera?"

Madeline lo oyó golpear la puerta con frustración. Ella cogió la espada de Rhys y se lanzó al otro lado de la habitación. "¿Qué llave?" gritó ella.

"La más larga", respondió una mujer.

El carcelero se abalanzó sobre Madeline, la sangre le corría por la cara. Ella metió la llave en la cerradura, la giró con fuerza y se apartó de un salto mientras Rhys volvía a poner la puerta en sus bisagras.

"¡Anwylaf!" dijo él con evidente asombro, luego echó un vistazo al otro lado de la habitación. Tomó su espada de la mano de Madeline y la clavó en el pecho del carcelero justo cuando ese hombre saltó hacia ellos.

La espada del carcelero cayó al suelo.

Madeline se apoyó en la pared aliviada, asombrada al ver que le temblaban las rodillas. Rhys se aseguró sombríamente de que el otro hombre estuviera muerto, luego se volvió hacia ella. Una luz bailó brevemente en su mirada y Madeline lo miró fijamente, con el corazón a punto de estallar.

Si él tan solo dijera algo, si él tan solo confesara que se alegraba de verla, entonces ella sabría que no había hecho ese acto en vano.

Pero Rhys no entendía su presencia. Incluso frunció el ceño cuando su mirada bailó sobre ella. Él se sacó el abrigo por la cabeza y luego lo arrojó en dirección a Madeline, con una actitud tan despectiva que ella se estremeció.

—Será mejor que te cubras, Madeline, no sea que todos piensen que ofreces más de lo que pretendes —dijo él, y luego se giró para estudiar de nuevo la habitación.

Madeline se dio cuenta entonces de que su camisola se le pegaba a la carne con tanta humedad que bien podría haberse quedado desnuda. Ella estornudó de nuevo, luego tiró el grueso abrigo por encima de su cabeza. Le colgaba hasta sus rodillas y estaba caliente con el calor de Rhys. Ella envolvió sus brazos alrededor de sí misma y se estremeció, incluso mientras veía a Rhys pasear por la habitación. Él se paró al pie de la escalera y escuchó.

"Anwylaf", reflexionó una mujer. Madeline miró hacia arriba para encontrar a una mujer mayor en la puerta de la celda. Ella parecía divertida, arqueaba una ceja y sus labios se curvaron en una sonrisa afectuosa mientras observaba a Rhys.

Él la ignoró.

"No dijiste que Madeline era tu anwylaf", bromeó la mujer. La parte de atrás del cuello de Rhys se volvió de un inconfundible tono rojizo.

"Es poco importante", dijo él con brusquedad.

"Siempre me llama así", dijo Madeline. "Porque yo soy su esposa".

La mujer se rió entre dientes y le ofreció la mano con gracia. Como yo soy su madre, Adele. Estoy encantada de conocerte, Madeline". Ella se acercó a Madeline. Pero estás equivocada, querida. Anwylaf no significa "esposa". Qué curioso que Rhys no dejara clara la distinción". Entonces ella se rió ligeramente, como si no encontrara el asunto curioso en absoluto.

Rhys ignoró deliberadamente esa discusión. De hecho, parecía decidido a escuchar un ruido procedente de arriba que Madeline no podía escuchar.

Madeline estaba confundida. "¿Pero qué quiere decir anwylaf, entonces?"

"Significa 'el más querido'". La sonrisa de Adele se amplió. "En mi familia, lo usamos solo para nuestro amado. Debes entender, querida, que estoy aún más feliz de conocerte, ahora que sé que mi hijo te llama su amada".

Madeline no pudo detener la sonrisa de respuesta que curvó sus labios. Ella había deseado una dulce confesión de Rhys, sin saber que él la había estado haciendo todo el tiempo.

~

TENÍA que haber cosas peores que el hecho de que su madre le entregara los secretos de su corazón a su esposa, que ella estaba decidida a anular su matrimonio, pero en ese momento Rhys no podía pensar en cuáles podrían ser esas cosas.

Él no tuvo tiempo para reflexionar sobre tales extravagancias y, verdaderamente, no habría necesidad de reflexionar sobre ello si los tres no sobrevivían.

Madeline estornudó, atrayendo su mirada hacia su lamentable estado. Ella estaba empapada y apestaba, pero había un brillo obstinado en sus ojos que lo enorgullecía. Ella era un tesoro raro, esa mujer con un valor a la altura del suyo. Ellos se adaptaban bien el uno al otro, en opinión de Rhys, y él sabía que lo había percibido la primera vez que la vio en Ravensmuir.

Ella lo miró y él se atrevió a esperar que ella hubiera regresado por algo más que el deber. "Me comprometí a abrir las puertas para los demás", dijo ella.

"¿Cuantos?"

"Solo cinco. Cradoc ap Gwilym, el sheriff, se encontró con Rosamunde en el camino y le impidió seguir cabalgando hasta Caerwyn. Él estaba tratando de advertirte, porque temía la intención de Robert Herbert".

Rhys asintió. "Cradoc es un buen hombre y un luchador justo. Luego está Rosamunde y ¿quién más?

"Alexander, Vivienne y Elizabeth". Madeline sonrió un poco ante su decepción. "A menos que cuentes al hada que solo Elizabeth puede ver, a quien llama Darg".

"No es poca cosa tener un hada de nuestro lado", dijo Adele con aprobación. Su tono no hizo menos importante el hecho de que las probabilidades estaban decididamente en su contra.

"¿Qué hay de nuestros propios hombres? ¿Fueron capturados o asesinados? Preguntó Rhys.

"Ellos se comprometieron a servir a Robert", dijo Adele, "porque declararon que su lealtad era para Nelwyna".

"¿Crees que es verdad?"

Adele sonrió. "Nadie es verdaderamente leal a Nelwyna, Rhys. Mintieron, lo mejor que podían hacer para ayudarte. Robert lo adivina, porque los ha separado y dispersado entre las filas de su propio ejército".

"Pero ellos podrían ponerse de tu lado, si se les da la oportunidad", dijo Madeline, antes de estornudar de nuevo.

No había nada que hacer. Tenían que dejar el frío de la mazmorra y hacer todo lo posible. Rhys sacó el cuchillo de Madeline del ojo del carcelero y lo limpió en el abrigo del hombre. Se lo devolvió y luego habló rápidamente.

"Yo lideraré. Madre, me seguirás de cerca. Madeline, debes protegerme las espaldas. Debemos esforzarnos por permanecer juntos, porque si estamos separados, no podré defenderlas a ambas. Debemos capturar a Robert y Nelwyna, y esperar que eso enfríe el ardor de los demás por la batalla".

"Estarán en el solar", dijo Adele, cruzando los brazos sobre el pecho. "Nelwyna habló sin rodeos de lo que le había ofrecido a Robert, y he escuchado a los hombres quejarse de que él nunca abandona su cama".

Rhys asintió. Una cosa excelente de Caerwyn era la simplicidad de su diseño. Había una escalera que se aferraba al interior de la pared de la torre. El salón estaba inmediatamente encima de la mazmorra y llenaba la planta baja. Arriba había dos habitaciones, una mirando hacia el interior, que había sido la de Nelwyna y su padre, la otra mirando al sol y al mar, que siempre había sido de su madre. Coronando eso, estaba el solar, la habitación de Dafydd, que llenaba el piso más alto de la torre.

Había pocos lugares para esconderse en la torre de Caerwyn, lo que facilitaría encontrar a Robert y Nelwyna.

También podría funcionar contra Rhys, ya que no habría refugio una vez que fueran vistos.

"¿Qué pasa con la puerta?" Preguntó Madeline.

Rhys negó con la cabeza, incapaz de ver cómo podía lograr eso también. Él no quería herir sus sentimientos, pero dudaba que los demás le proporcionaran mucha ayuda contra las docenas de mercenarios. "Veremos qué podemos hacer". Él hizo un gesto con la cabeza a las mujeres y luego subió la escalera con no poca inquietud.

RHYS NO TENÍA ni idea de cuánto tiempo había pasado en la mazmorra, así que se sorprendió al encontrar el pasillo a oscuras. Había caído la noche y el olor a carne le indicó que los hombres habían comido. Los hombres dormían, tendidos en tarimas que casi cubrían el suelo del vestíbulo, mientras media docena de antorchas ardían irregularmente en la pared.

Él tuvo tiempo para escuchar a su madre exhalar sorprendida, luego vio un destello de movimiento. Adele se alejó de él con determinación, levantándose la falda con cuidado mientras cruzaba la habitación. Ella le guiñó un ojo antes de abrir la puerta al patio y desapareció de la vista.

Rhys la miró con la boca abierta. Seguramente debía haber centinelas apostados. Pero no hubo ningún sonido, ningún grito y llanto, ninguna alarma. Él se imaginó a su madre cruzando el patio, levantando la llave de la mano del portero dormido y abriendo la puerta.

Madeline parecía estar luchando contra una sonrisa. Rhys se encogió de hombros, luego se volvió hacia las escaleras, pensando que eso podría resultar ganado más fácilmente de lo que él se había atrevido a esperar.

Después de todo, nadie sabía que lo habían soltado del calabozo. ¡Quizás su fortuna había cambiado! Él saltó al último escalón y se estiró hacia atrás con una mano para asegurarse de que Madeline estaba detrás de él.

Llegaron al segundo piso y se pararon espalda con espalda en la habitación de su madre, dando vueltas lentamente mientras ambos buscaban señales de vida. Parecía no haber nadie en la habitación, aunque la luz era más tenue allí que en el salón de abajo. La gema en el pecho de Madeline resplandeció, iluminando un pequeño espacio a su alrededor.

Sus miradas se encontraron y Rhys vio que la nariz de Madeline se movía. Él la agarró, tapándole la boca con la mano y enterrando su rostro en su pecho justo cuando ella estornudaba de nuevo.

Ellos se congelaron como uno solo, pero no hubo movimiento más allá de la carrera de sus propios corazones. Rhys exhaló, acarició la mejilla de Madeline y luego señaló la puerta de la habitación de Nelwyna. Ella levantó su cuchillo con gravedad y asintió con la cabeza.

Abrieron la cerradura y la puerta se abrió silenciosamente. La habitación de más allá estaba oscura, demasiado oscura para el gusto de Rhys. Él pensó que podía oír la respiración, como si alguien durmiera en las sombras más allá. Él entró con cautela en la habitación, su espada en alto y su madre gritó desde muy abajo.

Rhys miró por encima del hombro con miedo. En ese latido, sintió un movimiento a su lado. Madeline se lanzó hacia adelante y apuñaló con su cuchillo al asaltante que había estado al acecho en las sombras. La espada de ese hombre estaba a escasos centímetros de la garganta de Rhys.

El hombre solo estaba aturdido, pero Rhys blandió su espada y se aseguró de que no volviera a sorprender a nadie. El hombre cayó. Rhys se giró para mirar a la habitación de nuevo y su corazón se hundió hasta los dedos de los pies. La luz de la piedra preciosa de Madeline se reflejaba en las hojas de una docena de hombres que se habían puesto de pie de un salto. Se lanzaron como uno solo hacia él.

"¡Mantente detrás de mí!" Rhys gritó, como si tuviera la intención de saltar a la habitación. En cambio, saltó hacia atrás y cerró de golpe la puerta de la habitación. Los hombres cayeron pesadamente contra ella y varios maldijeron.

Madeline le sonrió y luego volvió a estornudar. Rhys la tomó de la mano y huyó hacia las escaleras hasta el tercer piso. Ahora no estuvieron tan callados, porque necesitaban velocidad. Estaban apenas a la mitad de las escaleras cuando los hombres abrieron la puerta de la habitación de Nelwyna y rugieron al ver a Rhys.

Un centinela se estaba despertando en la cima de las escaleras, pero no fue lo suficientemente rápido para evadir el golpe de la espada de Rhys. La gema de Madeline reveló que el hombre era un extraño, probablemente uno de los hombres más confiables de Robert.

Rhys le quitó el cuchillo a Madeline, se inclinó y le cortó la garganta. Hubo un gorgoteo, no más, luego se quedó quieto y en silencio. Rhys limpió la hoja y se la devolvió, luego abrió la puerta de una patada.

Otra docena de hombres pidieron sangre a gritos y saltaron sobre Rhys. Ellos estaban atrapados por los dos grupos. Rhys bramó y cargó hacia a la habitación, Madeline rápidamente detrás de él. Rhys blandió su espada y derribó a dos hombres con tanta rapidez que parecieron asombrados, incluso muertos. Él se inclinó para terminar el asunto.

"¡A tu izquierda!" gritó Madeline y Rhys se enderezó balanceando su espada. Él la escuchó gruñir mientras ella clavaba su propio cuchillo en un alma arrepentida, luego ella presionó la empuñadura de un cuchillo en su mano izquierda. Luchaban bien juntos, porque aunque ella no podía igualar su fuerza, la gema aseguraba que pudiera ver más.

Un mercenario saltó hacia Rhys, blandiendo su espada con tal furia que Rhys tuvo que saltar fuera de su camino. Se oyeron pasos en las escaleras, pero él no se atrevió a mirar en esa dirección. Él rodeó al mercenario, Madeline rápidamente detrás de él, y escuchó el choque de espadas al otro lado de la habitación.

Con cada éxito, la batalla se volvía más complicada. Había muchos cadáveres y la luz no era buena. El suelo estaba resbaladizo por la sangre y Rhys tuvo que tener cuidado de no perder el equilibrio. Él despachó al mercenario con un gruñido, luego se dio cuenta de que había perdido algo más.

Madeline ya no estaba detrás de él.

Rhys giró, buscándola, y en su lugar encontró el destello de luz de su piedra preciosa. Nada menos que Robert Herbert estaba iluminado por el resplandor de la piedra, la hoja de su espada brillando contra la garganta de Madeline. Él no llevaba más que su camisola, iba descalzo y sostenía a Madeline por el pelo. Estaba parado junto a la cama con cortinas.

Rhys se quedó helado. Se enderezó y extendió las manos en señal de rendición, dejando que la espada colgara de su mano. Sin embargo, no lo dejó caer, porque vio a Alexander acercándose cada vez más a Robert. Debió haber sido la llegada de Alexander lo que él había escuchado antes, y el hombre más joven que fue responsable de matar a algunos de sus enemigos.

"Puedes quedarte con Caerwyn", dijo Rhys. "Sé que ese es tu deseo. Solo te pido que liberes a la dama".

Robert se burló. "No tienes nada con lo que negociar".

"Negocio con mi vida. Mátame a mí en lugar de a ella". Rhys puso la punta de su espada contra el suelo y apoyó ambas manos en el pomo. "¿A menos que seas el tipo de hombre que solo confía en el asesinato de mujeres?"

"No he vivido tanto porque sea lo suficientemente tonto como para morder ese anzuelo", dijo Robert suavemente. Él dejó que la punta de su espada se deslizara por la garganta de Madeline. "Quizás tenga otro plan para la dama, uno que no requiera su desaparición".

"¡No podrías!" gritó Nelwyna desde la cama. "¡Me hiciste una promesa, desgraciado!"

Ella saltó de la cama con furia desnuda. Robert se giró y Rhys supo que él tendría que ver a Alexander. De hecho, Robert gritó y luego blandió su espada hacia el hermano de Madeline. Rhys saltó a través de la habitación, temiendo que fuera demasiado tarde para salvar al joven. Alexander corrió hacia Nelwyna, quizás con la esperanza de usarla como escudo.

Madeline adivinó la difícil situación de Rhys. Ella saltó sobre Robert por detrás y le rodeó la cara con los brazos.

Él gritó consternado y tropezó. "¡El hedor! ¡No puedo respirar! ¡Quítate de encima, mujer! Sólo entonces Rhys recordó que la camisola de Madeline estaba empapada de aguas residuales.

Su distracción le dio a Rhys el tiempo que necesitaba.

Rhys arrojó a Madeline detrás de él y golpeó a Robert en la cara con el puño. Ese hombre se tambaleó, luego blandió su espada hacia la ingle de Rhys. Rhys bailó fuera de su camino.

La batalla estalló de nuevo por todos lados, y Rhys se dio cuenta de que todos los demás estaban allí para ayudarlo. En el otro extremo de la habitación, un mercenario caído levantó la cabeza y alcanzó rápidamente su espada.

Vivienne gritó una advertencia y luego golpeó a ese hombre en la cabeza con un atizador. Elizabeth blandía un par de antorchas encendidas, prendiendo fuego al atuendo de cualquier hombre lo suficientemente tonto como para acercarse a ella. Rhys la observó mientras dirigía una antorcha hacia la cara de un hombre a pesar de los gritos de ese hombre.

"Estas mujeres quebrantahuesos están hechas de material severo", murmuró Rhys, incluso mientras acorralaba a Madeline. Ella se rió entre dientes y luego estornudó, para que él supiera dónde estaba sin arriesgarse a mirar en su dirección. Ella debía de estar cansada, después de la terrible experiencia de ese día, y él estaba decidido a asegurarse de que ella no tuviera más necesidad de luchar.

Robert luchaba como un hombre con la mitad de su edad y Rhys se alegró de las antorchas de Elizabeth. La pareja esquivaba y fintaba, golpeándose entre sí con maldita frecuencia. Había sangre en las manos de Rhys y un corte en la frente que estaba decidido a sangrar en su ojo. Sus espadas chocaron una y otra y otra vez, ninguno estaba dispuesto a ceder, cada uno estaba tan bien nivelado como el otro.

Alexander y Nelwyna luchaban al otro lado de la habitación. El generoso tamaño de Nelwyna y su ira hacía que su batalla fuera más pareja de lo que podría haber sido de otra manera.

"¡Hombres!" gritó Nelwyna. Parecía como si ella tuviera la intención de arrancar la cabeza de Alexander de sus hombros. Son todos unos mentirosos y unos sinvergüenzas, todos unos patanes. ¡No piensan en nada más allá de sus penes y sus ambiciones y su cerveza! "

"¡Ay!" gritó Alexander y le dio una patada en la rodilla.

"¡Ay!" gritó Nelwyna y le dio una patada. Alexander se lanzó hacia atrás y levantó su espada contra ella.

"No matarás a una mujer lo suficientemente mayor como para ser tu abuela, ¿verdad?" Canturreó Nelwyna. Ella se agachó para parecer mayor y más débil de lo que era. La espada de Alexander vaciló. "Soy vieja y arrugada y tú eres un caballero demasiado honorable para matar a una anciana desprovista de defensas".

"Mientras tengas la lengua en la cabeza, apenas estarás indefensa", murmuró Robert.

Nelwyna se volvió con odio en la mirada. ¡Maldita alimaña! Te ofrecí todo de mí... "

"Y era muy poco, porque antes se había saboreado bien".

"¡Oh!" jadeó Nelwyna indignada. Ella se lanzó hacia Robert y Rhys vio su momento. Clavó su espada en el estómago de Robert con tal fuerza que la punta de la espada podría haber salido por la espalda de Robert. Rhys sacó su espada y Robert se tambaleó, aunque no cayó.

Él se volvió y le dio a Nelwyna un golpe salvaje en la cara. "Nunca debí haber escuchado tus mentiras", escupió mientras ella perdía el equilibrio. "Debería haber adivinado que Caerwyn no podría convertirse en mía tan fácilmente". Luego cayó de rodillas y Rhys volvió a golpearlo. Robert aterrizó boca abajo en medio de sus mercenarios caídos, aunque Rhys mantuvo su espada apuntando hacia él.

Nelwyna tropezó por el impacto del golpe de Robert y se llevó la mano a la cara. Alexander se enderezó detrás de ella y levantó su espada. Blandió la hoja con tanta fuerza que su golpe debería haber sido fatal.

O lo habría sido, si hubiera golpeado a la mujer mayor.

Nelwyna claramente tropezó. Todos vieron su viaje, aunque ninguno estuvo de acuerdo más tarde en lo que podría haberla hecho tropezar. El suelo era estéril allí, pero ella tropezó de todos modos.

La hoja de Alexander pasó silbando junto a ella y el peso del golpe la enterró en el suelo de madera. Rhys escuchó una extraña carcajada de júbilo y vio la expresión de horror de Nelwyna cuando cayó por el alféizar de la ventana y desapareció de la vista.

Nelwyna gritaba mientras caía al patio de Caerwyn, y luego dejó de gritar.

"¡Ah!" Rhys sonrió al oír el grito triunfal de su madre en el patio. "¡Ahora, es una acción bien hecha!"

Se podía escuchar a Rosamunde reír junto con Adele, esas dos mujeres obviamente lo suficientemente sanas.

RHYS HIZO RETROCEDER a Madeline hasta su rincón, mirando todo el tiempo a su enemigo caído. Él no se atrevió a bajar la espada ni a desviar la mirada, no hasta que supiera con certeza que su avaricioso vecino ya no vivía.

Él no confiaba en Robert, y medio esperaba que el hombre solo fingiera su muerte. Rhys no se atrevía a exponer a Madeline a otra amenaza, no hasta que pudiera estar completamente seguro de que ella estaba a salvo.

Pero la dama se apoyó contra él, su pecho contra su espalda. Él sintió la humedad de su camisola empapando su propio atuendo, sintió sus curvas contra él. Él sintió su suspiro de alivio, sintió el temblor que aún se apoderaba de ella. Sus manos se deslizaron alrededor de su cintura, como si solo él la mantuviera erguida, y ella se aferró a él.

Rhys esperaba que ella quisiera más de él que calor. Un poco de tensión se alivió en Rhys cuando Alexander confirmó que Robert estaba realmente muerto. Madeline susurró el nombre de Rhys y el cansancio en su voz desgarró su corazón.

Rhys reclamó la mano izquierda de Madeline con la suya y entrelazó sus dedos. Su anillo todavía adornaba el dedo medio de su mano, el anillo de plata que él se había quitado de su dedo meñique todos esos días atrás en la abadía de Miriam. Verlo, el hecho de que ella no se lo hubiera quitado y dejado a un lado, le dio esperanza.

Después de todo, ella estaba ahí.

Rhys mantuvo cautiva la mano fría de Madeline contra los latidos de su corazón, aplanándola bajo el calor de su propia palma. Quizás ella realmente permanecería a su lado.

Ella estornudó y luego apoyó la mejilla en su espalda con un suspiro. Los dedos de su otra mano se anudaron en su propia camisola, como si fuera a sujetarlo con fuerza.

—Anwylaf —susurró ella y a Rhys se le hizo un nudo en la garganta.

Con esa única palabra, Madeline le decía todo lo que él necesitaba saber. Rhys entendió no solo que ella se quedaría en Caerwyn, sino por qué.

Él le llevó la mano a los labios, con la intención de besarla, luego retrocedió ante el olor. "Anwylaf, necesitas un baño", dijo él con severidad. Madeline se rió y luego estornudó tres veces en rápida sucesión. Rhys la tomó en sus brazos y gritó pidiendo agua caliente. ¡Ahora no la perdería por enfermedad!

"No tengo doncella", dijo Madeline, sus ojos brillando con picardía.

"Veré que te sirvan bien", replicó Rhys, luego le sonrió. "No debes tener miedo de lo contrario".

La dama se rió y se acurrucó contra su pecho. "Te amo, Rhys FitzHenry", dijo ella, con los ojos brillantes.

"Y yo te amo, mi Madeline". Rhys apretó su agarre sobre ella, más aliviado de lo que podía declarar con palabras. "Parece que tenemos mucho que celebrar esta noche".

"Hijos", dijo Madeline con determinación. "Tenemos hijos para concebir esta noche".

Y Rhys FitzHenry se rió en voz alta, por primera vez en años, para el evidente deleite de su esposa.

EPÍLOGO

*R*hys había convocado una fiesta para todos los que vivían en Caerwyn y para que sus vecinos cercanos conocieran a su nueva esposa, pero la fiesta tardó quince días en organizarse. Por supuesto, había historias que compartir, porque Rhys no sabía nada de Ellyn y todos tenían que compartir la historia de sus aventuras en el viaje desde Kinfairlie, así como de su papel en la reconquista de Caerwyn.

Había que planificar los funerales de Robert Herbert y Nelwyna. Los mercenarios también tuvieron que ser enterrados y hubo algunas consultas entre los sacerdotes de Caerwyn y Harlech sobre el estado espiritual de esos combatientes. Al final, pocos fueron enterrados en el terreno consagrado de Caerwyn.

Había que invitar a los señores vecinos a las festividades y había que hacer los preparativos para la fiesta en sí. Había que hacer amistades y explorar la propia Caerwyn. Alexander, Vivienne y Elizabeth salieron a explorar y cazar con Rosamunde y Adele, acompañados de un numeroso grupo de hombres de Caerwyn. El festín era la excusa para la caza, porque las cocinas necesitaban carne, pero ellos la pasaban muy bien. Alexander resolvió decirle a su tío, el Halcón de Inverfyre, que los halcones serían un regalo apropiado para la pareja de recién casados.

Madeline había continuado estornudando durante toda la noche, porque estaba helada hasta la médula. Rhys se había encargado de su cuidado él mismo, y habían permanecido encerrados en el solar durante seis días con sus noches. Rhys había abierto la puerta solo para recibir comida y había hecho un comentario enigmático sobre los hijos.

Los demás a menudo lo oían cantar a él o reír a la pareja. Adele había informado que los dos ocupantes del solar se veían lo suficientemente sanos cuando los invitó a comer, pero nadie estaba dispuesto a expulsarlos del solar.

Hubo un retraso adicional cuando finalmente se reunieron con la compañía, ya que Adele insistió en ocuparse del atuendo de Madeline para el banquete.

Para gran alivio de todos, se encontró una vieja misiva dentro de un baúl de Nelwyna. Esa misiva había sido enviada por el rey Henry V en 1416: declaraba que Rhys había sido indultado, junto con sus compañeros, con la condición de lealtad futura a la corona. Solo Nelwyna había visto alguna vez la misiva, porque la había escondido, aunque todo Caerwyn se alegraba de saber que Rhys estaba a salvo de la ira del rey, después de todo.

El propio Rhys envió una misiva a la corona sobre la soberanía de Caerwyn, y la respuesta llegó con asombrosa prisa. El rey, al parecer, había oído hablar de la competente administración de Rhys sobre Caerwyn bajo la dirección de su tío. El rey consideraba que Rhys era reformado y loable, y bien merecía el sello de Caerwyn.

Madeline sugirió que el rey estaba ocupado con otros asuntos y que Dafydd había hablado bien. El pronto pago de los diezmos y la falta de rebelión habían hecho que el rey se fijara en otras preocupaciones.

En conmemoración del título de Rhys, Madeline y sus hermanas insistieron en modificar su insignia. Durante años él solo había llevado la marca de su tierra natal. Madeline insistió en que era hora de que Rhys tuviera colores propios.

Él no protestó demasiado.

~

Y ASÍ FUE que la luna estaba menguando en la noche que todos se reunieron en Caerwyn. Ellos vinieron para celebrar al nuevo señor de Caerwyn, que les era familiar, y para conocer a la nueva dama de Caerwyn, que todavía no lo era.

Un nuevo estandarte colgaba sobre la alta torre de Caerwyn y la misma insignia adornaba el oscuro abrigo del nuevo señor de Caerwyn. El dragón rojo de Gales emanaba ahora rayos dorados tanto en el abrigo como en la insignia, no muy diferente de los rayos que rodeaban la preciosa Lágrima de la Virgen de Madeline. Los rayos también eran similares al orbe brillante de la insignia de Kinfairlie. Las hábiles agujas de las hermanas hicieron que pareciera que el orbe de Kinfairlie se hubiera deslizado detrás del dragón rojo de Gales, de la misma forma que el sol poniente se desliza detrás de un barco sobre los mares.

"Una insignia mezclada para sangre mezclada", había dicho Madeline con una sonrisa, deslizando la mano sobre su vientre plano. Sus hermanas no sabían si quería un hijo o si ya sabía que tendría uno. Vivienne y Elizabeth estaban de acuerdo, sin embargo, en que Rhys sería un buen padre.

Rhys estaba al pie de las escaleras en esa noche de noches, todo de negro excepto por la brillante insignia en su abrigo. Alexander estaba a su lado, con las manos cruzadas a la espalda y los colores de Kinfairlie en su abrigo. Rosamunde estaba al lado, resplandeciente con su atuendo poco común. Ellos esperaban a que descendieran las otras mujeres. Toda la compañía estaba de pie y vistiendo sus mejores atuendos. Los músicos tocaban una melodía encantadora, aunque James había regresado a la casa de su padre.

Alexander pensó el arreglo que era preferible, y había sido él quien había animado a James a marcharse.

Ahora, Alexander se aclaró la garganta y habló en voz baja. "Quisiera resolver un asunto entre nosotros, Rhys".

Rhys le concedió al joven sólo una mínima mirada de reconocimiento. "¿De verdad?"

"Traje t dinero conmigo en este viaje, porque pensé en reembolsarte el precio de la subasta si Madeline deseaba casarse con James", dijo Alexander apresuradamente. "Pensé que no sería apropiado que pagaras por una novia que te abandonara".

Rhys se encogió de hombros. "Qué suerte para los dos que Madeline no hiciera tal cosa. Tienes una bolsa grande para guardar, como era inicialmente tu esperanza, y yo tengo a la novia que fue mi esperanza inicial". Él se volvió para mirar las escaleras.

"Pero he cambiado mi forma de pensar".

Rhys aparentemente no escuchó este comentario.

Alexander agarró la manga de su anfitrión. Rhys, sé que me equivoqué. Sé que no debería haber subastado la mano de Madeline".

"Las cosas terminaron bastante bien", intervino Rosamunde.

"Si quieres disculparte, te sugiero que te disculpes con Madeline", dijo Rhys, con la misma calma exasperante. "Ella es la que recibió una ofensa".

"¡Quiero devolver tu dinero!" dijo Alexander con frustración, y fue recompensado por la mirada de sorpresa de Rhys. Él tomó la mano de su anfitrión y colocó pesadamente el saco de monedas en su interior. "¡Aquí! No tendré una diferencia por dinero entre nosotros. Seamos amigos y aliados, seamos hermanos".

Rhys observó el saco de monedas, aparentemente asombrado. "¿Estás seguro de esto?"

"No puedo hacer nada más para quitar la mancha que puse en el nombre de nuestra familia".

"Pensé que necesitabas el dinero".

"Nadie puede necesitar tanto un dinero como para poner una barrera entre él y los nuevos parientes". Alexander no sabía qué haría con la cosecha que seguramente fracasaría, pero tenía que haber otra solución que esa. En verdad, se alegraba de deshacerse del peso del dinero.

Rhys sonrió lentamente y puso su mano sobre el hombro de Alexander. "Te conviertes en un hombre antes que yo". Su mirada era firme y Alexander se sintió aliviado al no ver más censura en esos ojos oscuros. "Si alguna vez necesitas un préstamo, Alexander, acércate a mí. Verás que mis condiciones se cumplen más fácilmente que las de un prestamista".

Lamentablemente, Alexander no consideró apropiado solicitar tal préstamo de inmediato. Asintió e inclinó la cabeza. "Te doy las gracias, Rhys." Luego señaló la cima de las escaleras. "¡Mira! ¡Las mujeres finalmente se unen a nosotros! "

Todos los ojos se volvieron para ver llegar a las damas. Elizabeth descendió primero, su rostro más rojo de lo que nunca Alexander lo había visto. Ella tropezó con sus faldas en el último escalón y Rhys la agarró del codo con facilidad. Ella le dio las gracias y su rubor se profundizó aún más mientras se apresuraba al lado de Alexander. "Qué espantoso", susurró ella. "¿Por qué no podría simplemente esperar aquí contigo?"

"Porque eres la hermana de la dama de Caerwyn", le recordó Alexander.

"Rosamunde es su tía", replicó Elizabeth.

Esa mujer sonrió. "He creado mis propias reglas durante tanto tiempo que olvido que hay otras. No te apresures a alejarte de las expectativas de los demás, Elizabeth. No cambiaría mis elecciones, pero tú podrías hacerlo si hicieras las mismas cosas".

Alexander podía pensar en poco que pudiera decir para agregar a eso. Él miró hacia las escaleras.

Vivienne, en marcado contraste con Elizabeth, claramente saboreaba la atención de la compañía. Ella sonreía y sus caderas se balanceaban mientras ella bajaba las escaleras con gracia.

A Vivienne la siguió la madre de Rhys, Adele, quien sonreía positivamente de alegría. Adele besó a Rhys y le pellizcó la mejilla cuando se detuvo junto a él, una familiaridad que Alexander habría encontrado impensable.

Aún más increíble, Rhys no solo lo soportó, sino que sonrió.

"Nietos", dijo Adele con fingida solemnidad, acariciando la mejilla de Rhys como si fuera un niño pequeño. "Deseo muchos nietos y los deseo pronto".

"Veré qué se puede hacer, madre", dijo Rhys, luego le guiñó un ojo a Alexander. Alexander se sorprendió. Su respuesta debe haber sido clara, porque Rhys se rió entre dientes.

Entonces Madeline se detuvo en la cima de las escaleras. Su cabello estaba cubierto por un velo, su rostro enmarcado en seda. Su belleza, sin embargo, era más asombrosa que nunca, porque brillaba con una nueva felicidad. Ella llevaba una falda de un intenso tono rojo, el mismo tono que el dragón de la insignia de Rhys, y estaba densamente bordada con oro en los puños y los dobladillos. La Lágrima de la Virgen colgaba de su garganta, brillando con un brillo inigualable.

"Esa joya es asombrosa", murmuró Alexander.

Rhys sonrió. "Sí, no hay tesoro tan fino como la Joya de Kinfairlie". Él se acercó al pie de las escaleras y le ofreció la mano a su esposa. Él besó la mano de Madeline cuando ella lo encontró allí y la pareja parecía ajena a todos los demás en el salón.

"Pero no hay Joya de Kinfairlie", dijo Alexander.

Rosamunde se rió a su lado. ¿No la hay, Alexander? Muéstrame una gema más radiante que tu hermana".

En ese momento, Rhys y Madeline se volvieron, el Señor de Caerwyn sosteniendo en alto la mano de su esposa. "Deseo que todos le den la bienvenida a mi esposa..."

"Tu anwylaf", interrumpió Adele con satisfacción.

La pareja se rió y Madeline se sonrojó. "Mi anwylaf", acordó Rhys fácilmente, y la multitud se rió entre dientes a su vez. ¡Dama Madeline de Caerwyn!

"Él la besará, de eso puedes estar seguro", dijo Vivienne con alegría. "Es simplemente un final demasiado perfecto para su historia".

"Es solo el comienzo", dijo Elizabeth, lo que hizo sonreír a ambas hermanas.

La pareja felizmente casada intercambió una sonrisa, ajenos a todos los demás excepto a ellos mismos, luego Madeline tomó la mandíbula de Rhys y lo besó con vigor ante todos los hombres y mujeres de Caerwyn. La compañía aplaudió y luego comenzó a zapatear. Alexander se encontró aullando con todos los demás, tan complacido estaba de que Madeline hubiera encontrado la felicidad que se merecía.

"¡Woho!" rugió un alma alegre y todas las personas en el salón se volvieron para mirar.

Un hombre corpulento, que parecía un monje por su atuendo, sonrió a la compañía con placer. Llevaba un caballo por las riendas, esa bestia agitaba la cola mientras movía las orejas.

"Esperamos haber cronometrado bien nuestra llegada", le dijo al caballo. La bestia lo acarició y mordisqueó lo que quedaba del cabello del monje, como si estuviera de acuerdo. "Una fiesta no es poca cosa, especialmente para viajeros tan humildes como nosotros".

"¡Thomas!" gritó Rhys con obvio deleite, y gran parte de la compañía se hizo eco de su saludo.

"¡Tarascon!" gritó Madeline, luego se recogió las faldas y se apresuró a cruzar el salón. Alexander se dio cuenta, tardíamente, de que era el caballo de su hermana el que seguía al monje hasta el mismo establo.

El señor y la dama saludaron a los recién llegados con mucha alegría, y la compañía se cerró a su alrededor, clamando por la historia. Alexander sonrió mientras el monje intercambiaba cordiales saludos con muchos de los presentes: este Thomas era claramente bien conocido ahí y muy querido.

La sonrisa de Alexander se amplió al ver a su hermana Madeline, sus rasgos encendidos. Rosamunde había hablado correctamente.

Por muy mal que haya comenzado ese matrimonio, no podría haber terminado mejor. Él no debía temer por el futuro de Madeline, no con Rhys a su lado.

Él no podría haber pedido más a las Parcas.

Bueno, tal vez podría haber pedido una medida más de dinero en la tesorería de Kinfairlie, pero de alguna manera encontraría una solución a sus problemas.

SÓLO ELIZABETH VEÍA a la spriggan saltar sobre las cabezas de todos los reunidos allí ese día. Sólo Elizabeth vio a Darg agarrar la cinta azul que parecía brotar repentinamente de Madeline.

Sólo Elizabeth vio a Darg trenzar esa cinta con las doradas y plateadas ya entrelazadas detrás de Madeline y Rhys. Eran cintas largas, cada una de ellas, y Elizabeth se alegró de saber que Madeline tendría muchos más años con su verdadero amor de los que Madeline Arundel había saboreado.

Pero Elizabeth se guardó el secreto para sí misma. Deja que toda la familia espere nueve meses para saber la verdad de qué —o quién — habían forjado Madeline y Rhys. Darg le guiñó un ojo desde el otro lado del salón, y Elizabeth le devolvió el guiño, contenta de mantener la confianza del hada.

Por ahora.

NOTAS

PRÓLOGO

1. Es un período de tiempo muy extenso, aunque impreciso.
2. Es una criatura imaginaria de la mitología del pueblo córnico particularmente asociados con el distrito de Penwith en Cornualles.
3. Nombre de una diminuta planta.

CAPÍTULO 4

1. Es un arbusto de hasta 2 metros de altura con hojas reemplazadas completamente por espinas.

CAPÍTULO 8

1. Calcetines

LA NOVIA DE LA ROSA ROJA

LAS JOYAS DE KINFAIRLIE #2

Más apreciadas que el oro son las Joyas de Kinfairlie, y solo los más dignos pueden luchar por su amor... El señor de Kinfairlie tiene hermanas solteras, cada una de las cuales es una joya por derecho propio. Y él no tiene más remedio que verlas casarse a toda prisa.

Como una heroína en un cuento antiguo, Vivienne esperaba en la cámara más alta de la torre de Kinfairlie a su amante predestinado. En la oscuridad, él vino a buscarla, envuelto en una capa y con la cabeza cubierta para que ella no le viera la cara. Él la amaba dulcemente, completamente... y Vivienne sabía que había encontrado su destino. Pero a la luz de la mañana, su sueño se hace añicos. Erik Sinclair de Blackleith no es un héroe romántico, sino un guerrero desheredado que organizó su secuestro para recuperar su propio legado.

Indignada por la insistencia de Erik de que la necesita únicamente para engendrar un hijo, pero atrapada por la pasión que él despierta, Vivienne se da cuenta de que hay más mérito en su reservado cónyuge de lo que él admitiría. Erik se muestra escéptico ante la creciente fe de ella en su honor y su deseo de recuperar su derecho de nacimiento robado... Poco sospecha que la rara joya que tiene por novia tiene la intención de capturar su corazón también protegido.

La novia de la rosa roja

¡Próximamente! Se publicará en julio

ACERCA DEL AUTOR

Claire Delacroix vendió su primer libro, un romance medieval, en 1992. Desde entonces, ha publicado más de setenta novelas en una amplia variedad de subgéneros, que incluyen romance histórico, romance contemporáneo, romance paranormal, romance de fantasía, romance de viaje en el tiempo, ficción femenina, paranormal adulto joveny fantasía con elementos románticos. Ha publicado bajo los nombres de Claire Delacroix, Claire Cross y Deborah Cooke. The Beauty, parte de su exitosa serie de romances históricos Bride Quest, fue su primer título en aparecer en la Lista de libros más vendidos del New York Times. Sus libros aparecen habitualmente en otras listas de bestsellers y han ganado numerosos premios. En 2009, fue escritora residente en la Biblioteca Pública de Toronto, la primera vez que la biblioteca organiza una residencia centrada en el género romántico. En 2012, tuvo el honor de recibir el premio Mentor del año de Romance Writers of America.

Actualmente, escribe romances contemporáneos y romances paranormales bajo el nombre de Deborah Cooke. También escribe romances medievales como Claire Delacroix. Vive en Canadá con su esposo y su familia, además de muchos proyectos de tejido sin terminar.

http://delacroix.net
http://deborahcooke.com